最後の九月

エリザベス・ボウエン

太田良子 訳

The Last September

Elizabeth Bowen

而立書房

彼らは処女と怠け者の苦しみを……

——「見出だされた時」

（プルースト／失われた時を求めて 第七篇）

First Published in Great Britain by Constable & Co. Ltd 1929

Published in Japan, 2016 by Jiritsushobo, Tokyo

装 丁

柳川貴代

装 画

Gwen John: A Corner of the Artist's Room in Paris(1907-1909)

目次

モンモランシー夫妻の到着　7
ミス・ノートンの来訪　121
ジェラルドの旅立ち　245
年譜　364
訳者あとがき　369

主な登場人物

リチャード・ネイラー……………ナイト爵、ビッグ・ハウス「ダニエルズタウン」の当主
マイラ・ネイラー…………………サー・リチャードの妻、夫妻は実子なし
ロイス・ファーカー………………サー・リチャードの姪、女学校を卒業、十九歳
ローラ・ファーカー………………サー・リチャードの妹、ロイスの母、九年前に他界
ウォルター・ファーカー…………ローラの夫、ロイスの父、すでに他界
ロレンス……………………………レディ・ネイラーの甥、オクスフォード大学在学中、作家志望
ヒューゴ・モンモランシー………サー・リチャードの旧友、十二年ぶりの再会
フランシー・モンモランシー……マイラの友人、ヒューゴの妻、十歳年上、自称病弱
リヴィ・トムスン…………………本名はオリヴィア、ロイスの友人、夫探しに夢中
マルダ・ノートン…………………ネイラー家の友人、アメリカ帰り、二十九歳
レスリー・ロウ……………………マルダの婚約者、株式仲買人
トレント家…………………………ビッグ・ハウス「トレント城」所有の一族
ケアリ家……………………………ビッグ・ハウス「イザベル山荘」所有の一族
マイケル・コナー…………………ダニエルズタウン近在のアイリッシュの農場主
ピーター・コナー…………………マイケル・コナーの息子、アイルランド独立軍に参加
ジェラルド・レスワース…………アイルランド駐留のイギリス軍将校、ロイスの恋人、
ピーター・コナーの逮捕に関与
ジェイムズ・アンダソン…………イギリス軍将校、ロイスに好意、リヴィの意中の人
ミセス・ヴァモント………………アイルランド駐留の英国軍人の妻
レジー・ダヴェントリー…………第一次世界大戦退役軍人、シェルショック症

モンモランシー夫妻の到着

一

六時ごろ、エンジン音が広大な田園地帯からわき上がり、門からの並木道の木々の下で音を下げ、一家の者たちをこぞって玄関の階段に呼び出した。前方でブナの木々に囲まれた細い鉄の門扉が軽く軋《きし》んだ。自動車が木陰から姿を現わし、斜面を下って屋敷へ向かってきた。きらきら光る車のフロントガラス越しに、モンモランシー夫妻は――両腕を振る夫人のドライブ用の紫色《モーヴ》のスカーフが風にさらわれてなびいている――さかんに挨拶を送ってきた。彼らは長い約束のすえに来た客人だった。大声を出し、サー・リチャードとレディ・ネイラーも大声を出して合図を送った。まだ誰も何も言わなかった。至福の一瞬であり、完璧な一瞬だった。

その頃、少女たちは、こざっぱりとした白いスカートに、白い小花模様の透き通ったブラウスを着ていた。リボンは見た目を整えて髪に織りこまれ、両肩の上に見えた。そうした姿で階段の最上段に立ったロイスは、見るからに初々しく涼しげだった。彼女は自分が初々しく見えるに決まっていると知っており、どの少女もそれは同じ、そして彼女は後ろに回した両腕で肘をしっかりと抱え、自分の困惑を隠そうと懸命になっていた。玄関ホールから犬が何頭かせかせかと飛び出してきて、彼女のわきに立った。その上方では屋敷の広壮な正面が、前面にうねる芝生を冷たく睨んでいる。ロイスはこの瞬間を凍結させ、そのままでいられたらと願った。しかし自動車が近づき、停車すると、彼女は身をかがめ、一頭の犬を軽く叩いた。

自動車がとまり、モンモランシー夫妻はひざ掛けをとりのけた。彼らは握手をし、芝居がかった黄色い日光のなかで笑い声を立てた。夫妻はアイルランド南東部のカーロウから車を走らせてきたのだった。そわそわと興奮したふたつの波がぶつかり合って、まじり合った。しばし、誰の声も聞き取れなかった。ミセス・モンモランシーが階段を見上げた。「これが姪御《めいご》さんね！」彼女は嬉しそうな声をあげた。「私たち、埃《ほこり》まみれなの！」彼女はさらにこう言ったが、ロイスは何も言わなかった。「ものすごく埃っぽくて！」そして、いかにも埃にまみれた自分の姿を思いやると、疲れた表情がその瞳の裏に浮んだ。

「姪は学校を卒業しましてね」サー・リチャードは誇らしげに言った。

「君のことを知っていて当然、というわけではないと僕は思うがね」ミスタ・モンモランシーは言ったが、彼はロイスが十歳のときに会っただけで、明らかに子供のほうが好きな男だった。

「あら、わたしはローラに生き写しだと思うけど――」

「――あの、お茶の用意がありますのよ。本当によろしいの、もう、お茶はすませたとか？」

「ダニエルズタウンは素晴らしいたたずまいですな、実に素晴らしい。上のほうの並木道からだともっと見えますよ――木を切り払いましたか？」

「風でトネリコの木が三本やられましてね――まずは無事にお着きでしたか？　問題なく？　十字

路には誰もいなかった？　誰も車をとめたりしませんでしたか？」

「それで、お茶は本当によろしいの？」レディ・ネイラーがまた訊いた。「色々ありましたでしょ――ほら、もう来ましたわ。だめよ、フランシー、遠慮などなさらないで。さあ、入って、お二人とも」

二人はさっと入った。しかし彼らの歓声は突然せき止められて、ホールを満たした。十二年が経ったあとでは、話すべき事が多すぎたのだ。彼らは無力に見えた。ロイスはためらいながら、彼らのあとについてなかに入り、誰もこっちを見ていないと見て、また外に出た。自動車が荷物を乗せたまま向きを変え、砂利道を激しく軋らせて屋敷の裏手に回っていった。ロイスはあくびをして斜面の向こうの芝生を見やると、小さな茂みの影が、水面から出た葦の葉のように、一面の金色の光のなかから突き出ていた。隠れ垣の向こうにはケリー種の牛が六頭、ゆったりした足取りで、互いのあとを追いながら歩き、ライムの木の下で立ち止まった。屋敷は全体にすべての窓が開け放たれ、窓から窓へ斜めに射しこんだ光線が角の部屋まで達していた。あと二階ぶん上に上がれば、カーテンの揺れる音が聞こえただろう、荘園屋敷《マンション》をまるごと包みこんだ静寂は、モンモランシー夫妻の声を飲みこんでいた。

ロイスは反動であくびをした。モンモランシー夫妻が来ただけのことだ、いつ来るかと思わされてきた人たちだった。それなのに彼女は読むことができなくなり、読みかけの手紙をテーブルいっぱいに散らかして、花々に八つ当たりしていた。スイートピーは目を回し、彼女の指にはさまれて自尊心を震わせ……。「紫色《モーヴ》のスイートピーには申し訳ない事をしました」と、ロイスはミスタ・モンモランシーに言えるものなら言いたかった。「私はモーヴは好きじゃないの。なのに、どうしてそれを摘むのか、よくわかりません。ほかにたくさんあるのに。でも、本当は、私、緊張してしまって」そして、「緊張したって?」とミスタ・モンモランシーからいかにも探り出すように訊いてほしかった、「どうして?」と。しかし彼女はいつものように自分を抑え、想像することさえ控えた。彼にわけを話すつもりなどなかった。

しかし彼女はたちまち見て取っていた、ミスタ・モンモランシーは、実はそうとう微妙な人には違いないが、彼女を理解するために心を砕くことはしないだろうと。

彼女の従兄のロレンスは、エンジン音を聞くとすぐ本を持って二階へ上がってしまった。その彼がいま、窓枠をパイプでコンコンと叩いているのが聞こえた。彼は窓からさらに身を乗り出して、下のほうを指差しながら、囁き声で用心して訊いた。「みんななかに入ったの?」

彼女は気をつけるよう合図して、うなずいた。

「君は何をしているの?」

「わからない。あなたは何をしているの?」

「私、犬をブナの木の歩道まで連れていこうと思ってたんだ」

「とくに何も」

「どうして?」

「うん、私、何だかちょっと……」

「上がってきて、モンモランシー夫妻の話をしてくれないかな」

彼女はまた気をつけてという合図をした。モンモランシー夫妻が玄関ホールのなかに入っていた。

玄関ホールを避けるには右に回って横手のドアへ行き、裏階段を上がる必要があった。この辺りはこすって磨いた家具の木材と石灰塗料の匂いがし、モンモランシー夫妻をもてなす晩餐のためにローストしたアヒルもいい香りを放っていた。ロイスは階上のドアを押し開けて、この匂いが一気に自分を通り越すにまかせた。

「アヒルだな」ロレンスが言い、鼻をひくひくさせた。ロイスはまだ驚いていた、ロレンスはエーテルみたいで浮世ばなれして見えるのに、知的な人間でない時は、食べものについて喋ったり、あれこれと考えたりして長い時間をすごした。これはきっと、かつて彼が自ら言ったように、感情的な生活をしたことがないからだとロイスは思った。「僕はね」彼はよく言っていた。「食うや食わずという生活をしているんだ」。彼女が「どうして?」と訊くと、彼は両手と両方の眉を上に上げるジェスチャーをした。彼がこれをジェラルドの前でして見せたとき、ロイスは居心地の悪い思いがした。兵士たちは食べものの話はせずにもっぱら食べた。彼らはロレンスよりも食べたが、いつも面白くなさそうな無表情で通していた。

ロレンスはそれまで控えの間で本を読んでおり、円陣を組んで置かれた、誰も本気で使わない貝殻の形をした椅子のひとつに腰掛けていた。彼の部屋はこの一階上にあった。わざわざ上がって戻るほどの値打ちはない部屋だった。彼は間違った本を持って来ていたが、もう一冊取りに階下へ行くつもりもなかった。さもなければ彼はロイスと話す必要を感じなかっただろう。個人的に彼女はこの控えの間が好きだったが、読書や会話にふさわしい場所ではなかった。四つの部屋がここに通じていた。いつなんどきドアが開くかもしれないし、風で開いたりすると、隙間風が人の襟首をなでた。絶えず人が出入りし、そのたびに顔を上げてにっこりしなければならなかった。ロイスはいつもそこで話をしているような感じがし、座っても意味がないので、椅子の上に片方の膝だけ乗せて立ったままでいたが、おかげで彼女の人生は、自分の言ったことがどの程度立ち聞きされていたか、また、誰によって立ち聞きされ、どの程度まで吹聴されたものかがわからなくなり、非常に入り組んだ人生になっていた。

高窓にはカーテンがなかった。飾り房の縁《へり》が上部の明かりをこすっている。白い窓枠と囲いのなかにたたまれた鎧戸《シャッター》は火ぶくれがプツプツとできていて、この屋敷が熱帯地方で一日過ごしてきたようだった。日光にやられ、真紅だった椅子の背は、薄い明るいオレンジ色に変色していた。樟脳と床に敷かれた皮を剥がれた動物の匂いが、まぶしい朝日に誘われて埃のように舞いながら、夜来の冷気に漂っていた。夜に自室に戻るときに、ロイスはいつも虎の牙に爪先を取られた。とにかく不意につまずいたりすると、大きな引っかき傷が磨かれた床についた。青白い一連隊、つまり一世代前の一族、あるいは近隣の人々がここに再会すると、壁面からそこはかとない失意の念が発散してきた。鍵の掛かった書棚がふたつ、鍵はすでに失われており、誰がインドから持ち帰ったのか彼女は忘れてしまったが、黒檀《エボニー》製の象の群れが書棚の上を行進していた。

「どう――どう――どうして!」ロレンスは彼女の言葉尻をとらえて言った。「どうして君はそんなに急ぐんだ?」

「きっと癖なのよ」ロイスは言ったが、混乱していた。

「何が目的で?」

「そうね、モンモランシー夫妻のことをあなたに教えてあげようと」

「ああ、そうか。じゃあ、話せよ。彼らはどこに？」

「お茶のお代わりをしているわ。マイラ伯母さまが勧めたから……。そう、二人は到着したのよ、きっとあなたにも音が聞こえたでしょうけど、何だかみんなくたびれちゃって。やたらに感情がこみ上げてきて。それに彼女は埃まみれになったと言うだけで、もちろん埃まみれに決まっているから、私は言うことがなくって」

「それで何と言ったの？」

「彼のほうが言ったわ、私を知っているわけがないと」

「まさか、はったり屋なのかい？」

「あら、違うわ」ロイスは言って顔を紅潮させたが、ロレンスはどう見ても無礼だった。彼女は声を上げて笑い、自分の指の爪を見た——彼女はつとに気づいていた、自分の体の部分で唯一、人前で見つめてもいいのが手の指の爪だと。「彼にはまだ会ったことがないの？」

「一度会ったと思う。間抜けな奴だったと思う。でもそのとき僕はすごく若かったから——全然会っていないのと同じかもしれない」

「すごいことじゃないかしら」ロイスは内緒話をするように言った。「人の爪の伸び方って——つまり、つくづく考えてみれば。何ヤードもの爪が休むことなく出てくるのよ。実のところ」彼女は言い足した。「私、ミスタ・モンモランシーのことで何度か空想したことがあるの——私が十歳の頃からずっと。彼は母と私のところに泊まりがけで来たことがあって、私たちがイングランドのレミントンにいたときだった。夕食がすむと――起きているのが許されていたものだから――母は散歩で家を出て行ってしまい、私たちがあとに残ったの。私たちはそのころ試しにニワトリを飼っていたので、私はわざと、母はニワトリを小屋に入れに行っていてそのままお庭にいるわ、と言ったの。ミスタ・モンモランシーと私がしばらく話していると、彼は口が重くなって、あっという間に眠ってしまって。私はそこに座って、ただもう感心して彼を眺めたわ。知ってるでしょ、男の人は食事がすむと、どうやって眠ってしまうか？　ええ、彼のやり方は違ったんだけど……。そこへ母がきて、私たちのそばから離れている間にすっかり元気になって、あなたはどうやら悪いホステスだったのね、と言い、ミスタ・モンモランシーを起こしたの。それ以来よく思うのよ、誰かが母のことを悪いホステスだと言ったのかもしれないと。でも母のしたことって、どれもとても自然に見えたわ」

「ああ、彼女は愛らしい人だったな」ロレンスは言ったが、関心はなかった。

「だからわかるでしょ、ミスタ・モンモランシーって、本当ははったり屋じゃないわ、さもなかったら、あんなに完全に無防備になって眠りこけるはずがないわ。彼はメランコリックで、疲れていて、賢かったから、子供の頃の私にはそれがありがたかった、だって、ほかのお客は口やかましかったから」

「たいしたもんだ」ロレンスはそう言って、窓の外を見た。

ロレンスは気分よく話せる人で、それは彼が彼女の個性のどの陰影にも無関心だったからだ。彼といると、一席ぶつことで底なしの愚かさを見せても、そこからまた抜け出して来られそうな感じがした――実際に抜け出した――、その安心感は彼女自身にも一種の驚きだった。彼があくびをし、本を取り上げて、腹がへったとか、出て行くと言ったときも、彼女はいやな気持ちはしなかった。こうした心やさしい聴き手、こうした受容型の聴き手にこそ人はあとで、やられた、のめりこんだ、と感じるのだった。たしかに彼女は、ロレンスに再会した当初、彼に知的な少女だという印象を与えたいと思っていた。しかし、明らかに失敗したある夜、彼が読む本をもっと徹底して減らし、全体として話すのを減らしたほうがいいと思うと言ったときに、彼女はいわば態度の見直しを迫られたのだった。彼女がまた自信を取りもどし、増長しているのが彼には不満だった。

「君は思いつかないのかな」彼は不気味に勝ち誇った様子で言った。「君が裏の階段を上がってくるあいだに、モンモランシー夫妻は正面階段を上がってきて、二人は部屋のなかで聞き耳を立てているかもしれないだろ?」

思いつかなかったが、そう言われるとショックだった。彼女は真っ赤になって、予備の客間のドアまで走った。不条理と戦いながら、むきになってドアをたたいたり、ハンドルを鳴らしたりした。彼女はやっとのことでなかに入り、どことなくまだ空威張りをしていたが、それは新たな到着というものが精神的にこびりつくからだった。

「青の間」はもちろん無人だった。誰も聞き耳を立ててなどいなかった。トランクがみな運び上げられ、皮ひもは掛かったままで、幅の広いベッドの足元に置かれていた。部屋は漂白した更紗木綿《さらさもめん》の匂いがし、十日間無人だった匂いだった。ドアから入った隙間風をたくし込んだカーテンが、青白く揺れていた。ロイスは化粧台の上にゼラニウムを活けた花瓶を置いていた。その花の房が作る立方体が優美なバランスをもって逆光を浴びているのに彼女は見とれた。それにたくさんの蠟燭《ろうそく》は、まるでお祭りのようで、まだ手つかずの処女のように長く白い芯を見せていた。肘掛け椅子が二脚、紙のファンを置いた火のない火格子を囲むように置かれていた——モンモランシー夫妻はもしかしたらここに腰をおろし、その日の経験を語り合うのだろう。あるいはベッドのなかで話すほうが確率は高いかもしれない。結婚についてロイスがおもに知りたいことのひとつがこれだった——どのくらいたてば、同じ人間と毎晩寝ながら、朝まで語り明かしたいという誘惑を退けられるのだろう？　夜毎のお喋りは違法ではない、それが学校とまるで違う。ドアをいきなり開けて、「さあ、もう寝るのよ、二人とも。今夜はもう十分でしょう」などと言う資格を持った人などいないのだ、ロイスが友人宅を訪問したときは、よくこれが起きた。いったい会話というものは、こうした禁止令がないと、楽しくなくなるものなのか？　ロイスは聞いたことがあった、多くのカップルが互いの呼吸が耳について、個別の寝室を持つことを好むとか。そのような夫婦に与えられる余裕は、ここダニエルズタウンにはなかった。「青の間」の化粧室の家具は台の表面が大理石張りで、紳士用化粧品の瓶《びん》がこぼれたり壊れたりするのに備えてあり、堅固な造りのブーツラックがあり、あらゆる種類のブーツが収納できた。ロイスは迷いつつも、ミスタ・モンモランシーのテーブルにモスローズを飾っておいた。

「君の頭には浮ばなかったのかな」ロレンスが言った。「彼らが僕の目を逃れて入って来られるはずがないだろう？」

ロイスは出てきて、予備の客間のドアを閉めた。「でもパニックって」と彼女。「何もできなくなる。そういうことって、ただもうおそろしいだけで。ミス・エリオットとかいう人のことを話し合ったことは忘れないわ——とても音楽的な女性だった——リヴィや誰かと、そう、ここでね、それに、ねえ、彼女はその間ずっとそこにいたのよ、そして尊敬すべきイギリス人だというので、彼女も遠慮がなくなって。私、彼女をまともに見られなかったわ、彼女がいる間ずっと。だけど、彼女も色々と煙幕を張ったのよ、だって、彼女は夜間は花瓶を全部ドアの外に出したから、朝のお茶を持ってきたブリジットがそれに蹴つまづいて。マイラ伯母さまはひどくいらいらして、養老院の話をしていたわ」

「ミセス・モンモランシーについてはとくに衛生上の問題が何かあるようには思えないけど?」

「しまった」とロイスは言い、やけに心配そうな顔をして、突然自分の部屋のほうへ動きかけた。「書き上げたい手紙があるの」ブリジットのことが話に出て、ロイスは思い当たったのだ、連隊用の便箋に書いた手紙が私の部屋には散乱している、ブリジットは、お湯を持って上がってきたときに、何だろうと、きっと目を通すだろう。手紙がやましいというよりも、人が自分宛に書いてきた手紙のことを思うと、何となく自分が馬鹿みたいな気がしたのだ。

ロレンスは薄い青色の、やや飛び出した目をしており、その目の動きは遅いのに、その他の動作は唐突だった。いまも意識しないでもない穏やかさでロイスを見上げて彼は言った。「ねえ、教えてよ、何を書いたのさ?」

「人生全般についてよ」

「君には参るなあ――いまもし僕が手紙を書いても、誰ひとり読めないさ、インテリじゃないかぎり。君にはきっと黄金のタッチがあるんだ」

「人は当然、楽しませてもらいたいのよ」

「それで君は、いったい何人の少尉殿に書くんだ?」

これには意表をつくものがあり、同時に、見当違いだと強く感じた。仮に若い連中が彼女に手紙をよこしたとしても、それらは重要ではなかった。それに、彼女は三度に一度返答するだけだった。これらの若者たちは、具体的で、極端に身近にいるために彼女の心の風景をさえぎり、想像力を麻痺させる社交上の閃光のなかを影も残さずに動くだけだった。そこへミスタ・モンモランシーが登場し、ロイスが自分の子供時代を託した、どちらかといえばありがたい暗闇から姿を現わしたのだ。彼に対する彼女の感情は、快い事柄を内省するきっかけになった。彼が大写しになって黒ずむほどクローズアップになっても、彼から焦点がずれることはなかった。

「何人なのさ?」ロレンスはまた言って、本を取り上げ、容赦なく彼女を見つめた。彼がロイスの友人のリヴィ・トムスンを呼ぶときにした一番の意地悪は——ベルグソンの言う生命の躍動《エランヴィタール》に通じているかもしれない通路だった。そして現に、彼がこの種の質問をするとき、彼の確固とした考えがどこにあるのか、それが彼女にはわからなかった。

だが、過剰についてより、むしろ欠乏について言葉もないことが、彼女を困惑させた。

「三人——ううん、二人よ」彼女は冷たく言った。「だって、一人は大尉だから」

自分の部屋に入ると、彼女はドアを閉めた。ロレンスは立ち上がり、控の間のほうに歩いていった。これで百回目になるか、彼は鍵の掛かった書棚に並ぶ本の背を馬鹿にしたように見た。そのとき、伯母とミセス・モンモランシーが階段を上がってくるのが聞こえた。

二

ネイラー家とモンモランシー家は長い知り合いだった。何世代にもなる間柄だった。ヒューゴは少年時代に何ヶ月も続けてダニエルズタウンに滞在し、自分の家に負けないくらいこの場所を知っている、とフランシーに話し、そして事実このほうが好きだった。彼はそうした好みについてかねてから口にしていたが、彼らがまず婚約したときに、彼女にはそれがショックだった。あたかも無宗教だと明言されたように彼女は心を痛めた。そして、彼には義理の父親があり、家族生活が持つ意味を知らずに来たことを思い出すことで、自らを慰め、ひそかに彼を更正しようとした——彼女には「自然らしさ」を求めるデリケートな女性のしぶとい感情があった。彼の子供時代に欠けていたものをとりもどしてあげようと心に決めたのに、二人が結婚したそのすぐあとに、ヒューゴはロックリヴァー荘を売却した。彼女はいま、彼を阻止しなかったことでつねに自分を責めていただろうが、彼には当時カナダへ行くという断固とした考えがあり、彼女は自分を殺して彼に同行し、そこで成功することでその補償をすることに愚かにも躍起となった。だから、カナダ行きが頓挫すると、彼らには住む家がなくなり、彼女には結局使命がなくなった。ヒューゴのほうは、人生に期するものはほぼ皆無だった。

フランシーは生まれてからずっと、ダニエルズタウンのネイラー家のことはつねに耳にしていたし、自分の従兄妹たちはネイラー家の従兄妹たち同士で結婚していた。だがアイルランドは広いから、彼女が彼らに会ったのは、新婚の訪問でダニエルズタウンに来たときが初めてだった。そのときももちろん彼らは互いに知り合いだったので、始まりはどこにもなかった。思えば、生まれてこのかた、彼女はこの最初の訪問のときほど幸せだったことはなかった。時間は、目の粗い織物なのか、下地に光り輝く色があって、一瞬と一瞬の隙間に幸福が輝くのだった。彼女はまた、戻るという感覚、待機しているという感覚を強く持っていた。部屋とか戸口は、彼女の待望する気持ちを縁取る額縁だった。遠方の木々、階段、庭園の一部が、つねに彼女の心の奥にひそかに横たわっているように思われた。

それにまた、最初とあと一度だけあった訪問のときに、彼女はマイラと友だちになった——それはそれなりに思い出だった。マイラ・ネイラーは「面白い人」で、教養があり、写生が上手で、書物と音楽について知識があった。ドイツ、イタリア、それに人が行きたがるような場所にはすべて行ったことがあった。フランシーとマイラが同じ時期にドイツにいたことが判明したのが一種の絆になり、それは一八九二年の夏のことだったが、二人は出会ったわけではない。マイラはフランシーと同い年で——社交界へのデビューも同じ年、ただし会場となった「応接間」は同じではなかった——、ヒューゴのことはまだほんの少年じゃないかと思っていた。マイラはそれを示さないではいられなかった。ときどき彼女は、それをほのめかし、フランシーは笑いながら気の利いた見当違いなことを言い、バツの悪さをごまかしていた。というのもヒューゴは二人より十歳も若く、それがフランシーの夫だった。

フランシーとマイラは注目すべき長い対話を、ほとんどすべてのことについて交わし、驚くほど親密ではないにしろ内密に話し——歩きながら、ドライブしながら、クロバナロウバイ《キャロラインオールスパイス》の木のそばのベンチの上や、夜には階段の最上段で——、蠟燭の炎が二人の熱意に負けて頭を垂れた。

その訪問が終わり、モンモランシー夫妻がダニエルズタウンを去ると、これがフランシーには、継続が切れるというよりは休止のように思われた。「つぎの春は」と四人で互いに約束し、階段の下で握手をし、キスをした——時は秋で、赤い銅の色をした木々が吹く風にふるい分けられて、列になって震えていた——「つぎの夏には、ヒューゴ」とマイラが叫んだ。「せめて！」そして彼らが最後に見た彼女は、光を浴びて堂々としたマイラだった。馬車が走り出し、唯一いっしょに走り出した木々が流れて水のように空に消えると、フランシーの瞼《まぶた》がちくちくした。彼女は手を膝掛けの下にあるヒューゴの手に滑り込ませた。そしてその手を押しつけながら、彼はひとり振り向いて、別れを惜しみ、本気で手を振り続け、やがて道は曲がって門に続く並木道に入った。

彼女はおそらく、未来から吹いてくる冷ややかな息吹を感じていたのだ。彼らの瀟洒《しょうしゃ》な出立、車輪の回転、そして刈り込んだ月桂樹《ローレル》が並ぶ門を馬車で通過したことと、彼らが自動車のブレーキを軋らせて屋敷に近づいてきた十二年後との間には、大きな出来事の介入はなかった。彼らの生活は、こわごわ突き進んではきたものの、突発的な悲劇もない、小さなしがらみの数々からなる網だった。その網には彼の優柔不断があり、彼女にささいな気の緩みが出てしばしば食いちぎられた。彼女の健康、彼女の気質、彼らのさまざまな窮乏——それらがずるずると尾を引き、偏っていった。彼女は冬に何度も続けて海外に出るよう命じられ、それがみな彼にはとても我慢がならない場所だった。彼は彼女なしに独りで行き来した。慰めを求めて、もちろんダニエルズタウンに行ったのだ。ネイラー家は彼女に泣き言を入れ、命令し、通告した。僕らはどうしても、絶対に、あなたも一緒にいてくれないと楽しくないのです。

そしてついにヒューゴとフランシーが一緒に戻ってきた。そこで今日、何かがあって——並木道の木々のあの透き間、屋敷の正面にある記憶にない何か、屋敷を取り巻く静寂がなぜか増しているし、あるいは階段の上に立っているロイスの姿があるだけからか——この場所が違ったものになっていた。レディ・ネイラーとミセス・モンモランシーは一緒に階上へ上がっていった。フランシーは最上段に来ると下を見おろし、まだあの印が残っているかどうか見た——彼女はロバート・ヒュー・ベンソンのことで議論している最中に気持ちが高ぶり、手に持った蠟燭が揺れて熱い蠟の雨を落としたことがあった。しかし階段の絨毯は新しくなっていた。マイラも下を見たが、驚いていた。覚えていなかったのだ。彼女はこの十二年の間にあまりにも多くの人間と議論を交わし——、近頃ではゴールズワージーについて議論していた。

「私は驚かないことにしているの」マイラは控の間に近づくと声を低くして言った。「もしロレンスがここにいても——私の甥なの。私たちのところによく来るのよ、オクスフォードの学期の間に。でも彼には退屈じゃないかと思うわ。ドアからあまり出てこないのよ。彼はとても知的でね。でも、もちろん、テニスをやってるわ」

フランシーは控の間に入ると、ロレンスがいなかったので、気持ちがずっと軽くなった。「とても素敵だわ」彼女は言った。「あなたは家を若い人でいっぱいにしてるのね」そして本能的に右を向き、昔の自分のドアを見た。

「違うわ、こちらよ、フランシー、青の間へ。屋敷のそちら側はミヤマガラスが騒いでみなさんに嫌がられるから。部屋をいくつか変更して、ロイスをそこに移したの。彼女はミヤマガラスがいるほうが好きなの」

彼らが青の間に入ると、フランシーには二人の顔が長い化粧鏡に映っているのが見え、その後ろでドアが揺れていた。「マイラはふけたわ！」彼女はそう思い、それがショックだった。彼女自身の顔は少しも変わらないように見えた。

フランシーは言った。「あなた、お美しいわ、ええ。私、またお目にかかれるなんて、思いもしなかったわ、リチャードだって」

マイラは彼女にキスした――あっさりと、唇を突然すぼめて触れたのだった。再会するのが今回限りといわんばかりだった。ドアが揺れて音を立てた。「ひどいんだから、ひどいじゃないの――カナダに行ってしまったわけじゃないのに！」

マイラの袖口のリネンが、埃っぽいフランシーに触れるとひんやりとした。マイラが着ているグレーのリネンのドレスは刺繍した飾り布が縦についており、首に巻いたレースのスカーフは二重に回し、あみだにかぶったグリーンの帽子はクローバーの縁取りだった。明るいグレーの瞳は迫るような漆黒の虹彩を持ち、深い皺に囲まれてそれぞれ頬の外側に続いていた。頬骨の曲線の高いところが、ちょうど花びらのように明るいモーヴピンクの色に染まっていて、キスする近さにくると、それは網のように広がった繊細で優美な無数の静脈だった。眉はとがった円形に引かれ、悲劇的な驚きをしのばせたが、その吊り上った眉は平らになることはなく、その下にある顔はつねに変わらず、冷静な熱心さ、幸せな不満をたたえていた。「は、た、し、て彼女はふけたのか？」フランシーはそう思いながら、別れ際にまた、こっそり内緒でじっと見てみた。ああやはり、と彼女は感じた、マイラのなかで何かが出来上がっていた。彼女は前より幸福になり、前より硬化していた。

マイラはキスを終えて引き下がった。人生は続行あるのみ、愛と楽しみの務めは存分に実行された。彼女は青の間を動き回り、窓から外を見て、木立の間から出てきた遠くにいる誰かにうなずいた——彼女は人が屋敷の物陰に消える意味がいつまでもわからなかった。本立てのなかの本をいちいち熱心に眺めた。「ロイスは本を取り替えてないわ！」彼女は叫んだ。「私はいつもその場にふさわしい本があるのが好きなのに。ほら、生ゴムに関する実用書があるけど、去年の夏にある男性が置いていった本よ——馬鹿げてるわ。ロイスは同じことを二度と忘れる子じゃないわ。いつだって何か違うことで……」

「可愛い人みたいね。それに、やはりローラに生き写しでしょ？」

「性格はローラほどじゃないわ。多分に、と時々思うんだけど、哀れなウォルターに似てる」

「すごく悲しかったじゃない、ウォルターのことだけど？」

「実を言うと、私たちがいつも予想していたとおりだったのよ」レディ・ネイラーは言った。

フランシーは部屋で独りになると、窓辺に行って、ドライブ用のベールの埃を払った。それから——自動車の旅は何もかもが飛ぶように過ぎるので、ひどく疲れていた——ソファに腰をおろし、両手で目頭を押さえた。心は静寂に戻っていたが、ヒューゴを待つ彼女のなかにある種の見張り番がいた。何と言うべきかわからなかった、もし彼がカーロウからのドライブが、実は彼女にとって負担だったことに気づいたとしたら。彼女は前もって、負担になるのが心配だと言っておいた。すると彼が言った。ナンセンスだよ、君は最近は元気で何でもこなすじゃないか。これにのせられて、彼女は折れた。彼女は疲労がこたえ——自由になったこの二、三分ですら——ダニエルズタウンをそれと認める気力すらなかった。考えることが傷かった。外を見ると、我慢できそうにない木々と、金色の野原がスカイラインの上にあるのが見えた。

　こちらへ来る足音が聞こえたので、彼女は急いで洗面所に向かった。肌が乾いていて、髪の毛はほどけてもつれ、埃でばさばさだった。しかしその日は快晴で、めったいない天候で、この国では感謝してもしきれない天気だった。ヒューゴが彼の化粧室から出てきたとき、彼女は手を洗っていた——その手は水のなかでヴァイオレットの石鹸におぼれた大人しいネズミイルカのようだった。

「さて」彼は言って、部屋を見回した。

「さてって、ヒューゴ……、美しいじゃない？」

「リチャードはたいしたものさ——僕は君に追いつけるなんて思わなかった……疲れなかった？」

「あら、いいえ……。すべて前と同じに見えない？」

「ひとつだけ言うよ。マイラはふけたね。気づかなかった？」

「ああ」フランシーは言葉を濁した。そして顔を洗面器に伏せると、水しぶきが雨のように心地よく、毛穴に浸透していった。「ああ！」彼女がダマスク織りのタオルで顔をぬぐうと、刺繍の薔薇が顔に当った。「でも、だったら、私たちみんなふけたわ」

「彼女はドアを閉めて回るのが癖になってる」

「時代がここではよそよりひどくなっているから。ええ、私も思ったわ、そう、彼女はどこか無理しているみたいね。リチャードはこの事態をどう考えているのかしら？ ……ああ、それに、ロイスが大きくなったと思わなかった？ まだ女学生だとばかり思っていたけど。とてもきれいだわ、とても……率直な小さな顔をして」

「自意識が強いね」ヒューゴが言った。「だが、あえて言うと、あの年頃の少女はほとんどみな……。僕はちょっと横になるよ、疲れがとれるからね――もっとも君にはその必要はないね。それとも髪にブラシをかけてあげようか？」

フランシーは自分のトランクからガウンを取り出して、ソファに横になった。そこでようやく一息ついたら、ヒューゴがそのソファは居心地が悪そうだから、ベッドで横になったほうがいいよと言った。彼は彼女のためにふたつの枕の間に谷間を作った――彼は頭が高いと休息できないと信じていた――そして彼女はベッドの上で横になり、谷間に頭を埋めた。「あら、でも私、この素敵な羽根布団の上に横になるのはどうかと思うわ」彼女はすぐ抗議した。

「ここではうるさく言う人はいないさ」ヒューゴが答えた。「じっと横になって、じっとしていなさい」

そこで彼女は横になり、彼が彼女のふたつのケースを開け、ドレスを腕にかけて運び、「男性用衣裳戸棚」の棚の上に置いていくのを見ていた。彼女は不思議に思った、マイラとリチャードはいったいどう思うだろう？ ――「妻に甘すぎる」、彼らはそう宣言するだろう。リチャードは水差しですら持てばまず落とす男で、マイラは、そうでなければ彼と一緒にならなかっただろう。

「いやな音だな」ヒューゴは言って立ち止まり、耳を澄ました。

「誰かが蓄音機をかけているんだわ――」

こう言う人もいたかもしれない、フランシーは若くて美男子だった男を射止め、彼女のお守りをし、世話を焼き、ドレスを出したら振って形を整えるように仕込んだのだと。そして彼女は知った、十二年前に説明しそこなったことを、いまとなっては絶対にマイラに説明できないことを――あのときは、説明して正当化することなど大してなかったのだ――ヒューゴは彼女にはいかに過ぎた人かということを。努力はしたが、彼にやめさせることができなかった――最初は彼女との結婚を、つぎにカナダをあきらめることを、彼女が南フランスに行かなければならなくなって、友だちと別れることを、あるいは、夕方彼女の髪にブラシをかけることを。

「ヒューゴ、そのブルーのドレスは出しておいていいのよ。着るつもりだから……。いつのことだったの、あなたがローラに恋したのは?」

「僕が二十二歳だったときかな――それらしいことになって。彼女はその頃美しくて――いや、彼女はいつだって美しい人だった。だけど、まったく幸せではなくて、ここにいても駄目だった。彼女は自分が欲しいものを知らなかった――とても生き生きしてた」

彼は夜会用の靴二足で迷っていた。「ブロンズ色のほうを出しておいて」彼女が提案した。「ブルーと合うでしょ」彼女が横になったまま、一瞬目を閉じ、そして訊いた。「でもどうしてローラはあなたと結婚しなかったの?」

フランシーの病弱、その度重なる不在、すぐに陥る妙に長い沈黙が、彼女に奇妙な質問をする権利を与え、死の床でする質問のようになっていた。ヒューゴはベッドの裾のほうをうろつきながら、彼女の足を物思わしげに見た。

「ローラは自分の心で決めたかったんだ」彼がやっと言った。「そして僕にはそれができなくて――僕がどうしてそこまで？　僕は僕の心だけで手一杯だったし。それに彼女はリチャードその人の妹だし――話しても話しても、彼女をどのへんで捕まえたかが誰にもわからない。そしてもし相手に捕まったと彼女が思うと、発作を起こして泣き出すんだ。そして北部へ行き、ファーカーに出会ってね、僕が想像するに、すべてが収まるところに収まったんだ、彼女は自分がどこにいるのかも知らないうちに、あるいはそこから抜け出すひまもないうちに。そのあとの彼女には、幸せになれない事情など、実際になにひとつなかったね。だが僕は、ローラには本当に大切な事がひとつもなかったんだと思う。何ものも彼女に近寄れなかった。とても遠い人だった」

「ロイスも遠い人なのかしら？」

「僕がローラについて感じていたのは」ヒューゴは関心をもって続けた。「つまりね、彼女は僕が望むような形で現実的だったことはないということだ。誰も目の前にいないんだよ、わかるだろう……。君がいまもし起きるなら、髪にブラシをかけてあげるよ」

「埃っぽいわよ」ミセス・モンモランシーが言った。

彼女はすでにイギリスでローラに出会っていたが、ローラにはとても気後れがした。ローラはイギリスで成功をおさめ、たしかにそれほど輝いていた――彼女は彼女自身の母国にとってまさしくアイルランド人そのものだった。ロイスはふだんどおり学校にいて、自宅に帰らなかったがそれは、ローラがモンモランシー夫妻の来る日付けを忘れたからだった。六ヵ月後、自分の意図を誰にも告げないまま、ローラは死んでしまった。

「変な感じね」ミセス・モンモランシーが述べた。「私がロイスに会ったことがないなんて」彼女は鏡の前に座り、ヘアピンを一本ずつはずすと、髪の毛を顔の周囲に下ろした——明るいブロンズ色の筋が入り混じって薄いグレーの波の上を覆っていた——彼女はそれに指を通し、悲しそうに頭を振った。しかしもう埃はどこかに消えたらしく、彼女はずっと幸せになり、それほど疲れていなかった。あるいは、あのふたつの枕の間に埃の名残を落としたからか。彼女の夫は、ブラシを一本選んだ拍子に、ゼラニウムの花瓶をひっくり返した。

「チキショー」ヒューゴはそう言いながら、ブラシについた水を振り払った。「化粧台に花瓶を置く奴がいるか！」

三

ロイスは晩餐のための装いをおえて、自分の書き物机の上を片付けていた。切手を貼った手紙が二通、つまり自分で書いたのが、置き時計に立てかけてあった。自分のピンクのスエードの手帳を取り出すと、その中味を整理しはじめたが、全部読み返す羽目になった。ジェラルドは、テニスのトーナメントについて書いてきて、こう結んでいた。「あなたの瞳は最高に美しい」ロイスは面喰らい、考えた。「だからって、どうしろと?」そして手紙をさっとたたみ、ほかの手紙と一緒にして輪ゴムの下に入れて束ねた。それから「一般」と分類した引出しを引き、まとめてそこに滑り込ませた。紙屑籠もあったが、そこは封筒を入れるだけだった。銅鑼《どら》を打つ音、真鍮板の響きが、ホールから湧き上がってきた。彼女は鏡の前に走り、ネックレスを取り替え、自分の鏡像と目を合わせた。夜だからどうだというの?

ミセス・モンモランシーとロレンスは応接間にいた。二人とも心配そうに見え、会話らしい会話になった様子はどこにもなかった。青白い部屋は鏡だけが届く高さがあり、鏡の役割を超えていた。この不釣合いに広い空間は、人物と家具をつねに矮小化して見せた。遠方にある天井は無表情な白い長方形で意識的にせまり、百五十年間におよぶ押し殺された会話を蒸留してできた透明な静寂が、天井の下に控えていた。この静寂を突いて声が上がり、厳かにか細くなって消えた。これでもう声は絶えた。ミセス・モンモランシーとロレンスは、互いに目を背けて座っていた。

ロイスが入ると、ロレンスはポケットを上から叩き、部屋に忘れたパイプがどうのと早口に言い、残されたロイスは顔と顔を付き合わせることになった。ミセス・モンモランシーは窓の座席に座り、シルクのドレスに滑らせた『スペクテイター』の角をつまみ、会話から逃げこめる場所としてこれを常時確保しておきたいようだった。漠然とした存在、あるかなきかのシルエット、西日が移動してふんわりした髪とレースのショールに射し込んでいたので、彼女の半分が溶けており、人の質問にほとんど答えないので、どうやって彼女に近づいたらいいのかわからなかった。だからロイスは目を丸くして立ちつくし、ひたすら光を浴びていた。

「まあ、あなたって、愛らしいのね！」と客は叫んだ。「黒がとても衝撃的よ。違うわ、あなたはローラに似てないわ——誰に似ているのか、それは知らないけど」

「マイラ伯母さまは少女に黒はどうかしらと」ロイスはそう言って、ドレスのひだを誉めてもらおうと前に進んだ。「でも、白いスリップのせいで明るめになって」

「どうやらあなたは素晴らしい時間を過ごしているわけなのね、すっかり大人になって？」

「ええ、まあ……」ロイスは言った。そして暖炉のほうへ行き、爪先立ちをして、両肩を大理石に持たせかけた。そしてつとめて意識していないように見せた。ともあれ大人になったことが、まだはっきりと誇らしかった。達成感があり、結婚したとか名声を得たのに似ていた。素晴らしいときを過ごすとは、多くの若者にとって魅力的であるという意味だ、と彼女は知った。もし彼女が「ええ、過ごしています」と言ったら、それは「ええ、私は、とても――」という意味なのかどうか確かでなかった。また、はたして自分がどのくらい楽しいのか、それも確かでなかった。「まあ、ええ、そうです」彼女はやっとそう言った。

「教えてくださいな」ミセス・モンモランシーが続けた。「あれはあなたの従兄のロレンスじゃなかった?」

「実を申しますと、私はリチャード伯父さまの姪で、彼はマイラ伯母さまの甥なんです」

「それで彼、とても知的なんでしょう?」

「そう思います、ほんとに」

「でも心配だわ」ミセス・モンモランシーが言った。「どうしたら彼に話しかけられるか皆目わからないの。あなたはきっとそんなこと、ちっとも難しくないんでしょ。そうよね、ロイス、あなたはとても現代的でしょうから」

「あら、まあ、それほどでも」ロイスは言い、嬉しかった。ミセス・モンモランシーの表現は、その輪郭線からまとまってきて、好意と関心にあふれていたので、ロイスは前向きになった。「彼とはまあどんな話でもなさっていいんです、政治だけをのぞいて。彼はここでは一切許されていないんです、彼がオクスフォードから持ち帰ったものが全部間違っているものですから」

「間違ってる?」と叫んだ客は、驚きのあまり紅潮し、片方の手を顔に当てて、顔色が変わるのを押しとどめたいようだった。「間違ってるって――どっちに? どういうこと、『間違ってる』って?」

「不都合なんです」

「まあ」ミセス・モンモランシーが言った。そして、ロイスが入ってきたことで戸惑ったような静寂がまた訪れたなか、サー・リチャードが入ってきた。サー・リチャードは晩餐に降りてくるのが早すぎる客がたいそう気になった。明らかに彼はフランシーがそれに当るとは予期していなかった。

「おや!」彼はとがめるように叫んだ。「これはまずいな。あなたが降りておられたとは。マイラは遅れておりましてね——何がどうなっているかはご存じでしょうが」

「ごもっともですわ、ええ」フランシーは熱っぽく言った。彼女自身、自宅があったとしても、時間に間に合うことはなかっただろう。彼女の人生の小さな空白と裂け目の数々が、彼女の時間厳守の言い訳になった。

サー・リチャードは、何となくネクタイにさわりながら部屋をうろつき、なぜかいらだって自分の行く手に湧き上がってくるような小テーブルをいくつか動かしたが、おそるべき雄弁家がギアを入れる前の、満を持した静けさのなかにいた。

「実にいい天気で」彼がついに言った。「夜は暖かいし——それとも窓を閉めたほうがいいでしょうか?」彼は狼狽していた。かつてはどれほどフランシーのことを知っていたかが思い出せず、どの程度の親密さでいままた彼女を扱ったらいいかが決められなかった。「ロイスが大きくなったでしょう?」彼は言葉を続け、霊感がひらめいたように姪のことを持ち出した。「私にはとても成長が早いように思えましてね。さてどのくらいになりますか、あなたがむこうのイングランドで彼女に会ってから?」

「でも私、彼女には一度も会っていませんのよ」

「まさかそんな」サー・リチャードは言い、一人を見てもう一人に目を移した。「哀れなローラには会わなかったと?」

「会いましたけど、ロイスは外に出ていて」

「それはあいにくだったな」サー・リチャードはいっそう狼狽してしまい、何かがどこかでおかしくなったなと感じた。彼はやや無愛想に言った。「では驚くも何もないわけですな、彼女が大きくなったって」

「そういう意味では」

「今夜はみんなで階段に座ってもいいわね」とロイスは言い、二人を空しい経歴に預けておくことにした。そして窓辺に行き、両腕を組んで窓枠に乗せた。

衝立《ついた》てのように並んだ木々が屋敷の後ろから腕のように伸びて――芝生と土手となだらかな坂になったテラスを囲み――、黒ずんで深々と森に消えていた。闇を裂くように、大枝が鬱蒼とした暗い葉の茂みを縫って貫いていた。夕暮れが夜を濡らす。ブナの木は音のない滝だった。木々の背後に、無人の田園の広がりから明るいオレンジ色の空が侵攻するように押し入り、這いずるようにくすぶっていた。モミの木が突き刺すように上に登り、その明るさに溶け込んでいた。どこかで日が沈み、山々はガラスに変じて輝いていた。

闇が木々を早くも占領したので、ロイスは窓から後ろを振り向いて、部屋が明るいのを見て驚いた。

日光がまだ南側の窓から射し込み、鏡のなかや壁紙の色艶のなかに名残をとどめ、部屋はまだ明るかった。ミスタ・モンモランシーがすでに入っていて、彼女が立っていたところに立って、マントルピースに背をつけてもたれていた。

「今夜はみんなで階段に座ってもいいのよね?」ロイスはしつこく言った。そして誰も返事をしないし、する気もなく、会話はロイス抜きで続いていたので、彼女は深い孤独を味わい、自分はことさら排除される運命にあるのかとまたもや不審に思った。親密な影を作っている木々の何かが、木陰になった部屋にいる夫婦と招待主にも共有されていた。彼女は愛のことを重要な贈り物として考えた。

「私はいつかこれをみな妨害してやる」彼女は部屋中を見回しながらそう考えた。

「いまでも晩餐のあとに眠るんですか?」彼女はミスタ・モンモランシーに訊いた。

「それは僕が一度もしたことがないことだがね」彼は困ったように言った。

「でもその居眠りこそ、あなたのことで、私がとくに覚えていることなんですけれど」

「弱ったな」彼は自分を押さえて言った。「僕を誰か別の人と取り違えているようだ」

「ねえ、リチャード」フランシーが言った。「大丈夫なの、私たち、まさか銃で撃たれやしないでしょうね、遅くまで外の階段に座っていても?」

サー・リチャードは大笑いし、みんなにそれが伝染した。「まだそこまでは、この辺にいる兵隊だってまだ、ロイスは将校さんたちと踊りながら並木道を行ったり来たりさ。君はずいぶんイギリス人になったもんだ、フランシー! ずいぶんとフランシーはイギリス人になったでしょう? どうだろう、鎧戸《シャッター》の後ろに砂袋を置いたほうがいいかな、夜の戸締りをするときは?」

「そんな、でもリチャード、真面目な話だけど――」フランシーは話しはじめ、そして、みなが目を丸くしたので、笑ったり、やめたり、笑い続けたりした。いまカーロウ州《カウンティ》では、このあたりは物騒だと噂し、こんな時にくるとは彼女も重大なミスを犯したものだとみな言っていた。さりとて、リチャードならおそらく断言するであろうように、カーロウ州全体が危険だった。

レディ・ネイラーがロレンスと腕を組んで入ってきて、みなさんとても時間が正確ねと言った。

「銅鑼が鳴ったのはほんの三分前だったし、下へ降りるどなたの物音もまったくしなかったわ。でも私は遅刻ね、リチャードにはみなさんにお断りしてと頼んだとおり。なかへはいりませんか?」

「フランシーが知りたがっているんだ」サー・リチャードはそう言って、フランシーに腕を差し出した。「ここに機関銃があるかどうか?」

「まあ、そんな物騒なことを!」

「たしか君は並木道で踊るとか?」ミスタ・モンモランシーがロイスに言った。

「たったの一回だけ、賭けをしたんです。私とミスタ・レスワースという男性が白い門まで踊り、私たちが賭けをした相手の男性が後ろから蓄音機を運びながらついてくると。でもむろん、そんなことしないのが原則だけど」

「靴に負担がかかったでしょう、きっと」ミスタ・モンモランシーはおざなりに言った。

「それに知っている男の人たちが夕方ここに来られなくなって」

「それでもとても愉快な時間が過ごせるんでしょう」ミスタ・モンモランシーはそう言って離れていった。

ダイニングルームでは、居並ぶ肖像画の下に小さな集まりができていた。高い所で向き合っている顔と顔がたえず交わす視線の下で——どれもがいまはうすれた黄褐色に褪せていて、壁に入り込んだ四角い暗闇から互いに覗き合っている——サー・リチャードとレディ・ネイラー、その甥とその姪、それに古い友人たちは、薄っぺらな明るすぎる表情をし、不服そうな絵のせいか、驚いたように、その場限りのように見えた。巨大なテーブル——その上には、わずかに残った光線のなかで、ダマスク織りの鳥と薔薇がこの世のものでないように輝いていた——の周囲に正確な間隔を空けて散らばって座り、互いに遠く孤立していたので、ときどき出る言葉が隣人にも届かないで消えてしまい、何かを求める声のようでもあり、無意識に誇張した口調や動作におかまいなしに、その場にいる六人の一人ひとりが身をすくませていた。かたや頭上では、不滅の人物像が沈殿した暗闇に向かって笑顔や渋面など、その他あらゆる個性を見せた表情を振りまきながら、外観だけを保ち——時代遅れの慎み深さとか、奇癖や激情を浮かべ、手はひだ飾りの下に滑りこませるなり、胸の割れ目の上に何となくかざすなりして——時間を取り消し、個性を拒否し、食べたり喋ったりという下方の者たちの陽気さで、不和を外見からはほとんど見えなくしていた。

透き通ったスープが入ったロレンスの皿には、グリンピースが六つ浮いていた。スプーンが正確に六回、一回に一個ずつグリンピースをすくい、スープが終わった。そして伯母のいる右の方角に目をやってから、左のミセス・モンモランシーのほうを見た。二人とも話していた。ミスタ・モンモランシーはレディ・ネイラーに耳を傾けながら、向かいにいるロレンスを見ているようだったが、光を背にして座っていたので、ロレンスは近視でもあり、よくわからなかった——彼は不確実なほうが好きだった。

レディ・ネイラーは世間話をしていて、先の尖ったスプーンは皿の上でとまっていた。ほかの人たちが待っているのに気づくと、最後にまたヒューゴのほうをわざと見てから、うつむいてスープを終えた。ヒューゴはすぐロレンスに言った。「それで君は、世間をどう思っているのかね?」

「世間? ここのことですか?」

「ああ、まあ」

「迫ってきているようです」ロレンスは言いながら、なんとなくパンをちぎった。「近づいているかな、むしろ」

「シーッ!」レディ・ネイラーが声を上げ、二人に向けてテーブル・クロスの上に手を走らせた。顔をしかめ、パーラーメイドをちらりと見た。「さあさあ、ロレンスに大げさなことを言わせないで下さいな。オクスフォードからきた若者はみなすぐ大袈裟になるんだから。ロレンスの友だちもみんな大袈裟なの。彼らに会ったことがあるんですから」

「伯母さまがもしそう気づいたなら」彼女の甥が言った。「きっとそうなんでしょう」

ロイスは向かい側にいて、ミスタ・モンモランシーのほうに熱心に身を乗り出した。「もしご興味があるようでしたら、農園にいらして拳銃を掘り出しません? あるいは、私が掘りますから、目撃者として来てくださる? この地所にいる男の人が三人も、下の農園には拳銃が埋められていると言うんです。マイケル・キーランは断言しているのよ、あそこを通りかかったら、男たちが掘っていたって。私、彼に訊きました。『どんな人たちだった?』そしたら彼は『それなりの様子でした』と、それで私、どうして彼らに何をしているのかと訊かなかったのと言ったら、彼は『そうか、どうしてだろう。彼らが掘っているのは見なかったのかな、奴らはスコップを持ってたのに?』だからどうやら彼はいま来た道を逃げ帰ったらしいの」

「——ああ、それはもうナンセンスだ!」サー・リチャードは大声で言った。「マイケルが何を見たっていいさ、幽霊を見たのも有名だし。男たちにお喋りをさせないようにしよう、それに何があっても耳を貸すなと」

「それでも」ロイスは食い下がった。「誰かが掘るべきだという気がするの。もしそこに何もなかったら、彼の魂のためにマイケルをとっちめてやるけど、もし本当に拳銃があるとしたら、リチャード伯父さま、見つけ出すことを考えてみて! そしてはっきり知るべきだわ」

「では、われわれは果たして知りたいのかな? 兵隊で地所をいっぱいにして、若木をみんな根こそぎにするんだよ。あの農園はただでさえ被害をこうむったんだから、観光に来る人たちで。みんなマイケルの同類だ。さて、私としてはともかく掘らせたりしないから。わかったね?」そう言ったサー・リチャードは紅潮していた。

フランシーは内心が分裂するのを感じ、割り切れないままに同情した。「いくら用心しても用心しすぎるということはないと思うの……。若木が可哀想ねぇ……それに」彼女はロイスにさらに言った。「自分から爆発するかもしれない」

「この国はね」サー・リチャードが続けた。「もうすでに兵隊であふれかえっているが、何もしないでダンスざんまい、年を取った女たちをベッドからたたき出して、拳銃探しをさせるとは。それでは人々は混乱するさ、当然ですよ。実は、軍隊は戦うのが癖になっているだけで、それ以外に何をしたらいいかご存じないし、それに陸軍も以前の陸軍とは大違いだ。昨日だって私はつかまえられてね、バリーヒンチまで車であとどのくらいあるか教えたくなかったものだから、門の出入りを支えているあのコーヒーポットみたいなものの横で、やくざな奴がそのポットの蓋の下から私にちらちらとお辞儀をするんだ。私は癇癪は押さえたが、こう言わないではいられなかった、私にはわからない、この国がいったいどうなるのか——やっと馬たちを車のエンジンに慣れさせたばかりだがね。『ろくなことはないでしょう』と私は彼に言いましたよ、『この不運な国でコーヒーポットみたいなものを乗り回したって』と。パトロールの者たちはトラックに乗り込んで、人を見ればかまわず側溝に蹴落とすんだから。彼らが言うには、英国軍では社会主義が大手を振っているそうだよ」

「そうね、彼らも難しいところなのよ」彼の妻がなだめるように言った。「それに彼らも最善をつくしているんだと思うわ。ここまで来た人たちはいい感じだったし」

「いまクロンモーにいるのはどこの連隊？」

「第一ラットランズ連隊よ」

「それに野砲連隊と守備連隊もいるわ」ロイスが付け加えた。「多くの人は守備連隊のほうが好きらしいわ」

「守備連隊のほうがダンスは上手です」ロレンスがミセス・モンモランシーに言った。「一番残念なのは、われわれが共和国になって、あの愛すべき軍隊が引き上げてしまうことですよ」

「馬鹿ばっかり」ロイスは花々のむこうから言った。ミセス・モンモランシーが驚いて彼女を見た。

レディ・ネイラーが続けた。「話では、何が起きても不思議じゃないと思ったほうがいいらしいけど、私たちは耳を貸さないの。それに私は原則話さないことにしているの。実際、もし噂が聞きたいなら、トレント城にご案内しないと。それに心配なのは、ケアリ家は度しがたい人たちだから……。ええ。そうよ、ヒューゴ、崩壊の話題にはこと欠かないわ。もちろんイングランドにも大変な崩壊が起きているし、大陸だって。でもときどき不思議な感じがするのよ、崩壊するものがまだそんなに残っていたかしら……。おそらく残っているのでしょうが……。で、もしみんなにその話をすると、彼らはそれはまるでナンセンスだと言うんだわ。それで結局、国家って何なの、もし国民のことじゃなかったら？　たとえば、私は今朝、ミセス・パット・ギーガンと長話をしたけど、林檎のことでいらしたものだから——あなた覚えているでしょ、ヒューゴ、ねえ、彼女はいつもあなたのことを訊いてくれるのよ。とても喜んでいたわよ、あなたが帰ってくると聞いて——『若い人たちのやり方って、ちょっとばかり乱暴よね』と彼女が言ったので、私も同意したのよ。彼女が言うには、若い人たちはいつも同じ、それがとても残念だって。とても面白い方だわ。色々と考えているのよ。でもね、こちらの人たちだって考えていますよ。このごろイギリス人に気づくことある？　私は覚えているの、一年前にイングランドのバークシャーのアナ・パートリッジのところに滞在したときだったわ——アナはいつも村のことで手一杯で、小さな集会とかがあるものだから。それで私、彼女のその集会に同行したのね、そしたら本当に——村の女たちが小屋のなかで丸くなって座っていて、見るからに彼女を見下しているのよ！　そのくせ顔の皺ひとつ動かさないんだから。私、あとで彼女に言ったわ。『たしかにあなたは素晴らしいと思うわよ、アナ、あなたの献身的なやり方は——でも、実際、頭脳がほとんどない人相手に、あなたに何ができるのよ――』すると彼女は本当に困ったような顔をして、村の女たちは少なくとも忠実だと言うのよ。彼女たちにはほかに代わるものがないから。もしあったとしても、彼女たちは見ようとしないのでは、と私は言ったんだけど。すると彼女は、あの人たちは黄金のハートを持っていて、それを袖に付けてはいないけれどって言うから、付けないのは残念だと言ってやったの――少しは明るくなったでしょうにって。彼女は言うのよ、少なくとも彼女たちと一緒にいる場所はわかってると、だから私、私は人間らしくない人のなかでは住めないと言ったのよ。でもそこで、彼女を混乱させてはいけないと思ったの、もし彼女が本当にイングランドに住んでいていいなら……。ああ、それに私、ミセス・ギーガンに今朝言ったばかり。『あなたのご友人の何人かは、私たちが出て行ったほうがいいんでしょうね』と、そしたら彼女、すごく憤慨して、泣きそうになって。そこでトレント家の人たちが私に言ったの――ああ、ヒューゴ、トレント家の一行が明日テニスにくるわ、あなたとフランシーのために。トムソン家もくるし、それにきっとハリガン家の人たちも。ハリガン家のお嬢さんたちはまだ家にいるのよ、あなた、聞いて驚くでしょ。彼女たちと結婚する人は一人もいないみたい――それに、ああ、大佐とミセス・ボートリーがおいでになるし、ラトランド家からも三、四人――」

「五人です」ロイスが言った。

「とにかくラトランド家から数名ね。みんなとても喜んでいるわ、あなたとフランシーが戻ってきたと聞いて」

「トレント家の人たちは」ロイスは憤慨してミスタ・モンモランシーに言った。「断言するのよ、あなたと彼らが親戚だって。でも違いますよね？　彼らはそう思い込んでいるんです」

ミスタ・モンモランシーが、自分はそう思っている、伯母の結婚でそうなったと言うと、ロイスは考え込んだ。おかしいじゃないか、トレント家ですら私が主張できる以上に親しい関係にあるなんて。もっともロイスは興奮していて、朝からずっと鼻歌をハミングしていた。目の前にある壺にいけたスイートピーが、彼女の興奮の証拠を握っていた。花々はみんな西に傾き、干草の山が崩れたみたいだった。たしかに彼女はミスタ・モンモランシーからこれ以上何も出てこないことを望んでいたが、彼はいまなお、彼女の子供時代の優しい記念碑が作るかすかな物陰のなかにいた。彼がどんな人間でありうるのか、彼はいまいることで何を主張するのか、それがロイスの心のなかで葛藤し、こすれ合って不快な音を立てた。眠っているのをじっと見つめた顔が――複雑さは拭い去られ、静止していて静かなのに何かが伝わるような感じがしたので、じっと見つめながら、ある種の宙吊り状態を共有してきたような気がした――そこにあり――ランプをじっと見つめたあとの明るくにじんだ残像のように――彼女のほうを向いたその顔には、知的だが鈍い、やや辛辣な微笑があった。彼女は彼をもはや限界だと思う気持ちが強まり、それはミセス・モンモランシーの限界だった。ミセス・モンモランシーにまつわる何かが哀れだった。トレント家に彼をあげてもいいや。

「となると」彼女は馬鹿にしたように言った。「あなたは誰とでも親戚なんですね」

「この国で長く暮らせば暮らすほど」彼は完全に同意して言った。「そうなるみたいだね」

だが、ロイスは自分がリチャード伯父と拳銃の話をしている間も彼がこちらを見ているのがよくわかっていた。類似点を探しているのだろう。この意識が彼女に格別な熱意を与えていた――とはいえ、彼女は拳銃に興味があった。だが、彼女が振り向くと、彼の横顔は向きを変えた——見たところ、もっとも冷笑的な拒否の意志を浮かべて。

彼は事実、彼女をずっと見ていたが、何の意図もなく、ただ純粋に表面に現れた細部を観察していた。彼女がそっぽを向くと、その背後から光が一筋射して、彼女の顎の曲線をなでた。彼女が彼のほうを向くと、光線は不鮮明なくぼみのある頰の線をとらえ、そこでは目の下に、骨の隆起にそって薄い肉が軽く叩かれたように付着していた。その瞳は切れ長で柔らかな色をしており、真剣で、何でも知りたくて、うるんでいて、まるで子犬の目みたいだった。くつろいでいるときの彼女の唇は不審そうに閉じられ、なにひとつ決められない線を描き、だから彼女は話をすっかり終えたという感じがしないのだった。顔は面長で、鼻は鼻梁から型どおりに下にくだり、そこで柔らかくぷつんと途切れていて、上に振り上げた彫刻家の親指みたいだった。顎はがっしりと強く、いつでも決意する用意があるみたいだった。彼は憶測していた、まだ形にならないが、努力をひとつしたいばかりに、彼女は早くに結婚するだろうと。

「ダニエルズタウンは興奮するほどの場所ではなかったでしょうね、あなたが以前ここにいらしたときは」ロイスはミセス・モンモランシーに言った。

しかしミセス・モンモランシーは、心ここにあらずの心境が高揚感に達しており、この場にいる人々の外に思いが飛んでいた。彼女は、まごつきながらも、こうした浮遊状態をいつでも演じることができた。彼女は肖像画のひとつを穴のあくほど見つめていた。

四

ロイスはショールを取りに二階へ行かされた。露が一滴でも裸の肌に触れると、それがレディ・ネイラーにとってもミセス・モンモランシーにとっても命取りになるのだった。階段を踏む足音が夕暮れにこだまを返し、彼女は歩をとめて耳を澄ました。彼女が降りてくると、みんなが階段――最上段の、広い石盤のたたきの上――にいて、パーラーメイドはコーヒーのトレーの置き場所を探していた。ミセス・モンモランシーは長椅子に座り、彼女の夫がその膝の周りに馬車用の毛布をたくし込んでやっていた。「そんなことをしたら」ロイスは思わず言ってしまった。「歩き回れなくなるわ、それが長居をする一番の楽しみなのに」

誰も関心を払わなかった。ミスタ・モンモランシーは毛布をたくし込み続けた。

「あなたは自分のショールがないの?」レディ・ネイラーが言った。ロイスはクッションをひとつ取って最上段に座り、両腕を組んで肘をなでた。「私だったらそこに座らないけど」伯母が続けた。「夜のこんな時分になると、石は何でも突き通してくるから」

「いまリューマチがなくても」フランシーが言い足した。「リューマチの材料をためているようなものよ」

「それがいずれ私のリューマチになるわけね」ロイスはできるだけ穏やかに言ったが、心のなかで付け加えた。「あなたたちが死んだあとよ」いまから五十年後に私は、もしそうしたければ階段の上のこの場所に座っているかもしれない――リューマチがあろうとなかろうと――彼女たちよりも三十年長く過ごして「時」のなかに深く分け入っているのだと思うと、なぜか神秘的な運命的な感じがした。それに私ははるかにそれにふさわしいのだ、彼女たちの世代よりも二倍も複雑だから――だって私はそうに違いない。二倍の人間たちと関わって私が作られたのだから。

ロレンスは憮然としてあたりを見回し、座る場所を探しながら――ロイスがひとつしかないクッションを取ってしまったからだ――言った。「どうやら君は、蟻が見えなければ蟻が足を登って来ないと思っているらしいね？」

ミスタ・モンモランシーは煙草をすすめて彼女を驚かせた。僕には理論があってね、と彼は言い、蟻は煙草の煙が嫌いなんだ。空気は静まり、彼のマッチは揺らめきもせずに炎を立てた。「蟻は眠ってるのよ」彼女は言った。「階段の割れ目に入って姿を消したわ。それに蟻は嚙みませんから。でもそう思うと恐ろしいわ」

「椅子はいらないの？」いらないと彼女が言うと、彼は自分の椅子に座りなおした。籐椅子がキーと言い、彼を吟味し、やがてすべてが静かになった。彼はみんなが乗った「時」に向かって突進する船から、ほかの人より十年あとに離船する予定だったが、彼が属していたのは、そのほかの人たちのほうだった。半分だけ向きを変え、ロイスは煙草の先で息づく煙を見た。なんだかみんなが待っているような気がした。夜はすでに木々を囲み、音を封印していた。空は明るく、ガラスより白く、うっすらとなって木の葉の乱れた線まで降りていたが、その下の暗闇には流されずに、芝生の灰色が煙のようにその暗闇一帯にたちこめていた。屋敷はそのすべての上にそびえ立ち、断崖のようだった。

「どうなんでしょう」フランシーが言った。「こんなに――こんなに静かな晩はここでは覚えがないけど」

「木ですよ」ロレンスが言って、パイプを持ち替えた。彼の白いシャツの胸がみんなの上にあり、彼はドアのそばで靴の泥落としに足を乗せて立っていた。

「明日のこの時間は」レディ・ネイラーが言った。「静かにしていたいわね――テニスパーティのあとは」彼女は吐息を漏らしたが、それが静寂のなかにたゆたい、冷気に吐かれた息のようだった。

「ああそうだ、パーティだった！　テニスパーティか……」

「フランシー、誰が来るかあなたに言いましたっけ？」

「あなたが言いましたよ」ロレンスが言った。「僕は聞きました」

「テニスパーティが退屈なのは、テニスをしない人たちのせいよ」

どこか諦めたようにフランシーは両手を毛布の上に置いたが、その仕種が体に障害がある人のような様子を与えた。「いいことですよ」サー・リチャードが言った。「あなた方二人がカナダまで出て行かなかったのは。私はその考えがいいと思ったことは一度もなかった。あのときもすごく反対したんだ、あなたも覚えているでしょうが」

「そのことでは僕も気持が割れていました」ヒューゴが言った。「やってみる価値はあるように思いましたが、それでも反対が強くて。いいことをしたのかどうか、わかりませんね——どうだったのかな」

彼らは彼とともに考えてみたが、程度の差はあれみな無関心だった。ロイスは自分のドレスをすっとなでた——生地の感じが蜘蛛の巣のようで、じとっと湿っている。きっと露が降りてきたのだ。

「あら！」フランシーが叫んだ。「聴いて！」

彼女が我を忘れて静寂を守ったので、ほかの人たちは音がしたあとも耳を澄ませていたが、音がしたことが殴られたような衝撃を彼女の神経に与えた。彼らは階段の上から一面の野原を見やり、農園と農園の間には海のような広大な空間があった。はるか東、荘園の所領区域のむこうで、エンジン音が用心しながら静寂を貫いて耳に届いた。こすれるような、苦しんでいるような音が丘を支配していた。

「パトロール隊だ」ロレンスが言った。

ヒューゴが手をのばしてフランシーの毛布を押さえた。「パトロール隊だよ」彼は彼女に言い、情報を通訳した。

サー・リチャードは厳しい説明をした。「毎晩出てくる——この方角はいつもじゃないが」

「今日は早いわ。まだ九時半でしょ。どういうこと……」

音がとまり、一瞬だけ青白い光線が暗い空に走った。それから一群の木々の後ろ、スカイラインのあたり、所領の境界のあたりで、その音は身をすくめるようにあやしく動き、誰かが生垣の後ろを這うように走っているみたいだった。その振動が聴いている者の背骨にこだました。彼らは共謀しているような感覚で聞いていた。

「トラックにこそこそされると気味が悪いな」

「ロレンス、こそこそどころじゃないでしょう!」レディ・ネイラーが言った。「あなたは普通にしていられないの? もしあれが一種不条理な示威運動というのでなければ、私はあの気の毒な人たちをお茶に招くところよ」

「彼らも慎重ですよ」ヒューゴが我慢できずに言った。トラックは境界線ぞいに這い回って脅し、このちっぽけな島の平和を射程に入れ、孤独を逆手にとるのを楽しんでいるようだった。静かな夜には音が呼吸をとめていて、しかも意図してとめているようだった。

「道路はでこぼこよ」ロイスが言った。彼女の目には用心深い積荷が生垣のなかにころがしてあるのが見えた。「どうなのかな」彼女は付け加えた。「今夜は誰がパトロールに同行しているのかしら?」

「あなたが知ってる誰かなの?」フランシーが声を上げた。しかしサー・リチャードは、友人たちが自分を差し置いてトラックの話に夢中になるのは、自己反省や頭痛や自然観察の話に夢中になるのと同じくらい厭だったので、いつもの長調の和音のひとつを使ってこれに釘を刺した。

「下のほうのテニスコートだがね、ヒューゴ」——体をずらして暗闇に移し——「あれは昔のままじゃないんだ。雨のあとに家畜が入り込んで、駄目にしてしまってね。山をひとつ地ならしするくらいローリングをかけているが、元通りにするには長くかかりそうだ。覚えているかい、あの夏にコートにいた四人を——あれは一九〇六年だったか——君と僕とオドネルと哀れなジョン・トレントのこ

たのは？」

「覚えているさ。ところで、ジェイムズ・オドネルだったかピーターだったかな、セイロンに行ったのは？」

「あれはたいした夏だった。あんな夏は僕の記憶にはまずないね。干草作りは六月の末には終えていた」

トラックは引きずるように東に向かい、バリーヒンチのほうへ去った。その跡に砂のような静寂が降りた。彼らの世界はぬぐわれ、威圧感がうすらいだ。いま一度彼らは木々の葉のそよぎを聞き、小鳥が一羽、枝をわたるのを聞くことができた。だが気づけばもう真っ暗だった。フランシーは身震いし、レディ・ネイラーは正式に立ち上がると、なかに入りましょうといった。「哀れなジョン・トレントは」彼女はクッションをかき集めて言い足した。「ごたごたが解決できなかったのよ、シーハン家とマダーの釣り場のことでもめてね。裁判になって、そうよ、もちろん彼が負けたわ。いつも彼には裁判に持ち込むなと言っていたのに。彼は頑固だったから」

「ほんとに頑固だった」サー・リチャードが言った。「彼はシーハンを敵にしてしまったが、敵を作るのは得策じゃないからね。だがむろん、もう彼は死んでしまったから、それもたいしたことじゃないが」

「アーチー・トレントにはたいしたことかもしれないわ……。ロレンス、リチャード伯父さまを長椅子に座らせてあげて、あなたはあとで自分の椅子を持ってきたら」

「僕の椅子なんてないよ」

「あら、玄関ホールのランプが点いてないわ。駄目ねえ！　サラがいないと私は迷子よ——サラのこと覚えてる、フランシー？　彼女、亡くなったのよ、ええ」

ロイスは、うろうろしている人影に囲まれて座ったまま、声を上げた。「だって、まだ始まったばかりよ！　みんな、まるでわかってないんだわ。私は並木道まで歩きますから」

フランシーは手探りしながらなかに入った。毛布を引きずっていた。三人の男たちは籐椅子を運び入れ、ドアのところで一緒になり、椅子がぶつかって音を立てた。彼らは椅子を下におろして謝った。ロイスが繰り返した。「私は並木道まで歩きますからね」しかし彼らは手順が決まっていたように、軋ませたりぶつかったりしながら、どんどん屋敷内に入っていった。ロイスは一人で階段を下りた。一人になりたかったが、いなくなるのが残念だと思われたかった。

「締め出されないように！」彼女の伯父が後ろから叫んだ。ガラスのドアがぴしゃりといって閉じた。

ロイスは一人でジェラルドと踊った並木道を歩いた。なんて幸せな夜だったことか、そして二人のことをいまごろ思うなんて、ミスタ・モンモランシーは何て愚かなんだろう。彼は悩んだようだ、私が若すぎて彼がそうでないことを。ロイスは説明したいとは思わなかった、私の若さは私自身にもむしろお芝居のように思えること、そして、私はみんなが私を若いと思っているから若いだけだということを。彼女は役割を拒否したことは一度もなかった。彼女は自分の人格が、そうでなくても、とても幸せで向こう見ずだと見なされることが強化されたりたきつけられたりするのを見過ごすことができなかった。また、彼が楽しみそこなったものを自分が楽しんでいないと彼に思わせたくなかったも

の の、それについては目下のところ自信がなくて不安だったが、彼の年齢になったら、自分がかつては幸福だったことを確信するつもりだった。というのもこれを説明することは――あまりにも礼儀正しく、かつ皮肉屋で、友人らしくない聴き手に説明することができると仮定して――彼女自身にもジェラルドにも忠実でないし、二人が思い出して保持してきた幻影にも忠実でなかった。

ダンスしたあの夜のこと、ライムの木のすぐそばで、彼女はたたらを踏んでしまい、彼の腕に取りすがったとき、その腕は強く締め付けられた。彼は片方の手を彼女の両肩の間にすべらせ、そこでまた彼女がリズムを取りもどすと、手は下におりた。彼らは同時に笑い出し、声を立てて意識していたが、すぐ苦しくなって息が切れた。ジェラルドの頬は、彼女の頬から一インチのところにあり、近すぎて見えなかった。残るすべてで、彼はステップを一度もミスしなかった。信頼にたる相手だ。そして家族が屋敷のなかに入った様子を思い出して――さっさと何のためらいもなくガラスのドアをぴしゃりと閉めた――彼女はいま自分が一番欲しいのがそれだと感じた――彼の熱意と忠実さだ。彼女は、彼の一途なまなざしのように、二人がともにいることの完璧さを感じた。

「ああ、僕は君が欲しい！」

しかし彼はとても音楽的で、兵舎にあるジャズ・バンドの指揮をしていた。思いめぐらしていると、彼女はバンドがいま練習中であることを思い出した。がっかりだった。思いがあふれてメロディーが浮び、彼女は並木道で踊った。

低木の道は暗闇とあいまって硬く、彼女はそれを踏みしめた。月桂樹《ローレル》がまじかで冷たい息を吐く。裸の腕にそっと触れたその葉の先が濡れていて、死んだ動物の舌のようだった。低木に対する不安が鎖をたぐり、それは理性の後ろにある不安、生まれる前からの不安だった。人生で最初の黴菌《ばいきん》のような、それはローラのなかでうごめいていたものだった。ロイスは熱心に前進し、あえて鎖の音を立て、歌っていた。心臓の鼓動に手を添え、恐れはドラマチックだった。彼女は自分が無理に通過してきたのだと思った。生まれてこのかた——どう見ても剥奪された人生だった——勇気を出すような機会がなく、勇気は使わない筋肉のように、なまけて眠っていた。

高いところで鳥が叫び、闇のなかを転がり落ちて木の葉がざわめいた。静寂が回復したが、恐怖の傷跡が残った。締め切った応接間、ランプの光のなかに封印された、文鎮のなかに封じ込めた花のように安全で明るい家族——それこそが望ましく、その多くが取りもどす価値があった。不安は絨毯の縁からだらしなく退散した……。いまは、この路上にある。点々とある灰色は、暗闇より悪質だった。彼女の灰色のドレスの膝の高さまで入り込んできた。月桂樹《ローレル》は手探りする彼女の腕を見捨てた。ロイスがつぎにヒイラギの木にたどり着くと、二本の小道はそこで十字に交差していた。

最初は、近づいてくる足音が聞こえなかったし、行き場をなくした暗闇に目が慣れてくると、恐れていたものがやってきて、彼女の内部にあるのだと思った——彼女はまさしく千里眼で、恐怖にじかにさらされ、いずれ幽霊を見るのだ。それから足音が、柔らかい地面を強く踏みしめた。小枝がトレンチコートをかする。トレンチコートは小道の前方で音を立て、しっかりと歩いてくる人間の動きを暗示していた。ロイスは微動だにせずにヒイラギの木のそばに立ちつくし、黒のドレスで闇にまぎれていると、手をのばせば届くところを大またで闊歩する足取りが通り過ぎ、決然としたその横顔はひとつの思想のように力があった。それが肉体を備えていたことに安堵して、彼女はすぐ何らかの合図を送るべきだと感じた。知られていないということは、死の宣告のように思えた、つまり消滅。「美しい晩ですね」彼女はそう感想を述べたかった。あるいは、彼の同情をとり付けるために、「ダブリンで！」と、または、――彼女がヒイラギの木の下で緊張しているのは彼女の伯父の所領内なのだから――大胆に――「あなたは何しにきたの？」と言いたかった。

彼は間違いなくアイルランドのためにこれほど急いでいるのだろう。山々を下り、近道をするために彼らの所領を通過したのだ。ここに彼女が共有できない何か別のものがあった。彼女は自分の国を感情的に理解することができなかった。それは生き方であり、いくつかの風景の総体であり、あるいは斜めにすり寄った島であり、北側は絶海の孤島、ただし西側はイングランドの海岸から波を洗って分離した風情を保っている。

じっとしたまま、彼女は不注意を一種軽蔑しながら彼をやり過ごした。彼のもろもろの意図は、目に見えるほどの足跡で闇を焦がしていた。殺人者だったかと思わせるほど意気込んでいた。木々の群れは緊張して、心ならずも乱された地面からざわめき立ち、互いに田園の息吹を吸い込んでは吐き出した――が、結局木々の群れは彼を飲み込んだ。ロイスは思った。「彼は拳銃を取りにきたのか？」トレンチコートを着た男は、彼女に気づかずに通り過ぎた。それがこの成り行きの答えだった。

彼女は報告しようと走って戻り、興奮していた。下で屋敷が待っていた。西側はだだっ広く、細い黄色の線が階下のシャッターの周囲を取り巻いていた。暗闇で見る屋敷の外観特有の、孤立した、悲しげな、無関係な様子をしていた。そのなかでは、みんなが互いにますます身を寄せ合って、ランプの明かりが半分だけ見せる啓示に不意をつかれた。「囲まれている」彼女は思った。「このような多くの証人に雲のように囲まれているのだから……」（『ヘブル人への手紙』十二章、一節。一九五五年改訳版）椅子が見捨てられたように丸く立ち並び、階上でベッドが自信たっぷりに待っている。鏡はうつろに目を見張り、書物は読まれて忘れられ、もはや人生に寄与することもない。ディナーテーブルは決まった強制を覚悟し、象の行列はこの不確かな年月を通して、隊列を乱したことはなかった。

しかし、ロイスが息を切らせて階段を上がるうちに、彼女の冒険は小さくちぢみ始めた。ほんの一瞬だけ持ちこたえたが、それはロイスが玄関ホールにミセス・モンモランシーが落とした毛布が磨かれた床の上で死体のように伸びているのを見たときだった。そして自信は影のように揺らめいて家具の間に消えた。想像するところでは、彼女は雑木林のなかで意義深い角度で人生に不意打ちを食らわせたのだ。だが、このことを話すのは無理だ。マイラ伯母の息がかかると冒険は文学になり、リチャード伯父にとってそれは不都合を示唆した。ミスタ・モンモランシーあるいはロレンスからの一瞥は、彼女に不毛との遭遇をもたらすだろう。

しかしたぶんありそうなのは、彼らは耳を貸すまいということ……。彼女は蠟燭に火を点け、寝室に上がった――お行儀悪く、誰にもお休みなさいと言わなかった。ロイスはあとで聞いたが、リチャード伯父は十二時まで起きている羽目になった。ロイスがなかにいることを知らされず、家に鍵をかけてしまうのはよろしくないと思ったのだ。

五

ジェラルドは芝生を横切り、ラケットを振り回しながら下のテニスコートへ向かった。一度手を上げて後頭部に触れ、完全に丸くなめらかだと確認できた。フランネルの白さが太陽を浴びて金色だった。本人が光っているようだった。彼はどこにいても微笑んでいた。パーティは嫌いだというふりをすること自体が彼には笑止千万だった。彼はどこへでも出かけていき、毎日外出するのが好きだった。

グリーンの横板を張ったシートの周囲に誰もが立ったり座ったりして、コートの端の日陰にいた。まだ誰もプレーしていなかった。コートは二面あり、プレイヤーは十八人いた。誰が最初にするかが話し合われ、するどくあがるのは諦めの声だった。ロイスはどこにもいなかった。ロレンスは地面に座って煙草をふかし、議論に加わる様子もなかった。レディ・ネイラーは多くの客にむかって熱心に話しかけ、客たちは異様に暑い太陽を避けてパラソルを垂直に立てて持ち、曖昧な幸福感にでも浸っているのか、競技が始まるのを待って会話に本腰を入れるつもりだった。リヴィ・トムソンが取り仕切っていた。ロイスの友人として、ロイスがいないいまは、これが自分に課せられた使命だと感じていた。それに彼女は取り仕切るのが好きだった。「あなたとあなた」彼女は金切り声で言い、親指を伸ばして各プレイヤーの胸先にあと一インチのところの空気を突き刺していた。「それに、あなたと、あなたでいいじゃない?」しかしつぎの四人の組み合わせを終える前に、最初の四人がまたぞろ巻き込まれるのだった。

「あら、ミスタ・レスワース」レディ・ネイラーが叫び、彼が近づくのを待った。「もし出ていらっしゃるなら、もう少し毛布を持って来て下さいな、もっと大勢座れるようにしないとでしょう?」

彼は回れ右をして屋敷に戻った。ロイスはおかしいな――いったいどこにいるのか?

リヴィ・トムソンは彼の後ろ姿を心配そうに見た。ミスタ・アームストロングも来なかったのか?こうして彼女が一時注意をそらした間に、最初のふたつの四人組が勝手に調整して、急ぎ足で出ていってコートの場所取りをした。

玄関ホールは太陽光線のあとほとんど真っ暗になり、ショールやラケットプレスが乱雑に置かれていた。脱いだ靴がばらばらになって椅子の下に。ジェラルドのパーティから流れてきた者たちが――みなでハイヤーを雇ってクロンモーを出てきた――まだそこにいて、ミセス・ヴァモントを待っていた。ヴァモント大尉とデヴィッド・アームストロングは、彼女の私物を持って立っており、彼女はアンティークの鏡の前でおしろいをはたくのに苦労していた。

「女性って、すごくない?」彼女はまた仲間に加わったジェラルドに大声で陽気に言った。彼女は少尉たちが彼女なしに出ていくのを嫌がっているのを知っていた。「マイ・ディアアーズ、私たちが本当に招かれたのかどうかどうしても知りたいわ。ロイスはとても――つまり、まあ、わかるでしょ――曖昧でしょ、違う?」

「まあ、みんな気にしませんから、まずは」保護者みたいに聞こえぬようにつとめてデヴィッドが言った。

「彼らはおもてなし上手ね！」つまりベティ・ヴァモントはアイルランドに失望することはなかった。彼女は小柄な自分をそれほど小さいと感じないで、これほど多くの大きな屋敷に行ったことはなかった。もちろんそれらはすべてみすぼらしく、芸術的なところはまったくなかった。ミセス・ヴァモントはいつも口癖のように、どこかそういうお屋敷で自由にさせてもらいたいわ、ペンキのバケツがあって――白がいいわ――本当に上物の更紗木綿を二、三百ヤードほどバーカーの店から取り寄せられたら、と言っていた。

「アイルランドの半分がここにあるね」デヴィッドが言い、傾斜した砂利道に停車している自動車の集団に目をやった。「僕らは果たしてテニスできるのかな」

「あら、まあ、デヴィッド、それならクラブにいくらでもあるでしょう。さてと、ジェラルド、そこに突っ立って睨むものじゃないわ！　あなたはおしろいを絶対に認めないのね、意地悪なみじめな人ね！」

「どういたしまして」ジェラルドはそう言って、にやりと歯を見せた。とはいえ彼は、女性たちの自然な肌の色を好み――ロイスがまさにそれだと確信していた。彼は目につくかぎりの毛布を全部肩にかけて運び、そういう彼は、彼女が告げたように、遊牧のベドウィンの民にそっくりだった。これは彼女が全員に言ってはならないことで、というのも、現実に「東方」はふくむところが非常に多くなっていた。それでも彼は最高にいい奴で、徹底的にいい心根を持っていた。彼らはそろって出て行った。

「こちらでお招きしたつもりよりも、人が大勢いるみたいだわ」とレディ・ネイラーはイザベル山荘のミセス・ケアリに話していた。「ロイスがクロンモー・クラブでお目にかかる人をお呼びして、それで忘れてるんだから。私はラズベリーがどうなったかしらと思って。それで彼女を庭へお使いに出して、もう少しもらえないかと。大佐とミセス・ボートリーは来るわ――彼女はフランスとスコットランドにも縁のある、由緒正しい一族の出身なのよ、おまけにアイルランド北部のファーマナ州にいるその一族ですから……。どうしてハーティガン家の人たちは絶対に男性に話しかけないの？　どう見ても彼らが努力しているとは思えないわ、あなたは？　あら、ミスタ・レスワース、毛布をお持ち下さって、ご親切だこと！　これでもう毛布なしに座る人はなさそう……。ほら、土手の上にいるお嬢さんたちの一団を解散させていただけるわね。何かを敷いた上に座っているようには見えないし、それになんだか退屈そうで、お話しがしたいのよ。それにきっと彼女たちは喜ぶわ、もしあなたが煙草を吸ったら――ブヨが怖いから。あの女性はどなた、薄いブルーのドレスを着て、いま出てきたのは？」

「ミセス・ヴァモントです。彼女は――ええと――ミス・ファーカーは――」

「あら、そんな、気にしないで。嬉しい驚きだわ」彼女はいそいそとミセス・ヴァモントのところへ行った。「おいでになれてよかった。嬉しいわ」

ジェラルドはもう一度注意深くみんなを見回した。それからミス・ハーティガンなる二人の令嬢たちを丁重に移動させ、土手の上に毛布を広げてから、二人の姉妹の間に座った。彼にとって不利だったのは、彼女たちに自分の紹介がすんでいたかどうか記憶がなく、かたや彼女たちは紹介がすんだものと確信していたことだった。彼女たちは彼がきたのが嬉しくて、その一方で、ブヨには閉口していて、いま一番の願いは、足を思い切り掻くことだった。

「これはおそろしくいいパーティだと言えますね」ジェラルドは涼しい顔で言った。

「ええ、とても楽しめそう」ノラ・ハーティガンが同意した。

「こんなテニスパーティに類するものは、アイルランドにはないと思いますが」

「私たち、イギリスで何度もテニスパーティにうかがったわ」ドリーンが答えた。

「ああ、ぜひイングランドにおいでにならないといけませんよ」

「だけど、私たちはきっと変な感じがするでしょうね」ノラが言うと、妹がそれに同意した。ジェラルドは二人を順に励ますように微笑んだので、彼女たちは彼に話した。もう一人の妹が、今日は来ていないが、一度ロンドンの近くに長い間逗留したときに、いわゆるロンドン社交界通と言われている叔母さんに連れられて、大変華やかなパーティに行きました——サウス・ケンジントンだったかしら。でもその妹はそのパーティが嫌いだったし、英語が不自然だと思い、みんながひとつの部屋のなかで黙っているのに、彼らの声が響くのは異常だと言ったのよ。「でも、失礼しました」と年長のほうのミス・ハーティガンは締めくくり、話が個人的になるのを恐れて顔をそむけ、できるかぎり上品に自分の足首を掻いた。「あなたにこれを話してはいけなかったわ」

「僕がイギリス人ということを忘れるなんて、あなたは素晴らしいな。いや、僕らもまもなくここを発ちますよ、と言っておきます。僕ら、すごく昔からいる占領軍なので」

「あら、そんな風にあなた方を呼んだりしないわ」ミス・ハーティガンが同意しかねて言った。

「――僕らがこのすごく長い昔から続いている戦争に負けたらすぐに」

「あら、でも誰もこれを戦争とは呼ばないわ」

「もし誰かが戦争と呼んでくれたら、僕らはこの辺の物乞いどもを一週間で一掃できるのに」

「戦争をするのはとても残念なことだと思うわ」ハーティガン姉妹がきっぱりと言った。「もうすでに不愉快なことがたくさんあるのに？……それにあなたたちがみんな行ってしまうなんて、困ります」ドリーンが熱心に言ったが、相手がみな男性だったので、熱心さがすぎることはなかった。事実みんなは、もうすっかり困ってしまい、プレーをしている人たちに眼をすえ、セットが終わるといいと思っていた。そして、ミスタ・レスワースが遠方からよくもわざわざここまでテニスに来たものだと思い、帰り道で撃たれなければいいと願うだけだった。そのありさまを想像しないではいられなかったが、万が一にも撃たれたら、二人してあとで興味深いと感じることだろう。「まだ若いのにお気の毒な方」、彼女たちは特別な優しさでそう思った、とてもハンサムだし、姉妹は二人とも、この優しさが彼の瞳に浮かんでいるので、彼を見つめるには勇気がいった。

リヴィはデヴィッド・アームストロングと土手の上を歩いていた。微笑を浮かべ、下の唇を軽く歯で噛んでいる。鼻の先は小さく震えて下を向き、女性らしい感じがした。「本当にお久しぶりね、ミスタ・アームストロング」

デヴィッドは少尉のなかで一番素敵な人だった。すぐ同意してくれる。「いや、まったく」彼は同意した。「僕も本当にそう思いますよ」彼は彼女の帽子のふちに注目して、さらに言った。「たしかに僕には、おそろしいくらい久しぶりの感じがしますよ」

「あら、そんな風におっしゃらないで」彼女は顎の先まで赤くして、笑った。

「僕にはそうとしか言えませんよ」デヴィッドは言い、びっくりしながらも嬉しかった。

「あら、私はつまり、そんな言い方はいけませんわと！」

「しかし僕は、言うとおりのことを言うしかないし」彼の男っぽさが、混乱したために増大した。

「僕はそういう奴だと思いますよ」

「あなたって、おそろしいわ！」リヴィはデヴィッドの振る舞いにショックを受け、笑いすぎてしまい、土手の下手に座っている人たちが何事かとばかりに上を見上げた。彼を向うの人たちと共有するつもりはなかったので、彼女は彼をせかせて向きを変えさせ、そして続けた。「なぜイザベル山荘の自転車競技場にいらっしゃらなかったの？　もう最高に残念だったわ、あなたがおいでになれないなんて、立派な競技場で、パッティングの試合もあったのよ。それに、武装した衛兵たちが並木道に繰り出して、二十四ポンドも病院のために集めたのよ。それに、牧師の姪御さんがキルナゴワンから出て来たんだけど、転んで唇を切ったの。すごく血が出て、でもドリーン・ハーティガンが救急看護奉仕隊の証明書を持っていたので。それに、二百人もの人がお茶に来て――そこにどうしてあなたがいなかったのかしら？」

「任務で、僕はほかの者たちやN・C・O（下士官）の一人とともに、マダーの反対側の山中にいたんです」デヴィッドが言い、どこか神秘家のような頑固な目つきをした。

リヴィは背骨がぞくっとし、ウェストのベルトの下を痛いような衝撃が駆け下りるのを感じた。兵士の女なのだという気持ちになって、ぼおっとなって言った、「まあ、それはおそろしく危険すぎると、私なら言うわ」と。彼は「僕らがここにいるのもそのためですよ」と言った。彼らは互いにちらりと相手を見て、二人とも見たものに戸惑ってしまい――それをおもてに出した。彼女は身をかがめ、彼女の帽子は優雅なマッシュルームだった。デヴィッドの表情から紅潮した色がしだいに薄れていた――最後の赤らみが頭髪のなかから完全に消えないうちに、ぴたりとフィットした軍服のカラーのところに現われた。

「ロイスが何をしているものやら、考えもつかないわ」彼女は雑木林の透き間からむこうを覗き、庭園の門のほうを見た。彼女は友人に対するこの関心を二人の間にパラソルのようにかざし、くるくる回した。そしてため息をついた。彼女の薄い小柄な体格の全容、そして胸のふたつの小さな先端が白いシルクのテニス用セーターの下で上下するのが明らかに見えた。彼女はパナマ帽を深くかぶり、そこから髪の毛が軽くはみ出して愛想のいいカンマのような形になって頰骨を覆っていた。へりの下から見ると彼女の目は目じりがかすかに吊り上がっていて、ベールのかかったような疑念に取りつかれていた。彼女は友人のロイスのことでいろいろと疑念が多い女で、できればそのことで心を騒がせたくなかった。デヴィッドは友人を求めて彼女が林のなかを見ているのを見て、ある種のショックを覚え、これが自分が今から恋をしようという女なのかと思った。彼には悩む人には悩みが頻発するという運命論があった。

「ロイスはひどすぎるわよ」リヴィが続けた。「すぐ来てくれないなんて。自分で例のラズベリーでも摘んでいるのかしら。ねえ、彼女がクロンモーから呼んだ人は、もうみんな来ているし、呼ばなかった人たちだって。彼女がすぐ来てくれないなら、私、行かなくちゃ――ええ、ほんとに行かないと、ミスタ・アームストロング――そしてつぎの四人組を考えないと。ねえ、ロイスの従兄のロレンスはこれには不向きなのよ、とても知的なんだけど、レディ・ネイラーはテニスなんか大して見ていなくて、パーティがうまく行っていればそれでいいの。でもひどいと思うわ、彼女がミスタ・レスワースに会わないなんて。きっとミスタ・レスワースは彼女のことをあなたに話していると思うけど、そうでしょ、ミスタ・アームストロング？」

「いや、ええと――覚えてないなあ、うん」

「すごく恋している男性を見るのって、きっと素晴らしいでしょうね。私なんか、恋ってどんな感じだろうって、よく思うのよ。私って、知り合いの男性についてすごく自然に感じるみたいで。でもきっと、それは私がすごく若いからよね――あるいは私って、生まれつきプラトニックなのかも。あなたプラトニックな人がいると思う、ミスタ・アームストロング？」

「プラトン？　やたらに昔のギリシャ人だな――何です？」

「いいのよ、でもどうなの――聴いてます？」

「いや、僕は思うに」デヴィッドは言い、自分のラケットを注意深く見つめ、何度も何度も裏返してみた――「むろん何と言っていいやら、ものすごく難しいけど、正しい部類の女性と正しい部類の男は、お互いにとってすべてだと思う、僕の言う意味、わかるかな？」

「私が思うに」リヴィが言った。「あなたの言い方って、なんだか素敵」そして自分のラケットを急に振り回した。「ああ――ロイスがあそこに！」

ロイスは庭園から雑木林の道を降りてきて、自分自身の俊足ぶりに驚いたのか、頬が紅潮し、見るからに息が切れていた。ピンクのボタンをはずしたカーディガンが肩からすべり、両方のポケットに手を入れてずり落ちないようにしていた。帽子が後ろではためき、波のように驚いた顔に被さってきた。その背後では低木がざわめき、流れが引き返すように見えた。テニスコートの後ろの、膝の高さに刈り込まれた月桂樹越しに体を見せては沈めながら、ロイスは大またで進んだ。

「ほら、彼女だ！」いくつか声があがり、みんなは土手を見上げたが、批判がましいものはなく、みな親切だった。雑木林の空気は暗く、ブヨが光っている。ロイスはポケットからぐいと出した手でブヨをよけながら歩いた。日光が何本も束になって白ねずみのようにそのあとを追い、ためらっては蝶々のように離れていった。ロイスはパーティをずっと見ており、その約束を、チョコレートボックスのときと同じ貪欲さと熱心さで配置していた。目を親指と人差し指のようにして選んだのだ。いまその様子に目を奪われて彼女は横顔になっていた。歩調がにぶり、這えるものなら地面を這っていきたかった。彼女は、ミスタ・モンモランシーがつとに見たとおり、自意識が強かった。

ハーティガン家の人がジェラルドに言った。「ほら、ロイスのご登場よ。見るからに愛らしいじゃないの！」姉妹は彼の両側で微笑み交わした。

彼は「なるほど！」と言って、彼らの誉め言葉をありがたくポケットに入れ、幼い少年が小遣いをポケットに入れるようにあっさりとやった。彼があまりにも率直だったので彼女たちは面喰らい、ショックだった——それでも彼は、姉妹は素敵な人たちだと思った。彼の世界では好意のすべてはまれでヤボで——四角四面で——、風景画のなかの家みたいに無関係にはっきりと出てくるが、ときには大きく明るく浮上した——ちょうど日光が当ったダニエルズタウンがその西側で、テニスコートを睥《へい》睨《げい》しているように。彼は恋というものを神経の交換とは考えておらず、何か絶対的な、思考領域から出たもので、自分を超えた、不安な内面というよりも自信のある外部という外観であると見ていた。探してみて、満足を得た二、三回は——それで終わりと思った——彼の感情の容器だった。母親、国家、犬、学校、一人ないし二人の友だち、そしていま冠たるものが——ロイスだった。もちろん彼はそれらが静かに存在し、侵害せず、領域を冒さないで、寛大に持ち場を守ってくれることだけを求めた。彼の人生は実践上の修正の連続で、そのなかに個人という要素は一切入れなかった。彼の留保は——人はそれに対してやや思い入れの勝った敬意を払う傾向があった——便利さの問題であり、庇護しているわけではなかった。一言意見をと迫られたら、彼はこう言えただろう。「僕は彼女を愛しています」と、ハーティガン姉妹に、ミセス・ケアリに、そこにいる誰にでも、不安もなく、何かうつろなものの騒がしい反撃に遭っても、それらの言葉に震動も警告も感じさせることなく。というわけで彼は土手の上のロイスを見上げ、ハーティガン家の姉妹はその彼を見ていた。

　ミスタ・モンモランシーは地面に両膝を広げて座り、足首をだらしなくつかんでいた。グレーのフランネルのコートの襟がワイシャツの上にそり返り、強い風が吹いたようだった。彼はグリーンの椅子に陣取った女性たちから頭越しに話しかけられ、返事をしようと見上げるものの、彼女たちの膝にも届かなかった。彼はいつになく蠟人形のような目をしばたたき、日光に不自然に晒されているようだった。鼻孔はややすぼまり、永遠に続くまぶしい熱気のこもる芝生の根元からくるにおいが、説明する気をなくすほど攻撃的だった。彼はこの次のセットに出る予定で、ロレンスは過ぎし日の技巧の冴えがメランコリックに披瀝されるのを楽しみにしていた。ロレンスは予測していた、針金で矯正した歯をくいしばって、ボールが真っ直ぐ間違いなくネットにぶつかるのだ。彼は十年前の華麗なプレイヤーで、ほとんど不平を漏らさずに、次々と相手に点をやるだろう。ロレンスの憶測によれば、ミスタ・モンモランシーは彼と変わらぬほどパーティと会話が嫌いなのに、逃げ口上がやや不得手なのか、ガツガツしていない彼の知性の童貞性《ヴァージニティ》に敬意を表しているのか、逃げ出すことができないで、話したり話しかけられたりしていた。

　ロレンスはこの逃げ口を、社会的に抜け目ない表情を浮かべてふたつのグループの真んなかに座ることで、手に入れていた。一方が彼の承認を求めてくると、他方と話し中だというふりをすることができた。

　ネットが座席の後ろに慎重に張られ、ボールが雑木林に逃げ込まないようにした。しかしネットはほころびだらけで、ボールははるか後ろのラインから強く打たれて、これらの裂け目を間違いなく探し当てた。そうした欠点に対応するために、番小屋から子供たちが出て、雑木林で任務についていた。彼らは目を見張り、ぶらぶらし、月桂樹《ローレル》の間をかき分けた。彼らにはお茶が出され、パーティの全貌がよく見え、見つけたボール一個につき半ペニーもらえた。ボールが一個も見つからなくてがっかりしているような子も半ペニーもらえた。だから、レディ・ネイラーの言うとおり、なぜわざわざ子供たちを？　彼女は客人がネットを回って、白い素敵なフランネルを汚すのを見たくないのだった。

　だがいまは、ボールが三個続けて葉のなかに逃げ、彼女は会話を中断して叫んだ。これはあんまりだわ！　どなたかご親切な方がいたら――彼女はロレンスを見て――見に行って下さる？　彼は立ち上がったが、不承不承だった。同時にミスタ・モンモランシーがすすんでもう片方のネットに回った。彼のあとからハーキュリーズという名の心配そうな少年がついていったが、客のなかのたった一人の子供で、いかにも「お荷物」の子だった。彼ら三人は中央で合流した。

ロレンスが言った——何となく茂みを叩いていた——。「ご想像ください、サー、ささやかな復活の日に、懐かしい物が復活し、森がテニスボールを差し出すし、干草の山が針を差し出すんですよ。浜辺から婚約指輪、川からシガレットケースや時計もいくつか。海はとても寛大だから、家具とか大型のボイラーといったものまで、待っていれば、大いなる日には墓場だって出てくる……。そうさ、ハーキュリーズ、それはテニスボールだけど、いまは戦争の前なんだ。ウサギの穴に戻して、子供たちに見つけさせてやりなさい。彼らには半ペニーの値打ちがある……。先学期に僕はシガレットケースをシェール川に落としたよ、「牧師の楽しみ《パーソンズ・プレジャー》」の橋からね。ゴールド製で、薄くて平らで彫りがあって、過度に煙草を呑む人向きではないが、伯父の一人が遺したもので。男たちがオペラのマントを着て、女性に言い寄って、悩殺した頃からあったんだ。ほんものの時代物で、純潔無垢《ヴァージナル》のゴールドでした。僕はそれを独身を通したあのヘンリー・ジェイムズと呼んでいましたよ。好きだったな。シェール川から出てくるところを見たいなあ、青白くて、目玉が飛び出していて、テイト・ギャラリーにあるみたいに。そんな日に関心を持つには女性が必要ですね、取り仕切るために。おそらく処女マリアが？　どう思われますか、サー？」

ミスタ・モンモランシーは、この問いかけにぎくりとし、返事をした。「僕はテイト・ギャラリーに行ったことがないんだ」

「純潔無垢のものといえば、この国に気づきましたか？　セックスが似合わないみたいでしょう？」

「たしかに未婚女性が大勢いるね」ミスタ・モンモランシーは言い、ネット越しにミス・ハーティガンたちを怪訝そうに見た。

「即座に『あら、私たちがどうしてそんなこと？』という反応なんですよ。でも実際に、どうして彼女たちは未婚なのか？　未婚でいてはいけない理由がないから、誰も結婚しない。それがすべてに通じるんです。だから、子供たちなんて、言葉のあらゆる意味で、生まれなくなっている」

「僕の母には五人います」ハーキュリーズが言った。「僕が一番下です。ハーキュリーズは家族の名前で、僕が一人息子なので、でも学校へ行くと、リチャードと呼ばれます、名付け親にちなんで、みんなはハーキュリーズなんて、頭文字ですら僕にすごく不利なのにと言うけど、コウモリが怖いより少しはましかな」

「君はいま学校にいるんじゃないのかい」ミスタ・モンモランシーが言った。

「いずれにしろ、いまはどの学校も休暇なのに、僕はここにいないといけないんだ。あれが一番上の姉です、テニスをしています。みんなわかってないよ、どうして僕が学校へ行けるんですか、コウモリがまだ怖いのに。それに、姉たちの女家庭教師を最後まで僕に使うんだから」

「僕ほど君に同情している人はいないと思うよ、ハーキュリーズ」ロレンスが言った。「これは非現実的なパーティだ」

「あの、誰もあなたを連れてこなかったんでしょう」ハーキュリーズが言った。

月桂樹の強烈な厭なにおいが全員をいらいらさせていた。ハーキュリーズはおでこにしつこくさわってくる刺激性の強いその葉の先をむしりとった。ロレンスはラケットにボールを押しつけながら、ミスタ・モンモランシーのところへ来て言った。「間違いなくこれはあなたがリチャード伯父と哀れなジョン・トレントとやって負けたボールですよ、その男は、一九〇六年の夏にセイロンへ行かなかった男です」

「しかるに、僕はカナダに行かなかった」

「そう、あなたは一度も行かなかった、でしょ？」

レディ・ネイラーが来て、張ったネット越しに彼らを見た。「お話中では、ボールが見つかるはずがないわ」と彼女。「ロレンス、おねがい、裏のホールから別の箱を持ってきたほうがいいわ。次のセットは三人だけで始めたところ」

「ここに二個、きれいに見えるのがあるよ、でもあまり弾まないかもしれない」ハーキュリーズが言った。

「あらそれは素晴らしいわ、あなたはお利口さんね！」彼女はネットの穴を通して彼の手からボールを取った。「使えるのがたくさんあるわ」彼女は満足そうに声を上げ、ボールをコートに転がした。

ミスタ・モンモランシーとロレンスは捜索を続けた。

「今度はマイラ伯母さまを取り上げましょう。彼女は何をしているつもりなんですか？」

「そういうことなら」ミスタ・モンモランシーはじりじりして言った。「君は何をしていると思っているんだ？　どうしてここにいるのかね、ここが嫌いなら——ハーキュリーズが言ったとおりじゃないか？　僕は君の年頃にはここにいて幸せだったし、この場所で満足だったし、それ以上求めなかった。いまだってこれ以上求めないね」

「はあ」ロレンスが言った。

「しかしだ、君が物足りないのはもっともだと思う。あえて言うなら、進歩だな」ミスタ・モンモランシーは怒って言った。「あえて言うなら、競争したらいい」

ロレンスは、自分が競争とは無関係だと考えながら、ややむくれて返事をした。「僕は金がないんです。僕にどこから金を工面しろと言うんですか？　今月はある男とスペインへ行け、去年はまた別の男とイタリアに行くはずだったとか、しかし僕にどうしろと言うんですか？　どこかで飯を食わなくてはならないし、そうでしょう、ここはただ家族らしい感じがするだけのことですよ」

「ボールが一個あった。むこうへ投げておこう……。君がそれほど物質主義者だったとは知らなかった」

「胃袋には勝てません。それに、僕は食べるのが好きで、それが現実ですよ。だけど僕は何か別のことが起きてほしい、現実のものがナマの形で割り込んでくるような。あくびばかりして腹がガスでふくれているみたいな感じです。ここにいたいな、この屋敷が燃えるときは」

「まず無理だね。まず考えられない。どうして魚釣りとか何かしないの？　……ナンセンスか！」

彼はそう言い足して、警告するように屋敷を見た。

「でも、むろん屋敷は燃えますよ。なのに、僕らはなるべく気をつけて、気づかないようにしている」

「君は近頃の大学生かい？」

「とことん抽象的であることを愛さないといけません」

ミスタ・モンモランシーはこうしたきいた風な会話に腹が立ち、いつにもまして孤独と住む家がない我が身を痛感した。彼にとって人生は不快な出来事であったが、不快さを言葉にしなくてはならないことが、彼にはショックに思えた。精密すぎる彼の心の装置は絶え間なく張り詰め、身構えていて、細部をめぐって力ずくでこじ開けられた。彼の避難場所は男らしい会話だった。彼はロレンスを試してみた。彼は言った。「君は運がいいね。僕には考えなくていい人間がいなかったときなど、まるでなかったんだから」

ロレンスは、即座にこれは女みたいだと思って言った。「ああ、ええ、愛ですね」彼はこう切り出してから、その言葉を冷静に観察した――価値のわからないコインだ。

「そうでもない。みなある程度は借りがあった……」

「ああ、そう、そうです」

ロレンスはいっそう折り目正しくなり、マナーもずっとよくなった。彼は、この男は結婚して、誠実さを捨て、寝床すらないということを思い出した。この夫は、茂みの間とその下を最後にちらりと見ているが、無視してよく、ある種の腐敗臭さえ漂っていた。ロレンスは気持がすでに離れてしまい、雑木林をかき分けてさらに進んだ。馬鹿みたいに喋って、それも手持の三番手か四番手の札でと思うと、ずっと喋ってきたのが悔やまれた。ミスタ・モンモランシーの割り込みにはどこか薄気味の悪さがあって、監獄を訪問したような感じがした。

「僕は第二セットでプレーするはずだったが」ミスタ・モンモランシーが言った。「もう終わりかけているようだ。おそらく第三セットでやるんだろう」

「お茶になりますよ、お茶をお忘れなく」たしかに屋敷に向かってすでに移動が始まっていた。お茶は野外ではできないほど重大な行事だった。その上、天候の安定には誰もが不慣れだった。

「ああ、ヒューゴ、出ていらっしゃいよ、ねえ」フランシーは大声で言い、ミセス・ハーティガンと連れ立って先を歩いていた。「もちろんボールのことは気にしないで。それにトレント一家が来ましたわ――見えません？　いまから屋敷に戻ってお迎えするところ」

「アーチーが？　そいつはすごい！」ヒューゴは雑木林のむこうへ飛び出していき、小道に出ると屋敷へ急いだ。小道の曲がり角の、ヒイラギの下を刈り込んだアーチのなかに、ジェラルドとロイスが立っているのを見た。話し込んでいて、目はラケットを見おろしていた。頭をかしげていると、ロイスは母親そっくりだ。彼は愕然としたが、急いで彼らを通り過ぎた。

だがロイスは彼が通ったことに気づかなかった。そしてこう言っていた。「あなたは私のことで幻想を抱いているような感じがするの。私がどんなふうか、あなたはちっとも知らないと思う」そしてそう言いながら、彼女はラケットの赤いガットを数えていた、縦に三本、横に六本か。

六

ミセス・ヴァモントは覚えていられないくらいホット・ケーキを食べた。それほどおいしかったし、誰も見ていなかったからだ。つぎにチョコレートケーキに移り、それからオレンジジレイヤーケーキに移り、これにはまた何回もお代わりした。わきまえていたこと、つまり、お呼ばれしたときは食べ過ぎてはいけないという教えは、もう力をなくしていた。彼女はラズベリーも一皿平らげた。自分の容姿のことは断固あと回しにしていた。母はもちろんはちきれそうに太っていたが、こちらはそうとかぎったものでもあるまい。

「むしゃ、むしゃ」彼女はそう言いながら、そばに座っているデヴィッド・アームストロングにラズベリーを指差した。「デヴィッド、少し食べたら！」

リヴィ・トムソンは、デヴィッドのむこうに座っており、赤ん坊言葉で喋る女どもを嘆かわしく思っていた。彼女は男性に対して自分はもっと真剣にウケていると感じていた。「ミスタ・アームストロングはつぎのセットでプレーなさらないと」彼女は警告するように言った。

「ハイティ・ホイティ！」ベティ・ヴァモントはそう思った（この表現は、発音がよくわからなかったので、声に出して使ったことは一度もない。彼女だけの内なる贅沢のひとつだった）。そこで、向かい側に座っているミセス・ケアリ（ミセス・ケアリ閣下）のほうを向いて、率直に言った。

「あなた方の飛び切り美味しいアイリッシュ・ティーのおかげで、私は完全に子豚ちゃんになっちゃうわ。そしてダイニングルームのお茶で、そうよ、また子山羊ちゃんに」

「本当に？」ミセス・ケアリはそう言い、平然としてチョコレートケーキをもう一切れ自分で取った。ミセス・ヴァモントのことを「小さな人」と考えていて、彼女のなかにある種の傾向、多くのイギリス人にはありがちな、自分の内面について話しそうな傾向をかぎつけて不安だった。彼女はいぶかしく思うことがよくあった、あの「大戦」でイギリスから来た人はみな、やや庶民的になったのではないかと。彼女は楽しそうに続けた。「このチョコレートケーキは、ダニエルズタウンのオリジナルなのよ。彼らはこれを魔法で作るのよ、レシピからではなく」

「色々なことが家族には流れているのね？　もうわかっているのよ、あなた方はみなさん幽霊をお持ちなんでしょ」

「私は思いつかないけれど」と言ってミセス・ケアリは紅茶をもう一杯受け取った。そして入ってきたばかりのミセス・アーチー・トレントのいるテーブルのほうに微笑んでうなずいた。「最近は、とても困っておりますのよ、うちの自動車を持っていく人がいるので。もちろんいつも返ってくるんだけど、不届きな目的に使われていると思うのが嫌なの。フォードも最悪よ、利用されるなんて」

ミセス・ヴァモントは最新のフォード物語についてミセス・ケアリに話そうとして口を開いたが、危うく自分を押さえた。アイルランドではフォードをみな本気で受け止めているように思えたからだ。

そしてかわりに述べた。「これってまったくみなさんには恐ろしいことだわね？　思えばあなた方は楽しくやってらっしゃるわ、ここに踏みとどまって、過ごしておられるなんて。誰が予測したかしら、アイルランド人が裏切りに転じるなんて――あら、もちろん、下層階級の人たちのことよ！　母が一九一六年に言っていたのを覚えているわ――ええ、あの恐ろしい暴動が起きたときよ――母は言ったの、『これはまったくショックだわ、アイルランド人のことをこれまでのように感じることは二度とないでしょう』と。そうなの、母は私たちが子供のときからアイルランド人のこと、それにアイルランドの歌のことに夢中になるように育てたの。母がある展覧会から持ち帰ったブラックオークの小さな豚をいまでも持ってるわ。母はいつも言ってました、あの人たちは世界中で一番ユーモラスな人たちで、黄金のハートを持っていると。でもむろん、私たちは誰もアイルランドにいたことはないのよ」

「では、私どもがお気に召したらいいわね、こうしてここにおいでになったんですから」ミセス・ケアリはもてなすように言った。「この素晴らしいお天気をお楽しみだと思いますが？」

「あら、まあ――そうね、私たちはここへ楽しみに来たんじゃないわ、ねえ？　あなた方の面倒を見に――それに、もちろん、私たちはそれができてすごく嬉しいんですよ。この国が嫌いというわけじゃないし。いとしい山々があってすごくピクチャレスクだし、メンドリが走り回って小屋から出たり入ったり、母が言ってたとおりだわ。でも、なんだわね、ティミーのこととか――私の夫よ――ほかの男の子たちのことではいつも気が揉めてしかたないわ。ときには一晩中外に出てパトロールとか何かで山のなかに」

「怖いこと。で、ここの気候は疲れますか？」

ひと言がテーブル越しにミセス・トレントの注意を引いた。「怖いって、何が？」彼女が言った。「怖いって、誰が？」彼女は若そうで、話し方がぞんざいで、威張っていた。顔全体の晴れやかなピンク色は、風に吹かれて車を飛ばしてきたからで、その派手な様子はミセス・ヴァモントには驚異だった。「私は心配なんかしませんよ」彼女はミセス・ヴァモントに言った。

ミセス・ヴァモントは色をなして、心配する立場にいるのは彼らのほうなのだから、その必要はないと答えた。「だって、私たちがここにいるのはあなた方の面倒を見るためなんだから！」この発言は、テーブルの周囲で一瞬の沈黙に出会い、礼儀と注目で受け止められた。「素晴らしい！」ミセス・トレントが心をこめて言った。そしてさっと立ち上がり、紅茶を急いで飲み干すと、煙草を吸いに外に出た。彼女の夫はＭＦＨ（マスター・オブ・フォックスハウンド）で、本当は、とミセス・ヴァモントは考えた、彼らは鉄条網以外のことで困ることなどないらしい、と。ミセス・ヴァモントは助けを求めてデヴィッドのほうを向いた。彼は耳を真っ赤にして、あわてて紅茶をかき混ぜた。

五日前に、ＲＩＣ（王立アイルランド警官隊）のバリドラムの官舎が襲撃され、長い攻防戦の末に焼き払われた。防衛に当ったうちの二人が建物のなかで焼死し、残りの者たちは出てくるところを銃殺された。鉄条網が切断され、道路は封鎖された。助けを呼びに行く者は一人もなく、したがって助けは来なかった。彼らはこれについて、お茶のとき、またはテニスの合間に議論していた。「恐ろしい事」だった。誰も理解できなかったのは、ヴァモント大尉と少尉たちがもっと唖然としないこと、もっと関心を持たないことだった。この話題が彼らの感受性をどのくらい削ったか、それが不明だった。こうしたことが次々と起きて、心を痛めながらも受け入れられてきたが、デヴィッドあるいはジェラルド、スミス、カーマイケルあるいはミセス・ヴァモントの夫のティミーがその有効な救済策になると見ている者はいなかった。みなここにいて、テニスをし、誰もが楽しそうだった。「もし彼らが僕らを一週間だけ解放してくれたら――」と若者たちは感じていた。デヴィッドは紅茶をかき混ぜながら目を上げることができなかった。これが何の役に立つ？　彼は、誰もがそう思っていると感じていた。しかしテニスパーティは彼らがいないと退屈だったし、若者も来なかっただろう。彼らがほかの場所にいればいいのにとは、誰も望まぬことだった。

ロイスの悩みは主としてジェラルドが自分のことで幻想を抱いていることであり、さらにマイラ伯母が、ラズベリーがテーブルをまだ回っていないことに気づいたかどうかであった。彼女に集めた責任がある客たちは、予想外だっただけでなく、大食いだった。彼女が座ってマイラ伯母を見ている間に、ジェラルドはその彼女を、まるで別の人種でも見るような、言い表す言葉がひとつもない類の人間を見るような目で見ていた。お茶のあと、彼女は上のほうのコートでヴァモント大尉と組んで、ジェラルドとノナ・ケアリ組を相手に試合をした。彼女のプレーは上々で、ストロークがすべて決まった。悩みに決着がついたみたいだった。ジェラルドとの決着はつかず、彼のプレーは散々だった。そこで彼女は思い当たった。この人は悩んだりしていない。彼を悩ませる力など、彼女にあるはずがないのだ。彼女に関する彼の考えは手の届かないところにあって、彼女の力のおよばないものだったのだ。

上のほうのコートはもうすっかり日陰になり、樹木の列を背に動く人たちは、明るいグリーンのビロードから切り抜いた人影のようだった。下手のコートは明るい土手がプレイヤーの目にまぶしく映り、緊張と激しさが漂っていた。彼女が下のほうを見るたびに、ミスタ・モンモランシーは静かな怒りを覚えながら相手にボールを渡しているようだった。プレーが散々なのは彼に違いないと彼女は憶測し、どうしても下のほうを見ないではいられないその一方で、なるべく急いで彼から目を逸らすのだった。

「君は素晴らしかった」試合が終わったときにヴァモント大尉が言った。

「あら、いいえ、とんでもない」ロイスは反射的にそう言い、その他のことだったらふだん返事をしているように、「あら、いいえ、私は何もしていません」とか「あら、いいえ、私はそんなことありません」と言えたはず、その半分は本当だった。そして、ミスタ・モンモランシーが、何の成果もなく苦労する代わりに、コートの端に座って彼女を見ていなかったのを残念に思った。

ロイスはコートを出て斜面を歩いて下り、そのかたわらにはジェラルドがいた。大勢の人の目を意識していたが、彼女は自分が羨ましがられているのか、馬鹿みたいに見えているのかわからなかった。

「あなたには初めから終わりまで、あんなに楽しそうな顔をして欲しくなかったわ」彼女はジェラルドに言った。

「ええ？……でも僕、楽しかったから」

「何が？」

「いや、ここに来るのが大好きで。君はものすごく素敵なパーティをするから」

「ああ、パーティね……でもデヴィッドも楽しんでいるけど、あなたみたいに同じ顔ばかりしてないわよ。実際、彼はなんだか気分が悪そうよ。何事かしら？」

「いや、僕らはみな、あの官舎の襲撃にはすっかり滅入ってしまってね」

「やめてよ！　あなた、知ってるの、あれが八マイルむこうで起きていた間、私はドレスの裁断をしていたのよ、実際は要らないのにヴォイルの生地で、蓄音機をかけながらよ？……いったいこの国は、どうしてあんなに乱暴な現実で一杯になる必要があるの、私にはお洋服のことと、人が何て言うかしかないのに？　私って、繭のなかにいるようなものなんだわ」

「でも、君に何ができたかな？　君か、君は――」

「少なくとも何かを感じたかもしれないわ」

「それなら君はちゃんと感じているじゃないか。君には最高に素晴らしい感じる力が備わっているよ」

「でもあなたは私の言うことなど、一言も受け入れないじゃない。あなたには興味がないのよ、私が自分のことを話すのには」

「あのさ、君が話すのを僕は一日中でも聞くよ」

彼女は考えた。「一日中私に話させるつもりか！」この考えに蓋をするために彼女は熱っぽく言った。

「あなたがそれに間に合わなくて、そのあとも何もしなかったことを私たちが理解していないと思っているの？　私たちはそれほど馬鹿じゃないわ。私たちは、あなたには大変困難なこと、あなたが命令に従わなくてはならないことはわかってるの。命令が馬鹿げているのは運が悪いことだけど。これもみな、自制心とかいう恐ろしい考えのせいだわ。この私たちが何もしないのは礼儀からなのよ、でもイングランドはとても道徳的で、短気を起こさないように恐ろしく気を使っているし、というか、一瞬の半分くらいは、ほかの誰と比べたってたいして高貴でもないのよ。この国がいらいらしているのが不思議なの？　国にとってはよくないわ、女性でいるのがよくないのと同じくらいに。どうして女性は襲撃されないのか、誰もが女性は余計者だとこぼしているのに、焼け跡から救い出さなくてはいけないのか、それが私にはわからないの」

「君は理解が足りないよ。そんなことになったら、悲惨なことになる」

「なぜ？　わからないわ——だって私は女なのよ」

それがすなわち、彼女は理解すべきであるという期待や想定ができない理由だった。彼は微笑み、幸福のあまり返事ができず、水蝋樹《イボタノキ》の生垣から一握りの葉をむしり取った。君にはこの限界があるんだ、わがいとしきロイスよ。彼女は自分の目で見ることができず、自分が何者かわからず、彼女がまだ気づいていないものにいつも注がれている彼の目をおよそ拒否していた。男というものは期待していないさ、男にとって女がその意味するものに自らなることなど。——これは遠慮しているのではなく、機能の問題だった——だから女の子は万一調和を乱しても許されるべきだし、ときには不協和音を発する部外者でいいのだった。彼が「君は、君が僕に対して何者であるか、絶対にわからないんだ」と言ったとき、彼は彼女の女としての完璧さをよしとする信念を明らかにしたのだった。彼女はそれを知るように作られていないし、またそれに適してもいない。彼女は彼の誠実さの要《かなめ》であり、彼はそのことを他人に話すことはあっても、彼女に話すつもりはまったくなかった。

彼はまたイボタノキの葉っぱを一握りむしり取り、それを芝生の上に注意深くばら撒いた。そして二人で笑った。

彼女は考えていた。「このつぎにヴァイオラに手紙を書くときに、彼のことが伝えられるかしら？」ヴァイオラは赤い羽ペンの一振りで男たちをワンフレーズで言ってのけていた。赤いペンは中国製のインク壺にもたれていて、窓を背に細い炎のように見え、太陽のあたった霧のウェストミンスター・ストリートに降り立ったフラミンゴのようだった。それが彼らの交友を示す一幅の絵画だった。二人は十二月にさようならを言い、その日ははかなく、巨大な過去と未来にはさまれて不安だった。別れは現実らしくなくて、キスすらまともにしなかった。二人は待ち遠しい思いで、神経質になって、カーテンが上がるのを待っていた。学校を卒業したばかりだった。

二人は前の日に学校を卒業した。それでも新生活は、ヴァイオラには待ち遠しいばかり、タクシーのなかで彼女をロイスから引き離し、確かなものを割り当てていた。彼女はタクシーから降りるときも、ある種尊大な様子で学校用のトランク類を蹴飛ばして降り、道路の縁石から彼女の家のドアまで歩くときも、祝宴のために敷かれた絨毯を踏むように進んだ。次の日に二人がさようならと言ったとき、彼女の髪はもう結い上げてあり、彼女の個性にしっかり編みこまれていた。いままでのお下げ髪は先端を結ばない種類のもので、そこに彼女の独立心が出ていたのか、神経の通った子犬の尻尾のように揺れていた。それがいま編まれた髪は、つやつやとしたウェーヴになって耳の上にかかり、両側にそれぞれ巻きつけられた髪の束はウナギの胴体のようだった。彼女は完璧に仕上がっていた。ロイスにはわかっていたが、この年月というもの彼女は行方不明になりつつあったか、あるいは何かの価値を減らしつつあった。ヴァイオラはおそらく女学生を演じていたに相違なく、それと同じ程度でロイスは女性を演じなければならないのだろう。ヴァイオラのマントルピースの上には若い二人の男性の入った高価な写真立てが、昇る太陽のように置いてあった。彼らは去年の復活祭以来恋をしていた。彼らの位置は、ヴァイオラが髪を結い上げることによって、魔法をかけたように組織化された。というのも彼女は、つまらない平民だけが学生時代に恋愛をするのよと広言していたからだ。そしてロイスは、明確で遠くなったあのさようならをしたあとで、望遠鏡を逆に覗いたように、取り澄ました、わけ知り顔の写真と、日光を背にななめになった赤い羽根ペンを残して彼女と別れた。そして、一日のショッピングに出かけ、夜間郵便をユーストン駅で間に合わせるために出かけたときに、果たして人生は彼女をとらえるのか、また男性の情熱が彼女をとらえるのかと考えてみた。もしそうなら、それはいつなのか？　彼女はシルクのストッキングを一ダースと、マイラ伯母が「古くさい」と言った黒のジョーゼットを買った。

しかし男性の情熱は物ではない。マイ・ディア、オイシすぎるわ！　ヴァイオラは、いわゆる最初の舞踏会に出かけた。煙のような青色のチュールのドレスに、髪にはぴったりとした金の葉を巻きつけ——それも明るい金ではなく、艶消しの金だった。色々な人が罠にかかったように見え、事実、確実に罠にかかっていた。誰それさんは、馬鹿みたいな人で（赤い羽根ペンが一振りされた）、お高くとまった、仮面をかぶったような誰それさんもいた——この人はロイスを罠にかけたかも。しかしお目当ての誰かさん（ペンの一振りがもっともきらめいた）になると、ヴァイオラはロイスに、私は心を動かされたわと認めた。「さあ、ロイス、ダーリン、みんなについて話してくれないといけないわ。

私はすべての人についてぜひ知りたいの」

そこで、またぞろジェラルドのことを伝える困難がぶり返した。ほかに誰が罠にかけられたのか、ロイスにはよくわからなかった。誰かがどのくらい罠にかかったら、四回のダンスの間に二人で外に出て、官舎の広場にとめた車のなかに座っていたくなるのか？　ヴァイオラは外に出て車のなかに座ることを、オイシいとは考えないのか？　誰かがウイスキーくさい息でキスしようとしたら、どこまでが罠で、どこまでがウイスキーなのだろう？　彼女は一人の少佐が自分に求婚したような気がしたものの、彼はややふけて見えたし、ひどく取り乱していたし、口髭のせいでもぐもぐ言うので、何だかはっきりわからなかった。その後クロンモー・クラブで、ある女性が、ロイスにはほぼ見当がついていたとおり、その少佐の妻だと指摘された。デヴィッドは罠にかかったように見えたが、彼自身が明らかにリヴィを罠にかけた。こうした諸条件のもとでは、やや野卑になるのが若者ではないだろうか？　だからロイスは何かと言及するときはつとめて一般論にしたので、ヴァイオラは疑り深くなった。彼女は、本当に誰かいるの、と訊いた。それから結婚した女が激励するようなタッチで手紙を書くようになり、だがそれも彼女がいつ結婚しても不思議でないことを考慮すれば、まずは理由が立った。ロイスは無理やり白状させられ、ラットランド家の男性が一人、ジェラルド・レスワースという人がいて、私は感じがいいと思っていると書いた。彼が罠にかかったことに疑問の余地はないと思うし、みんなも感づいているみたいです。するとヴァイオラは返事をよこし、彼についてすべてを聞かせて、前に聞いておくべきだったわ、あなたの「彼氏」は最後のスフィンクスね、と書いてきた。私は知りたいし、見たいし、彼の声を聞きたいし、匂いすら嗅ぎたいのよ――だって最高に素敵な男性はみな匂いがするでしょ、正体不明の神々しい匂いが。ダンスをするとそれがわかるのよ、あるいは、たまにダンスをしないで座っているときにも。だから、さあ、お願い、全部よ、折り返しお返事を。

ヴァイオラは口髭が好きではなかったが、何人かの男性は口髭が許されるわよね？　ジェラルドの口髭は繊細な陰影のようで、唇が実際以上に切れ上がって見えた。それが眉毛と妙に釣り合っており――話すときは眉毛がくっつくように見えた――柔らかで輪郭のない影が目のあたりに漂っていた。誰かが指摘していたけれど、彼の歯があまりにも白いので、笑うと彼の日焼けした顔全体がゆっくり光ってきらめくそうだけど、それってなんだか美男俳優のダグラス・フェアバンクスそっくりに聞こえない？　だって彼はまるで違う。彼は話すときはうつむき加減になるし、まるで自分の考えが瞼の下にでもあるみたいだ。彼女はときに彼の顔から目をそむけたが、苛立ちからではあっても不快感からではなかった。そこには感情があって、なかば体面を保った考えのなかにその肌を一部見せていた。仮に裸身ではあっても、略装を思わせるものではなかった。彼が目をそらしているときに誰かが話すと、彼は歓迎の意をこめた、いつにない表情で視線を返した。彼の顎は形がよく、先で鋭く切れ込んで強い陰影を描いていた。頭は出っ張った感じがよく、つやつやした髪の毛が頭上で光と影を作っていた。それに彼女は彼の首の後ろのあたりが何となく好きなことを自覚していた。それは彼らしい首で――たんなる連結部分ではなくて、一種の地峡だった――筋肉に張りついた、うっすらした皮膚をかぶっている。

イボタノキの生垣のそばに立って彼女がジェラルドを見ていると、彼は親近感という霧のなかから立ち現われ、彼女の心の目にはっきりと映った。いま初めて見たかのように、彼の美しさに彼女はすぐ反応した。死んだ人を見るように、失った人を見るように彼を見て、口寄せしたい衝動にあえいだ。こうして彼をとらえていられる間に――彼が後退するか、近づきすぎるくらい接近する前に――彼女は室内に駆け込んで、ヴァイオラに手紙を書きたかった。ヴァイオラは、ロイスは彼を愛していると、きっと言うだろう、そして、そう宣言することで、本気でものを言い、ロイスは必ず影響を受ける。ロイスはそう思うと不安だった。

彼女は彼を愛することを愛していたかった。彼女にはある種の憧れがあり、それは奪われることでもあった。もし彼女の内部で、または外部で、またはその中間のどこかで何らかの変化さえあれば、何らかの動きでもいいが――眼前の予想図に計算外の変動があれば、彼がぴたりと焦点に入り、心と精神にも入ってきて、現に彼女は身体的に焦点に入っているのだから――彼女は彼を愛することができた。何かが変質しなければ……。さもなければ、あるいは、彼が彼女をそれほど愛しておらず、彼女に空気を与えて成長をうながし、想像力を窒息させないでいてくれたら。

彼は言った。「どうした？　悩んでるの？」

「考えてるの――あなたのことを、まあそういうこと」

「よし」

「あなたのことを伝えていたのよ。あなたは私をどうやって伝える？」

彼は驚き、これは考える時間が必要だった。わからなかったからだ。「もうなかに入らないと」と彼女。「いいかしら？――で、手紙を書くの。すごく重要なの。クロンモーでポストに入れてくれる？」

しかしその間彼らはレディ・ネイラーを待たせていたが、レディ・ネイラーは生垣のそばに何となく立っているだけのロイスを見て、ロイスが喜ぶと思って開いたパーティを暗黙のうちに放棄して、妨害策に走りたい心境になっていた。やっと彼女は呼びかけた。「ロイス――ロイス!」

ロイスはため息をついて彼女のほうへ行った。

「トレント家とマガイア家とボートリー家をお庭にお連れして欲しいの」彼女は近づいてきた姪に言った。「私はあとで行きますから」――そしてつぶやいた。「もっとみんながいなくなってからね。ミセス・トレントはオールスパイスを一枝切りたいそうだし、ほかにも何か気に入ったものがあるか知りたいのよ。ドノヴァンに言いなさい」彼女はまたつぶやいた。「そして、ミセス・ボートリーをミセス・マガイアと一緒にしないでね、彼女はクリスチャン・サイエンスの信者で、その話をしそうだから、それにあなたも知ってるでしょ、マガイア家の幼い甥御さんがそれで死んだのよ。そしてもしボートリー家が桃を欲しがったら、少しあげて。ドノヴァンに包ませたらいいわ」彼女はやはり非難めいた小声で続けた。「だって、ラズベリーがなくて、お茶のときに彼らには出せないと思うから」

七

　フランシーは、こちらが自然にやっていれば、ロレンスがそれほど難しい人間ではないことがわかりかけていた。二人は階段の最上段に腰かけており、みんなもう去ったあとだった。野原は広く見え、上空はさらに上品に遠のいて、社交活動の煙の晴れ間から顔を覗かせていた。トレント家が最後から二番目に残った客で、ハーティガン家とその伯母のミセス・フォックス－オコナーは、よたよたしながら並木道を進む小さな二輪馬車のなかで膝と膝をつき合わせていた。階段の下に敷かれた砂利は、そこで方向転換をする車輪にえぐり取られ、はね飛んで孤を描いていた。明日の朝は早くから庭師たちがせわしない音を立ててかきならすことだろう。いまはミヤマガラスのせわしない羽音がして、ミセス・モンモランシーとロレンスは平和な気だるさの高まりを感じつつ、ミヤマガラスはまだ話すことがあって群れて交わり、入り組んだ社交性を発揮していた。七時を過ぎると、男たちと女たちはこの義務から解放された。

　言うことは何もなく、何を言う義務もなかった。自分の思いを何気なく口にし、互いの考えに答えるでもなく、沈黙に向かって退却していた。昼過ぎからずっと質問を交わしあい、返答はできるかぎり無視してきた。ロレンスは伯母から椅子を持って来いとか、そこに座っているならロイスが庭の門の鍵をかけるかどうか見てきてなどと言われる筋合いはないと決めていたので、見たところではミセス・モンモランシーのお相手をつとめていた。

フランシーは誰が元気かどうかなど、知りたくもなかった。健康は彼女の人生を十分すぎるくらい左右してきた。彼らが庭を美しいと思っているかどうかも知りたくなかった——ダニエルズタウンの庭園の卓越した美しさは異論を許さなかった——狩猟があるから夏より冬がいいとか、テニスのせいで冬より夏がいいかどうかも知りたくなかった。ロレンスもまた、誰かがもっとお茶を所望しているかどうか、あるいはもう十分かどうか、帰途の途中で英国政府軍の混成軍隊、ブラック・アンド・タンズに襲われて溝に落ちるのを怖がっているかどうか、あるいは彼らがオクスフォードのことを知っているかどうかなど、少しも重要とは思えなかった。彼らはともにふたたび息を吹き返したと感じており、パーティも終わったいま、ある種の反感を捨てていた。階上の窓からレディ・ネイラーがロイスと客について話している声がし、今日は成功したということで合意していた。

フランシーが言った。「この天気が果たして続くかどうか考えてしまうわ」この黄金の天候は、新たな感覚が受けるあらゆる歓びに満たされていて、ダニエルズタウンを本物の思い出にしていた。

「なかでは彼らはそんなことを感じていないような気がします」ロレンスが言った。

「あの人たちどうなの、ハーキュリーズみたいな子供を連れてくるなんて。彼が家中を歩き回っているのを見たわ、私がエアクッションを取りに上に行ったときよ。可哀想な坊や……エアクッションをふくらますのをあの子にやらせてあげてから、彼を案内して、私がニースから持ち帰ったカーニヴアルの写真を見せてあげたわ。だいぶ話し合ったのよ。コウモリが怖いそうよ。あの人たち、どうしてハーキュリーズなどと名付けたのかしら」

「軍隊にいるなんて、さぞ恐ろしいだろうな……」

「お若いミスタ・レスワースはロイスにずいぶん献身的じゃない？　彼女はそれを感じているのかしら、どうなの？」

「僕はいつも不思議なんですよ、何か特別にすることがないときに人は軍隊で何をするのかと、特別に不思議でたまらない」

「あの二人は結婚するのかしら？」

「結婚する？」ロレンスは言い、驚いて注意を向けた。「する理由がないと思う。だけどしない理由もないな。ロイスは絶対に何もしないし、何かしたそうにも見えないけど、誰かと結婚するつもりでいるのは間違いないと思います。それにレスワースは愉快な奴だと思うし、それにけっこう美しい男ですね。正しい襟《カラー》をつける広告写真に出てくる男に似ています。広告も進歩してるじゃありませんか――だれか取り組んでみるとよいのではないかと僕は思う」

「でも彼女は絵が上手なんでしょう？」

「そう、軍隊で何かしている人たちなら描けますね、レディ・バトラー（エリザベス・トンプソン一八四六―一九三三。戦場の絵を多く描いた英国画家）みたいに」

「ロイスはすごく愛くるしいわ。彼女を眺めるのが私は大好き」

「彼女のテニスの消化ぶりときたら、大変なものですね。明日もトレント城でテニスがあって、僕は彼女を車で送っていかないと。ときどき思うんだけど、もし一人で行ったら、彼女は本当にブラック・アンド・タンズに襲われますよ、あるいは変な愛国者に襲われるかもしれないし、あるいは彼女は、まだ年端も行かなくて、自分の面倒が見られないのかな」

「私は彼女の年齢が心配よ」フランシーはそう言って、頬を赤らめた。「彼女の年齢なんて、何も守ってくれないわよ」

「僕には想像もつかないな、誰かを襲いたくなるなんて。だけど、誰かほかの人の精神状態を理解するなんて、とてもできない相談ですよ――精神状態ということなのかな？　若い女性にとってテニスのないことが、若い男性にとってスペイン旅行がないことよりもずっとひどいとは、どうしてそうなるんだろう？　きっとあの生命の躍動に関係があって、そこに理屈を通そうとしてはいけないのだと思う」

「不思議ねえ、どうしてロイスはリヴィ・トムスンが好きなのかしら――努めてそうしているように見えるんだけど」

「好きなわけじゃありませんよ――あれは接触です。どうしてみんなはオリヴィアという美しい名前を切り刻んで、猫の肉みたいな響きのするものにしなくちゃならないのかな？」

　これはフランシーにはよくわかることで、彼女自身、フランセスと呼ばれるのが好きでないのは、形式的な感じがするからだった。彼女はため息をつき、玉虫色みたいな灰青色の薄絹《フラール》のひだをかき寄せた。彼女は思いめぐらしていた――ミセス・トレントと一緒に楽しそうにしているヒューゴを見ていると、思索はふたたび戻ってきた――ヒューゴが本当に必要としていた女は、コートとスカートを身につけたりせず、犬に向かって指を鳴らしたり、断固として組んでいる足を組替えたりしなかったのではあるまいか。ミセス・トレントは楽しくなるくらい善良な部類に入る人で、その素質があまりにも輝いていたので、フランシーは、一、二分ほど話しただけで、善良な部類に感化された。しかし彼女は完全に理解していただろうか？　だがそうとなれば、ヒューゴは人の理解のなかでやや息苦しく感じ、そのためにやや限定されたと感じたのではないか？　たとえば、フランシーはまともに考えてみた、ヒューゴの今日のプレーは堂々としていた！　数人の人が彼女に言った、「ご主人がまたこのコートでプレーなさるのを拝見できて、嬉しいわ」と。彼らはよもやそんなことは言わなかっただろう、もし彼が堂々とプレーしていなかったら！

そこまで武装していても、彼女はテニスの腕が落ちたというヒューゴの確信と一戦交えることはできなかっただろう、それは彼が決して口にしないことだったし、言葉にされると激怒しただろうから。だからいまも彼女は彼のプライドが傷ついていることを感じる必要があっただろう——年齢の影がどこにも出ていないのに彼が年老いたかのように。彼が今日、プレーをしたり、座ったり歩いたりで、若者たちのなかでどんなに目立ったか、それを彼女は思い出していた。彼女は若者たちが好きだったが、彼らはまだ手足と顔だけの存在に見え、まだばらばらだった。ヒューゴは若者のことをどう思ったかなと彼女は思った。

彼女は階上にある、天井に静かな明かりがついた彼らの部屋のことを思った。亡霊のような薔薇の花が、カーテンを引いて日光をさえぎっても、ほの白く浮かんでいる部屋のことを。もう横になっていなくてはと彼女は思った。そして立ち上がると、何かぶつぶつとつぶやいてから、なかに入った。

ロレンスは起立して、どうしたものかとためらった。どうなんだろう、もし彼が本を取りに思い切って上がっていったら、彼の顔を見て、何かと用事を言いつけるのか。

フランシーは、控の間を横切ったところで、ロイスの部屋から出てきたレディ・ネイラーにつかまった。「まあ、いたのね、フランシー、よかった！　あなたがみんなのことをどう思ったのか、どうしても知りたくて。実を言うと、無事に終わってやれやれだわ。あの人たちが本当に楽しかったらいいけれど。みんな、だいじょうぶだったみたいね」

「楽しんだに決まっているじゃない！　大成功だったわ」二人は、床を赤く染めているふたつの真紅の椅子に座って、パーティについて話し合った。

フランシーは、ミセス・アーチー・トレントがとても感じがよかった、ミセス・ケアリにまた会えたのがとても素敵だった、ノラが大きくなってとても美人になった、と断言した。そしてハーティガン姉妹は残念だったと言った。最後に見たときはもう立派に成人した娘さんたちだったけど、それも大変そうに見えたわ！「そして、そうだわ」彼女は歓びと同情にうっとりして叫んだ。「あの、お若いミスタ・レスワースって、とても献身的じゃない？」

「ええ、彼は魅力的なマナーのある人よ。ここへはよく来るのよ。椅子や敷物ですごく役に立ってくれるわ。彼がロレンスだったらいいのに！」

「でもロイスにとても献身的で——でも、べつに驚くことじゃないわね。彼女を追いまわしている彼の目ときたら——それに足も——」

「シーッ！」とレディ・ネイラーは叫んだ。「彼女が自分の部屋にいるのよ！　彼女にはリヴィのような考えを拾って欲しくないの。ところで、あなた確かなの、ミスタ・アームストロングのことは考えてないの？　こちらも偉大なる献身の実例なのに。彼はロイスを追いかけていて、リヴィは彼を追いかけているの。私の予想では、ことが混乱しているし、人数も多いでしょ、あなたは若い人たちを十《じゅっ》把《ぱ》一絡《ひとからげ》にしているのよ。みんなよく似かよっていて――残念なことだといつも思うの。ロイスにもリヴィにも残念なことだわ。友情なんて、私は好きじゃないから。でも可哀想なリヴィは母親がいないし、いつも車で食事にやってくるわ、もちろんロイスには同じ年頃の少女たちが必要なのよ。イングランドの学校ではすごくいい友だちができたのに、運が悪いわね、彼女たちが向こうからこちらに来るのは絶対に許されないの。イギリスの新聞に書いてあった何かが、この国は明らかに安全でないという考えを引き出してしまったのよ。ロイスは運が悪いわ。私はイングランドのことでは絶対に新聞なんかに騙されませんから……。ええ、フランシー、仮にあなたが若い人たちを十把一絡にしていなくても、あなたのおっしゃる意味が、私にはさっぱりわからないわ」

「あら、私、馬鹿なこと言っちゃって」フランシーはそう言い、あおられて赤くなった。「むろん私は一言も口にするべきじゃなかったわ、もしそう考えていなかったら――そう考えるように仕向けられていなかったら……。そうね、いまわかったわ、私は言うべきじゃなかったのね。でもみんなが言っていたから、私はついそう思ってしまった……」

「だけど私はまだ、まったくの暗中模索なのよ、あなた」とレディ・ネイラーはそう言って、彼女も顔を赤くして、じれったそうに微笑んだ。「でも私はあなたはきっと見当をつけてくれたと思ったわよ、あなたが何を言いたいのか私は理解していないので、あなたの言いたいことは実際にはありえないと」

「ああ、そうね」フランシーは同意して、膝の上のシルクに軽い羽のようにそっとふれた。「でもやっぱり、あなたは知らなくてはいけないと思うのよ、マイラ、みんな言ってたわ……」

「人が何か言うのは仕方ないけど、気苦労ではあるわね。だからって、私がみんなの言い分を知っているということではないの。知らないことにしようと決めているのよ。あなたも知ってのとおり、私はいつだってゴシップには素知らぬ顔を通してきたし、とくにこのごろはそうなの。どこへ行っても聞かされるのが気苦労で、自分が開いたパーティでもそうなんだから。私は思うの、とても大きな危険があると、この国で生きることは」

「あら、でも、どうなの、あなたはこれが政治的だとは言わないでしょ。私は人々が興味を抱くのは自然だと思うの——みんなロイスが好きなのよ。もしお若いミスタ・レスワースとロイスが本当に——」

レディ・ネイラーは開けた田園にほうり出された。「あら、そうなの？」彼女は闇が晴れて叫んだ。「でも、ねえ、いとしいフランシー、何でもないことに大騒ぎするのね！　いいえ、違うわ、あなたのことじゃないのよ、ええ。あなたが騒いだと言ったんじゃないけど、あれこれほのめかされるから。『みんなが言ってる』というのは、ほぼあらゆる意味に取れるのよ。友だちって、まったくたいしたものね！　一緒にテニスをして、一、二度踊っただけで！　そうよ、テニスの集まりをまるでクウェイカー教徒の集会のようにふたつに分けたり、舞踏室をイングランドにあるカントリー・ダンスの集まりみたいな恐ろしいものに変えたがっていると、あなただって思うわよ——アナ・パートリッジの人たちはそれをやるのよ——女性が片方に飛んで何か振ってみせ、男性はいっせいにもう片方に飛んで、足を踏み鳴らすの。『本当に』って、私はアナ・パートリッジに言ったわよ、『もしこれがあなたの言う人々とのふれあいなら、あなたが封建的と呼ぶものって何なのか教えて！』と」

「なるほど。でも、ねえ、マイラ、それってそんなにありえないこと？　彼らはどちらも若いし、それにとても——」

「あら、ええ、もちろんよ。そのとおりよ！」レディ・ネイラーは椅子に座りなおし、一段と顔を紅潮させ、辛辣な仕種を見せた。その目に獲物を追う鷹のような威嚇をこめて、友人の軽率なわき腹に襲いかかった。「そのとおりよ！　いろいろあるけど、それも事態を不可能にしているのよ」

「私は『ありえない！』と言ったのよ」フランシーは面白がっているような口ぶりだった。彼女は雨も嫌いなら、議論も嫌いだった。一度雨に降られたとき、雨は傘を叩きつぶすような音をたて、彼女の肩にこれみよがしに降りそそぐような気がした。彼女はほとんど興奮を味わったことがなかった。いま初めて活力と個性においてマイラと同等になったと感じ、いまこうしてマイラに反対していることで、お互いの信頼感がついに増したはずだと感じていた。

「第一によ」レディ・ネイラーが言った。「彼は少尉でしょう。少尉は結婚できませんから——もちろん牧師というわけではないけど、まあ同じようなもので、中尉になるか三十歳になるまでは駄目なの。ボートリー大佐は強硬派だし……。　もちろん彼は非の打ち所のない好青年だから、連隊でも評判がよくて。ところで、ラトランド家は近頃どうなの？　もちろん戦争ではお見事でしたが。でもいまは、あの変わり者で可愛らしいミセス・ヴァモントみたいな人ばかりになってしまって、その彼女ときたらこの午後はしごくご満悦で登場したのに、ロイスは彼女を招いていたことをすっかり忘れてしまってね。あら、彼はもちろんチャーミングよ、でも、何のコネもなさそうで。誰も彼のお里を追跡できないんだから。彼が言うには、母親はサリー州に住んでいるようだけど、あなたはご存じでしょ、サリー州っていったい何か？　話にならないわ。一部はテムズ河畔のテムズ・エンバンクメントの反対側だけど。実際のところ、サリーに住んでいる人など話題になったこともないし、その人たちについて何か耳にしても、サリーに住んでいるほかの人のことは耳にしたことがないの。まあ言ってみれば、イギリス人はお里を追跡するのがとても難しいと思うわ。愉快で礼儀正しいけれど、私はときどき気になるのよ、彼らはすこし浅薄じゃないかと。何の理由もなくすべてを荷造りして、六つの州を渡り歩くんだから……。もちろん、ジェラルド・レスワースの人たちがお商売をしているとは言わないわよ——そういうことは根拠なしに言うことじゃないから。それに、もし彼らが商売をしているなら、お金があるでしょう。お金のあるイギリス人はよくわかるけど、彼は明らかに一文なしだわ。いいえ、こう言うべきだったわ、彼らはただのお屋敷人種《ヴィラリィ》だと」

「だけどイギリスにはたくさんお屋敷があるから」フランシーが言った。「そういうお屋敷に住んでいる人たちは、素敵な人たちに違いないわ。よくそう思うの、汽車の窓から見ていると」

「彼らなりに素敵な人たちよ、たしかに——だけどそれはいま喫緊の話じゃないでしょ、ねえ。まったくの白紙状態なのよ——いいわね？——ミスタ・レスワースとロイスの間に関しては。それにもちろん、当然のことだけど、彼らはそんなこと考えたこともないわ——もし考えていたら、そうよ、彼らはもっと気をつけて、そんな気配すら見せないでしょう。もちろん私も同感よ、ロイスはもっと気をつけなくては。彼女の年だった頃、私は気をつけましたよ。本能的に気をつけたものだけど、いまどきの娘さんたちは、それが欠けているようね。女の子の頭に考えを植えつけることと、女の子にバカ丸出しの振る舞いをさせることとは、つながらないようね。とても難しいのよ、ほんとに。もしロイスが私の姪だったら、きちんと話すけど――ロレンスには必ずきちんと話すわ、彼があんなふうだったら――でも彼女はリチャードの姪だから、私から話したものかどうか。きっかけなどほとんどないのよ。それにリチャードをわずらわせるわけにはいかないし、彼はむっつりしてしまうの。彼は、自分が何かするべきだと感じているのに、それが何だかわからないと、何をしでかすやら、それは誰にもわからないのよ。みっともないのはみんな厭でしょ。それに親切とは思えないわ、若い人に結婚の意志を訊くのは、だって仮にその意志がいくらかあったにしても、その場で叩きつぶされるに決まっているんだから……。だめよ、みんなそのままにしておかなくては。あなたが頼りなのよ、フランシー、この手のゴシップがあなたの耳に入ったら、ともかく打ち消してね、それにヒューゴにもそう伝えてくださるわね――彼が何か聞いていたらの話だけど――。でも、当面、彼には何も教えないほうがいいわ。もしかしたら忘れちゃって、リチャードに話を持ち出すかもしれないし……。ともあれ、将来についてロイスと真面目に話さなくては。絵を描くのが本当に上手なの。ときどき思うのよ、彼女は本気でそっちに進めばいいと。描いたものをあなたとヒューゴに見せるよう、彼女に言っておくわね」

「でも私、絵のことは何も知らないわよ」

「あら、ロイスに必要なのはちょっとした激励だから」

「ひとつだけいいかしら、マイラ——あなたはとても賢明だし、完全に正しいと思うわ、ええ。私はいつもこの種のことは成り行きに任せるのがいいと思っているの。だけど……このことは成り行きがないから、成り行きに任せてはいけないわ。それが若い人にとって公平かしら？　だってロイスはとても——」

　彼女はここで言葉を切り、ロイスの部屋でした恐ろしい騒音にびっくりした。バケツが蹴飛ばされ、家具を乱暴に引きずる音がした。

「ああ、フランシー！」レディ・ネイラーは恨みをこめて叫んだ。「彼女がそこにいるのを忘れないで！　注意の上にも注意してくれないと！　実際のところ、よろしかったら、もう話さないほうが。もう行って休んでください——あなたは薔薇の花のようにさわやかに見えるけど、ヒューゴはぜひ休むようにと」

　彼女たちは立ち上がり、レディ・ネイラーはフランシーの腕を取りドアまで送って行った。フランシーは何かが箱のなかに戻されたように感じた。レディ・ネイラーは階下へ降りながらメイドに声をかけ、ロレンスを探し出して、椅子をなかに運び入れ、庭に鍵をかけるように彼に言いなさいと指図した。

　ロイスにとってこのことのすべてが途方もなく難しかった。彼女は寝室のなかで足止めされ、出て行く勇気がなかった。ドアは伯母たちが声をあげるにつれて紙のように薄くなった。最初はまあ大丈夫だった。マイラ伯母は、いま自分が彼女を残して出てきたばかりとあって、ロイスがそこにいることを承知していた。しかし伯母たちの声はすぐトーンが変わり、鋭い追い詰めるような調子が加わった。話題がひとつになっていた。すっかり夢中になったマイラ伯母は、懸命になりすぎていた。ロイスは、「ロイスが……ロイスは……ロイスが……」と言うのを聞いた。彼女はハミングし、歌を口ずさんだ。伯母たちは度を越していた。名誉を重んじる心にとって、そうしたことは苦痛だった。ロイスは窓から身を乗り出して涼しい風にあたり、並木道のライムの木々の静寂に浸った。リチャード伯父とミスタ・モンモランシーが白い門のほうに歩いているのが見えた。彼らの頭が肩より下にうつむいているのが老人じみていて、幸せそうだった。彼らはアーチーとミセス・アーチーと哀れなジョンの話をしていた。しかし後ろの部屋から違う声が、ドア越しにあふれ出て、彼女を追いかけてきた。彼女はベッドに身を投げてベッドのスプリングを軋ませ、耳をふさぎ、耳たぶと指が痛くなるまでそうしていた。枕を頭からかぶってもみた。暑くてたまらなかったが、それでも声はドアを貫通した。声は確実にやってきて、神の猟犬のようだった。彼女たちは同じ調子で喋り続け、本当に辛かった。

声は愛について話していた。声は抗議ばかりだった。愛とは、彼女が到達した推論によれば、女の数知れぬ悲しみの源泉だった。数知れぬ病がそこから生まれ、子供を持ち、その子供が数々の病気にかかる。召使たちもそのひとつ、だって愛が規則的に実行されるには家庭が前提になるからだ。家庭はお金によって制限され、支えられ、形作られる。ロイスは枕を跳ねのけて、部屋中をせかせかと歩き回った。腹が立っていた。いまは必死で耳を澄まし、平然と聞き耳を立てた。しかしミセス・モンモランシーが「ロイスはとても——」と言ったところで、突然怖くなった。パニックに襲われた。自分が何者かなど、知りたくなかったし、知ることに耐えられなかった。そういう認識は人をさし止め、封印し、終止符を打つ。いまや私はひとつの形容詞の下に投げ込まれ、ある資質のなかで一生這いずり回るのだろうか、コップのなかの一匹の蠅《はえ》のように？　ミセス・モンモランシーにそれをさせてはならない！

彼女は水差しを取り上げ、洗面器に投げつけた。汚水バケツを蹴飛ばし、洗面台を押しやり……。それで勝った。あとで見ると洗面器にひびが入り、穀物の束と豊穣の角《コルヌコピア》の絵柄の間にひびが走っていた。豊かな収穫のシーンに彼女は毎日顔をうつむけていたのに。それからは毎度毎度、水でくもる前に、そのひびが目に入った。そのたびに彼女は不思議だった、ロイスは何者なのか——彼女がそれを知ることはないだろう。

八

サー・リチャードは、ロイスとジェラルドに関する考えが家族の会話などからいつのまにか染み出てくると、そんな考えは法外だと宣言した。彼をおもに悩ませたのは、ロイスが下の農場にある拳銃のことをジェラルドに話したのではないか？ということだった。彼女には口外するなと命じておいたのに、彼女はまさにローラそっくりの、哀れなローラのまぎれもない子供だった。彼女は話しに話すから、みんなどこまでが彼女だかわからなくなる。彼は広言していた、ずっと考えてきたことだが、少尉の人数はもっと数を減らし、出番ももっと少なくするべきだと。彼が郵便配達夫から聞いて、さっそく伝えられると喜んだのは、クロンモーあたりで兵士と一緒に出歩いていた三人の若い娘が覆面をした男たちに髪の毛を切られた一件だった。事実、娘たちは牧師の同情さえ得られなかったと郵便配達夫は言い、イギリス兵たちが飛び抜けて不道徳なことは牧師も承知してるから、とのことだった。

「君はそれをどうとるつもりですか」サー・リチャードは憤然として姪に言った。「もしそんなことが君の身に起きたら？」

「髪をおかっぱにしないと」ロイスは言った。「それを目印にするわ。でも私はどなたかと一緒に一インチだって歩いたことはありませんから、おっしゃるように出歩くはずもないのよ、リチャード伯父さま」

「だけど覆面の男たちなんて」レディ・ネイラーが言った。「とても気味の悪い経験でしょうね、あなたの年頃の娘には」ロイスは、私は覆面をした男のほうが好きだ、この先そういう人に出会っても、あまりきまりの悪い思いをしないですみそうだと言った。

「彼らはどうするのかしら、その髪の毛を?」ロイスが言い添えた。そして心のなかで考えた、「もし彼らがそういう態度をとり続けるなら、私が結婚している男性と恋に落ちても誰にも咎められないですむ」と。彼女は自分の心臓を心配しながら探ってみた。彼女はヴァイオラに手紙を書き、私は結婚している男性と恋に落ちるかもしれないのが怖いと伝えた。しかし翌朝の朝食のときにミスタ・モンモランシーを見て、さらにはイザベル山荘から彼を馬車で連れ戻さなくてはならなくなったときに、その考えにぎょっとなった。あんなに急いで手紙を投函したのが悔やまれた。

その記憶に苛立ちながら、彼女は軽快に帰途を急いだ。真向かいに見える明るい空に、ミスタ・モンモランシーの青白い顔がお化けのように浮かんでいた。イザベル山荘の車道のカーブはどれもけたたましく通り過ぎた。一頭立てのばね付き二輪馬車は、車軸ボルトの上で跳ね、車のわだちで軋んだ。門の向こうには、茨《いばら》が下までシャワーのように生い茂った生垣にそって光が平らに黄色く見えた。硬くて赤いブラックベリーがスポークに当り、はねとばされてきらきら光った。彼女は近道を行き、山の背を越えた。明るいピンク色の道路は車輪の下で砂糖が砕けるような音を立てた。間道を抜けると、まぶしい空間が一、二時間ほど続いた。高さは深さと同じ資質だ。そのふたつが高じると、逆さまになった海の広く穏やかなクリスタルのなかにさらに深く突っ込んでいくようだった。見渡すかぎりの、中心もつながりもない遠方から、空間が高さと深さの間に水のように入り込み、そのますますすると広がっていた。そのふたつは互いから遠ざかり虚空に入った。黄色い埃のようなハリエニシダの上に光が激しく直に当っていた。乾き切ったヒースの群生に射す影は弱く、色が濃淡になって重なり合い、繊細なうつろいやすい山頂の上空に引きよせられていた。

道路は尾根の上で曲がり、馬車は子馬のお尻に乗って走り降りた。彼と彼女は元の座席に座りなおした。そして焦点の決まらない瞳をこらして、お互いの肩のむこうを見やった。エニシダは、と彼らは言った、絶対に花が終わらないんだね（彼が言った）。キスだって、と彼らは言った、季節はずれになったりしないわ（彼女が補足した）――しかし彼女はこれは本当ではないと思った。どちらも必ずいつかは終わる。「大変な苦しさが」彼が叫んだ。「この空っぽの国に覆いかぶさっている！」

「本当のところは何なの」彼女は言った。「彼らの言う自由って？　どんな影響があるの？　戦争の言い訳のほかに何かあるんですか？」

「そうだな」彼は弱々しい、あくびの途中のような声で言った。「ある種の最終的な平和――安定かな」

「だったら、戦うなんて馬鹿げてる。続ければ続けるほど、平和から遠ざかってしまう。一種希望のない始まりなんだわ」彼女は彼を真剣に見つめ、子犬のようにひたすら見つめた。

「君はとても理性的だね……。新聞は読むの？」

「ええと……私、いま起きたばかりの出来事は嫌いなんです」

「――話についていけないよ」

「どれもすごく生々しいでしょ」

道路は険しく、子馬は断固として速足で進んだ。足がよろめいた。彼女は強く引いてとめた。彼女は自分が馬車を駆っていることをともすれば忘れがちだった。彼は驚いて片方の手を伸ばし、座席の背中に体をつけて支えた。物事が不首尾に終わるのが嫌いな彼は、まるでオールド・ミスみたいだった。二人は互いを批判して黙っていた。下りに入り、山々が後ろに引いて、ふたたび遠景になり、道路の両側の生垣と並行するようになると、二人の間にあった距離感というまぼろしが薄れていった。そして互いの存在がのしかかってきた。話ができたはずの時間は過ぎ去っていた。何でも言えたのに、と彼女は感じた。しかし言わないままに残ったことは、思考のなかで形にならないまま、いっそう強い反感となって彼らの態度に現われた。彼女はそのよそよそしい沈黙のなかで互いに近づいたと信じようとした。回顧的な感情に戸惑いながら、彼女は馬車のなかでもじもじし、彼の表情や振る舞いなど、彼の存在そのものを生理的にうとましく思った。彼女が足を伸ばすたびに彼の足に触れ、いつも自分から足を引いて謝り、自分の位置を動かさなければならなかった。運転に集中しようとして座りなおすと、膝と膝が触れた。

「この馬車は小さすぎるわ」彼女はついに言った。ミスタ・モンモランシーは――明るい空を逆光にした暗い顔で――返事をした。「ああ、どうなんだろう――どういう姿勢をとるかによるね」彼が微笑をやめてくれたら――しかし彼は貼りついたように微笑んでいた。もじもじすることではローラのつぎにロイスが彼をもっとも悩ませた。しかしローラの落ち着きのなさはきらめきであり、個性の揺らぎだった。ローラは規則的に不規則で、日だまりのなかで樹木が揺れて、たえずその輪郭を変えるのに似ていた。風にそよぐ月桂樹《ローレル》、あるいは日光を浴びたポプラだった。彼女の衝動――予測できない心のほとばしりが肉体を通して出たもの――は、野性的な正確さがあり、木の枝の動きに似ていた。ローラのあり方のなかにある一種の意匠に彼は気づいていたが、彼女自身はその全容に気づいていなかった。

それはそれとして、いまここにいるロイスは（ローラという木はすでに倒れていた）、二輪馬車の反対側の席で体をよじるようにして彼から離れ、ピンクのセーターを着て憤慨しているようだった――おそらくローラよりも一度か二度ほど上の色合い《シェード》で確実に美人でとおる娘だった。不安げに見え、気落ちしているように見えた。彼と同伴したのが、疑いもなく失敗だった。ヒューゴはロイスにとってまぎれもなく老人だった。彼女が一、二度山々を見返すと、軽いピートの息吹があとを追って坂道を降りてきた。

ロイスはいきなり笑い出し、手綱をふたつに分けて両方の手に持ち、両肘を張って、子馬にチッチと舌打ちをしてけしかけた。「こうして」彼女は言った。「私の家庭教師の先生はドライブなさったものでした。彼女はよく、家族がみんな馬人間だったから、これが自然に身についたと言ってたわ。お父さんは大佐だったとか、しわのよったクリンクル・ペーパーで帽子を作ってかぶったとか。彼女は私の母のことをきまりが悪いほど愛していて、いつも何か刺繍してました。母はそれが嫌いで――覚えていらっしゃいます？」

「家庭教師は覚えてないな。何が嫌いだって？」

「そんなふうに愛されること、それに刺繍をもらうことが。ミス・パートはよくこう言って笑ってました。『私って恐ろしく気まぐれなんですよ、ミセス・ファーカー』すると母は、『あら、まさか、あなたは本当はそうじゃないと私は思う』と言って――これって、意地悪ですよね？」

「まあ、意地悪く聞こえるね」

「母は、わたしの年だった頃は、愛されたかったのかなと思うんだけど――覚えています？」

「彼女は心が決まらなかったんじゃないかな」

ロイスが振り向いて彼を一心に見つめると、彼は突然そわそわした。過去の底が抜け落ちてしまい、安全さがすっかりこぼれてしまった。いくら考えても、ローラが最後の十年間に自分の娘に何を言ったかなど、彼にわかるはずがなかった――彼が締め出されていた年月だった。ロイスがその鍵を握っていた。彼は苦い味をこめて言った。「もしローラと僕が結婚していたら――」

「ああ、ええ……」

「マイ・ディア・チャイルド、君はいなかっただろう」

「あら、でも半分はいたでしょう。それにはっきり言って」彼女は魅力的に言った。「あと半分の私は、もっと素敵だったかもしれない」彼女の視線のそらし方は、どんな率直さよりも自信に満ちていた。

「どうもありがとう――そこの豚を轢《ひ》かないで！」

マイケル・コナーの農場がまず姿を見せ、ピンク色の子豚がかたまって道路にそって走り出してきていた。雌豚が一頭、軍艦のように堂々と立ち上がった。コナー家の子供たちが目をとめて叫び、門からいっせいに飛び降りて農家に向かって走り出し、前庭に馬糞などでできた水溜りを避けていった。素敵な農場でしょうとロイスは指差し、ドアと窓枠は青く塗られ、荷車の車輪の色と同じだった。コナー一族は親愛なる人々で、ロイスはゆっくりと馬車を走らせ、馬車の片側から身を乗り出して、一家の人がいるかどうか見た。屋敷は一階建ての高さで、屋根はスレート葺き。ミスタ・モンモランシーはしかめ面をして座っていた。彼はこれが忘れてはならないマイケル・コナーであったかどうか、思い出せなかった。

マイケル・コナーが屋根をハリエニシダで葺いた横手の小屋から出てきた。つばの広い麦藁帽をとり、彼ら二人と握手した。その手は骨ばっていて、細心で、大地のように乾いていた。

「見事な夕暮れで」彼はメランコリックな微笑を浮かべて言った。

「ほんとうに。それに、いかがですか」彼女は心配そうに訊いた。「ミセス・コナーは?」

「ああ、哀れな奴で……哀れなもんだ!」マイケルは目をそらし、誰も口を開かなかった。ロイスがやっと言った。「心配していると伝えてください」

「伝えますよ」マイケルが言った。「彼女も喜ぶでしょう。それに、あなたもお美しいことで、ミス・ロイス。もう見るからに立派なレディだ、神に栄光を」

「ミスタ・モンモランシーを覚えていらっしゃるでしょ?」

「むろん、覚えてますよ!」マイケルは大声で言い、いっそう熱意をこめてミスタ・モンモランシーとまた握手した。「それにお気の毒だった父上のこともよく覚えてますよ。あなたはご立派で、サー、実にご壮健なことで。ここ何年も知っておりますが、これほどご壮健なのを拝見したことはありませんな。ダニエルズタウンにようこそお戻りで、ミスタ・モンモランシー、お帰りなさい、サー！」

「おたくの孫たちは元気かね？」

「はい元気です」コナーは憂鬱そうに言った。「しかし、みんな内気でして。おまけにいつもふらふらしていて、いつも不満ばかりで。母親には失望の種で、彼女は今も出て来られないんですよ」

「でも、ミセス・ピーター・コナーはこちらでご一緒なんでしょう？」

「一緒ですよ、ミス・ロイス。しかし彼女はそんなこんなでがたがたになり、がっくりしてます。まったくのところ、お嬢さん、彼女は失意のどん底でして。小道に出ては、見たり、飛び上がったり、首を長くしてみたり。彼女は分裂してしまって。ピーターのことが気になって、彼が来るんじゃないかと気が気でない。ああいう彼女と昼も夜も一緒にいると、こっちも気が滅入ってね、気の毒な奴ですよ。そして軍のカーヴィーンの連中のおかげで、毎晩こっちの心臓も切り裂かれる始末、横になって寝ようとすると、あいつらは手持のトラックに分乗して襲ってくるんだから。山に一歩でも入ってみなさい、きっと彼らのうちの誰かが、ウサギみたいに足元から飛び出してくるから。まったくひどい話じゃないですか、ドイツとの戦争を、彼らが始めておいて終らせなかったなんて？」

「それでピーターの情報は何も入らないの？」ロイスは遠慮がちに訊いた。

「入りませんな」マイケルは答えたが、無表情だった。顔にはまた落ち着きが戻っていた。その距離感と悲しみの総計には独特の高貴さが伴った。「それに終りがどうなるかなど、皆目わかりませんよ」マイケルはまた口を開き、いつもの会話の調子に戻っていた。「何が出てくるのやら、お話しすることもできないんです。今という時は、あなたの心を痛めるだけでしょう。ありがとうございました、ミス・ロイス、そしてあなたさまも」

彼らはまた握手を交わし、夕暮れの美しさをまた褒めたたえ、ロイスはまた馬車を駆った。マイケルは彼らが角を曲がるまで門の前に立っていた。山の農場は、風に叩かれて東にかしいだ糸杉の並木、ハリエニシダで葺いた牛小屋などが、丘の曲線の下にゆっくりと沈んでいった。彼らのあとを一番長く、視線のように見つめていた窓が光った。灰色の雁が数羽、馬車の後ろでがあがあと騒いでいたが、突然追跡をやめ、丸くなって群がってから、別の方角へ向かって引っぱられていった。その後ろ姿は忘れがたく、馬車を、そしてそのなかにいる二人を、幻影にしていた。そしてたしかにロイスとヒューゴはどちらも、このひととき、話し合い、ここを通ったことは、影ひとつ落とすこともないと感じていた。

「あれは違うな」ヒューゴはしばし考えてから言った。「あのマイケル・コナーは僕が覚えている男じゃない。彼は狐みたいな男だった、顎に特徴があって。彼にはピーターという息子がいるの?」

「いるわ。あなたも想像したのでは――彼は逃亡中で――『追放処分』というんでしたっけ? 発見次第射殺してもいいのよ。クレア州の襲撃で捜査令状が出ているんです。一度逮捕されたんだけど、また逃げたの――よかったわ。彼がいま小道にいても驚かないわ。彼は帰宅したと思うの、だってクランシーが三日前に彼を見たんですもの。でもこのことは話さないで下さいね――どんなに用心してもしすぎることはないのだから。ミセス・ピーターはお気の毒に、恐ろしい想いでしょうね、彼がどこにいるにしろ。母親のミセス・マイケルは死にかかっているのよ、ええ。もうずっと瀕死の状態なんです。この前に私が伺ったときは、会わせてもらえなかったわ、痛みがひどくて……。この上の農場のうちの三つは、若者が出て行ったわ――カーマイケル中尉が教えてくれました。彼は情報局の人ですから。それに私、それが本当だと知っているんです、クランシーもそう言ってたし――そうだわ、もしジェラルドがたまたま私たちと一緒にいるところに、ピーター・コナーがあの小道を下ってきたとしたら、ジェラルドは彼を撃ち殺さなくてはいけなかったのかしら、それとも彼は非番だったのかしら?」

「ピーターがジェラルドを撃ち殺していたかもしれないね」

「あら、まさか、彼は私と一緒にいるときはそんな。それに」と彼女は言い足した。「ジェラルドは当たり前の人よ。何事も彼を悲劇に追い込めないわ」

ヒューゴは、ロイスは果たして深遠なのか、すごく馬鹿なのか、どちらだろうと自問し、ロイスはメロドラマに忙しく、彼らはそれぞれこうして帰途を急いだ。南のほう、彼らの眼下には、ダニエルズタウンの領地の樹木が正式な四角を暗く描き、緑一色の田園一帯に敷かれた一枚の敷物のようだった。その中央にまるで一本落ちた針のように、灰色に光る屋根が、明るく光る空を映していた。見下ろすロイスの目には、自分たちは森のなかに住んでいるように見えた。芝生の広がりは木々の重圧と暗さのなかに吸い取られて消えている。私たちはよくも窒息しないでいられるものだとロイスは思った。そしてさらに、怖くはないのかと思った。遠方のここから見ると、彼らの孤立が明らかになる。屋敷は不安に駆られて下へ下へと押しつけられ、顔を隠しているみたいで、いま屋敷がある場所について彼女が抱いている光景のようだった。屋敷は木々を寄せ集めているように見え、広く、明るく、愛らしくも無愛想な田園地帯に、恐怖と驚きを感じながら、本当は抱きたくないふところに抱かれて建っていた。斜面のふもとからダニエルズタウンの森が始まり、敷地はそこから水面のように、マダーとダラの内湾となってしごく平らに広がっていて、そこからさまよい出た数本の細い支流は、はるかな丘陵地帯まで弱くかすかに流れくだり、さらに広大な遠景の流入を食い止めつつ、どんよりと垂れた大空をガラスの刃のように切り裂いていた。野原が大空に光を返し——縦横に走る生垣が野原をかすかな網目状に区切っていた——、あたかも草原の輝きが水面に落ちて影となったように、吐息のような色彩が光の表面を曇らせていた。川がいく筋も、深い輝きを見せながら、ガラスのような河床を流れていた。いくつもある小屋が尖った白い頂きを高々と掲げ、ピンクと黄色にけむる農場は、ほとんど不透明だった。野原に疑わしげに落ちているのが生活の影だった。真面目な家畜たちは野原のなかを聖者のように歩き、虚心な正確さがあった。木が一本ずつ土塁の上に立っており、道路が曲がるところで、その根元に光が集まっていた。樹木のかたまりだけが——敷物のようにけだるい鋭さで広がり、型どおりの生活をおびやかす感覚と自己とのつながりを妨げている——領地内の木々だけが暗がりになり、暗さを発散していた。その下を縫うように、暗闇が前方の小路を流れていき、芝生の上でしばしよどみ、庭園の水槽に這い登り、周囲の壁を高くし、境界線の植え込みを灰の雨が降ったように薄黒くしていた。暗闇は目の届くかぎり広がっていて、まるで人の目のなかに暗がりがあるのか、暗がりの湧く泉がその人自身の認識のなかにあるようだった。上から見ると、屋敷は木々の穴のなかにあり、夜陰の貯水池そのものに見えた。人が出てくるはずのドアにそれが染み付いていた。そして炊事場の煙は、ぼんやりとかすんだ木々の上に疑わしげに漂い、煙そのものが生きているように見えた。

しかし下りに入ると、家庭の感覚が生き返った。子馬は、生垣を知っていたので、梶棒の枠のなかで希望に満ちて全速力を出した。屋敷は磁石になって、里心を引き寄せる。夕暮れの空気に包まれて馬車で帰宅するのはたしかに素敵なことだったが、イザベル山荘のパーティについて話すべきことや、サー・リチャードのコークの一日について聞くべきことなどがあった。親しい女たちは小屋の戸を半分開いて微笑んでくれた。彼らはともに近づいて、仲間意識を感じ、並木道に入り、木々のアーチをくぐった。彼は彼女をまるで実の娘のように観念して受け入れ、彼女は空想のなかで、彼が泣きながら山を越え、自分の人生は空しい、なぜならあなたは絶対に僕の妻になってくれないからだ、と言ったものと考えて気持を慰めていた。

彼女が言った。「晩餐を待たずにすむといいけど。私は我慢できないわ」彼が言った。「本当に?」彼もまた晩餐のことを考えていたことを知り、彼女にはそれがショックだった。

リヴィ・トムスンが馬で乗りつけていて、乗馬服を膝に置いて階段の上に座り、近づく彼らに手を振った。彼女は二輪馬車の音を聞きつけると中庭に伝令を回したので、男が出てきてすぐ子馬を引き取った。「ねえ、ちょっと――」彼女は始めた。しかしロイスは彼女にちょっと手を振っただけだった。口をきく気にもならず、リヴィを通り越して玄関ホールに入って郵便物を探し、封を切るつもりになっていた。ヴァイオラの四角くて青いとり澄ました封筒がテーブルにあった。あとはレディ・ネイラーがコークでしていた手袋がいくつかと、イギリスの新聞が数種、それにテニスのボールが一箱あった。ロイスはまた決定的な失望感に襲われた。「みんな戻ったんだわ」と彼女はヒューゴに言った。

「ねえ、ちょっと」リヴィがあらためて言い、ロイスのあとをついてきた。ロイスはヴァイオラの手紙をポケットに滑り込ませ、その上からボタンをかけてポケットのフラップを閉めた。ヴァイオラがリヴィをどう思っているか、彼女は想像したくなかった。

リヴィはロイスが最近ミスタ・レスワースに会ったかどうかを知りたくてたまらず、もし会ったなら、もしかして彼がミスタ・アームストロングのことを口にしたかどうか知りたがった。だって何だかおかしいのよ、と彼女は言った、ミスタ・アームストロングって。病気じゃないかと心配でならないの。ミスタ・レスワースも現われなかったと聞くと、彼女は、ロイスがあまり心配そうじゃないことに驚いたと言った。何か問題があったのは、あまりにも明らかじゃないの。そしてリヴィは、彼らが病気なのかどうか、あるいはもっと悪いことが起きていないかどうかを探り当てるのは自分とロイスの義務だと言った、それもありえないことではないわ、この敵意に満ちた国にいる二人のイギリス人青年には。ロイスは、ヴァイオラの封筒に指で触れながら、だったら絶対に私たちの耳に入っているはずだと言った。リヴィは、イギリスの新聞をおそれて、何かがもみ消されたのではと疑っていた。イギリスの新聞には何も出せないのよ、イギリスの人たちが読んで不安になるような事は。

「もし二人が病気というだけだったら」リヴィが言った。「私たちがしてさしあげられる小さなことがいろいろあるわ。ある意味でいい機会になるかもしれない。私、よく思うのよ、男性は、病気になったときだけだって、自分の人生で女性の意味するものがわかるのは」

ロイスは、病気の男性の私の印象は、ともかく魅力のある最高に素敵な女性が見つけられなくて、猛烈に不機嫌で能力がない、という印象だわ、と言った。彼女はさらに、クロンモーには立派な陸軍病院があるから、デヴィッドとジェラルドが高熱があるのに看病もされないでふらふらしているという想像をする必要はないのよ、と言った。お見舞いは許されていないと思うし、それに私としては、病人が下に寝ていて、その上に私たちが立ちはだかるのはきまりが悪いと打ち明けた。すごく段差があって、猛烈に話しづらいわ。

「でももし彼がとうてい回復しそうになかったら」リヴィが言った。「ミスタ・アームストロングに申し上げたいことがいくつかあるの。もしも回復なさったら、紳士らしくそのことを忘れてくださるでしょうが、感じのいい印象を残してもべつに害はないでしょ。本当のことを言うとね、ロイス、私はよく自問してみるのよ、彼は私のことを少し控えめで冷たいと思っているのかなって。彼が自信を失っているように見えることない？　だってね、彼はとても自由なイギリス娘になじんでいるから。彼女たちが男性に言わせないようにしている言葉なんてほとんどないし、婚約もしないうちにキスもさせるのよ。だから、私はハートがないなんて彼には思わせてはならないと思うの。だってほら、アイルランドの娘は本のなかで、いつでも魅惑的なのにハートがないように書かれているでしょう。私のことで彼にそう思わせてはならないのよ。それでね、彼が現に回復したら、イングランドに戻って、たんなる下等な本性から女性と婚約してしまうかもしれないじゃない。私、一人の男性の人生を台無しにしたと思うのは厭なんだ」

「私は」ロイスが言った。「彼らはいま臨時任務の週間に当っていると思うの」そしてこう考えていた。「そうとでも思わなければ、ジェラルドの手紙が明日には届くはずだ！　彼はせめて私にそう思わせてくれなくては！　何が何でもそこにいるのだから……」彼が来るなり書くなりしてくれれば、その奇跡で疑いは晴れる。

「晩餐までいたら？」彼女はリヴィに言った。「ドレスは私のを貸してもいいわよ」

「あの黄色いタフタのがいいな、でもすそをよほどたくし込まないと。すごく不便なのよ、ロイス、私みたいに細いと、でも羨ましい人もいるみたい。伯母さまが気にならないと本当に思う？……でもやめておくわ、ありがたいけど、残れないの。父に殺されるわ、暗くなってから馬で帰ると。ほんとに、もう行かないと」――空を見上げて――「誰にもわからないなんて、ねえ？　ひどすぎない？」

「ひどすぎる」ロイスは同意し、また手紙にさわった。彼女はリヴィと中庭へ出て、彼女の馬のところまで行った。「でも、ねえ」馬にまたがったリヴィが言った。「ひとつだけあるのよ、私たちがしておいたほうがいいことが。クロンモーに馬車で行って、水曜日にショッピングをするの。実はセーター用に毛糸がいるんだ。そしてもしもミスタ・スミスかカーマイケル大尉に出会ったら、はっきりこう言うわ、笑いながら、どなたにも長い間お目にかかっていませんがと。そうすれば全部わかるから。あるいは最悪のことが結局最悪と出たら、フォガティ宅に寄ってお茶にすればいいじゃない。ほかに誰もいなくても、ミセス・ヴァモントは絶対にいるから。彼女は信用できないと思うけど、もし何か決定的なことがあれば、彼女は必ず口にするから――病気とか襲撃とか、彼らが口外してはならないことを口にするわ。あるいはすべてうまく行って、最初に出会うのがミスタ・レスワースだったり、あるいはミスタ・アームストロングだったりして……。私、自信があるんだ、ロイス、これこそ私たちがすることだって。もしあなたのほうが伯父さまの馬車がだめなら、私の父のを使うから」

リヴィは馬で去っていった。ロイスは馬のひづめのロマンチックな音が並木道から消えて木々のなかに埋もれるまで、じっと耳を澄ませていた。リヴィがこうして来て帰っていったことが彼女にある種の情景を見せた——それはどこかピカレスクで歴史的だった。もしあれで彼女が自転車で走り去っていたら、そうはいかなかっただろう——。それからロイスはポケットからヴァイオラの手紙を出し、そのまま中庭で読んだ。ブヨが栗の木の下の暗がりで群れ踊っていた。

ヴァイオラはロイスが感情を重んじすぎていると思うと書いてきた。ロイス、あなたは面白くない大人になってはだめよ。あの可愛いジェラルドの影響を受けているのはわかるけれど、彼にそれが許されるのは一度だけですからね。ジェラルドを吸収して、あなたはもっと大人の女にならなければ。ただし超然としていなければだめよ、ダーリン、距離を忘れないこと。ヴァイオラはロイスが「くだらない話《トリビア》」を聞かせてくれたら嬉しいわ。実を言うと、いままで私が十八歳だったことを思い出して驚いてるの、十九歳の誕生日にこんな話をするなんて。私はいま私をとり囲んでいる岩よりも年上だと感じるわ——彼女はこれをロック・ガーデンで書いていた。モリス・エヴァンスは、本当のお馬鹿さんだから、とても大事なピンク色をしたかたまりの上に座りこんで、明らかに私のことをスケッチしているわ。ところで、ロレンスは芸術至上主義者のウォルター・ペイターを読んだ？　モリスは読んでないの——彼を読む人なんて、最近いるのかしら？　ロレンスはヴァイオラがロレンスを罠にかけたほうがいいと思う？　ロレンスはこのあと三パラグラフにわたって思索の主題になっていた。ヴァイオラはミスタ・モンモランシーのことは間接的にふれただけで、しかも一番最後にあった。彼女は内省するのはやめなさいと警告していた。「だって、内省するとね、ダーリン、私たちは素敵な中年男の餌食になってしまうのよ」彼女はまたロイスの手紙には内省とテニスが多すぎるいう不満をもらしていた。「あの年寄りの男に自分のことを話すのはやめなさいよ」

ロイスは、この省略に救われもし、悔しくもあり、ヴァイオラは果たして人の手紙をともかく終わりまで読んだのかどうか不審に思った。いつも不定詞を分割して使うことに気づいていたが――よくわからなかった。ロイスは裏のドアからなかに入り、着替えをするために裏の階段の手すりを伝って階上に上がった。鼻をクンクンさせると――晩餐はまた鴨肉だった。ひとつのサイクルが終ったような気がした。今朝彼女は、ミセス・モンモランシーの部屋の薔薇の花を新しく活けかえておいた。

控の間を横切ると、その足で床の板が跳ねたのか、施錠してないドアがさっと開いた。ミスタ・モンモランシーがシャツ姿で、妻の髪の毛にブラシをかけているのが見えた。そして、フランシーは鏡に向かって座っていたので、そこに映ったロイスを見た。ロイスは光った床の上にじっと立ちつくした。二人は互いに微笑んだ。ミスタ・モンモランシーは、何を考えているのか、一心にブラシをかけ、この目配せを見ていなかった。

ミス・ノートンの来訪

九

　リヴィがクロンモーで過ごした午後は首尾よくいき、それでセーターの毛糸のことは忘れてしまった。最初は不安があった。彼女はロイスに馬をまかせ、広場をくまなく眺めまわし、イムペリアル・ホテルに入って父親がステッキを置いていないか確かめ、コーク・ストリートの両側の歩道を探りながら、道路の終わりまで馬車を走らせた。落胆のあまり、彼女がテニスクラブまで行って誰かいないか見てみようと提案したところで、雨が降ってきた――一日中ずっと、いまにも降り出しそうだったので、山々は濡れて見え、馬車のすぐそばに迫って見えた。二人はやむなくフォガティ宅に立ち寄ることにした。すると、ミセス・フォガティの芸術的な応接間でお茶と社交的な進展を待っていた彼女たちの目の前に、会いたいと思っていた男性がまとまって入ってきた。カーマイケル中尉、スミスはミセス・ヴァアモントとともに、そして最後がミスタ・アームストロングその人だった。ミスタ・レスワースは現われなかった（リヴィが囁き、これにロイスはがっかりした）。臨時の任務があったためと判明した。ミセス・フォガティは広場に面して並ぶ間口の狭い家屋のひとつを持っており、窓はみな常緑樹のマメ科植物で覆われ、外部から覗かれないようになっていた。窓枠と常緑樹の隙間に雨がおぼろげに降っていた。ミセス・フォガティの応接間は写真で埋めつくされていた。すべていとしい青年たちのもので、過ぎし年月にクロンモーに駐屯していたが、その多くは、哀しいかな！　かの恐るべき大戦で死亡していた。小テーブルのひとつにコップを置こうとして身をかがめれば、かならずや後悔と困惑にとらわれて、いまは亡き若者の澄んだまなざしに出会わないわけにいかない。部屋は狭い椅子から滑り落ちてソファの後ろに転がっているクッションでごろごろしていた。ペン画の小枝や、焼き絵で描かれた子猫がついたクッション、山盛りの果物のアップリケがついた未来派のクッション、思い出の詰まった古い懐かしいクッションは、縫い目から羽毛が飛び出していた。英国の国旗、ユニオン・ジャックのついたクッションもあり、夫人が言うには、捨てられないとか——仮に彼らが夜中に来てこの部屋の真んなかにピストルを持って立っても捨てないとのことだった。そしてこれは、彼女がカトリック教徒であることを考えると、ミセス・フォガティの高貴さとなり、親族の政治姿勢もおよそ非難の埒外にあった。ミスタ・フォガティは事務弁護士を引退し、政治姿勢など持ち合わせていなかった。クラブで政治論議が始まると不機嫌になって非難しはじめ、自分は哲学者になるほかないようだと言った。しかし彼は酒飲みで、人間誰しも完全ではないことを実証していた。彼はお茶には一度も姿を見せなかった。

　人がぞくぞくとやってきて椅子が足りなくなると、少尉たちはクッションを床に敷いてその上に座った。ミセス・フォガティは嬉しかった。部屋は暖められ、息苦しいと感じさせない程度の空気は残っていた。壁紙と、紅茶とティー・ケーキと、磨いたサム・ブラウン・ベルトと、ミセス・フォガティのハンカチにしませた恋の夜《ヌイ・ダムール》の香りが漂い、夫人はそのハンカチを何度も取り出しては、指についた蜂蜜をぬぐっていた。みなとてもくつろいで、いかにもアイルランドらしい気分にひたっていた――その特質は、おそらく、ミセス・フォガティその人から発散しており、歓びともてなしの気持から頬を紅潮させて、座っているソファの半分以上を占領していた。茶色のレースのブラウスにツイードのスカートをつけ、緑色の貝殻のついたベルトが揺れてティーポットを鳴らしていた。じっさいすべてに調和がとれていた。クロンモーに軍隊がいなかったら、どうやって生きていくのか、彼女には見当もつかなかっただろう。

お茶のあとは煙草が回され、エナメルのライターが鳴っては火がともった。リヴィは、私は煙草は呑まないつもりと言い、本当にけっこうですからと言った。みなさん笑うかもしれないけど、私は旧式な娘なんです。彼女のいっかなしつこい抵抗は多くの注目を集め、結局のところ、旧式な娘が多数派であることがわかった。牧師の娘たちやドリーン・ハーティガンらがみな心得た様子で座っていたが、口のあたりがやや物足りないようだった。そこでリヴィがカーマイケル中尉の少し強い煙草を受け取ると、スミスが吼えて、君は僕の女性の理想像を犠牲にしたと言った。ミセス・フォガティが音楽でもいかがと提案した。彼らが夫人を手伝ってグランドピアノの上から花の鉢や写真を移動させると、覆いをはずし、蓋が開けられるや、ミセス・フォガティの指にあわせて湿っぽい和音がいくつか出た。疑わしげに耳を澄ませたミセス・フォガティが、ひどいわね、調律をしてくれるいつもの人がコークで亡くなり、別の人を探す気力が出ないのよ、と告げた。夫人はただのピアノ演奏ではなくて本物の音楽がいるわねと言った。そして本物のタレントを持った人が来ていますからと続け、強いるように周囲を見回した。ちょっとしたもみ合いのあとで、ミスタ・スミスがやむなく立ち上がった。

そして片方の足に重心を置いて立ち、澄ました顔で髪の毛をなで、他方、ミセス・ヴァモントは楽譜に目を通していた。

ミセス・ヴァモントはことのついでにカーマイケル中尉のほうを見て、ここは驚くべき人々が亡くなる国なのよと述べた。「ええ、つまりね」彼女は言った。「誰がそんな予想しました、ピアノの調律師までが死ぬなんて？　あるお宅にテニスに行ったら、そこの人たちのパーラーメイドも死んだのよ。そして先週は、ちょっとしたケーキを買いにフィッツジェラルドのお店に行ったら、ケーキはみんな飾りのないものばかり。ファンシーケーキはないのと聞いたら、ケーキにお砂糖でアイシングをする女性が連行されたって、ああ、どうか彼女の魂を、神さま！　実際、あのケーキ屋には灰色の何かがあったわ」

「生のただなかにあって、われわれは死のなかにいるのだが、この意味がわかればですが」カーマイケル中尉が言った。

ミスタ・スミスは僕は何でも歌いますよ、と言った。みな「小さい黄色い神さまの緑色の目」の曲を聞きたがった。その曲は悲劇的な不吉なもので、みな座ったまま涙をこぼし、リヴィは、ミスタ・アームストロングが自分に腕を押しつけてきたことに、それに気づいたドリーン・ハーティガンの気配から初めて気づき、ロイスのほうに寄り添った。

「こ、こ、恋に破れた女が一人、マッド・カルーの墓に詣でる、
　黄色い神さまは空の上に座して、微笑んでおられる」

ロイスは紅潮し、リヴィに手を握らせてあげた。二人とも不思議に思っていた、「この場で何を感じるべきか?」と。周囲にいる少尉たちは頑強な感じを漂わせ、両膝をしっかりと抱えて、女性のために人は何をするべきか考えていた。感情的な拍手がぱらぱらと湧いた。するとミセス・ヴァモントが大声で、あなたたちは馬鹿よ、男性は愚かだわ、とても本気でなんか歌えないわ、でも、歌えというなら歌いますよ、と叫んだ。そして「メリザンド」を歌ったが、おかげでその場にいた女性たちは一人残らず自己憐憫にとらわれて陶然としてしまった。これは明らかに自己のために書かれたものだった。

「きみの恐れのまなざしと、きみの愛の唇をもて、
そして神の哀れみの恩寵ゆえのきみの若さ
——ただ一人の、メリザンド、ただ一人にて」

少尉たちは、これは美しくて高尚だが、やや退屈だと思い、曲が終わるとむやみに拍手した。彼らがデヴィッド・アームストロングを見上げると、彼は紅潮して自分自身と彼らすべてに驚いたような顔をした。彼の紅潮は「ダン・マグルーの襲撃」が半ばまで進んでも消えず、すっかり我を忘れた彼は、聴衆も巻き添えにしていた。

「女が一人われわれの間にきた、
　女はヴィーナスのように美しかった」

という個所にくると、一瞬だけ意識が戻った。彼は天井を見てリヴィとロイスを見ないようにした。雰囲気がどこか窮屈になり、皮の軋む音がして少尉たちはあらためて姿勢をととのえた。ミセス・フォガティはチョコレートビスケットを乗せたお皿を回した。残念だったわ、と彼女は言った、誰もピエロの用意をしなかったのは。デヴィッドがもとの位置に戻ると、リヴィは薔薇色に染まった。そして長い睫毛を彼に向けてパチパチとしばたたいた。

「本当に」ミセス・フォガティははっきり言い、デヴィッドからスミス（彼はクリスチャン・ネームを持たなかった）へと目を移した。「あなた方お二人のような演奏は耳にしたことがなかったわ。いいえ、ホース・ショウ週間のダブリンでも、いえ、ロンドンであろうとリヴァプールであろうと。大変な才能があるのね。どれもすごく哀しいのが残念じゃないこと？　みんなでうたう歌を、何か元気が出るようなものを、そうね、先の大戦で歌ったティペラリの歌があるでしょう？」

「ああ、そうだわ」ミセス・ヴァモントが叫んだ。「アイルランドに来るまで私ちっとも知らなかったの、ティペラリが本当の地名だったなんて」

「彼女の話を聞いて下さいな！」ミセス・フォガティは叫んで、さらにたくさんのクッションを床に払い落とした。みんな嬉しくなった。ミセス・ヴァモントは指を広げて顔を隠した。この興奮にまぎれてロイスは立ち上がり、もう行かないといけない、と言った。彼女は残念だった、パーティがかすかながら侮蔑の色をおびたように見えたからだ。それにリヴィはとても幸せだった。もしデヴィッドがいま死んだら、リヴィは自分を非難しないですむだろうと彼女は思った。それにカーマイケル中尉はずっと罠にかかっているように見えた。彼は自分が山で経験した冒険や、ときどきする変装について謎めいた話をした。彼女は彼がきっと小説のヒロイン、スカーレット・ピンパーネル（バロネス・オルツィの書いた小説）のように人を救い出したいと感じているのがわかった。同情しないではいられなかった。彼女が立ち上がると、彼はまたぜひ会いましょうといった。カーマイケルはデヴィッドと一緒に出てきて、イムペリアル・ヤードで馬車に乗りこむリヴィとロイスの手助けをした。膝掛けをきちんとたくしこんで、二人を吹きさらしの旅路にしぶしぶ送り出したあと、そこに立って見送ってくれたが、降る雨が赤銅色で軍隊風の彼らの鼻柱をつたってしたたり落ちた。

二人は顔を火照らせ興奮しながら家路についた。山々を隠している馬車のカーテンから雨が入りこんできた。茶色に光った水溜りが、道路のあちこちでつながっていた。二人はほとんどすべての人について意見が同じだった——ミセス・ヴァモントとD・I《ディフェンス・インテリジェンス》の姪についてはことに——レインコートの襟越しに互いに大声で笑い、理解と同情で目を輝かせ、その間、雨は彼女たちの鼻面を叩き、やがて口を封じた。リヴィが「メリザンド」は美しい詩じゃない？と言ったときになって、ロイスのなかで何かこわばるものがあった。あれはセンチメンタルだと思うと彼女は言った。

「あんなに大騒ぎをして、誰かさんのことばかりじゃないの、この意味がわかればだけど」

「まあ、恋ってそんなものでしょ、考えてみれば」リヴィが言った。「それに私自身は、あれで十分だと思うわ」彼女の鼻の先にごたいそうな経験が見えるような気がして、ロイスはひるんだ。そして私はきっとメリケン粉を入れ忘れたケーキみたいなものだと感じた。

彼女は難癖をつけてみた。「今夜だけは遅れたくなかったのに。そうよ、ミス・ノートンが、到着するから、きちんとした格好をしていたかったの。私の鼻のおしろいが食事の途中ではげたりしてほしくないわ」

「あら、それってどなた？　美人なの？　年はいくつ？　婚約してるの？」

「会ったことはないの――でもダニエルズタウンには、よく来てたみたい。でも私としては、彼女は人がきれいにしていたいと思う相手だという感じがするの。彼女はその運の悪さでマイラ伯母さまを何かと悩ませてきたらしく、おかげで本人よりも周りの人のほうがはるかに大変なの。まだ小さかった頃に子供のパーティがあって彼女がダニエルズタウンに来たのね。来てすぐに階段のところの泥落とし《スクレイパー》につまずいて転んで膝を切ってね、もう血がいっぱい出て大騒ぎ。それからまた別のときには、お茶のお客が来ていたんだけど、南アフリカのキムバリーのことで議論をはじめてね。みんな八時過ぎまで居残って、図書館で『エンサイクロペディア・ブリタニカ』を引っ張り出す騒ぎ、その間に晩餐に招かれた人たちがどんどん到着してくるわけよ。また別のときなんか、テニスパーティで婚約指輪をなくしたものだから、みんな仰天してしまって。そのあと彼女から手紙がきて、もういいのよ、ともあれ婚約は解消したし、男性のほうも指輪はいらない、海の底に沈んでいたらいいのにと言ったそうよ。私はいつも思っていたのよ、婚約を破棄した人たちって、みんなノーブルになるなって、でも私には報復的な響きがする。マイラ伯母さまはずっと蚊帳《かや》の外で……。ミス・ノートンはいま二十九歳なの」

「私は変だと思うな」リヴィが言った。「いまになっても、なにひとつ成し遂げていないなんて。でもはっきり言って、がっかりだわ」

このときトラックが来る音が聞こえた。ブラック・アンド・タンズが、天候にそなえて防備しながら、叫んだり歌ったりし、ときどき銃で撃っていた。話し声は雨音と岩だらけの道を走る車輪の音で低くなり、こもった空気のトンネルをくぐって来るのが不気味で恐ろしかった。この細い道で出会うのは、夢よりもっと悪かった。まだはっきりしないトラックが現われる前に、リヴィは急いで子馬をわき道に誘導した。しばらく進んでから、雨に濡れたサンザシの茂みに隠れて待った。ブラック・アンド・タンズは、もし隠れている人間を見つけたら最後、容赦しなかった。彼女たちはトラックがわき道の入り口を通過するのを聞きながら、見つかって捕まるのではないかと気が気ではなかった。ロイスはあの第一次大戦の前に、自分が歴史小説のなかの一人ではないからといって午後いっぱい泣いたことを思い出して驚いていた。思えば、彼らが彼女に行って体験しなければ分からないと言ったから泣き出したのだ。道路に静寂が戻ったが、馬車の方向転換が無理なことがわかり、子馬を後退させなくてはならなかった。「なんてことなの！」とリヴィは言って、水平線を睨みつけた。「トラックを運転したかった！　あんな奴らなんか、押しつぶしてやる！」

どうにか八時前にリヴィはロイスをダニエルズタウンの門前で降ろし、そして子馬を速足にして去っていった。彼女はきっと父親に殺されるわ！　ロイスは並木道を息が切れるまで駆けとおし、あとは這うように進んで息をとり戻した。気が気でない彼女は、晩餐の銅鑼の音と、窓から飛んでくる叱責に身構えていた。だが彼女の時間違反は見つからずにすんだ。ミス・ノートン自身が到着したところだった。玄関ホールはスーツケースに占領され、毛皮のコートが椅子の上に投げてあり、テニスのラケットとクラブの入ったゴルフバッグがあった。

「だけど哀れな女性がどこでゴルフをするというの……！」ロイスは思った。「素敵なコート……。よかった、『タトラー』（英国社交界のゴシップを載せた月刊誌）を持ってきてるわ！」

着替えに上がる者もなく、図書室からは興奮気味に叫ぶ声がした。応接間のドアからは不平不満の声がしつこく流れてくる。ロイスがレインコートの一番上のボタンをはずしてコートを下に降ろして脱ぎすてたので、濡れた跡が丸く床に残った。彼女はぼんやりと濡れた帽子を絞った。そして耳を澄ました。

「彼女はきっと汽車に置き忘れて来たのよ」伯母が話している。「彼女は言い張るのよ、誓って言うけど、キングスブリッジでは間違いなく一緒にあったし、ダラモアを発ったあとにも見たと。私はスーツケースをたくさん抱えて旅行する趣味はないわ、いつも数を確かめるなんて――上等なトランクひとつでいいと思う」

「ポーターの視点から見ると――」ミセス・モンモランシーが言った。

図書室のドアがカチリといって開き、ロレンスがばかに熱心な顔をしてホールにさっと入ってきた。そして「彼女は電話で十分だと思っているらしい」とロイスに言った。「バリヒンチの電話について彼女に理解させるのは僕には無理だ」彼は大声でそう叫んで屋敷の裏手のほうに姿を消した。何であれ、明らかに急ぐ必要はないのだ。ロイスは玄関ホールのテーブルに腰掛けて、『タトラー』を見た。初秋のファッションが彼女に思い起こさせた――いまこそ毛皮のコートを試着してみるチャンスだ。

彼女はわが身にふさわしい苦悩を望んでいた――コートなしに私は生きられない……。腕がシルクの裏地をすべり抜ける。手が出てきたが、小さい手だ、出てきたカフスが巨大だった。「ああ、逃亡しよう！」彼女は顎を沈め、うっとりしながら、コートの豊かな重さに身をゆだねた。「ああ、他人の衣裳で逃亡しよう！」彼女は新しい動きを見せてホールを歩き回った。黒髪の、あまりいない、やや焦燥気味の女が、ジャスミンの香りに身を隠している。「だめね？」彼女は切り口上で言った。その声が彼女をぎくりとさせ、その裏に経験があった。彼女は毛皮にそっとふれ、飾り棚の端にふれた――その指先が異国の敏感さで太鼓のような音を立てた。窓枠は雨ににじみ、木々は湯気を立てているようで、玄関ホールの孤独な洞窟は、もはや彼女の意識を縛ることはなかった。何とか生きていける、と彼女は感じた。誰もいなくていい、みずからのために演奏するオーケストラのようになろう。

「これはミンクかな？」と彼女は考えてみた。

「とても似合うわ！」ミス・ノートンが図書室のドアのところから言った。

ロイスはあっけにとられた。「あら」彼女は言った。

「あの不運なレディ・ネイラーはどちらに？」

「思い当たりませんが――。ええと、応接間にいます」

「とにかく」ミス・ノートンが言った。「もう上に行くわ。私が到着したばかりのように見えなくなれば、夫人はスーツケースのことを忘れて下さるかもしれないから」彼女はロイスを一心に見つめた。「ここにくるとき以外は、私、何かを紛失したりしないわ。私は本当は有能なのよ。だけど一種の宿命があるみたいで……」

「知っ、てます」

「知ってる？」彼女は興味を感じて言い、ひどくうろたえて顔を赤くした。「おかしいわ、あなたが知ってるなんて！」

近づいてきそうな、差し迫った感じがあった。ロイスは、自分に向けられた笑顔を意識していたが、悪びれることなくコートを脱いだ。ミス・ノートンは、一家の人たちが出て来ないことに別段驚きもせず、自分の居場所に案内して下さいなと言った。二人は一緒に階段を上がった。彼女の部屋は最上階のロレンスの向かい側だった。

「さっき、てきぱきして下さった人はどなた？　私に電話をさせなかった人よ――若い男性だったけど」

「ロレンスです」

「まあ、ロレンス。そしてほかの人たちは、お名前すら聞いてないわ。ここにご在宅らしいのに――かすかな敵意があるのね。私が怖いんでしょう。彼は私が玄関の泥落しで膝を切ったことをいきなり非難したのよ――私が三つか四つの頃に。どなたでしたっけ？」

「モンモランシー夫妻です」

「ああ、ヒューゴとフランシーね？　もちろん彼らのことは聞いてますよ。彼女は彼の母親でしょ――実質的には？」ミス・ノートンは帽子を脱ぎ、鏡に映った自分を熱意はないのに詳細に見た。

「もう！」というのが彼女の感想だった。

「彼は彼女の髪にブラシをかけるんです」ロイスはそう言って声に出して笑い――ミス・ノートン

がかもし出す影のような雰囲気のなかで、その笑いはくすくす笑いのように響いた——、背中をドアの端につけて体を左右に揺らした。

「まあ、二人は仲よしなのね」

「私が彼を一番よく知っていたのは、私が子供のときでした」

「ええ、そのようね。色々ありがとう。すべてそろっていると思うわ。ええ、熱いお湯がいっぱいいるの。もう行きたいんでしょう？　つまり、もうお食事じゃないの？……ああ、ロイス！」

ロイスは戸口のところからいそいそと戻ってきた。「はい？」彼女は言った。

「つまり、あなたがロイスね、そうでしょ？　私、いろんなことを聞いて……。いいわ、遅くならないように。あなたに手伝ってもらうのは嫌だから」ミス・ノートンはコートを脱ぐと、フリルのついたシャツのままでそこに立ち、たくさんのスーツケースを面白くなさそうに見回した。「さあ」彼女は言った。「もう行って」

ロイスは回廊を半分降りたところで、上がってきたロレンスに会った。「うん？」ロレンスが言った。

「彼女はそうとう狂ってると思うの」ロイスの口ぶりは疑っていた。

「そうだろうな」ロレンスはそう答えて、素気なく彼女を通り過ぎた。

十

電話をするのは簡単ではなかった。電話は六マイル先のバリヒンチにあったが、使用するには、大変なお願いをして郵便局の女局長の同情と注意を得る必要があった。マルダ・ノートンはそれが理解できなかった――サー・リチャードが言うように、彼女はアメリカから来た人で通っていた。あらゆる角度から見て、彼女はたいそうモダンに見えた。朝食のあとみんなは階段に座り、郵便が来るのを待ちながら、何をすべきか話し合っていた。サー・リチャードは、あのスーツケースを思うと、胸中苦しいものがあった。マルダは、それはもうどうでもいいと言ったが、彼女のテニスシューズがそのなかに入っているようだった。だから、郵便配達夫が、昨夜ブリッタの方角で襲撃があって、またもや電話線がすべて不通になった、と言ったことが救いとなった。大規模な襲撃でね、と郵便配達夫が言った。男たちが逃げ出さなければ、いまにも戦闘になるところでしたよ。何という時代に私たちは生まれあわせたのかしら！とフランシーはマルダを疑わしげに見ながら言った。でもべつの時代にはべつの不都合があるわ、とマルダが言った。誰も怪我はなかったんでしょうね？　いやあ、と郵便配達夫が言った、ブラック・アンド・タンズが銃撃されて、だけどそれも当たり前でしょう、あいつら自身がむやみやたらと銃撃してくるんだからさ？　トラックから放り出された二人がいつものやり方で殺されたみたいで、男たちは倒れた二人を置き去りにして逃げましたよ。

「どうしてわかるの？」マルダが言った。郵便配達夫はさりげなく彼女を見て、どうしても耳に入るのだと言った。しかし何が真実か、そして何をどう受け取るかは、私には決められませんよ。サー・リチャードは急いで、しかもなごやかにこれに同意した。彼は郵便配達夫を失望させたくなかった。

マルダは当然ながら六通の手紙を受け取り、疑わしげにざっと目を通した。ロイスがその彼女を見ていた。マルダは手紙をわきに置くと、ロレンスはとても実践的だから、私を乗せてクロンモーかバリドラまでドライブしてくれないかしら、テニスシューズを買いたいの、と言い出した。ロレンスは車の運転はうまくないのが心配だと言った。僕は物にぶつからないようにはできるが、よろよろと蛇行運転になりがちで。

サー・リチャードは朝の巡回に出て、もう姿が見えなかった。穀物が昨夜の雨でどのくらい「寝てしまった」か、想像するのは好まなかった。知るほうがいい。雨は朝食の前には上がっていた。大きな水滴が木の葉を鳴らしてしたたっていた。木々に雨の香りが移り、湿った壁になっていた。薄い水蒸気が空を昇り、雲の晴れ間を流れていく。遠くがかすかに浮かび上がり、色を塗ったみたいだった。

「お天気ももう終わりね」フランシーが哀れな声を出した。

「でも私は」マルダが言い張った。「テニスシューズがいるの。よろよろ蛇行してもかまわないわ」

「ロレンスはどちらかといえば知的なほうだから」フランシーが説明した。

「そんなの問題にしないけど」

「車には問題だわ」ロイスが言った。

「僕は意識して君を乗せたことはないよ」彼女の従兄は素気なかった。

マルダが笑った。そして立ち上がり、階段の上に立った。一列に並んで座っていた残りの者は、いっせいに彼女を見上げた。マルダは背が高かった。野原を見やっているその背中は、青年の背中のようにほっそりとして活気にあふれていた。女性にありがちな下部がふくらんだ洋ナシ型の体型を免れていたし、両肩は角張っていて、足は膝から下が長かった。明るい茶色のドレスは無造作な正確さで体にさらりと合っており、ゆったりしたひだの下にあるゆとりを目立たぬように示していた。ロイスには、洗練が切り拓くはるか遠くの地平線が見えた。マルダは紅玉髄《カーネリアン》の多連のネックレスを片方の手でひとまとめにして首のところに集めた。カーネリアンが喉のくぼみに滑り落ちる。彼女はぼんやり立っていたが、方向を知る資質があった——資質からそれたカーネリアンは一連ずつばらばらにさまよっていた。彼女が見せる無自覚からくる一種のしぶとさは、周りの人の意識を高めた。もっとも明るい目で観察し、行きずりに耳にしたことで査定し、彼女の弁説は、その無関心という堅固な要塞から発して、人の尊厳を狙い打つ稲妻だった。

彼らは彼女の後ろに座ったまま、見捨てられたなという漠然とした衝撃を感じていた。ヒューゴが出てきてガラスのドアをきちんと閉め、空を見てまばたきした。「晴れてきた」と彼は言い、マルダに一回り散歩に出ないかと訊いた。運動は朝の日課のようになっていた。ロイスとロレンスは、あとで伝言を持って村まで行った。フランシーはレディ・ネイラーと庭に出るのを待っていた。

「僕は彼女を送るのかな、送らないのかな?」ロレンスは大声でそう言い、運命論者のようにミス・ノートンのあとを見送った。

「彼女の方からきっと知らせてくれるわよ」フランシーの皮肉っぽい微笑が頬を持ち上げ、かすかな赤みが目の下に浮かんで震えた。フランシーはそれほど簡単ではなかった。遠慮がちなこと、探るような物柔かさ、その人格の外側の「レース模様」——光線がレースを通りぬけるときのように、あらゆる印象がそこで濾過され拡散し、何の衝撃ももたらさない——が、繊細で強固な構造を覆っていた。彼女は心底頑固で、すぐ反感を持ち、しかもしぶとい。苦痛に絶え間なく抵抗することで、複雑さが強化され、虚弱な体も同様だった。フランシーは永遠に生きているローラをもてなし、ミセス・アーチー・トレントから苦情が出ていたが、マルダがヒューゴに寄り添って、眉を高く吊り上げながら、ブナの木の散歩道を行くのを見ていたフランシーが、ロイスに授けたかったのは、猫特有の容赦しない白紙の透明性だった。

「彼女はとても肯定的だな」ロレンスが二人のあとを見ながら言った。

「何について肯定的なの?」ロイスは熱心に尋ねた。ロレンスは困ったように息を呑み、片方のソックスを引っ張り上げた。

マルダがミスタ・モンモランシーに求めるものはなにもなく、楽しませてもらいたいだけだった。彼女は経験を積んだ相客だった。ミスタ・モンモランシーは面白そうだ。なぜこんなに消極的なのか。彼のことと、そのことは、国のどこに行っても耳にしていたし、到着したいくつかの屋敷では、その反応で騒がしく、彼が発ったあとにはある種の怒りの興奮が漂っていた。彼が伝えられていたとおりの人間であることをマルダが知ったことは、ショックに近い、信じられないという気持ちで和らげられた。だから彼女は彼のなかにある資質を定義したが、それは友人たちが口早に議論するときに言葉を濁したり、わざと飛ばして抜かすような資質だった。そのひとつは、一見控えめに不安そうに近づき、何かまぶしいものがひらめいて目がくらんだようにすることだった。彼の表情は、この中断を機にもろさが見え隠れし、マルダから見ると、奇妙な緊張があった。彼女は彼にとって、すでに現実の女だった。

彼はいまリンボク《ブラックゾーン》のステッキを振り回し、空中をやたらに切りつけていた。「この散歩は覚えてるわ」彼女が言った。「つい昨日ここにいたような気がする。でもあれはケリー州のどこかだったか、レア城だったかしら」

「いや、そうじゃない、あれはここだった」彼がきっぱりと言った。二人は声を上げて笑った。散歩道の先には明るくなった空気が薄いガーゼになって、ブナの木の幹の回りにからんでいた。白目《ピューター》のような色をした太い枝々がくねくねと上に伸び、筋肉みたいに輝いていた。水滴がときたま脅かすように、彼の帽子のつばに落ち、メッシュのドレスを通して彼女の肩に氷のように落ちた。道の前景はガラスのトンネルだった。彼女の連れの判断ののろさは、おぼつかない沈黙となって、彼女のなかに真空状態を生んでいた。彼女はあくびを手で隠した。

「今朝はいい朝じゃないな」彼が示唆した。「木の下を歩くには」

「まったくね、およそ最悪だわ」

「ああ……それでは――？」しかし彼らは歩き続けた。

「僕はいつもここに来るんだ」彼は非難をかわすように言った。「そして僕は機械的に右に折れる。子供の頃、ここにいたもので、そう」

「あなたはここにいたのね、私が子供のパーティでものすごく血を出したときに？」

「いや、実はいなかったが、そのことはいつも聞いていたよ。君は指輪をなくさなかった？」

「それは別のパーティで、もっとそれにふさわしい年齢のときだったわ。持っていたなかで一番素敵な指輪だった——リージェント・ストリートのものですもの。宝石商が言ったわ、どうしてもエメラルドでなくてはなりませんと、なぜならご婦人はアイルランド人でいらっしゃるからと、それでティモシーも宝石商に一言もなく同意したのよ。私は自分がそんなに高価な国籍を持っているとは知らなかった」

「残念だ！」

「ええ、そういうのって、いつも残念ね」

彼は彼女がどこまで含めて言っているのかわからなかった。「君の——ティモシーは気にした？」

「ネイラー夫妻ほどではなかったわ。その後、彼はソンムで戦死したの。でも彼は息子が二人いたから、大丈夫だったのよ——つまり彼は結婚していたの」

「ああ、そうだね……。君はここにはよく来るの？　君のことはよく聞いていますよ。それに、ジョンズタウンとバリダフと、北部のほうで君が来る予定だと聞いたよ。しかし僕はいつも動いてたから。一度たしか、並木道の入り口で鉢合わせしたよね」

実は、彼女が笑って認めたところによれば、彼らはどちらもやむなく訪問したのだった。それに私は知ってるのよ、と彼女は彼に話した、あなたは訪問というよりは、旅行していたんでしょ。あなたはカナダ以外のあらゆる場所を旅行なさったのね。

「でも私は、本当はここに戻るべきではなかったのよ」と彼女。「レディ・ネイラーの目のなかに何かがあるの。絶望のはての楽天主義が。あのスーツケースが私にとってここの終わりではないという感じがして。やがて急襲され、私は並木道で撃たれ、しかも致命傷ではなく、あるいはロレンスが運び出してくれて、あの車をひっくり返すの。そうなると彼女は私を絶対に許さないでしょうが、彼女の努力は私の跡を追ってヨーロッパへ……。この戦争はどこまで続くと思う? 見て見ないふりをする以外に、私たちにできることがある?」

「この僕に訊かないでよ」彼はそう言って深くため息をつき、全知の神の重圧をしのいでいるようだった。「あと二、三百人は死ぬよ、おそらく、僕らの味方の側で——味方でもないか——むしろおびえていて、孤立していて、せいぜい何か表明しても、ありもしない何ものかに固執するだけ——そんなもの、あったためしもないのに。そして、湿っぽい哀れみに息の根を止められてヒロイズムまで奪われるんだ。この国のいまの問題は、われわれ個人の問題そのものなんだ——僕らの場合、個性の感覚というと騒動の感覚のことだし、僕らはそれから外に出られないときてる」

しかし国の保持とはまさに、と彼女は考えた、人間自身との関係で考えられるし、そのように解釈できる。あるいは、そう思えるのか——「シェイクスピアみたいね」彼女はさらに曖昧につけ足した。「そうじゃない? ……だけど、教えてよ」彼女は言った。「ロイスのことを」

「ロイス?」彼は罪悪感からどきりとし、ローラの娘のことを考えた。

「ロイスよ――あなた、気づかなかった？　ディナーのとき、あなたの隣りに座っていたでしょ」

彼は自分の人当たりの悪さを恐れ、こう言おうと準備していた――だが、その言葉は、批判的な響きがして、空しいこだまみたいだった。彼はロレンスのことを思い出した。彼女の冷たい観察眼と吊り上った眉に戸惑い、このふたつが一緒になって皮肉で友だちめいた絶望に彼を追い詰めた。彼女の顔は――オランダの人形の顔のようだ、と彼は防御の姿勢で自答していた、赤と白が正しく鮮明に配置していた――興味を感じて急に取りつくろったので表情がいったん休止して、仮面のようになった。顔の造作は、白い四角い額のところに黒髪が一筋走り、互いに独特な関係にあり、すでに明確すぎるくらいに書かれているのに彼にはまだ解読できない何かのようだった。いま習得しても、回想するときは戸惑うような何かだった。

彼女は実は、彼の同情心のなさに憤慨していた。「ロイスは」と彼女は言った。「素敵だわ。すごく急いでいて、急ぐことに夢中で、とても無力なのよ。タクシーに乗って列車に乗り遅れまいと時間に逆らっている人みたいね、タクシーを助けようと押したり引いたり、そして躍起になって窓の外を見ると、すべてがゆっくり通り過ぎているだけなの。その耳には、最終列車が彼女を乗せないで出発する音だけがずっと聞こえているの。また若くなるなんて、私はまっぴら！　だけど、私は野心などひとつもなかったわ」

彼は彼女の無防備な横顔を見ていた。「ああ、そうですか」彼は言った。「野心も？」

「しっかり愛するとあれほど決意した女性に会ったのは初めてよ、いますぐ愛したくて、その能力があることを確信しているのよ。運命的な人を祈り求めているんだわ。ドアを見張っているのよ。だからあなたにはがっかりなのよ」

「第一に」ヒューゴはいらいらして言った。「彼女は女性じゃなくて——」

「大変よ、もし彼女に何も起きなかったら！　それに、彼女を見ていると思い出すわ、学校の運動会のときの女の子のことを。チームになってリレーで走るのよ、ほら、豆の袋を使うやつ。ゴールラインのところまでジャンプしながら、だんだんスピードがなくなり、熱狂で吐き気がしてきて。自分の順番がきたら、もう全世界は彼女のもの。彼女の目玉が飛び出して——豆の袋を落としてしまうの。みんながうなる……。いまでもあれを思い出すと、心のなかがからからになるわ」

「若者がいたね——ハロルド——ジェラルドか。彼らは並木道で踊るんだ」

「まるでウサギね！」

「蓄音機を持ってますからね」

「彼は彼女を愛しているの？」

「妻はそう思ってるさ。ロレンスは、彼がうまくそうなると考えているよ。彼女の伯母は全然うまくないと考えていて、話を聞こうともしないから、彼は正式には愛していないことになる」

「とにかく、愛されるのは彼女の問題ではないわ、まったく別問題ですもの。彼女は彼を愛してないわ、可哀相に。彼は役立たずよ」

「僕は若い女性が、彼女くらいの年齢の頃に、誰かを愛する必要などないと思う」

「ええ、必要なんかないわ」彼女はじれったそうに言った。「年齢がいくつであろうと。だけど人はそういう考えを持つのね」

この即断と、この軽さが彼を悩ませた。彼女の好きなように話させよう。つまり、彼女には女性の限界のすべてがあった。さとしてやれる程度の浅知恵、百もあるささいな能力のことだ。しかし彼は、つねに自責の念に囚われた、生まれながら愛する人であり、自分のなかにあるサイクルを意識し、欲望の春と夢から覚める秋、その中間にある季節は休息期に当り、穏やかに冷ややかでいながらも、過去の余白あるいはこれから来る変化の影をむさぼってきた。

「僕にはそういう考えなどないね」彼は冷たく言った。

彼らは散歩道の終わりで門をくぐり、モミの木の造園林に入った。暗がりの壁の間を歩いたあと、風が通る木立の緑の空間に来て解放された。緑の平地は、前方に無限に、しかし狭い幅で広がり、なだらかに左に下って牧場へと開け、右手は凹凸のある壁で仕切られていた。壁の下には目に見えない急流があり、さらさらと川底を叩いている。小道がためらいがちに前に続き、明るい緑の芝生の上でかすんでいた。ブナの木が二、三本、互いに離れていて楽しそうに好き勝手に立っていた。木の幹と幹の間に間隔があり——高い山々が遠くの光を浴びてくっきりと見えた。輝くような風景だった。

「もうひと雨くるな」ミスタ・モンモランシーが言った。

しかし彼女は前方を凝視していた。トレンチコートが木の間ではためき、近づいてくる。彼女の視点が絞られた。交換があった。やってきたのは若い男性で、ほとんど駆け足でやってきた。一瞬考えてから、「ハロー！」とミスタ・モンモランシーが言った。

「ハロー！」と叫んだジェラルドは、期待で紅潮していた。彼らはこうして呼び合ったことはなかった。彼は、声が届くところにくると、こちらまで出てきたところだと説明し、急ぎの用事のついでに、レディ・ネイラーがいつでもランチにお寄り下さいと言っていたと述べた。「みんな出ていないのかな？」彼は突然、マルダが気づいたように、奇妙な焦りを見せて尋ねた。彼らはいない？　それはよかった、素晴らしい。早くから何か？――僕は一晩中出ていたのだと彼は言った。ああ、そうだ――ミスタ・モンモランシーが自分の顎のあたりを疑わしそうに一瞥するのを感じて、途中で髭を剃ってきました。道具一式は、よくやるように、携帯しているのです。ここに――いや、これはピストルだ――もうひとつのポケットのほうに。マルダは彼の先見の明を賞賛した。ミスタ・モンモランシーは、彼らを紹介するのを忘れていた。彼らはブナの木の回りに儀礼的に集まり、煙草をすすめ合った。

「いまはそうとうお忙しいの？」マルダは言い、ジェラルドが手で覆ったマッチのほうに身をかがめた。

「忙しかったり、ひまだったり――だいたい忙しいけど、僕らにはわかりません」彼女は実に目立ったので、彼は熱心に見守ったが、凝視しないよう気を付けた。彼はこの手の会話が好きで、真面目で事実っぽく、推測があらゆる隙間を埋めていた。彼女が屋敷に滞在しているときのランチは、さぞかし愉快だろう。彼女がまた目を上げると、彼女の髪の毛がくぼんで、そこにまた光がこぼれた。ランチは将来を照らす松明《たいまつ》に見えた。いまからランチタイムまでの間に彼は、どこかで、何とかして、ロイスを探し出し、驚く彼女の手に驚くようなキスをするつもりだった。一言も、キスがすむまでは、言わないことにしよう――そこで彼女が彼をさっとかわす。彼はこのように考えていた。

彼はここまで考え、このクライマックスをほぼ見通していた――ちょうど花の真んなかにある花芯が、愛らしく乱れた花びらの性急な開示によって暴かれるように——トラックに乗って、暗闇をかき分けながら。朝の空が空らしくなって、敵のように冷たい夜から這い出していくのを見守ったあと、彼は執拗に探りを入れてくる風のもとで、彼女が近いことを焼けるように感じていた。彼の眼下に飛び込んできたのは、頂きが震えている生垣だった。彼は声を上げて笑って震え、手をピストルのほうのポケットに入れ、剃刀《かみそり》に手をふれた。そしていま、マルダを見つめながら、もう一度ロイスの両手にキスをし、もう一度知り、彼女のまなざしで確信した、日の光が最初に兆すときのあの鋭い真実を。彼は確信で武装した。マルダは肘を木につけてもたれ、彼の真っ直ぐな視線をいとも気楽に返しながら、深いところにある確実なあの興奮を思い出していた、彼が初めてあの大戦に近づくときの興奮を。いま彼は両手を通り越し、逃げようとするロイスの頬の曲線にキスしたあと、その不確かな口に彼の確実な口で刻印するつもりだった。無邪気な子供のように彼は腕時計を見た。

「さあ、続けて」彼女は言い、木々の間を見上げると、明るい息吹が閉塞感を攪乱していた。彼は彼女の向こうを眺め、ロイスにいたる小道を見ていた。間隔をおいた木々が並ぶ明るい緑の小道は、天国の小道のようだった（と彼はあとで思った）。

「ランチタイムの頃には雨が降るよ」ミスタ・モンモランシーが言った。すると現実に空はそろそろと這いよって色をなくし、山々の鋭さも不安の色を浮かべているようだった。

「僕は」ジェラルドがマルダに言った。「あなたが今朝、あそこまで出ていてくれたらと思って。あなたはご自分がどこにいるのか、わからなかったでしょう、光が射してきても」

「夜明けの匂いって、あるの？　いつだったか、ある男性が言うのを聞いたことが——」

「いや、それはまるで僕みたいだ――僕は煙草を吸っていたんです」

「さあ、続けて下さいな」

「ああ、まあ――」彼は続けた。彼女は失意が浸入するのを皮肉で受け止め、なかば防いでいるだけだった。彼の視線と微笑は彼女の思い出にまといつき、違和感はしつこく残った。芝生の上の彼の足跡はたちまち消えた。沈黙があった。冷たい雨の不安がブナの木々のなかにあり、壁の向こうでぽたぽたと水底を叩く音がしていた。ヒューゴは、少し先まで歩いていたが、振り返って彼女を強い目で見た。彼女はぎょっとした。「面倒な！」彼女は思った。その目の裏に面倒があったからだ。

「このまま行くかい？」彼らは歩き続けたものの、目的がないので気が重かった。彼らは白い小屋がこちら睨んでいるのに出会い、睨み返して向きを変えた。

「ダニー・レーガンがあそこで暮らしてる。ウサギを撃つときに片方の目を撃ち抜いてしまい、いまはもう一方の目も視力がなくなってね。子供の頃に彼とよく出かけたものさ――最高だったよ。母親が一緒に暮らしていて――いまでもそのはずだよ。彼女が亡くなったとは聞いてないから。百四歳になるよ」

「あなたは私が結婚することにした相手の男を知ってるかしら、レスリー・ロウだけど？　株式売買人なの。彼はそうとう釣り上げてるわよ。家族はアイルランド東部のミースにいるの」

「ミース？……。僕は知らなかった、君が――」

「実はそうなのよ。ネイラー夫妻には話してないけど。彼らは私の婚約を空想だと思っているわ。そうなの、みんな解消してしまったから。だけどネイラー夫妻には話しておくべきだったわ。すぐ言い出すべきだったのに、あのみじめなスーツケースのこともあって。ディナーのときに私から何か言うわね、ランチのときでなく。お願いだからあなたも何かして、驚いた雰囲気を減らしてくださいね」

「いつなの?」

「そうね、私たちはこの冬にでもと思っているの」

彼は小屋の窓をひとつ見てから、別の窓に目を向けた。「冬の間のひと休みだね」彼はやっと言った。「あえて言うけど、君はどこか太陽のあるところに行くつもりでしょう。アルジェ、またはモロッコかな、もしそれができれば」

「ええできるわ、彼はすごくお金持ちだから」

「僕はリヴィエラには行かないな……。でも君はこの手のことをいいと思わない人じゃなかった?」

「私が? あら、私はそんなこと言ったことない」

彼のほうでよく考えてみれば、彼女がそうと明言したことはなかった。「君の幸福を願っているよ」

「私はたいして変わるとは思っていないの」

「そうだな」彼が言った。「ちょっと行って、ダニーと話してくる。僕が戻ったことを、彼も聞いているだろうから。ちょうどいい機会だし——かまわないだろう?」

「私はミセス・レーガンと話すわ」

「彼女は耳が聞こえないよ」

「だったら、お互いに笑顔を交わすわ——目が見えないわけじゃないでしょ」

彼らは、小道に憧れて目を見張っている眼玉《めだま》のような戸口に近づいた。ピートと煙の匂い、冷たく踏み固められた地面の匂い、白壁のお化けのような暗がりの匂いが、小屋から流れてきた。ダニーは暗がりから忽然と姿を現わし、片方の目であたりを探った。白い髭を生やし、無力でも真剣に立っていた。「やあ!」ヒューゴが声をかけた。するとダニーは相好を崩した。これはこれはヒューゴ坊ちゃん、素晴らしいジェントルマンになって、堂々としたもんだ。こちらにお連れになったのは奥さまですな、いや美しいご婦人です。そして彼は体を震わせながら手を出して、マルダの手を取った。彼は宣言した、彼女のおかげで若い頃の視力が戻りましたよ。

十一

ランチタイムの前に雨が降った。ジェラルドは雨だれの大きな音が後ろについてくるのを聞きながら、ブナの散歩道を上がった。どのブナの木の下にもロイスがいて、驚いてあたりを見回しているような気がした。繁みの影で犬の声がするのを聞くと、彼は振り向いて、期待して笑った。だがそれは小屋から出てきた黄色い駄犬で、もっぱらウサギを追っているのだった。まもなく屋敷の黒い四角い目が――三つ――四つ、小枝の間から彼を見おろしていた。彼は屋敷の冷たい外観の外に出たが、雨が筋になって流れ、なかが暗いのでうつろに見えた。黄色い犬が彼を追い越し、階段のところで馬鹿にしたように振り向き、我がもの顔でドアからさっさとなかに入った。「ハロー！」ジェラルドは声をかけ、周囲を見回した。

しかし彼女はどこにもいなかった。その場所は彼女がいないので寒く、忘れられたみたいだった。テニスパーティは夢になった――色とりどりのパラソルと太陽の光、ラグを広げて、蚊柱が光り、いろいろな声が楽しげに競い合っていた。その場所から何かが拭い去られ、終りが感じられた。ジェラルドは、ずいぶん変だ、静かだなと自問した。ロイスについてはがっかりした。彼が呼び鈴を引くと、メイドがびっくりして出てきて、後ろの髪の毛をあわてて整え、微笑んで彼に勇気を与え、彼を残して行ってしまった。玄関ホールは見つめてくる肖像画が並び、手袋が片方だけ乗ったテーブルの回りに緊張が集まっていた。グレーのスエードの長手袋で、手首のところが紐かけになっている——彼は手袋を取り上げて、それにキスした。しかし屋敷は女性であふれていて、この手袋はマルダのものかもしれない——彼は疑わしげにそれを落とした。

女性の人生の美しい謎。若い女性は朝など自分をどうするのだろう？　彼は鍵盤とゆっくり動くピンク色の指を漠然と思い描いた。彼は思い起こしていた、知的な書物の表紙の性を感じさせないサルビア色を。作業箱の埃くさい匂い、透明な紙を通して見える紅色は、急いで包んだシェルピンク色の手芸作品だ。少女に何を作っているのなどと聞くものではない。

彼は耳を澄まし、トレンチコートを脱ぎ、応接間のドアへ向かった。高窓が五つ、雨なのに開いていて木々の葉の音がし、雨が敷居を伝い、鏡が灰色に震えていた。磨かれたテーブルは、どれも冷たい光の小さな湖だった。白檀の箱の匂いが、チンツ更紗のカーテンのせいで空気に釉薬《うわぐすり》がかかったのか、彼の地上的な活力が殺がれてしまい、彼は肋骨と制服だけになった。彼は侵入に気づいた。しかし彼は案内もなく図書室へ入る気はなく、サー・リチャードがそこで書き物から目を上げて、鼻眼鏡越しに睨むかもしれなかった。彼はまた玄関ホールに向かうことはできなかった、手袋が恥ずかしかった。

彼は『スペクテイター』誌を取り上げ、「社会不安」という記事を読み、大英帝国のことを思った。彼の手が機械的にネクタイに伸びた。彼はこれからの時代を見越し、あらゆるものがきっちりと、最終的に防御され、くまなく捜索されるときを見越していた。そうなれば、安定した、ゆとりある黎明がきて、緊張が解けて、秋に母と午後の庭仕事をしてから、お茶に入ってくるようになる。彼は思いをめぐらして自信に満ちたイギリスのカントリーサイドを思い、犬の目に映るような日々、暖炉の火が届く範囲の狭い部屋の数々、木の間隠れに見える近隣の明かりを思った。彼は一人の女性のことを思い、親切で手が触れられるその人は、こんな痛みを作らず、不在だったりもしない……。ドアが仕切りのカーテンを引きずった。ロイスがダイニングルームから入ってきて、片面起毛のフリーズコートから雨を振り払った。彼は一瞬立ちつくして、彼女のせわしい動作に慌ててしまい、彼女の写真を撮ろうとしているような気がした。それから彼は前に踏み出し両手を彼女の肩に置いてキスした。

「――ああ、ちょっと待って――」ロイスが叫んだ。

しかし彼女は彼の美しい女だった。キスした女だった。彼はにっこりと笑い、彼女には打つ手がなかった。彼女は止みそうもない雨を見やった。

「僕は愛して――」彼は熱心に言った。

「ああ、ちょっと待ってよ――」

「だけど僕は愛して――」

「応接間で何をするの?」

「ランチに来たところさ」

「みんなそれを知ってるの?」

「誰一人見かけないけど」

「私は誰に言ったらいいのか、わからないわ」彼女は気乗りしないで言った。「みんな消えてしまったの。いつも消える人たちなのよ。アイルランド中でここは一番空っぽの屋敷だと思うでしょう——家族生活なんかないの。ブリジッドに言っても仕方ないのよ、彼女はすぐ忘れるし、パーラーメイドはいつも着替えているから。そうね、私が自分であなたの場所を作ったほうがいいわ——だけどナイフはどこにしまってあるのかしら。考えられないわ、あなたってどうしていつも突然、よりによって急に来るのか。前はそうじゃなかったのに。まだお花も活けてないし。やめてくれないかな、ジェラルド——つまり、こういう現実は。ランチのときは必ず自然にしてね、さもないと私が馬鹿を見るんだから。私に訊いてくれたらよかったのに、何でも伝えてあげたわ。でももう、いまにも銅鑼が鳴る時間だから。それに、あなたはどうして知ってるの、私が既婚者とは恋をしないって？」

「そう神経質になることはないよ。つまり、小説みたいにさ。つまり、自然でいてくれないか、ロイス」

「そんなに、そんなにかっかしないで……。ミス・ノートンが来てるの。女の子よ、少なくとも女の子ではあるわ。すごく魅力的よ」

「彼女には会ったことがあると思う。すごく——いや、美しいというのではなくて……。ああ、ロイス……」

「普通にしてね。ピアノもぜひ弾いて」

「ピアノなんか弾けないよ、僕がランチに来たことを彼らに言ってないんだから。僕は音楽的かもしれないけどね、ロイス、芸術的じゃないんだ」

「だいじょうぶ」彼女は言って、彼から離れ、部屋を回って歩いた。あれがキスされるということなんだ。たしかに衝撃だったが、心のなかは空洞だった。彼女は孤独で、未来のないことがわかっていた。目を閉じて努力した――船に酔ったとき、ウェールズのホーリーヘッドとキングズタウンの間でみじめに閉じ込められたときのように――非実在のなかに囲われていよう、そこは理想的な非在の場所で、シャボン玉のようにまん丸で透き通っているのだ。または彼女は非現実的で派手なパーティに出ているか、あるいは硬い砂の上を走っている。「海辺だったら、あまり問題じゃなかったわね」彼女はジェラルドに言った。

「だけど僕らは海辺にいたことはないよ」

彼女は白檀の箱を開けて、なかを見た。青いビーズが三つに、彼女がスイス人からもらったレシートが入っていた。三色スミレが三シリング十一ペンスしたが、ダンスパーティで着けて、駄目になってしまった。「ダンスパーティだったかどうか、怪しいくらいだったわ」彼女は言い足した。

「ロイス、僕は一晩中君のことを考えていたんだ、あの山のなかで――ずっとそこにいたのさ、君は眠っていた。君は素晴らしかった」

「ベッドには全然入らなかったの?」

「入らないよ、あのね僕は――」

「ああ、ジェラルド――ああ……、ダーリン――朝食はすませたの?」

銅鑼が鳴った。大きな真鍮の球がぶつかりあい、空っぽの部屋から部屋へ響きわたった。パーラーメイドがおざなりに顔を出した。「ランチかな?」ジェラルドはロイスに言った。

「誰も入って来ないわ――ランチの用意もまだだと思うけど。ジェラルド、朝食はほんとにすんだの？」

「山盛りの朝食をバリドラで……。君は何の話をしてたんだっけ、ロイス？　さっき君は僕をどう呼んだっけ……銅鑼が鳴る前だよ？」

だがもうロイスは頬を赤らめて答えた。「私、ずぶ濡れなの。湯気が出てるし、犬みたいな匂いがする。私は考えておくべきだったのね、あなたは私に着替えに行ってほしかったのだと。私は考えておくべきだった、あなたが――守ってくれると」

「わかってるだろう、君のためなら死んでもいい」

彼らは互いに見つめ合った。いまの言葉は厳粛な響きがあり、彼らが立って結婚式を挙げている教会の暗く高いアーチに響いたようだった。彼女は死について思いめぐらし、彼の体にちらりと目をやったが、素早く、愛らしい、いま現在の、しかも破壊的な一瞥だった。何かが感興を通り過ぎ、彼女の意識にふれ、重さと暖かさを残した。彼女は経験の向こうにある静寂を垣間見ていた。いく晩も彼が彼女のそばで眠っていたかのように。

「さっき私が何と言ったの？　言いなさいよ」

「『ダーリン』と……」

しかし彼女は、そのなかに近づこうとするものを見て彼の目をそらした。

レディ・ネイラーとミセス・モンモランシーが横顔を見せて、西の窓三つの下を通りすぎ、緑色の晴雨兼用傘の下でぴったりと寄り添って、アバディーン州の副執政制度について議論していた。それと同時に、ミスタ・モンモランシーとミス・ノートンが、やや苦しそうな息遣いでお金の話をしながら階段を上がってくるのが聞こえた。彼らはともに多少下品になり、多少イギリス的であることを意識していたに違いない、というのも、サー・リチャードがガラスのドアを音を立てて開けて彼らを迎えに出たときに、ぴたりと話を止めたからだった。

「さぞかし濡れたでしょう」サー・リチャードが言った。「マルダ、君のスーツケースだがね。僕もずっと考えていたんだ——」

「サー・リチャード、あなたにまでご迷惑をかけるなんて——」

「いや、君、スーツケースはスーツケースだから——ちょうど話してたんだ、マルダに、いやマイラに、僕は彼女のスーツケースのことをずっと考えていたと——」

「すぐランチを始めたほうがいいわ」レディ・ネイラーが命令するように言った。

「ミス・ノートンは着替えないと」

「ヒューゴ、よくも彼女をずぶ濡れにしたわね！」

「君ねえ、僕は傘じゃないんだ」

「マルダ、レインコートなしで、よくも外出したものだわ！」

応接間では、ジェラルドが窓のところまで歩き、困り果てて雨を見つめ、頭の後ろを叩いているところを見ると、ごく普通の少尉に見えた。ロイスは鏡で自分を見てから、ホールに出て、ジェラルドのことを告げた。みんなが目を丸くするので、彼女は手で顔を隠した。「ミスタ・レスワースがランチにみえたのよ」彼女はすまなそうに言った。「好きなときにいつでもどうぞと彼に言ったでしょ、だから彼はいいかなと思ったんだと思うわ」

「もちろんだわ」レディ・ネイラーが言った。「サラには伝えたわね？」

「それが、彼女の居場所がわからなくて。いつも着替えをしているから」

「もちろん、彼女はいつも着替えているわけじゃないわ。そんなパーラーメイドを私が置いておく？　彼女は一日に一度着替えるだけなのに、あなたはいつも都合の悪いときに彼女を探すのよ。ミスタ・レスワースはどちらに？」

「応接間に」

「まあ、あきれた！　図書室のほうがよかったんじゃない？　リチャード、どうしてミスタ・レスワースに図書室へとおっしゃらなかったの？　でも彼は、手を洗ったほうがいいと思う」

ロイスは階上へ上がった。マルダがあとについてきて、彼女の腕を取った。ロイスは驚いた。言うべきことが思い浮かばず、マルダのほうはその気もなかった。二人は黙って上がっていった。「いつか」ロイスは別れるときに言った。「私の絵をお見せしましょうか？　おそろしく下手なんだけど」

「お茶のあとで私の部屋にいらして」

ランチは正式に席につくもので、サー・リチャードはジェラルドを相手に、南アフリカ戦争とコーク州市民軍について話した。彼は若者が好きだった。ロレンスはマルダに捕鯨について話し、レディ・ネイラーとフランシーはアバディーンの続き、ロイスはヒューゴに画家のオーガスタス・ジョンについて話そうとしていた。雨は上がり、あれは驟雨《しゅうう》だったとみんな言った。ロイスとジェラルドはとなり同士だったのに、話す必要もなく、出てくる料理の品々を手渡すだけだった。ジェラルドに近いほうの彼女のわき腹の感覚がなくなった。

「ラズベリーはいかが?」食事の終わりになって、彼女は強いるように言った。

「いただきます」彼はまったく神経質ではなかった。変なの、と彼女は混乱した頭で思った、どうして男性は行動に走りながら、行動に飛び込んだ自身との分裂にびくともしないでいられるのか。彼らは完璧なまま、行動は現場の空中にたちこめ、芝生や家具の上に思い出の結晶となって浮かぶ。永遠で膨大な思い出は思考と接触し、グランドピアノに触れるように肉体に触れる。彼女自身は、自分が感情的にしたことのすべてに縛られている感じがした。だが彼がキスしたこと、その攻撃は、もはや彼の一部ではなかった。彼はラズベリーに全神経を集中させ、ベリーを押しつぶし、滲み出した赤色色素が美しく混じったクリームに、振りかけた砂糖に集中していた。彼女は彼の皿の上の作業を見ていた。「華麗ですね」彼はサー・リチャードに言い、コーク州市民軍について賛同した。

ホールを出るときに、ロレンスはジェラルドに煙草をすすめた。「アメリカ製で――エクストラ・マイルドなんだ」

「ありがとう――僕は――」

「君のジャズバンドはどう?」

「ほとんど練習できなくて、時間がないのさ、うん」

「ひとつ教えてくれよ。誰か殺したかい?」

「どこまで話す?」ジェラルドは驚いて言った。

「昨夜は誰を?」

「ああ、何ということを、殺さないよ!」

「だから君は出て行くんだろう?」

「僕らは実は、武器を探していたんだ。夜なんか、もっとも意外な人物が在宅しているよ。僕らはピーター・コナーという男を追っていたんだ。捕まえたよ」

「彼は家にいて、ベッドに入ってた。こういう破壊者は僕らを実際以上に大馬鹿だと思っている」

「彼は皮肉屋だから……。ああ、ねえ、リチャード伯父さま、ミスタ・レスワースがピーター・コナーを捕まえたんですって」

「それは残念なことだね」サー・リチャードはそう言ったが、顔が真っ赤だった。「彼の母親は死にかけている。しかしながら、君は君の義務を果たすということさ。私たちは忘れないで使いを出し、ミセス・マイケル・コナーについて聞き出さなくては。葡萄《ぶどう》を少し送ろう。気の毒な女性だ——ひどい様子らしい」彼はため息を残して、図書室へ去った。

ジェラルドは恐ろしくなった。彼の義務が、あれほど明白で純粋な義務が、ここにきて個人の義務の暗い爪に突然つかまったのだ。「僕は知らなかった」彼はロレンスに向かって叫んだ。「こういう人々が君の友人だったなんて」

「どうしようもないね」ロレンスが言った。「あえて言えば、彼は汚い犬だった……。もしその煙草が嫌いなら、レスワース、自分のを吸いたまえ。ずいぶん久しぶりだな、僕らが君に会うのは。君らのこの戦争はどうなってる? 知ってのとおり、僕は何も知らなくて——これだって、バルカン半島で起きているのと同じなんだろうよ。ときには自分がガンマンだったらと思うくらいさ。ひとつふたつぜひ訊きたいことがあるんだが——僕の相手をすることはないよ、もし誰かほかの人と話したいなら」

「それはないよ」

女性たちは応接間に入って、親しく談笑しながら開いたドアをふさいでいて、他者を入れないバリアを築いていた。ロレンスとジェラルドはホールをうろつきながら、それとなく友好的に相手を観察していた。ロレンスのほうが三歳若かったのに、年長者のような印象を漂わせている。乱れた明るい髪の毛、大きく見開いた目、それに柔らかいグレーのフランネルのせいで、ジェラルドの目には彼が午前中ずっと眠っていたように見えた。ジェラルドが回っているあいだ、グレーの手袋はテーブルの上にあって、その五本の指は、あざけるように乾いて固まっていた。外では太陽が無責任にはじけていて、濡れた野原は金属のような明るさだった。ジェラルドはロイスの両肩のことを思った、丸みを帯びた四角い肩、そして濡れたフリーズのコートのあの手触り。彼はロレンスの関心が嬉しくもあり不安でもあったが、簡単に言えば、それはいまから網を投げようとしている人間の厄介な脅しだった。彼は口笛を吹こうと唇をすぼめ、軽く身震いした。

「たとえばだよ、君はいったい、個人的には、これをどう思ってるんだ？」

「まあ、僕の意見は——」

「ああ、いや、君の意見がほしいんじゃなくて、君の視点が聞きたい」

「そうだな、状況は腐ってるね。だが権利は権利だから」

「どうして？」

「うん……文明の視点からさ。それに、いいかい、彼らはきれいな戦いをしない」

「ああ、アイルランドにはパブリックスクールの精神はないから。しかしぜひ話せよ――文明の視点というとき、君は何を意味しているんだ?」

「ああ――僕らの文明さ」

ロレンスは微笑んで理解を示した。信念は、思い上がりなしに告げられると、どこか尊厳を感じさせた。ジェラルドは、この寛大さに照れながら、申し分なくつやつやしている頭の後ろをなでる動作に戻った。「考えてみれば」彼は説明した。「つまり、歴史を振り返ると――僕が物知りというわけではないが――われわれこそ唯一の国民に見える」

「それを彼らにわからせるのが難しい」

「――それに僕らは彼らが本当に望んでいるものを持っていることだ……だがむろん、そのことを考えれば考えるほど、個人的には、ますます人は小さく感じるんだ」

「あれ? 僕はそんなふうに小さいとは感じないよ。だが僕はイギリス人じゃないから――」

「ああ、いけない――失敬した」

「――ああ神よ!」

「わからないな」

「神ならわかるかもしれない。ほかの人たちを探しに行かないか?」

ジェラルドはショックを受け、ロレンスの前を歩いて応接間に入った。二人の会話は、この断面でいきなり途切れたが、その本来の性質上、不完全に終わる運命にあるようだった。ジェラルドはできれば説明したかった、自分自身と自分の国より以上に国民性が持つ主義主張にたいして揺るがぬ敬意を抱いている者はいないということ、指令の誤り、あるいはパラドックスをある程度意識した上で、アイルランド人を探し出して射殺するためにここまで出てきたことを。彼の警戒心は、女性たちに近づくにつれて、手抜かりが出てきて、にぶくなっていた。ジェラルドはナポレオンがかつて言ったことを手繰り寄せようとしていたが、驚くほど歯切れがよくて適切な言葉だったので、ポケットブックに書き写したことがあった。ロレンスは説明することは望まず、ただジェラルドが、こと文明となると、彼らが抱いている概念に食い違いがあることを暗に了解していたらいいのにと思った。上品で微妙なものからなるやや入り組んだシステムとして、ロレンスは文明を見ていた。それは存在と存在のあいだにある厳密でデリケートな緊張関係で、交差するふたつのアーチのような、感情のこもらない親切は枯れしおれて利己的または人種的な断定になる。沈黙は冷たい理解にとどまり、声高な説明はそのなかで死に絶えるのだ。彼はそのなかに芸術と欲望の終わりを予見し、それが戦いの終わりになるだろうとしたが、この終わりに対して、この顔を見せない美しい否定に対して、彼は心のなかで、

「ああ神よ!」と言ってグラスを上げたのだった。

ジェラルドは、家族で持ち出すように神を持ち出す人間は、信念などあるはずがないことを知っていた。彼はすでに、オクスフォードでは過剰な思考のなれの果てに間違った社会主義が充満していると聞いていたし、この観点から見れば彼の目には、ロレンスの会話はどう見てもシン・フェーン党(一九〇五年結成のアイルランド独立を目指す政治結社)だった。しかし彼がロイスの従兄に好意を持ち尊敬していたのは、ロイスの従兄が流血にたいする子供じみた好奇心によって一人前の仲間入りをしたからで——ジェラルドにとって

好奇心など、少年雑誌『ボーイズ・オウン・ペイパー』が子供部屋にちらかっていた時期からこっち、まったく縁がなくなっていた。それに、もし彼が噂どおり非常に知的でなかったら、パーティに出るたびにきまって退屈そうにしていることはできなかっただろう。

ロイスは、ジェラルドがほとんど影のように微笑を見せずに近づいて来るのを見て、それはきっと自分が彼を正当に扱わなかったからだと確信していた。彼のこだわり（ナポレオンの探求）は、むしろ真剣で美しかった。高い天井の下で交わした彼らのキスは、彼にとっても今現在のことであり、手で触れられるものだった。彼のなかに男らしさが育っているのを感じ、唇の感触にもう一度接して、前に感じそこなったものをとらえたいと思った。やがて、こちらからあちらに流したマルダの素早い一瞥が、彼らの気分を一種の認識とともに封印した。

「私たち、出られない？」彼女は誰にともなく言ったが、お目当てはジェラルドだった。

「いまにも雨になりそう」レディ・ネイラーは言い、冷笑するように天候を見た。すると本当にぱらぱらと落ちてきた雨が、きらきらと日光に輝いた。「それに私は、ミスタ・レスワースとお話ししたいの。来れば彼はいつもテニス、あるいは私が失念してしまうの。でも今は本当に彼にお訊きしたいことがあって……どうしても彼の視点が必要なの……」

彼女は色褪せた東屋の椅子に座り、期待に震えて深くかけた。フランシーは、何事かとばかりに、スカートの裾を引き、手芸品をソファの上に置いた。マルダは新しい煙草をまたホールダーにさし、後ろにもたれた。きら星のような熱心な三人の顔を避けて、ロイスは行き場を探した。この三人はすでに敵ではなく、彼女の不決断、あるいは、窓枠をにじませている明るい邪悪な雨だれも敵ではなかった。だが彼らの予測できない組み合わせは、とどのつまり彼女を打ち負かした。彼女はその見通しにあくびが出た。

「ロイス、あくびしないの」伯母が言った。「さあ、教えてくださいな、ミスタ・レスワース、ボートリー大佐は報復的捕獲についてどのようにお考えなの？　もちろんそれ以上のことはないんでしょうが、まさか思ってないでしょうね、私があなたに無分別を許すなどと……。ロレンス、ドアを閉めて」

ロレンスは自分を閉め出した。ジェラルドは、腰をおろしてため息をつき、もちろん、それはやはり問題だと言った。彼がとらえたマルダの視線は、暗くまた煌めいて楽しそうで、彼の午後の運命を読み取っていた。

「はい、はい、なに？　こいつは面白そうだ――あなたは僕に尋ねていたんだ、そうでしょう、フランシー、で、僕は、みんなでミスタ・レスワースに尋ねようと言ったんだ……。マルダ、ねえいいかい、ディア、大丈夫ですよ、煙草の灰はカーペットに落ちてもいい、これは聞き逃さないで。なぜならこのところ、馬鹿げたことばかりが双方で取り沙汰され、なんらかの権威の上に立って人が話す責務があると感じているんだ――もしミスタ・レスワースが僕らにやめてくれと言うのでなければ。さあ、先を続けて！」

そしてジェラルドは、半分は催眠状態で、わざとつまらなそうに、大佐のふりはしないで、『モーニング・ポスト』で読んだ記事を繰り返した。レディ・ネイラーがその時言ったように、『モーニング・ポスト』を真剣に取り上げるなど夢にも思わず、それはあまりにもアンチ・アイリッシュではあった。しかしミスタ・レスワースのように十分「当事者」の人からの意見は、聞く値打ちはあった。そしてあとで彼女が言ったように、これほど多くの経験があっても、ここらのイギリス人青年をゆるがして覚醒させないのは信じがたい驚きだった。彼らの心は切抜き帳のままだった。

十二

装甲車が四時にジェラルドのために用意され、雨のなか彼は運ばれていった。午後も終わりになるころ彼はひどく疲れてしまい、人格に濃霧が覆いかぶさったようだった。そして眠いのだと打ち明けた。レディ・ネイラーは、彼がお茶まで残れなくて実に残念だ、きっとまたリフレッシュ出来たでしょうにと言った。彼女が知りたいことは、まだたくさんあった。ジェラルドにとって客間は幻想的でアイスパレスのように薄くなり、前後の背の高い鏡に映像が映ってヴェルサイユ宮殿の居並ぶ回廊のように見え、彼は賞賛に黙しつつ疲れてそこを歩かねばならなかった。ロイスと二人だけにはもうなれなかった。彼女は部屋にしばらく居て、辺りをなんとなく見回し、やがて階上に上がって行った。階上で彼女が蓄音機をかけているのが聞こえた。そして彼を見送るためにマルダと一緒に階段に出てきた。二人は腕を組んで立ち、髪の毛に降る雨を払った。彼女たちが見た彼の最後は、注意深く後ろに引っ込められて遊んでいる片方の足だった。鋼鉄のような何かが滑った。彼女たちは手を振ったが、手は出てこなかった。装甲車のエンジンがすでに入ったようだった。彼は人格を失った軍人となって、彼女たちから拭いさられた。

五時半にロイスはスケッチブックを何冊か持って屋敷の最上階に行き、自信たっぷりにたたずんでから、マルダのドアの羽目板をかりかりと引っ掻いた。様変わりして生き返った室内に入ると、彼女は気が抜けたようにスケッチブックをウィンドウシートに立てかけた。マルダはライティングテーブルの上に座り、一心にマニキュアを塗っていた。小さな壷と筆と壜の出番だった。柔らかいシャモアレザーが膝の上に広げられている。ネイル液の甘いドロップのような香りが空中に流れた。

「私にできるのは」ロイスが真剣に言った。「自分の爪を清潔にしておくくらいだわ」

「それでいいのよ。ただこれは、外に出ているところをすべて仕上げる習慣なのよ……ロイス、煙草、いかが?」

「あら……ありがとう。私が来てもよかったの?」

「マイ・ディア、どうしてそんな?」

「素晴らしいブラシねえ! それに……めったにない写真立てだわ!」

「ええ、レスリー・ロウの写真なの」

「あら? ああ、そうね」ロイスは不安そうに言葉を切った。「見た目が素敵だわ! あなた——ねえ、彼をよく知ってるの?」

「とってもよく。私たち婚約したの」

「あら、なんて素晴らしいの!」ロイスはショックに叩きのめされた。

「ええ、そうなの。知らなかった?」

「ええ、まあ、そうじゃないかなと思ったわ。あなたたち、ロンドンに住むの?」

「そうなると思う。そうしないといけないと思う」

「あら、なんて素晴らしいの！」

マルダは笑って小さな壜のキャップを回して閉めた。彼女の光り輝く人生を考えると、その手際の良さは誰にも真似できないものとロイスには思われた。まず二十九年をできるだけ急いで生きて、と同時に安全にかつ大胆に生きなければ、ああやって指先だけを軽く使って、ああやって楽しげに、あやってにこやかな微笑と夢中な態度に無関心をひそませて、小さな壜のピンクのセルロイドのキャップを閉めることはできなかっただろう。マニキュアのピンク色の匂い、椅子の背から垂れ下がるドレス類、ダンスシューズのバックルのきらめき、鏡一面をうっすらと覆う白粉、そして木々の頂と水平な部屋そのものが、意識して、密かに微笑み、磨き上げた経験の奥深さを帯びていた。

「なんて素晴らしいドレスなの！」ロイスはそう言って、赤い袖の端をつまみ上げ、ドレスと手をつないでいるような格好になった。

「ウィーンのよ」

「それに、これはグリーンの色が素敵！……私、扱いが乱暴かしら？」

「私はそれが好きなの。でもあなたは何枚か絵をお持ちですって？」

「絵ですって？　ああ、私の絵のことね！　ええ――見てもつまらないわよ」

「そんなことないと思う」

「たまたま持ってきたのがあるけど」

スケッチ帳は二冊、まだら模様の表紙で、頁と頁の間に薄紙がはさんであった。彼女はそれをマルダのほうに寄越し、それから顔をそらせた。スケッチしてあったのは、黒のインクで描かれたアーサー王の死と『ルバイアット』の作者、オマー・カイアムだった。オーブリー・ビアズリーの白と黒の絵を思い出させた。ロイスは窓辺にいて、マルダが薄紙をさらさら言わせているのを聞いていた。そして雨音に耳を澄ませていた。荘園の樹木の向こうで、農場のカートが道路で音を立てている。マルダは、良心的に、また見出しのところまで頁を繰った。そこで手をとめたのは、ロイスがあやふやなゴシック体で書き出していたからだ。

「私は絵の描けない画家、
我が人生は、聖人ではなくて悪魔、
我が脳髄は、これまた貧しき生物。
自分にできないことに終りはない!
しかし少なくともひとつ私にできることが――
一人の男を愛するか憎むこと
たぐいなき――」
　　ロイス・オノリア・ファーカー:彼女の本

「あら」マルダが言った。
「ブラウニングよ」

「でもそれが本当にできるの？」

「わけないわ」

「絵が描けない、というのは確かなの？　試してみたの？」

「学校の女子生徒二人が私は大嫌いで、ミスタ・モンモランシーも本当は大嫌いなの。でも人間関係には巻き込まれないわけにいかない。個人的な関係で私は完全に破壊されてしまう。校長先生がそうおっしゃったの。もちろん私はここでは目下のところ、それほどのことはないけれど。成長するって、なぜか、つまらないみたい。つまり、衣装を整えて、手紙でなくメモを書く、そして印象を与えるよう努力する。人々がどう感じているかばかり考えていると、人々について自分が何を感じているか、考える時間が無くなるように思うの。みんな人には温かいわ、変わり映えはしないけど。わくわくするような若い男性を見つけたことはないみたい。見つけられるかしら。最初が難しかった？」

「覚えてないな。私は起きたことの裏側に回って見たことはないから」

「そのタイトルの頁は切り取ったほうがいいわね。だいぶ若いころに書いたのよ。でも愛については、中身が何もないときは、あまり話し合わないわね？　たとえば石鹼など、ずいぶん宣伝しているけど……」

「あら、中身はあるわよ。描いたものを見せてくれる？」

マルダは足を組んで座っているテーブルの上に絵画帳をさっと広げた。しかしロイスは、顔を火照らせて、こう言うのがやっとだった。「私はノイローゼだって、誰かが言ってた」

「私だったら、心配しないわ」

自分では気づかない残酷さで、マルダは絵に戻った。ロイスは「彼女は私が面白くないんだ」と思いながら、床に座って引出箪笥に背を付けた。まだら模様のカーペットの上を奇妙なピンク色の木の葉模様が渦巻いている。いまはもう亡き人がこのカーペットを買い、美の概念に応えたのだ。ロイスは思った、結婚したマルダの寝室には葡萄のような花模様がついた黒ずんだ青いカーペットがあって、いまこの部屋もこの時も忘れられてしまうだろうと。部屋はすでに忘却の闇が満ちているようだった。彼女は望んだ、空虚な夏の日光のなかで、埃に褪せていく代わりに、このカーペットが深紅色の夜に屋敷もろともに燃え上がり、その炎がマルダの思い出となることを。ロイスはまた気づいていた、自分のために来てくれた人は結局誰もいなかったのだ。彼女は思った、「ジェラルドと結婚しなければ」と。

しかし心臓が打つ音とともに、ロイスは画帳のページが繰られていくのを聞いた。個々の表情の絵を、彼女の感受性が紙そのものであるかのように彼女は受け取っている。ロイスの描いた絵に対する反応は、いつも判でついたように、瞬時だったり、スタッカートみたいに断片だった。「あら、まあ！……なんだか怪しいな……驚くべきイスラム教の伝道師だ！……これって、あの七人の女王かな？」その結果、そうした絵が何かを意味するように彼女自身にも思われてきた。絵を見る力は失せていたが、絵を一瞥だけすると、人が母性に期待しているような、思いがけない安堵感を覚えた。

マルダはなにも言わない。一度か二度姿勢を変え、画帳を膝から膝に移した。煤《すす》が、雨に追い出されて、火格子のなかの紙のファンに強く吹き付けたので、二人は驚いて同時に目を見かわした。そして彼女は画帳を閉じながら、慎重に言った。

「あなたは絵を描くより頭がいいと思うの、ええ」

「ああ――」

「言ってもいいかしら？　ほら――煙草をもう一本どうぞ。なにか書いてみるとかしたら？」

「そう言われても困ります。そういうことって――とても個人的な経験らしいし」

「分かるわ。私は読書を諦めてるの――個人的な経験など、もううんざりよ。……あるいは演技はどう？　でもあなたはどうしてここにいたいの？」

「どうしてかな」ロイスは驚いていた。

「あなたは愉快な若者でいたいんでしょ？」

「私はある型のなかにいたい」彼女は指でピンク色の画面にさわった。「私はつながっていたいの。自分がいまの自分であるために。ただいる、だけというのは自動的過ぎて、すごく寂しい」

「じゃあ妻になって母親になればいいわ」マルダはライティングテーブルから立ち上がり、ストッキングを替えはじめた。「天使が降りてくるヤコブの梯子《はしご》ね」彼女が補足した。「私たちがいつも女でいられるのは、いいことだわ」

「私は女性は嫌いです。でも思いつかないの、まずほかの何になればいいのか」

「環境よ」

「でも男になるなんてまっぴら。するべきことで大騒ぎするなんて。例外はロレンスね――でも彼ってブタ野郎ね。私はロンドンに行くべきかしら？」

「海外に行ったことは？」

もちろんないわ、と彼女は言った。あの戦争があったからだけど、もちろん行きたいわ。ローマでしょう、それに一人でホテルに泊まりたくて。とにかく「海外」よ。その感情がどのくらい続くかしらと思うの。アメリカだってあるし、でもまず紹介してもらわなくてはならないでしょうし、物事を見上げてばかりいると、首が一回こりっと言うでしょう。ロンドンではリアルさを感じたいわ。山道を通り抜けて、少し遠景の、はっきりと白い、煙のない街々を見下ろしたことがないの。五分以上かかるトンネルをくぐったこともない――聞いたところでは、窒息しそうなトンネルもいくつもあるそうな？　自分で想像できる以上の大きな物を見たことがなかった。聖家族によって見えなくなっている背景が見たいわ、白い丘を上下に走る黒い木とかが見たい、と彼女は言った。小さなものが大事なんだと思う。木々には電飾がついていると聞いたわ。色つきのサイフォンなんて。あの大戦がなかった所なら、どこにでも行きたいわ。政治に退屈しないですむ、気楽な所に行きたいわ。そこではバンドがドアの外に出て演奏し、暑い夜また夜、誰ひとり眠らないの。説教のない聖堂に入って、何の準備もなく水のような深い未知なるものを見上げたい。完全な町々があるに相違なく、そこでは影が建物のように力強く、冷たさのない秘密の町々は、気づかれていないだけで知られていないのではない。山並みは好きだけど、景色はどうでもいいの。冒険は好まないけど、一度は殺されそうになってみたい。自分が覚えていられるものだけ見たい。氷河の流れに石を浮かべることができるのか？　結婚していない種類の場所が好きだ。タージ・マハールもエッフェル塔も見たくないし（あれは避けられるの？）、スイスにもベルリンにも植民地にも行きたくない。人々と知り合い、テラスでとるディナーパーティは続けていきたいし、恋愛がないのは哀しいと思う。一人旅はできないかしら？　人に気づかれるのはかまわない、だって私は女だから、気づかれないことに飽きてしまった、だって私はレディなのだから。お茶の時間に誰かに話しかけて欲しくないなど、想像したこともない。もし旅行社のクックス社に行ったら、スペインやそのほかの場所の列車をすっかり見せてくれるだろうか？　クックス社に行ったことはない。年齢以下の人に切符を売るについては、法律があるのかしら？

マルダは、ストッキングの最後のしわを伸ばして、サスペンダーで留めてから、それはないと思うと言った。

「もちろん、誰だってその全部ができるのよ。でもそれは私じゃないわ」

「でも、自分に起きたことには興味を持つことね、純粋に。触れられるとか、変えられるとか——自分がすることに興味を持つとか期待しないで。ただ見てればいいの。苦痛だなんて、誤解よ」

このアドバイスは、マルダ自身の経験とのかかわりの成果であって、知恵がなく、崇高な要素を欠いていた——話している間に疑わしい気分になったが——、彼女の若い友人には意味をなさず、価値もなかった。そうした関係は際限なく変化するので、存在と存在の間に理解をもたらすゆとりを損ない、同情心を持とうとしても、自我という障壁沿いに出口を手探りするだけに終わる。ロイスはぼんやりと空を見上げ、学校の頭文字のついた緑色のズックバッグを持ってヨーロッパを旅するなど、いかにもあり得ないことだと思った。皮製のスーツケースが三個あるといいと思った。彼女は哀しげに言った。

「人がいない場所を思うと、寂しいわね」

「しっかりしてよ、マイ・ディア・チャイルド」

「新婚旅行をする人たちだけど、旅としては大変な無駄だと思わない?」

「それで思い出した——手紙を書かないと。行かないで——ねえ、もう一本煙草をどうぞ。今日の日付は?」

「わからない。それが問題になる?」

明らかに問題だった。マルダはスーツケースを奥まで探り、ポケットブックの日付を見た。これでロイスはただちに結論を出した、レスリー・ロウは例の四角四面の人間のひとりに違いない、十九歳の娘たちのことなどおかまいなしに、一瞥しただけで気短に視線を逸らし、ディズレイリでもない限り政治家の伝記には関心もなく読みもしないのだ。マルダが休止してはため息をつきながら書いているのが聞こえる。その両肩とかしげた頭が、義務で書いている様子を表わしていた。ロイスは思った、マルダと本当に結婚するのは、大変な気苦労だろう、彼女からレスリーを追い払うのはさぞかし気苦労だろう、そして、彼女の距離のおき方と、素早く相手を拒否する空気は、間違った効果しかない、出来心の、移り気にすぎないのだ、と。

「きっと」とロイスが言った。「私は女のなかの女なのね」

「ええ、そうね。明日はどこでテニスしましょうか?」

「トレント城で——でもできないわよ、雨だから。ミスタ・ロウはとても社交的なの?」

「ほどほどに、ね。もちろん彼は感じのいい人たちが好きよ。ランチの時のあの男性の名前はなんだったっけ——名字のほうだけど?」

「レスワースよ。ジェラルドはとても社交的だわ。四六時中微笑んでいて、まるで犬みたい。それって、男性としていいことなの？」

「レスリーに言おうかな、彼があなたと結婚したがっているって——言ってもいい？」

「それがミスタ・ロウにいい印象を与えるの？」

「まあね、むしろあなたの勲章になるのよ。それ以外に、私は何を言えばいいのか分からない」

「候補者にしておいてね」ロイスは間をおいてから言った。「でも実際には、彼は結婚の話はしなかったわ。私にキスしただけ。イギリス人って、全く違った道徳基準があるんだわ」

「おまけに彼は一晩中起きていたから」

「婚約してもいい男性って、どういう人たち？」

「心配性で親切な人」マルダは言って、手紙にインク消しを当てた。「事務的で、情熱的で、正確無比。彼らが戸棚にあなたを押し付けて書類がカサカサいい、あなたが座り直してお化粧と髪の毛を手直しするときに、彼らは咳払いをして書類を引っ張り出し、きちんとたたんで、こう言うのよ、『考えてみれば、この事で君に相談したかったんだ』と。ディナーが音を立てて運ばれてきて、ハーレクインの道化芝居みたいににぎやかになるの。お店でキスされたみたいな感じがするわよ。私では説明不足。私たちの三人の坊やたちのために、パブリックスクールに空きがないか手紙を書くよう提案したんだけど、それは明らかにいいことではなかったわ。婚約すると、未来に住むことになって、本来の大部分ははめをはずすのよ、未来が来るまでは」

「ああ……いまもし婚約指輪を無くしたら、どうなるの？」ロイスは嬉しそうに訊いた。

「指輪は付けないわ。あら、あら、私。バカみたいに喋ってる。ごめんなさい、ロイス、でも話しかけちゃダメなのよ、私が手紙を書いている時は。私にはレスリーが必要なのよ。ディナーのことはどうでもいいの。必要な人が誰もいないなら、運がいいのよ。何が価値があるのか、私にはもうさっぱり分からない。もう試行錯誤ばっかり、飽きあきしたわ。本かなにか見つけてくれる？　行かないで！」

ロイスは行きたいわけではなかったが、こう思った、「なぜ彼女は私をここに留め置くのか、彼女はレスリーのことを考えているのに？」と。ロイスは自由を奪われ不幸だと感じた。レスリーが愚かしく見える状況を想像しようとした。彼女は祈った、三人の幼い少年が予定通りに生まれたりしないようにと。彼女は望んだ、彼には五人の娘が生まれ、みんな芸術的であれと。「もうひとつ」と彼女は言った。「どうしてなの、男性は横顔になると、ほとんどみんな写真写りが悪いのは？　ざっくばらんに見せようとするのかしら？」

ギャラリーを降りてくる足音がして、せかせかと、用事ありげで、レスリーかと思わせたが、間違いなくロレンスの足音だった。

ロレンスはドアを叩き、ドア越しに、マイラ伯母がもう手紙は書けたか知りたがっていると言った。ティモシーがまもなく発つが、五分だけ待てるけど、もし待たされたら、きっと郵便に間に合わないだろう。

「チキショー！」とマルダ。

「何ですって？」

「ああ、入って。どうして私、爪を磨いたのかしら？」

ロレンスは窓枠の上に腰かけた。ロイスがいるのを見て驚き戸惑っている。彼女はマルダの邪魔をしていたのだろうと疑い、打ち明け話をし、そわそわして、恋について質問し、彼女の帽子を試しにかぶりたいと言っていたのだろう。おそらく詩の本を持ち込んで、余白に親指を差し挟んでは、自分の愛する詩行を指摘したり。彼はロイスが結婚してダニエルズタウンから出て行って欲しいと思った。ピンクだらけの花嫁となった彼女が見えるようで、その後はチェーホフの伝統に倣った幼な妻になってピンク色のブラウスを着て、音を立ててキャンディをしゃぶり、女友達のフィアンセについて無駄口を叩き、新聞紙などを絶えずカサカサ言わせるのだ。彼はロイスがジェラルドと結婚することだけ願っていて、ジェラルドはカサカサ言うような新聞は読まない。

「僕は」と彼が言った。「ロイスといてあなたが楽しかったらいいけど？」

「話しかけないで」ロイスが言った。「だって、彼女は手紙を書いてしまいたいのよ」

「そうらしいね」とロレンス。

「レスリーに説明してるの」マルダが急いで書きながら言った。「ディナーで役に立つのよ」

「彼女は婚約してるのよ」とロイス。「ミスタ・ロウと。あそこにあるのが彼の写真。お名前がレスリーなの」

「ああ、そう」ロレンスが言った。

「彼はコミカルな人じゃないの」マルダは言い、体を伸ばして手紙を押しやった。「彼女に言わせると、彼はとても――『牧師のミスタ・ウィルキンソンという人』みたいだって。レディ・ネイラーはそれで気に入るでしょうが、私からはまだ彼女に話してないの。ロレンス、ミスタ・モンモランシーとロイスが正式な意見をこしらえる手伝いをしてくれないかしら、ディナーの時に私が彼の話をしても彼らが驚かないように？　魚料理の終わりごろにどうかしら……。私、この手紙書き終わらないと思う。明日までかかりそうだし、だったら電報を打つわ」

「僕にもニュースがあるんです。トレント城で昨夜武器の強制捜査があった。もちろん何も出なかったけどね。彼らの思惑では、まったく素人の仕業であって、I・R・Aとは無関係だと。ブーツを何足か持って行ったって。トレント一族は、強制捜査に来た一人は庭師の従兄で、バリダラ出身で一家を恨んでいると思っている。彼は骸骨と骨十字というまったく意味のないメッセージをあとに残していきました。僕には愚かな男という気がする。彼らが今夜来るといいんだが。僕らは細身の投げ槍《アセガイ》二本と短剣一丁は持っている、リチャード伯父がペーパーナイフに使っているやつで」

「あれはペーパーナイフよ」とロイス。「短剣に見えるように作ってあるの。スリル満点だわ。みんなで起きていましょうね」

「僕は起きているけど、君は寝たほうがいい。侮辱されるかもしれない」

「どうかな、私はそこまで女々しくないけど」

ロレンスは肩をすくめた。

「ともかく、ほかの人には言わないで。リチャード伯父さまは大騒ぎして台無しにするだろうし、もしマイラ伯母さまが彼らを見たら、一晩中お喋りがとまらないだろうから」

「すごくおかしいよね」とロレンス。「彼女が僕の血縁の伯母で、君のじゃないっていうのは」

マルダは椅子の背越しに彼を思慮深く見つめた。彼がこれほど気持ちの通じない男だとは気付かなかった。自分で気を付けないと、彼はミスタ・モンモランシーそっくりに成長してしまうだろう。彼女は彼にそう言い、付け加えた、あなたがロイスを称賛しないことに私は驚いたわと。「彼女はとてもチャーミングよ」と彼女。「それにとても知的だわ。自分の従兄妹を全部思い浮かべてみたらいかが。あなたがこの夏、タヒチでもヴァラドリドでも、どこでも行きたいところに行けなくたって、彼女のせいじゃない。私がもし結婚するのじゃなかったら、一緒に海外へ行こうとロイスを誘うわよ。こんなに退屈しなかったことないわ」

「だったら素晴らしいでしょうね」ロイスが言った。ロレンスが入ってきたことで、ロイスはマルダと二人、いっそう親しくなったと感じていた。自分が言いたかったことが、全部思い出された。チャーミングだと言われ、ロレンスには否定されたことで、うっとりしてしまい、ロイスは木製のベッドの端によじ登り、両足をぶらぶら揺らしながら微笑し、少女に戻っていた。動きを感じ、風が顔に当たり、船の舳先にいるようだった。うねりとともに人生が彼女をまた前に進ませる。彼女ははっきりと感じていた、レスリーは死ぬか、婚約を破棄するだろうと。「素晴らしいわ」と彼女は繰り返した。

「ともあれ」とロレンス。「君は彼女にブライヅメイドを頼むといい」そしてロイスはそこで、教会堂の中央通路《アイル》で見放され、格子窓から入ってくる熱気が足元に這い上り、鼻先からこぼれる涙が菊の花束にぽたぽた落ちるのだ。花束のリボンを取っておいて、ジェラルドに証拠として見せよう、新婚の夜に彼女が荷解きをする時に。

「すぐ海外に行くことを考えているの」彼女はロレンスに言った。

「ミスタ・モンモランシーは散歩に出ていますよ」とロレンスが言った。「傘を持って行かなくてはならなくて。いつもは明らかに傘など持たないのに、並木道を半分行ったときにミセス・モンモランシーが急に言い出したんだ、傘が要るって、こんなに雨が降ったことはなかったですからね。そして彼女は一本傘を自分用に持って、彼のあとを追って並木道を行ったわけ。マイラ伯母さまは、心臓があるので自分はあとを追ってはならず、僕を振り向いたけど、僕はすでにダイニングルームに入ったあと、そこは食事の合間に人探しをする場所ではない。というわけで彼女はリチャード伯父を見つけ、彼はもう一本の傘を持つと、ミセス・モンモランシーのあとを追って並木道を急いで走り、そんなに走らないでと彼女に言った。彼は彼女に追いつくと、彼女の傘を取り上げ、さらにもっと急ぎながら、ミスタ・モンモランシーの背中に大声で叫ぶと、彼は聞こえないふりをして歩き続け、その後姿にあきらかな反感がにじんでいましたよ」

「でも、あなたがどうしてそこまで知ってるの、ダイニングルームにいたんでしょ？」

「彼らが道を下ったときに、僕は図書室の窓に出て、彼らを見届けたのさ……ロイス、レスワースは君に言ったかい、彼がピーター・コナーを捕まえたって？　彼はきっとベッドのなかにいたんだ」

「ロレンス！」レディ・ネイラーがギャラリーの端から呼んだ。「どこにいるの？　マルダの手紙はどうなったの？　……もう出せないわよ」と彼女はこう続けながら近づいてきた。「ティモシーは十分間待って、走り通さなくてはならないでしょうが、きっと郵便に間に合わないわ……ああ、ずっとここにいるの？」

彼女は甥と姪をばらばらに見つめ、ベッドの上に座った。「異常な事だわね」彼女は一般論で言った。「この家では誰にも伝言を頼めないなんて……今日は疲れました」彼女は言い足した。「あのお若いミスタ・レスワースより優しい人はいないらしいけど、彼はインテリとは言えないから。だからもう、みんなが傘を持ってあの並木道を走るんだわ。そして、ああ、あなた、どう思う？　トレント城では武器の強制捜査があったのよ。その事件全体を庭師の従兄が組織したに違いないのよ。ブーツも何足か持って行ったわ」

十三

みなが寝室に引き取った後、階下のランプが消され、階上のドアがぴしゃりと閉じられるさいに、フランシーがマルダの婚約について話す声が聞こえ、彼女は喜んでいると言った。フランシーは妻として喜んでいた、網がさらに広く投げられたことで。彼女は話したが、ヒューゴの答えはなかった。傘のことでまだ怒っていて、二人になってからも、ものが言えなかった。夜が更けるままに、暗闇のなか二人は並んで横になり、気まずい怒りで黙っていた。すると彼女はすすり泣き、ダニエルズタウンに戻ってくるべきではなかったのだと言った。

「何がどこにあるか覚えていないみたい」

「いいかい、もし眠れないなら、なにか飲んでみたらいい」

「ヒューゴったら！」

「うん、この場所は君に合わないのだと思う」

彼は無礼になるのを思いとどまり、眠れない自分の領域に彼女が侵入してくるのが耐えられなかった。どちらに寝返りを打とうが悩ましい自由は変わらない——この後悔がもたらす未来図は扇のように開き、奥深い並木道の両側は顔のない立像のある白い行き止まりだった——彼女は彼にすがりつき、心臓に手を当てている。「眠るんだよ」彼はそう言って、怒ったように彼女を押しのけた。

彼女は固くなって寝たふりをしたが、横になるなどほとんど耐えられなかった。心が握り拳のように、近さゆえにせまる孤立に、固く縮こまっていた。階下の空き部屋での生活を再開したくてたまらなかった。南フランスでも彼女は眠れずに横たわり、砂まじりの乾いた風にヤシの木が軋るのを聞き、留め具を掛けたシャッターが壁にぶつかる音を聞いた。ロンドンでも眠れずに横たわり、その部屋は薄いブラインドを通して照明があわただしくちらつき、彼女の乱れた思いのように、光ったり遮ったりしていた——。しかしこの戦いの絵を横切り、長槍をかいくぐって、ウッチェロ描くところの薔薇の花のように、ささやかな慰安、苦しみから受ける一種の充足感が群がってきて、想像上のコンタクトがもたらす優しさがあった。彼女は泣いたが、それは彼がそばにいなかったから。あの孤独を求めるノスタルジーがいま、手を伸ばせばいつも変らず滑らかな壁、そこには眠る人がいまひとりいて、それを求めるノスタルジーが彼女におとずれ、涙を消した。彼は彼女が寝ていると思った。

しかし、「私は覚えている」と彼女は十時ごろに言った。「ミス・ロウという人を。彼女と会ったのはダブリンの電車のなかだった。その時彼女は甥と話していたのを覚えているわ——あれはレスリーだったのかしら?」

「彼女が名前を言ったの?」

「それは覚えてないな。私は電車を降りたし……。ヒューゴ、私、喉がカラカラ」

彼はため息をついてベッドから出た。

ロレンスも眠れなかった。ディナーの何かのせいに違いない……。彼は侵入者たちを待ちうけて、静寂のなか、耳をそばだてていた——静寂は暗闇のように、べたべたして息苦しい織物のように、蜘蛛の巣のように、五感を包み込んだ。雨は止んでいて、樹木はその重さを脱ぎ去って、雨だれ一滴落ちることもなく、彼の窓枠を打つこともなかった。一度聞こえた、と思ったのは、自転車が並木道を走り去る音だった。彼は手のひらをついて起き上がり、態勢を整え、階下に降りてパーティを礼儀どおりに認める用意をした。パンと林檎と気楽な会話でも提供するとしよう——ジャムとウィスキーも、だが、事と次第によっては、パンと林檎の話だけしよう、シンプルに持っていく、つまり、彼は東洋風の厳しさが好きだった。だが自転車がない。ドアを叩く者もいない。自分の言うべきことが彼のなかで苦《にが》くなった。

蠟燭に火を点けると、いきなり上がった炎が眩しくて、また吹き消した。暗闇がまた始まり、正常な感じがして落ち着かない。期日、そして行動の偶発性は、再発する必要のないことの証明であると思われた。そしてこの完全停止の空白、この決定的な無未来性に対峙して、彼の精神は蜘蛛のように、進もうとして紡いできた糸を逆にたどり、その入り組んだ有様に戸惑い足踏みしているようだった。彼は前に逃した列車をつかまえ、ネオン輝く終着駅の出口から可能なかぎりの無限に飛び出していき、コスモポリタン病にかかって食事を再注文して、それをまた食べ、考えに考えたが、まだ中身が書けていない小説の表紙だけがパタパタとたてる不吉な音に満ちた、風の吹く湾内から進路を転じた。すっかり戻ってくると、まだ生まれていない自由らしきもののなかにいて、彼は結婚までも再構築した。ローラ・ネイラーはヒューゴにあざけるように花嫁の優しさを与えた。彼らは四人の息子を持ち、全員が下品なまでに急いでカナダに出た。ここ彼女の部屋だった場所で、ローラは婚礼の朝に横たわり、蜘蛛が一匹、ベッドの天蓋を駆けのぼるのを見つめ、一方、ヒューゴは、五マイル先で、哀れなジョン・トレントの手から祭壇で彼女を受け取るために車が迎えに来る準備を整えており、四人の若い息子たちが守護天使に交じって騒いでいた。フランシーと結婚したのはリチャードで、フランシーは彼の最初の求めに応じて華やかに彼のもとに来て、彼のために一種の中世風の装備の人生を、レースの影にぼやけた人生をもたらした。マイラ伯母は華麗な独身生活を楽しみ、一方、ロレンスは、第二のヴァイニンガー（オットー・ヴァイニンガー 一八八〇―一九〇三。哲学書『性と性格』の発表後、ピストル自殺をした）よろしく――そう――スペインのアヴィラで自分の頭を撃ち抜く。ダニエルズタウンのことは何も聞かずに、一時的な絶望の発作に駆られてのことだった。ロイスは当然まだ生まれていない。

　だがこれはロレンスの性格の再構成に関わることで、と言うのも彼はなにがあろうとピストルを口にくわえるようなことはなかっただろうから、もっとも窓の外に鉄砲を打つのは好きだっただろうが。こうして侵略者たちを無視することは、彼のエゴティズム（つねに自分を話に持ち出すこと）を刺激した。そして彼の枕の下の時計のコチコチいうしつこい音が、時間の死すべき病によって衰えてくると、彼は寝返りを打って、憤怒のうちに考えた、何故ローラはミスタ・ファーカーと結婚しなくてはならなかったのかと。彼はアイルランド北部のアルスターでもっとも無礼な男で、不快な肌の色と馬のような眼をしていた。彼女の混乱状態が部屋の空気のなかで凝固しかけていて、天井の下の最も息苦しい暗さのなか、まださまよっていた。ここ、ベッドカーテンの重なりのなかで息が苦しく、彼女は叙事詩的な怒りに悶えていた。ヒューゴが憎い、リチャードが憎い、人生の見通しすべてが憎かった。歯ごたえのある枕を翳り、一度起き上がって、鏡に映った自分の姿を見ていい気になり、瞼をなぜて、その日彼女の胸を覆っていた体にぴったりと沿った青いドレスのボタンを留め、アーチ型の蓋のトランク（屋根裏で腐っていたの）にドレスを詰めてから、車を飛ばし、怒った横顔を見せて凝視する屋敷を見ないようにした。熱くなって彼女は北部に向かい、ミスタ・ファーカーを魅了して結婚した。そのほかの手段も彼女にはあったが、ぎりぎりに切迫した衝動に釘付けになり、ロレンスは、我々には乱れた心という広大無限の領域があるのに、そういう一事にえてして囚われるものなのだと悟った。

足下の床を通して、物憂げな軋みが切れ切れのメロディーになり、短縮したダンス曲のように、ヒップの揺れと暗闇の恐怖で幽霊みたいに這い登ってきた。ロイスが、その賢明でない結婚で生まれた子で、蓄音機を掛けているのだ。ロレンスは耳を傾け、義憤で麻痺しながらも、手を伸ばして椅子をつかむと床に叩きつけた。彼女が気付き、音楽はショックで途切れ、耳鳴りがする静寂が来て、外科手術をしたあとみたいだった。彼が階上に、彼女が階下にいて、互いに相手に憤慨していた。

もちろん、とロレンスは考えていた、ディナーで何かがあったに違いないと。

だが、サー・リチャードとレディ・ネイラーは熟睡していた。彼女はアバディーン一家の夢を見ていた。彼のほうは片時も手離せないモーターバイクで田園地帯を駆け巡っていた。彼の友達が彼を切った。彼はその男がブラック・アンド・タンのひとりであることを知った。しかし夜陰が彼らを深く抱き込んで、事を消した。ほかの人たちは疲れ切って眠った。彼らの目覚めている神経にまとわりついた暗闇が、狂った重圧を一瞬たりとも和らげることはなかった。ただ、朝食の時間になると、彼らは日光の幻影になぜかしら一時間だけ自分が戻っていることが分かった。運命づけられたという感覚、つまり受身の形で、彼らは生きる作戦を再開した。

朝は失望を生まれさせた。ロイスがマルダと一緒に電報を打ちに村に出かけようとしていたとき、リヴィが到着した。馬が足を痛めていたので、彼女は自転車でやって来た。彼女が自転車を私邸の生け垣にもたせ掛けているのを見ながら、ロイスはもちろん考えていた、嘆かわしいことがリヴィにはたくさんあるのだろうと。というのもマルダはグリーンのセーターを着て階段の一番上に立って、扇子みたいに電報をはためかせながら、外の空気でインクを乾かしている風だった。セーターのグリーンの色が奇妙に金属的で、蒸気に霞んだような屋敷とその朝とが非常なコントラストをなしていた。彼女は三日のうちにここを発つ。そしていま、リヴィが帽子と身なりをととのえて、一席弁じようとするのをしり目に、マルダは微笑みながら階段を降りてきて、並木道を進み、一切お構いなしだった。彼女は誰がいなくても寂しくなかった。犬たちが彼女について行った。ロイスの目が憂鬱そうに、激しく振る犬のしっぽを追った。

「ねえ」リヴィがロイスの肘をとらえて言った。「ねえ、いいかしら、ロイス。いったいどうしたの？――彼女が着てるあのセーター、洒落てるわね。彼女、型紙持ってるかしら？　もちろんいくぶんかは、彼女のスタイルがいいからだけど。なぜ彼女が結婚しないのか、不思議だわ……。ロイス、いまからあなたの部屋に行く？」

ロイスはベッドがもう整っているとは思えなかった。リヴィは彼女なりにはっきりと頬を赤らめ、秘密は守れるからと言った。そこで二人は応接間に入っていった――ジェラルドのキスの名残がまだあった。その夜の疑念すべてですらそのキスを吹き消せなかった――そしてグランドピアノに寄りかかった。ロイスはリヴィが自分の胸骨で息をしていて、内密な深みから長い青いリボンが付いた何かを引っ張り出したのを見て驚いた。指輪が一個絡まっていた。「私ほど驚いた人はいないのよ」リヴィは控えめにそう言い、指輪で花開いた指から目をそむけた。

「あら、よくやったじゃないの！」ロイスは自発的に叫ぶことができた。これを確認してから彼女は疑わしそうに言った。「ああ、マイ・ディア……」

「誰だと思う？」

「ミスタ……ミスタ・アームストロングね」

「ご名答よ！　ねえ――口外しないと誓って。父は知らないし、私を殺すと思うから」

「いったいあなたは……いったい彼は……」

「まあ、というわけよ。ええ、彼はミセス・フォガティのお宅で私に申し込んだの、私にまた会ってね、で、私がコークに行って木曜日に歯医者に行くかもしれないと言ったら、彼もコークに行くかもしれないと言ったの。だから私はその事はそれ以上考えなかった。駅で降りたときに私が感じたことを考えてみてよ、見たら彼その人がそこに立っていて、列車を犬みたいに見つめていたわ。それから彼がどこでお茶にするつもりかと訊いたので、私は言ったのよ、もしひとりじゃなかったら、イムペリアルに立ち寄ってもいいかなと思っていたと、楽団があるからって、でも父は私が一人でそこに行くのは、将校たちがいるからよくないと言うのよ。彼が自分と一緒に行くかいと言うし、雨も降っていたし、私の約束は五時半だし、だから、私たちが二人一緒なのを見られるのはまずいと言ったんだけど、私は帽子をさっと下に下げて、二人でなかに入って楽団を聞いたの。彼はすごく混乱しているようだったので、何か気になることがあるのと訊いたら、彼はないと言ったけど、きっとあるのねと私は言いました。そしたら彼は顔を真っ赤にして、ベルトを締め、天井を見上げて、僕はあなたをずっと愛していたと言ったの。そこへウェイターがお茶を運んできて、彼が私のことに気づかないといいとひたすら願ったの。ウェイターが行ってしまうと、もう少し小さな声で言ってと彼に言ったら、楽団のせいでそれはできないと彼が言うのよ。そこで私は、この種のことは女の子にはもちろんショックな出来事なのよと言ったら、彼はそうだったかいと言い、私はほんとにそうなのよと言ったわ。私は、結婚という考えそのものになじめるかどうか自信がないと言ったら、彼はすごく驚いた顔をしたわ。あなたはいつ頃がいいと思っているの？と私は言ったの。そしたら彼は、先の見通しが全然ないのが最悪なんだと言ったわけ。私は、私たちアイリッシュはお金目当てじゃないと言い、とにかくあなたには伯父さんがいるのは知ってるわと言ったの——私にはものすごく不利なのよ、ロイス、帽子を始終下に下げていなくてはならないのが——だってハーティガンの叔母さまとミスタ・フォックスーオコナーが椰子の木の向こう側にいるのが見えたし、父が家畜を買い付ける男性が、立ちあがっては部屋の周囲を見回してばかりいるし。あれやこれやで私も当然すごく混乱してしまい、デヴィッドは椅子をキーキー言わせるし、それに楽団でしょ、私が言ったことを彼がどの程度聞いたかまったく分からないわ。

「だけどね、指輪を買うといいと私たちは思ったの、もっとも私はそれをはめたりしないけど。デヴィッドはものすごく不思議そうな顔をしたけど、私は彼を促して道路を渡ったの。で、私自身、とっても奇妙な感じがしたわ。だってね、私たちはどちらも婚約したことがないし、私は二度申し込まれたことはあるけど。すると彼は兵舎に戻らないといけないと言いだして、私を歯医者に行く電車に押し込んだの。ほどなく違う電車だと気づいたけど、彼が経験した面倒のことが気の毒で、電車が角を曲がるまで降りないでいようと思って。でも電車は停まったみたいで、大聖堂の近くで降りて、すごく高い車に乗らなければならなかったわ。歯医者には遅れてしまって——医者は私の歯を二本抜きました」

すべてが夢のなか、と思えるように、リヴィは雨のコークの住宅街をさまよった。すべてが夢のなかで、彼女は座り、列車のなかで、歯の詰めものの樹脂から出血した。彼女は口を開けて、歯医者が空けたふたつの穴を見せ、まるで愛の傷でも見るように、ロイスは厳かにその穴を覗きこんだ。彼らは果たしてキスしたのだろうか？　いや、彼らにはその機会がなかった。タクシーに乗ることができれば、だが、リヴィには道徳的なことと思えなかった、男性と一緒にタクシーに乗ると、彼の情熱を刺激するだろうから。ロイスは、タクシーの内部の匂いには誰だってその気をなくすのよと言うと、リヴィは、だったらタクシーはお金の無駄遣いねと言った。

「でも彼、結婚できるの？　少尉でできる？」

「あら、数年待ってもいいのよ。でも私、彼の親戚の所に行って滞在するの、そして指輪とかなんかみんなはめるから、確実じゃないことはなくなるわ」

「どうしていまお父さまに打ち明けて、公けにしてもらわないの？」ロイスは期待して言った。彼女はまだらになったピアノの蓋に映った自分の上目遣いの顔を見て、変なことになったと感じ、運命に遠ざけられたメリザンド（メーテルリンクの戯曲の登場人物。夫の腹違いの弟と恋におちる）になったような気がした。「どうなのかな」と彼女。

「私だったら、あなたのお父さまは怖くないけど」

実はリヴィの父は、非常な失意に陥っていて、垂れ下がった黄色い口髭をしたマイルドな男で、いつもその髭をティーカップの上に持ち上げていた。ブラックソーンの杖でリヴィを追い掛け回す図は想像しがたく、また、ディナーテーブルを拳で叩いて皿を躍らせたり（リヴィが明言したように）、タルトの半分を手に持って階下へ降りてコックを首にするなど考えられなかった。彼がしそうな最悪のことは、リヴィが遅れると、懐中時計を取り出して、その蓋に親指を置いて立ち——時計は見ずに、「時間」という思いを待てないというかのように——その間、ひとつかふたつの泡が彼の喉元に昇ってくるのだった。彼は妻を亡くした男やもめだった。リヴィが明言するには、母は父ゆえに死んだ。彼は絶対禁酒者で、ウィスキーがデカンタに半分、鍵がないと開けられない造りになったタンタロススタンドにおさまっていたが、彼は鍵を無くしていた。ロイスはリヴィに請け合った、彼女の父は理想的な義父になるだろうと。デヴィッドは必ず彼が好きになると思う。彼はやって来て滞在しても、絶対に厄介者にはならないでしょうよ。

「父は、陸軍の将校には偏見があるの」リヴィが失意に沈んで言った。「海軍なら父は気にしないんだけど——でも私にどんなチャンスがあるかしら、こんなに内陸部に住んでいるんだもの。もしデヴィッドが、全身金色の勲章が付いた将軍でも、結婚話をすると、父は彼を殺すと思う。父は言うのよ、私の身勝手な振舞いで、親を無視して家屋敷を焼くつもりかって」

「でももし彼が、あなたがイムペリアルで妥協したと聞いたら？」

「女の子は午後に妥協なんかできないのよ」リヴィが物憂げに言った。

ミスタ・トムスンは、あまり客を呼ぶことをしなかったが、ロイスは一度、その夏の初めに、晩餐までデヴィッドとジェラルドとともに滞在した時のことを覚えていた。時代がここまで悪くなる前のことで、将校たちは早めに兵舎に戻らねばならなかった。ミスタ・トムスンのダイニングルームは樹木のほうに向いていて、弱い光線がさっと漏れてきてテーブルを覆い、すぐまた緑陰に閉ざされた。肉の匂いがして、柱が張り出したマホガニーの巨大なサイドボードが、まるで寺院の正面のように控え、その内側では走り回る快い足音がしていた。ミスタ・トムスンは寡默だった――思うに、不本意だからではなく不安だからだった。彼は椅子から長い黒い馬の毛をしきりに引っ張り出しては、それをクロスの上に置いていた。一本抜くごとにデヴィッドとジェラルドは身を乗り出してなにか言おうとした。しかしミスタ・トムスンは襟元に埋もれるようにうつむくので、口を開くことができなかった。二人は互いを相手に話した。ロイスは、瞼を伏せながら、多くの意見からなる城塞に驚嘆していた。彼の妹、ミス・トムソンも同席していたが、彼女は聾者だった。ダイニングルームは暗い赤色で、煙ったような天井があり、ジェラルドはあとで、肝臓の具合が悪いような気分になったよと言った。ブランマンジェが運ばれてきて、クスンという音とともに置かれると、ミス・トムスンは顔をしかめた。「牛が死んだ」とロイスは思い、口を付けなかった。リヴィは友達に警告するように見回していたが、みんな礼儀正しかった。アヒルが数羽、フレンチドアに来てならんでいる。客たちはナプキンで追い払ったが、ミスタ・トムスンが「ああ、そのままにしてやって」と言うと、アヒルたちは言うまでもなくテーブルの回りを歩き、忙しそうないつもの顔をしていたが、やがてドアから出て行った。ミスタ・トムスンは立ち上がり、五月の空気を締め出した。「時代が悪い方に変化している」彼はジエラルドに言い、ジェラルドは熱烈に彼に同意したので、デヴィッドは二人の応酬を不安げなミス・トムスンに繰り返してやらなくてはならなかった。リヴィが家は退屈だと言うのも道理だった。

だがその晩は幸福なことに、四人で互いにこじんまりと寄り添った感じがして、互いの微動を感じ合い、笑いのうちにある引きつれがロイスには残っていて、大きな重圧に耐えながら互いに手をつないでいるみたいだった。そして——その笑いのプレッシャーのもとで発火点が迫り——プライドと快楽が積もり積もった興奮と、互いの音声と動作のせいで親密さがたちまち生まれた。その知覚が残り、あとになって、彼らが自らを笑い飛ばして空ろに厳粛になると、その時の交感作用がいつにない気恥かしさでかすかな音を立てた。その夜の夕食会は、ロイスのジェラルド賞賛の度合いを一段と上げた——彼は水晶のように素敵だ。

ミスタ・トムスンとしては、ブランマンジェの残りを口髭にくっつけたまま、立って出て行った。そのあとミス・トムスンが立ち上がって腰のあたりのスカートを下に引っ張り、ジェラルドがあまりにも素敵にドアを開けたので、彼女は通って行かざるを得ず、ひとつの経験を完成させた。それからリヴィが、自分の家族観を示そうと、立ちあがってテーブルの回りをワルツで歩き、フレンチドアを引き開け、少しも遠慮しない良家の育ちそのままに芝生に走っていき、クロケットの輪を次々と飛び越え、デヴィッドがあとに従った。するとジェラルドが初めて振り向いてロイスを見たが、彼女は眼をそらした。彼らはさらに大麦湯《バーレイウォーター》を盛んに汲んで、下品なマナーに浮かれてしまい、グラスにぶくぶくと泡立てた。みんな外に出てクロケットの芝生のわきの、ライラックの木立の下の椅子に座った。座席の背に沿って伸ばしたロイスの腕に、蠟のようなライラックの花びらが触れ、空気にはアーモンドの香り、茂みから蛾がたくさん降りてきて、夕闇に光った。

ミス・トムスンはこれぞ悦楽なりと宣言、またおいでくださいと言った。ロイスがやっと言った。

「あなたの叔母さまに話すわ、何も面白いことが彼女にはないのよ。きっとわけもなく同感なさると思うわ」

「いつも難しいのよ」リヴィが言った。「結婚の話題に持って行くのが」彼女がうつむくと、意味ありげに見え、言葉が内容に花を持たせ、そんな風に、ロイスは穴倉と最高峰の両方の気持ちを味わいながら身を乗り出し、顔をしかめ、ガーネットの指輪を捩じった。

「デヴィッドがもう少しはっきり決意すればいいのに！」

「でも自信があるんでしょ、彼があなたとの結婚を望んでいることは？」

「ええ、でも彼は準備万端、自分で済ませる必要があるの。私が有能な女の子だと言うだけじゃあ……ねえ、ロイス。もしあなたがジェラルド・レスワースと婚約したら、ある意味、ボールを転がすようなものでしょう。そこで私は父に話すことに――」

「ああ、でもそうなると私は――」

「もちろん彼が申し込まないかもしれないわね。でも、そうだとしても、私は父に話さないと――」

「シーッ！」

ロレンスが応接間のなかまで入ってきたところでリヴィの肩章に気づき、彼のほうにうなづく彼女のピンク色の姿が鏡に映っているのを見た。彼は戸惑って頬を赤らめ、一礼した。額の眉と眉の間にインクが付いていて、ペンの先でそこをこすったのだ。「ご機嫌はいかが？」と彼は言い、ロイスに向かって「ミス・ノートンはもう発ったの？　発つと言うか——出発したの——村に？　どう？」

「ああ……ええ」

「残念だな。彼女、どんな様子で……待っているみたいだった？」

リヴィがくすくす笑う。ロイスが言った、あら、いいえ、待っているような様子はなかったわ。なぜ？

「好奇心だよ。送って行ってもよかったんだ。することがないんだから」

「彼女もすることがなかったわ」

「当然だよ」女性二人は肩と肩を寄せ合ってピアノにもたれ、ロレンスは口もきけないほど落胆した。彼女たちを置いて出て行くわけにいかない。彼は本の置かれたテーブルに行き、ナイジェリアの本を取り上げ、熱心になかを見て、ページの間の埃を吹き払った。生きている唯一のものが屋敷を出て行った感じがした。空腹だったが、まだ十一時半にもなっていない。階上に行って仕事をすることもできないし、実のところなにかに集中することができなかった。自分が天気になったような気がした。「時間《ル・タン》よ、それが私《セ・モア》だ！」彼は、中庭に出て行って車をばらばらに分解する男だったらいいのに、と思った。マルダは彼のことを面白いと思ったただひとりの人間だった——だがおそらく彼は面白くなく、おそらく彼らが正しいのだ。「ミセス・モンモランシーも眠らなかった」彼が言った。「今朝の彼女の目を見た？」

「ええ？」とリヴィ。

「ここは怖いお屋敷だね、ミス・トムスン。もし僕が君だったら、ランチまでここにはいませんよ。

それに、マトンが出るだけだから。コックに訊いたんだ。ロイス、フールスキャップ判か何かの用紙を持ってる？　小説を書いてもいいかと思ってね」

「あら、ぜひ書いて。ああ、なんて素晴らしいの！　でもフールスキャップ判の用紙はないわ。リチャード伯父さまに訊いてみて。少しまだ持っているわ、思い出の記を書こうとしていたから……。ロレンス、ここに滞在するつもりなの？」

「いや、まあ、それはないよ」彼はふと思った、ケアリ一家と一緒のランチは最悪だなと。彼らの退屈さと鈍感ぶりには新鮮味があるだろう、ここの退屈さと鈍感ぶりのあとでは、その一方で彼の退屈さと鈍感ぶりは彼らには魅力があって、地味を肥やす未知のものがあるだろう。一家は退屈さも鈍感ぶりも何も見ないで三日を過ごした。どちらの家族もトレント城に車を走らせ、例の襲撃について聞いたが、半時間の相違で互いにすれ違った。襲撃の話をして、トレント一家でそれをどう受けとるか話す必要があった。そしてまた、ケアリ一家は裕福に暮らしている——最悪の場合でも、マトンよりひどくはないだろう。「僕はイザベル山荘に行ってランチをするよ——ノーナに伝言でもあるかい？」

「あら！」ロイスが言った。彼女の眼は暗くなり、自分のいない所で誰かが何かするという思いに痛く深く失望した。私は何もかもミスする。誰も私が好きではなく、私は絶対に結婚できない。ロイスが目をしばたたくそばを、ロレンスが出て行ってドアを閉めた。

「笑っちゃうわ」とリヴィ。「あなたの従兄は、私を見るたびに、ああやって頬を赤らめるんだもの」彼女が大きな姿見に映った自分を見て、髪の毛の横のところを直した。「さあ、ロイス、私がいつも感じることよ。女の子が若いのは一度だけ――」

「分かってるわ」とロイス。「それが一番いいことだわ」

十四

「本当のことを言うけれど」レディ・ネイラーはそう言いながら、イザベル山荘のベゴニアの花壇の周囲を回っていた。「残念ではあるけれど、彼女が行ってしまったのがそれほど残念ではないの」

彼女はミセス・ケアリの横顔を間近に見つめ、彼女が意味する色合い《シェード》の正確な度合いを見ていた。ミセス・ケアリは深くこくりとうなづいて、額にしわを寄せた。ほかのことを考えていたのだ。立ち止まり、枯れたベゴニアを三輪つまみとり、自分のポケットにまとめて入れた。

「もしこれが彼女がしようとしていることだったら、私たちと一緒に行動してもらいたかったわ。ひとつには、ロウ一家は親類なのよ、結婚によって彼らは私の従兄の従兄に当たるのよ。彼らが家庭環境のことでなにを言わないかなんて、分からないわ。私以上に口をはさめる人はいないでしょうが、分かりっこないでしょ、家族間でどんなことが回覧されているかなんて？　それに私はほんとに彼女の訪問については迷信があるの、もうすでに彼女はスーツケースを紛失してる。責任を感じないではいられないわ」

「でも、あなたは」ミセス・ケアリは、自分の庭園のこの部分を全部をひっくり返して改めて植え直したいのか、批判的に見ながら「彼女が破談にするのはたしかなんでしょ？」と言った。

「お話ししたくないわ。彼女は神経質な習慣に陥っていて、電報ばかり打っていたの。行ったり来たり、行ったり来たり、一日じゅう村へ。婚約した娘としては異常な事じゃないかしら？　家か何かを買うとかいうわけではないんだから。親しみが薄れるに決まってる——ただ彼女、女性の郵便局長のことを考えないのかしら、彼女はそれを考えなくてはいけないと思うの、だってあれはうちの女性郵便局長なのだから。もうひとつは——この話をするべきかどうかわからないけど、この事を哀れなフランシーとは話し合えないけど——彼女はヒューゴに良い影響を与えていないと思うの。彼が普段はどうか、知ってるでしょ？　それが、彼はすっかり変っちゃった。完全に感化されて……。でもそれが問題だとは私は思ってないの。口が滑ることって、よくあるでしょ」

彼女は一息おいて、ため息をつき、相手を待った。ミセス・ケアリは穏やかに彼女を見た。「ええ？」と彼女。「ええ、そうね。でもどういう意味なの？」

「フランシーが気付いているのは、私、知ってるの。彼女が不幸なことも。もちろん彼女はいつも不幸だけど、彼女はいま別の意味で不幸なの。もちろんそんなこと口に出したくないでしょうが、でもみんな分かってるもの、ヒューゴがどんな人間か……」

「あら、ほんとにそうなの？」ミセス・ケアリは驚いて言った。

「ヒューゴに必要なのは、本物のトラブルよ。いまもし哀れなフランシーが死んだら——」

「彼女、真剣なの——？」

「いいえ、私の感じでは彼が先に死ぬわね、彼はそうやって物事を避けるんだわ。彼がどうして口ーラと結婚しなかったか、それを見るといいわ……。でも、私がバカをやっているのは分かってるの。大袈裟にしたくないわ――ロレンスが屋敷にずっと居過ぎたからよ。若い男性たちがどんなに利口か、あなた、気づいてる――？　彼はイングランドではもっと悪くなると思う。面白いやつとはみな思うでしょうが。もちろんマルダに害はないわ。幼いときからみんな彼女を知ってるもの。彼女はただ野性的なのよ――彼女の二人の叔父がそうだったわ。あの日の午後、彼女の膝がすごく出血したの、忘れたりする？　そうよ、私は三年間、もう子供のパーティはしなかったんだから！」

芝生の端に来たので、彼女らがコートを見下ろすと、そこでマルダ、ロイス、ロレンスとノーナ・ケアリがテニスをしていた。二人の婦人は、ひとつの世代がもうひとつの世代を見るという悪くない安堵感で和平を結び、並んだ銅像のように遠くから前方を見ていた。「だけど、彼女は、どうなのかしら……チャーミングね」ミセス・ケアリが、マルダとロイスがクロスするたびに言った。「お茶の前にダリアを見に行く？　お誘いしようと思っていたの……」

彼らは向きを変えて、プレイヤーたちの意識に威圧的な影を落としてから、重々しい足取りで芝生をそっと踏んで、庭園の鉄扉まで歩いて行った。ミセス・ケアリには自然に思えた、明るさと午後の遅さに半ば裂かれながら、ヒューゴが相客に心を惹きつけられたことが。その種のことは起きては過ぎていき、過ぎゆく夏のようなもの。なすべきことがあるとは彼女は思わなかった。彼女はレディ・ネイラーにそう伝えた。

好天がまた戻ってきた。イザベル山荘の屋根の上に、山並みがピンク色にかぶさり、穏やかに遠く見えた。密集した輝く樹木の上を光が走りすぎる。クリーム色の屋敷の正面はボール紙みたいで、太陽を浴びて高く堂々としている——屋敷は重量感が消え、ベゴニアの深紅と蠟細工のようなピンクの肉色よりも現実味がない外観をしていた。ベゴニアは、色彩にじれて燃え盛り、ハート型の花壇の縁に群がっている。コートから四人が上がってくると、輝く芝生に静けさが訪れた。そこへメイドが応接間の窓の暗がりから身を乗り出して、お茶の合図に青銅のティーゴングを鳴らした。短調の調べだった。

マルダは伯父たちに似てやはり野性的なのか、しかし、浅はかではなかった。到着するとすぐに、自分にできる最悪のことはミスタ・モンモランシーを魅惑することだと悟った。彼に愛されることは、自分の不運な訪問の最後を飾る醜聞となるであろう。その考えは彼女には愚かしく思われた——彼女は自分が運命の女とは思えなかった——しかし、スーツケースの紛失が招いた思いがけない不安の発作に襲われていた間に、その考えが根をはやした。スーツケースが彼女の記録の終幕になるのは絶対に厭だ。ヒューゴと知り合ってみて、彼女はそうならないだろうと見た。彼女は運命の女ではないだろうが、ここに運命づけられている。彼女は思った、「この野郎め！」と、そして不正を意識しながら、あらゆるツテにたより、かつて女性のアートと呼ばれたものを使って、彼をはねつけ、困らせ、うんざりさせてやる。ブナ林の散歩の日、老ダニーの小屋で、彼女は一瞬のうちに自分の不成功のほどを算段していた。魅力をしっかりと押し殺し、愉快にしないというたゆまぬ試みによって、彼女は、憤然として、女性の疲れやすさ、守りの固さ、慎重さに引っ込むことができたが、これらは彼女がつねに軽蔑してきた項目だった。その報酬は、就寝時に階段の下で、彼が彼女に蠟燭を渡す際に指先を触れ合ったこと——彼は自ら触れてきた——。蠟燭の炎の上のあの驚いた顔。そして四本の蠟燭が婦人たちと一緒に影を揺らめかせながら上に上がっていくと、マルダとロイスは、階段の曲がり角で振り向いて、まだ彼がいるのを見た。彼は押し寄せる息苦しい闇のなかで上を見ていた。マルダはロイスの腕をとった。

その夜は彼が眠れない夜。そしてロイスも眠れなかった。

今日、スミスがイザベル山荘にたどり着き、ノーナも来た。彼は煌めくトレーを見て微笑んで立ち、高い暗い黄色の物陰にいて、喜んでいたが無名だった。彼は名前を覚えてもらえない男だった。だが彼の姿がミセス・ケアリを刺激して、彼がまだお茶をしていないことに思い至った。彼女は万事うまく行ってほしかった。

彼女は気もそぞろにマルダに言った。「あなたがお幸せになれそうで、嬉しいわ。本当に確実に結婚なさるといいわね」

「どうもありがとう」とマルダ。「それは間違いないわ」

「もちろんよね」ミセス・ケアリはスミスをまだ見ながら続けた。「彼にはお祝いは言わないほうがいいけど、あなたには言わないと」

「私はとても幸運ね」

「あら、違うわ、そういう意味で言ってるんじゃないわ。あなたの美しい指輪を見せて——まあ、はめてないのね。でも美しい指輪をもらったんでしょ。ミスタ・スミス、テニスはなさるわね？」

だがスミスは、その気はなく、シューズを持参していなかった。テニスは彼の念頭にはまったくなかった。庭園を少し歩くことは予想していた、プラムを二つ三つ……。そしてノーナが気取って頰をピンクに染めて、ケーキの皿を回した。彼女には分かっていた、スミスのような男は放り出す、だって次の夏には、ノーナはデビューして、ロンドンのシーズンを過ごすからだ。レディ・ネイラーは眉を吊り上げてミセス・ケアリを見るしかなかった。

「ほんとに残念だわ」ミセス・ケアリはこう言って、女たちはアームチェアをティーテーブルの方にすべらせた。「モンモランシー夫妻は一緒じゃないのね。彼らは来ないの？」

「彼は来るかもしれない」とロレンスが言った。「しかし僕は運転が許されていないから、車に空席はありませんよ。人数が多すぎて」

「いいのよ」とマルダ。「私は土曜日に行くから」

「あら、そんな、いけないわ！」ロイスが叫んで、丁寧に補足した。「バカなこと言わないでね」

レディ・ネイラーはため息をついた。「あいにくマルダはロンドンに戻らないといけないの。彼女なしで、私たち、どうしましょうね……」

「ロンドンはお好きですか？」ノーナ・ケアリがそう言って、スミスから離れた。「本当にあちらに住むんですか？　私はロンドンって見た目が新しいといつも思うんです。でももちろん色々とあるんでしょうね……。あなたはどこに住んでいらっしゃるの、ミスタ・スミス？」

「ケント州のイーストボーンです」

レディ・ネイラーはすぐさま、それは元気になりそうねと言ったが、ミスタ・スミスは、ありきたりの慰め言葉にうなだれていた。彼は足を組み直し、靴の先を見て顔をしかめ、東アフリカに行くことも時に考えます、と言った。マルダが出立すると宣言したことで彼らにかぶさってきたみじめな見放された感じが、スミスが亡命するみたいに言うので、さらに高まった。レディ・ネイラーが、それは寂しいことだわと軽蔑したように言うと、ミセス・ケアリは、アフリカの空の熱い空を背にしたミスタ・スミスのノーブルな横顔が思い浮かんだ。みんな不親切だと感じ、このソファにおいでなさいと彼を誘い、ご自身について話してと言った。彼は話した。ノーナは伴奏用のスツールに座り、椅子をくるりと回した。

「スミス」とロレンスが言った。「ここに残って、僕らを防御してくれないと」そこでスミスは陸軍をやめない、みんなが落ち着くまで東アフリカには行かないと約束するはめになった。

だが、ロレンスとロイスにとって、このすべては過去の響きだった。二人ともとどめ置かれた観があり、プロローグが長々と、無用な強調を伴い、詳細に無駄な注意を喚起して、演じられた感じがした。離れていて、それでも互いに気づかないわけではなく、奇妙にも反感によって結ばれ、満足できないままお茶をして、忘れるべきことにこれほど身を任せている事が嫌だった。その日は輪郭もなく、お決まりの晩夏の一日で、その形跡にも素っ気なく無感覚だった。黄色い太陽が――ブラインドの下の銀器に斜めに射し、高級磁器のウスターを両手で支え、犬がクロスの下を盛んに掘っている――老いて、使い古されて見え、多少の幸せな達成感の余り物からも漏れていた。その間、近づくこともできないどこか他所で、彼らに構わず何かが起きていた。

マルダはお茶がもっと欲しかった――だが彼らはもうそれどころではなく、スミスをめぐって議論が沸騰していた。「君はどうしても土曜日に行かなきゃいけないのか？」ロレンスが言って、彼女のカップをとった。「ええ、そうなの――なぜ？」彼女は太陽の光線から身を反らせ、カーテンの陰に

クレトン更紗のカーテンの目がくらむような華麗さに比して、幽霊のようだった。

彼女は一瞬むき出しになり、不安に駆られて、マナーで防備できなかった。その麻のドレスの緑色は、入った。日影になって彼女の色彩が透明になった。茶色の影の明解さが彼女の顔を強く浮きたてて、

「天気がいいからさ」ロレンスが、ありきたりな返事を真面目に返した。

「私も行くから、でしょ」

彼は一瞬聞き取って、議論が盛り上がりそうななか、急いで言った。「ロイスと僕は、ご一緒しないほうがいい。モンモランシー夫妻がそう思うよ。それで君はうんざりしたんだろう？　誰もそれほど急ぐことはない。君を連れて行きたい散歩道があるんだ」彼は躍起になって、彼女目当てにカップとソーサーを喧しく鳴らした。「君は間違っていると思う、行くなんて」

「ああ、そう思うわ、でも——」

「ロイスを見てごらん、目玉が顔から飛び出しているよ。君が行ってしまったら、彼女は二階に行って、君のベッドで泣くよ。それで彼女の朝はまる潰れだ」

「あら、やめてよ、彼女に聞こえるわよ」

「いや」とロレンス。「聞こえないさ、聞こうとするだろうが。僕はあまり同情しないが、君が行くなんて、想像できないとは思う。なぜ君は、ミスタ・ロウに会わなければいけないの？　だって、少しも情熱がないのに、そんなに時間が余ってるの？……いいかい」ロレンスが言葉を結んだ。「僕は腹立たしいよ——このすべてが——もう手がつけられない」

「お茶をもう少し、いいかしら」マルダが言った。「世界に何があろうとお茶が一番だわ」

ホステスの注意を引くことができなかったので、ロレンスはトレーに向かいティーポットを持ち上げた。マルダのほうに行く途中で彼は、ベゴニアを見つめる彼女の視線に晴らせない緊張感を見てとり――朱色の小さな斑点がその目に映っていた――、この奥には誰かがいる、それはミスタ・モンモランシーだと思った。彼は学んでいた――窓から身を乗り出したときに、彼の伯母が階段の下でミスタ・モンモランシーと話していた――彼女が婚約を破棄するとみんな考えていたことを。個人的には、それはあり得ないと思った。ミスタ・モンモランシー自身が、とびぬけて反対だった。だが、また、彼女はよい家庭とそれに伴うもの――金、安寧、見通し――に身を落ち着けるだろう。彼自身は、自分も簡単にそうできたらいいのにと願っていた。彼はカップを持って彼女の上に立ちはだかり、三秒待って彼女が振り向くのを待った。だがそのとき――ああ、彼の配慮は無駄だった――彼が見た彼女は大笑いしていた。

マルダは、彼らが結婚式に来るときの心にしまい込んだ驚きのことを思って笑ったのだった。かろうじてふさわしい身なりをして来るのだろう、彼女に対するゆるぎない不信感があるからだ。彼らが白手袋のボタンを留めるのも、教会の中央通路を歩く段になってから。しかしその不信感の原点は、笑えるものではないと思われた。事実、彼女には悲劇的な通俗さが身についていたのだ。だから彼女は、そのジョークをロレンスに説明しなかった。彼にお礼を言い、ティーを飲み、そのすべてが間違っていた。

やっとお開きになり、幻惑されて、フレンチドアから、ぱらぱらと分かれて花壇の間に散らばりながら、一行は煙草を手に解散した。そばにいるみんなの大きさが、互いに等身大より小さくなって、山並みから見れば蟻のようになって――しかし、もっと小さくて向から方向もなく――千切れたビーズのように散っていた。裸にされた感覚、皮肉なだけの好奇心に抵抗できずに差し出されたような感覚にうながされ、ロレンスは目を上げ、屋敷の屋根を覆う山並みに目をやった。凝視されているのか――そこに隠れている人間の目があり、谷あいや畝で見張っているようで――彼らはまとめて、唯一の存在ととらえられているようだった。見張り人がエネルギーと意図を保留している感じがして、ロレンスは当惑し、山脈《やまなみ》から目をそらした。だが避けられない意味ありげな視線が突き当たった先は、社会の人々の姿で、秩序ある結び合った影を持ち、手入れのいい芝生と花壇が型どおりに出来上がっていた。

車で帰宅途中、車の後部座席にマルダとロイスの間にはさまれて腰と腰をぴたりとくっ付け、道路の凸凹のたびに体をジャンプさせながら、レディ・ネイラーは、自分の発見について語った。ミセス・ケアリもまた、モダンな若い人々を理解しなかった。彼らは、とミセス・ケアリ、理想主義や冒険心がないようで、自分たちの快適さだけ考えているのね――これは私が間違っているのかしら? だが彼女は、レディ・ネイラーも自分に同意していると思った。若き日に、ミセス・ケアリと彼女は、身の回りで起きることすべてに深く興奮していたのだろう。レディ・ネイラーは、若者はすべて反逆者であるべきだと思っていた。彼女自身が間違いなく反逆者だった。だが第一次世界大戦のあとも、彼らはうろつくのを絶対にやめなかった。彼女自身、詩の世界を持っていた。枕の下に置いた詩人のシェリーとともに眠ることを覚えた。一人で山中をよく歩いていて、食事に戻るのを嫌がった。ミセス・ケアリは、何があろうとノーナが食事を欠かさないことに気づいていた――いつも時間を守らないのに、絶対に抜かさなかった。だがミセス・ケアリはおそらく、彼女を間違って判断していたのか？　ミセス・ケアリと彼女は、深刻な不幸の時期を何回も通ってきた。それでも彼女たちの青春時代は黄金時代だった。絶対に手放さない。彼女たちは同意していた、生まれつき中年女であるなんて、どう見てもなさけないではないかと。

これらの最後のほうのコメントは、ある程度の怒りを含んで、車のフロント座席で運転士の隣にいるロレンスの背中目がけて発せられていた。彼の耳は、不運にも、外側に曲がった形をしていて、黄昏の光を浴びて透きとおっていた。ロレンスは無言だったが、思っていた。あの小説を書かなければ、ここには金の鉱脈があるからだ（あのときはスペインとあの初版の本、ピカソが一枚と、カーテンが彼の部屋に）。伯母とその世代のために モダンな若者たちの素晴らしさをうたうことにしよう。ひとつ分からないのは、カクテルパーティとか、むら気な学生たちのことを書くべきかどうかだった。

十五

ヒューゴは押し黙り、仲間たちは彼にかまわず沈黙していた。彼らはダラ渓谷の草地を流れに沿って歩いていた。彼は杖で金色に乱れ咲くサワギクを叩いていた。杖が煌めくたびに、彼女は驚きの目でちらっと見たが、「可哀そうよ」とも言わない。そのあとをせかせかと歩くロイスは、みるみると増水して流れるダラ渓谷に小枝を投げ込んでいた。張り詰めた興奮を覚えながらしばし小枝と走り、小枝が消えると、またひと枝新たに投げ込んだ。彼女は無我夢中に見えたが、どこか頼りなさそうで、そういう事をする犬のようだった。もし彼女が下に落ちて大きな音と水しぶきと叫び声を上げたら、前を行くカップルの心を乱せたかもしれないが、彼女の足取りはしっかりしていて、わざと落ちるなど思いもよらなかった。

ローラの思い出はヒューゴにとって鮮やかな緑の渓谷から拭い去られ、そのシーンをつまらなくした。川の崖の岩も、水際に沿った草地の途切れも、角がいくつも崩れかけたノルマン時代の要塞も(彼らはそこにもたれて言い争い、ついにローラが、これが二人の上に崩れてきたらいいのにと言った場所だった)、彼らが続けていたあの腐り始めていた付き合いが戻ってくることはなかった。彼と彼女はここに来たこともなかったのかもしれない。彼らは縁を切っていた。とがった岩が草地を突き破って水の流れの速度を和らげ、露わに目立っていて、彼を排除する関係を見せつけているようだった。列車の窓から見る田園地帯のように、過去も未来もなかった。ここにいることができない証拠を与えて、ローラは収縮し、後光のなかに隠れ、あとに残ったのは――忘れられた一年の未発見の日記にあるような――いくつかの暗号めいた記録、散歩、果たされたいくつかの約束、受領し投函された手紙のみだった。

彼はいま考えていた、実は自分は彼女を愛したことは絶対にないと。衝撃を受けたが、距離が空いた生き返るような感覚を覚えながら、彼はマルダのほうを向いた――だがまだ何も言わなかった。彼女は彼の傍らを急ぎ足で大股で歩いている。彼女は明日は出立する。彼女は期間を定めずイングランドにいることになる。満ち足りているように見えた。このゆえに、彼の怒りは、ローラから解き放たれて、マルダに定着した。彼は彼女を愛していた。自分自身の感覚がわき上がり、渓谷を満たした。岩がまた形を変えられた。光の平原にあって破壊され、鋭さを失い、もはや石灰岩ではなかった。

「ミセス・モンモランシーはレスリーの叔母と知り合いよ」マルダが突然言った。「あなたは？　なんだかすごいことのようだわ！」

「もし知っていたとしても、僕は彼女を忘れていた」

「とても素敵な人よ」

「間違いない」

「ロイスに頼んで、話に来てもらいましょうよ」

「彼女は幸せそのものに見えるなあ。君はどこへ行くの——明日以降は？」

「あら、ケント州よ。すごいことじゃない？」

その件にあからさまに注目してから、彼は、彼女が意味するすごいことという感覚は、彼には常識破りということかなと言った。彼女は、そのふたつの外観にはある種の隔たりがあることには同意した。「隔たりだって！」彼が大声で言った。「またこれだ！　お互いに理解しないでいいとは、まったくありがたいよ」

「私は誰かを理解しようなどと、努めたりしないの」マルダが穏やかに言った。

「そうだろうね、まったく」彼は皮肉を込めて答えた。「誰にその値打ちがある？」

これを聞いて彼女は、ロイスのほうに視線を戻した。フランシーのことを思い出し、ピンクのブラウス姿の彼女を階段から見送ったとき、その様子が、並木道を下るまでちらついていた。フランシーがアネモネ《ウィンドフラワー》のように見えるのももっともだ——彼女の夫は、どんな時も若いという不運な能力があった。彼の無秩序な気分は、男子学生のような雑な感じを彼に与えていた。その愚かしさは彼女を困らせた。しかし怒りは彼をそれらしく輝かせていた。いっそう明るくきびしくなり、はじめて彼は愛すべき対象になれた。彼の気分が醸し出した彼の個人的な雰囲気を通して、彼女は自分を見失い、ほとんど否定的になっていた。

「私も向こうに行きたいわ」彼女は水の向こうを見てそう言い、その先には木々がスカイラインに浮かび上がって屹立しており、上部は光の黄色い粉を浴びていた。

「行けないよ」彼は勝ち誇って言った。「踏み石が覆われている」彼は線が一本、かすかな傷痕のように続き、流れを越えかねているのを示した。

「あれが踏み石だとは思いもしなかった。越えたいのは、越えられないからよ。いつも間違った側にいるように見えるのは何故なの？」

「君が間違った側にいたと思ったりしたことはないよ——君はそれをあえて強調したいの？」

彼女は我を忘れて激高した。「ミスタ・モンモランシー、どういうことなの？」

限度を越したこと、愚かだったことを見てとって、彼は眉を吊り上げ、用心深くごまかした——「どういうことって？」——返事はせずに、自分の旅行の話を始めた。——もっとも緑が濃い川はアイン川ですよと彼が言った。アイン川を見たことはありますか？——北部でした約束が長くあって（旅路は変更しないと）、ロンドンで五年（北部から解放されて）、かつては関係していた事業計画だった。いまにしてわかるが、それは確実なものだったわけではなく、と彼は言い、ただしかつては成功する見込みがあったんです。彼女は彼が意図したとおりに受け取り、実際的な男なのだ、ただし中途半端な、と見た。カナダの問題について、はたして彼が成功しただろうか、と議論した。彼女は強く思った、彼が試して見なかったのが残念だと。「でも僕の妻の健康が——」「あら、そうね、ミセス・モンモランシーでしょ……」

「実は、僕は彼女を幸せにできなくて」

「彼女はいつも少し幸せだわよ。見事なくらい利己的じゃないし」

「どういう意味で——」

「あら、あれはなに？　パレスホテルの幽霊？」

製粉工場だった水車場にはみな驚いて、じっと見つめ、目を見開き、人喰い鬼みたいに、渓谷の曲がり角を取り囲んだ。ロイスは急いでやってきて、これにはほんとにぞっとしたと説明した。何があろうとそのなかには入らないが、できるだけそばまで行ってみたかった。乗り越えたくない恐怖に彼女は一種陶酔していた。こうした死滅した製粉所は――国は製粉所にあふれていたが、まる裸になって白骨化したわけではなく、骸骨という品位ある姿にまでは達していなかった。恐ろしいと言っても、死骸という程度だった。「もうひとつの例だ」とヒューゴが宣告した。「我が国家の哀しみの。英国の法律がその息の根を止めた――」だがロイスは急がないと言い張った。彼女はマルダと相当先に行っていた。

川が暗くなり、製粉所の早瀬めざして轟き、廃屋の正面に光が満面に射した。信じられない孤高、屋根はなく、床もなく、十字に組んだ梁が内部の日光をじっとりとさせ、製粉所全体がよろめいていて、一吹きで崩れんばかりだった。蝶番からは血のような赤錆がにじみ出ていて、ドアは引きちぎられている。六階ぶんの羽目板に当たる日光はぼろ布のようだ。密集した木々の険しい坂を越えると、屋根のない小屋が数軒、製粉所のわきの下に巣食っていて、不気味な哀感があった。門のない門前道から車の轍が丘を上がり、使われていないために木々に囲まれて埋もれていた。生前は珍しさもなく、この谷間を想像に任せていたが、死滅した製粉所はいま、幽霊たちの民主制に入り、無用と悲哀に崩壊した宮殿と肩を並べていた。この精神に反応して変容し荒れ果てて、没落したのではなく、たんなる没落を示していた。過去のすべてがそこにあったが、それが過去に与えたものはなかった。

ミヤマガラスは木々を騒がせ、こだまを騒がせていた。「入らないで!」ロイスは叫んで、マルダの腕をとっさにとった。

「大丈夫よ」マルダが言った。「私、道徳性を失ったのか、少女になったみたいな気がする。ミスタ・モンモランシーから隠れようよ」ロイスは急いで門を通り抜け、それが神経質に見えた。これは悪夢だ。壊れそうで、じっとこっちを睨んでいる廃墟群。ミスタ・モンモランシーは、むっとして、まだ川べりでぐずぐずしていた。逃げだそうという考えは抵抗しがたく思われた。だがその情景は不思議にもロココの画家、ワトーの絵のようだった。製粉所のドアの内側は、イラクサに上まで覆い尽くされていた。光が一筋、衰微して下に射し込み、そこに屋根の残骸があった。

「もし彼が叫び出したら」ロイスが不安そうに言った。「きっと製粉所を水車ごと倒せるわ。ああ、私、入らないわよ。ああ、入れっこないわ。ああ、ここはすごくおぞましい。吐き気がする。あなたは頭がおかしいに決ってる！」

「あなたって、驚くほどやわな臆病者だと思う」

「私は、道理の通る物なら怖いものはないわ。でも、私、とてもピリピリしてるの、どうしようもないの」

「あのドアから入ろう」

「でも、とても高いわ」

マルダは片方の腕をロイスの腰に回し、その締めつけにうっとりしたロイスは、製粉所に入った。恐怖が感謝の念をいっそう高めた。その高まりを喜び、視線を傷だらけの青黒い壁に這わせ、恐ろしく睨みつける空が見えるまで上に持っていった。亀裂が何本も走っていた。彼女は、虚脱感もあって、亀裂が広がり、裂け目から壁が剥がれ落ちるのが見えると思った――アッシャー家の崩壊だ。

「嫌なの?」マルダが言った。

「あなたには何でもさせられてしまう」

太陽が窓の受け口から射し込み、粗野な金色の四角形がその光線でよじれた。雑草が窓に沿って光のなかで揺れた。マルダは向きを変えてイラクサを縫って自分で道をたどった。もっとドアがあり、その先は暗闇だった――どこかで屋根がまだ持ちこたえているのだ。「マルダ、助けて。死んだカラスがいる!」「チェッ!」

「だって、ほんとに死んでるのよ!」大袈裟に身震いして、怖そうにイラクサを飛び越えて、ロイスは暗いドア口に向かい、批判と非難と庇護が欲しかった。彼女はバカみたいになっていた――しかし確かな気持ちで、特別優しくしてほしいの、と訴えた。差し掛け屋根の小屋の暗がりで、マルダはごそごそと動いていた。「階段がある!」彼女は面白そうに叫んだ。それからさっと戻ってきて、ドアに立ち、閂《かんぬき》を閉めた。じっと立っている。その態度には脅威が兆していた。

「どうしたの?」ロイスがささやいた。

「シーッ――誰かがここで眠ってる」

「もしかして死んでる?」ロイスはマルダの肩越しに目を凝らして暗がりを見つめ、わくわくして、笑い出し、それから手の甲で口を覆った――不自然な仕種で、芝居がかっていた。徐々に男が一人いるのが見えてきた、顔を下に、両腕は広げている。頭の下にはコートを丸めて枕にしてあり、顔を少し歪めて呼吸はできていた。片方の拳はゆったりと握られ、イラクサの上に置かれている。握った拳はイラクサに刺されて白くなったに違いない。イラクサを感じられないのだ——それほど眠れるなんて想像できない！　彼の後ろには階段が上に登っていて先は見えず、日光が眩しいだけ。

気恥ずかしさに二人の女は肘と肘をくっつけて立っていた。マルダが一歩さがると、漆喰がヒールに踏まれて音を立てた。

「何の音？」と男がそっと言った。

「来ないで——さあ——」

しかし男は身を転がして起きなおったものの、まだ静かな眠りのなかにいた。「そこにいろ」彼が強制するように言った。ピストルが向けられている。この奇妙な遭遇に彼女たちは戸惑った。この角度でピストルを見たことはなかった。短銃に見え、銃口はボタンより小さいくらいだ。男は座ったまま女たちを見て、猿のように一心に計算して、それからゆっくり立ち上がった。ピストルの狙いはそのままで。

「バカなことはやめて」マルダが言った。「また眠ったらいいわ。私たちは別に——」

「まだほかにいるのか？」

「ひとりいるわ——でも大したことないわ。私たちを解放するのが先よ、話すことも少なくなる」

「私たち、散歩に来ただけよ」ロイスは言ってから、自分の声に驚いた。

「なるほど」と男が言った。「散歩するには豪勢な夜だ、まったく。あんたら、トレント城から？」

「ダニエルズタウンから」

男の目が一人からもう一人に移り、皮肉にも二人の間で止まった。その顔色は暗がりのなかでメタルブルーに見え、不動に閉じこもろうとしていた。「そろそろ」と彼。「散歩はお終いだ。ほかになにかマシなことがないなら、家のなかにいたほうがいい、家があるうちにな」

マルダは戸口に片方の手を置いたまま動かなかったが、ロイスは彼に一も二もなく同意した。締め出された気がして、まるで自分の立場がなかった。出て行った方がいい――だがどこへ行く？ 彼女は思った、「ジェラルドと結婚しないと」と。しかし、その間マルダは、腕を支えたまま、嫌みをこめてその腕を押した。男は、はめられたと二人とも感じるほかなかったが、どこか意識的で、前にカメラでもあるみたいだった。男は、不安で不機嫌なまま二人を睨むのをやめず、どっちから来たのか、誰に出会ったか、このカントリー近辺で兵士たちの動きを何か見なかったか、と訊いた。彼の不満は晴れなかった、こいつら二人は嘘つきだ。

一方、ミスタ・モンモランシーは、よそでは楽しそうにやってると勝手に察し、誰にもユーモアは披露しないと決意して、手すり壁に座って煙草を吸っていた。ここを起点に土手が高まっていた。川は激しく流れ、その急流は、彼のぶらぶらさせている足もとで黒ずんでいた。背後の製粉所が、将来を感じさせた。足元をすくわれるような不愉快な感覚。裂けた光が、両手のようになって、引きずられて水車用の流水を通す溝を過ぎ、水際で引っかかり、あとは焼けくそで下って行った。彼は反対側の丘を見て、遥かに平和な木々を見た。マルダはそこに属していて、落ち着いて歩いているのが想像された。彼は煙草の灰を払い落として、身を乗り出し、間を裂く流れを見て唸った――「向こう岸だ」――。フランシーが懐かしかった。フランシーに対する不満が湧き上がってくる。彼女は――自己のない女――当たり障りのない衣擦れの音を立てるだろう。優しげにそわそわすることが、聞き耳を立てている彼女の緊張を救っている。夫に失望しても、小さなため息ひとつ洩らさない。彼女にすべて打ち明けよう……。でもできない、マルダはどこにでもいて、涼やかな赤らんだ白い仮面で驚いて見せる。彼女は彼のすべてに、彼自身の最も内密の感覚にぶつかってくる、しかも冷ややかに真面目に面白がって。あらゆる所に彼女の幽霊がいるのか？――フランシーのどこかにマルダがいる。

「こういうことなんですよ」ヒューゴはリハーサルを始めた。「僕に必要なのは――」

銃声が一発、静寂のなかに破裂音が響きわたった。鼓膜が脈打ち、彼は信じられぬ気持ちで反響を聞いた。戦争か――製粉所に死が？　誰の死だ？　ある考えに飛びついた、パニックにあって助かった、とひらめく。製粉所の正面は――彼は走り回った――無人を知ってにやりと笑う。愚か者の遺骸。彼はドアで身を立て直し、煙草がイラクサのなかに落ちるのを見てから、破損物のかけらにつまづきながらなかに入った。カラスが一羽、漆喰がはがれて外れた垂木の間を危うくかいくぐって飛び立った。彼は廃墟の窪みにたたずみ、怖くなった。カラスは輪を描いて屋根から外に飛んで行った。

「マルダ！」

「大丈夫よ」とロイスが言った。彼女らはドア口に姿を見せ、彼を深刻に見つめ、どこか疑っているようだった。マルダは手を上げて口を覆った――信じがたいものが半分見えた、彼女の口の回りに血がついていると彼は思った。

彼は何かが緩んだ声を出した。「マルダ――どうか――」

ロイスは、製粉所が崩れ落ちたかのように、蒼白になり、すぐ真っ赤になった。彼は、手ごたえはないが、感情的なショックに捕えられた。マルダは、戸惑いながら、手を吸い続けている。そして口イスのハンカチを取って、拳を叩いてから、唇の血を拭い取った——もう血はとまっていた——そしてまた拳に戻す。「皮膚が少しはがれてしまった」彼女はやっとのことで声を出した。「ピストルを撃ったのよ——聞こえた？——暴発だったの。皮膚の一部がはがれたみたい」

「僕を通してくれ」彼は乱暴に言った。

「私たち、誓って言うけど——」ロイスが言い出した。

「誰かが後ろ向きに、考えもなく、二階に上がったのよ、四日間ほとんど何も食べていなくて。漆喰が崩れていた——ピストルのせいでしょ、当然。バカだったわ、ええ。このどうしようもない手を見てよ——ドアにつかまっていたから」

「通してくれよ——」

「でも私たち、誓ったでしょ、ミスタ・モンモランシー——」

「君は撃たれて当然だ」彼はみんなを脅かすような態度になって——とりわけ彼自身にとって——口をはさんだ。「君は見ていないようだし、概念ひとつ持っていないようだが——」

「じゃあどうしてそこに座って煙草なんか吸ってるの？」ロイスは体を震わせて言った。「私には分かったの、あなたとあなたの古くさい概念が」

「黙って」とマルダ。「ああ、もううるさい！」

「そこに立ってないで、なかに通してくれ。僕が——」

「ああ、みんなでほかの話をしましょう——」

「私たち、誓って言ったわ」ロイスがしつこく続けた。「誰もいなかったのよ、誰にも会わなかったし、あなただってなにも聞かなかった――」

だが誰も耳をかさなかった。彼はそれとなく手を振って彼女を黙らせた。

「実は」とマルダ。「私たち、二人とも、爆発は苦手なの。よかったらここに座って、考えてみない？　よかったら散歩に行って――木に登るんじゃなくて？」

「かくれんぼごっこはもういい」彼は言って、ふざけて憤慨した。「まだ血が出てる――？」

「こんなもの血じゃないわ――私は水準が高いから。あなた、靴の泥落とし、覚えてる？　覚えてないか、ただ私、もしかしたら――これよ――壊れた石板の縁にぶつけたの。石板の縁に、そういうことで。それに、私のことだから、必ず起きたことなのよ」

彼は礼儀に逆らうことにした。「気が付かないのかね。君はもしかしたら――」

マルダは声を上げて笑い、製粉所のドアを出て彼のそばに来た。彼は彼女の唇を見た――上からではなく――怒って――燃えるように見た。ロイスは急いで目をそらした。死の思いそのものがこの恐ろしいプライバシー無視をもたらしたのだと思った。

彼らは手すり壁の彼の場所をとって座った。そして彼が努力して、流れと競うかのように、さっき来た道を歩いて戻るのを用心して見守った。ロイスは彼が忘れたマッチ箱を取りあげて、振ってから自分のポケットに入れた。女性であることは一種の要塞、黙ってそれを認めねばならない。伝統的に女は卒倒して逃げ込むこともできる。ミスタ・モンモランシーは、入り乱れた気持ちを持ち去ってしまい、彼女らは消え入りたいような気持ちで取り残された。

「ずいぶん喋る人ね！」マルダが言った。

ロイスは手を縛り、自分のハンカチが今日清潔だったのは神の摂理《プロヴィデンス》だったかもしれないと言った。マルダのハンカチは色物で、役に立ったことはない。染料は血に交じると言われてきた。

「それはないと思う」とマルダ。「煮沸するわ、本当は上等なハンカチなのよ……手が大きいのがいけないの」

「大きいみたいね」

「なかに入らなければよかった?」

「いいえ」

「あなたは私によくしてくれる……。人は二度と少女のようにはなれないの――どっちかというと、私たちって、山羊みたいだった」

「でも、私には……啓示があったみたい」ロイスが言った。彼女は川面に身を乗り出し、顔に光線が踊るのを感じ、これほどのことが過ぎ去ったからには、いまさら話すまでもないと感じた「ミスタ・モンモランシーだけど……あなたには失礼だったわね、違う?」

この発言は、問いかけに近く、終わりの所で震えていた。しかしマルダの顔は、含みがあって不可解だった。

「あなたのことで失礼だった、と。私は別に意見はないの――バカがつくくらい無垢だったわ」彼女は正確を心掛けて説明した――「結局私たちはあそこに立って、叫んだのよ――彼が私に言うのを聞いた? 私が撃たれるべきだったたって」

「彼はもう――めちゃくちゃだった。わきまえているべきだったのに」

「あら、私はどうでもいいの。でも、あなたはどうなの――手こずったでしょ？」

「手に負えないことはたくさんあるわ」

「私は最低ね、『あなたとあなたの古くさい概念』と言ってしまった。でもあんなの、もう古臭いでしょ？　あのう、そうよね。彼は私の母に恋していたのよ」

「さてと、私はお暇《いとま》するわ、いい？」

「でも、あのう、このどこがいいの？　意味ないわ」

マルダが見当はずれに言った。「私は子供を何人か持ちたいの。不妊なんて、ぜったいに嫌だわ」

「一度は私、本気で彼を愛するつもりだったの、でも、そうはならなかったでしょう」

マルダはロイスの肩にもたれた。「あなたは素晴らしい！」

「あなたが想像するほど、私は保護されていないのよ」

「あなたの想像を素通りするものはないわ」

「だといいけど」ロイスは考えて言った。「私が実際に撃たれたんだわ。だけど、そうはならなかった」彼女はあとで付け加えた。「ごめんなさいね、ミスタ・モンモランシーのことであんなこと言ったりして。彼、どうなるのかしら？」

「なんともならないわ」

「彼が私の父親じゃなくてよかった」

「何の父親にもなれない人よ」

「明日の今頃、あなたはどこに？」

「列車に乗ってる」

「可笑しい」とロイス。「変ね」心臓が動悸を打ち、彼女は時計を見た。「六時半か」彼女が言った。「どういうわけかしら、私が何をしているか、またどこにいるか、それを想像するほうが難しい」

「ロレンスと素敵な散歩をして、素敵な楽しい口喧嘩。なにか話すことが欲しいなら、私のことを話しなさいよ」

「いいえ、いいえ、私、そんな……。とんでもない」彼女は水面から目を上げた。「いいかしら」と彼女。「これで製粉所のことで私が騒ぐのはおしまいになったわ。損しちゃった、ええ。川のこのあたりに来ることは二度とないと思う……。あなた、レスリーに話す？　話すべきじゃないと思うけど。誓いは誓いよ、イングランドでもそうでしょ？」

彼女の国が危ないだけでなく道徳的に堕落しているというレスリーの意見をマルダに納得させられるものはなかっただろう。彼は自分の叔母たちがイギリス海峡の向こう側にいると思うのを嫌がった。彼女は、約四十八時間前に、刈り込んだ伝統的な庭園を、ケント州の光のもと、彼とともに歩いていると期待していた。こういう影響のもとで、彼女は自分のことを説明するのだろう。レスリーの注視と真っ直ぐ見る灰色の瞳が、何週間も続きそうな彼女の迷いを修正し、感化を与えた。大部分が液体状の彼女自身もまた、彼女について彼が抱く考えによって形作られるに違いない。彼らがともにいることで、基礎部分が固定し、配置される――屋敷の煉瓦や壁紙がそうなるように。

いま水車式製粉所は彼女の背後になり、みすぼらしく見る影もなく、二晩前の夢のようだった。そしてロイスは、悲劇的な動かぬ凝視で絶えず見返してきた。彼女はレスリーがこの精神的な場面にしつくこだわるのを感じることができた。ロイスは負けを意識して言った。「彼はきっと疑うわね」

「私は何も言いませんよ」

「じゃあ、秘密にするのね？」

「完全な秘密にするわ」

「どうもありがとう」ロイスは言った。呪文を解いたみたいに、彼女は手すり壁から離れ、地面を踏みしめたら、足が震えているのを感じた。「あら」彼女は鷹揚に言った。「ミスタ・モンモランシーがいらしたわ」

彼がやって来た。「最高につつましい足音で」。彼らは土手に沿って微笑み叫んだ。そう、みんな来ますよ。そう、みんな気分は上々よ。「ディナーには遅れるそうね？」

「それはできませんよ」ミスタ・モンモランシーが叫び、彼らのもとに戻ってきた彼は、フォーマルで楽しそうに見えた。

十六

マルダはランチが済むまで出立しないことになり、彼らは午前中はずっと重苦しく、同情していて、なにをする気にもならず、ただ屋敷を歩き回った。レディ・ネイラーはマルダを見かけるたびに、荷造りはしないでいいのと尋ね、マルダが自分の部屋のドアを開けて荷造りを始めると、レディ・ネイラーは何度も顔を出して、彼女が忙しくしているのを見るのは哀しいと言った。フランシーは控えの間に座って縫物をし、誰かが通るたびに心配げに目を上げた。雨が降っていて、窓が開いているので、部屋は窓枠のにおいがした。フランシーはため息をついて手仕事をくるくる巻いて片付けると、二階に上がり、雨が降って残念ねとマルダに言った。

「雨のドライブになるわね」彼女が言った。

「でもフードがあるから」とマルダは言って、深紅のドレスの袖をそろえて畳んだ。

「だけど、雨の降る日にお別れって、とても悲しい。やっと列車にたどり着くだけで何もないなんて」

「でも私、列車の旅って大好き。私はいつも話しかけられるの」

「ヒューゴは可哀そうね、あなたと話すのが大好きだから」

「彼はとてもいい人だわ」

サー・リチャードは、そのへんにあった五月の時刻表でマルダの列車を調べたが、見つからなくて心配だった。ほんとに彼女は確かめたのか、と上がってきて、いつから時刻表に載ったのか？と訊いた。十二時半のを捕まえたほうが賢明なのでは、ダブリンでディナーの時間がゆっくりとれるし？それに、彼女のスーツケースはどうなる、もし出てきたら？　彼はいまやスーツケースは絶対に出てこないだろうと恐れていた。彼はため息をついて、図書館に戻った。

ロレンスは本を持って自室におり、ドアは開いていた。踊り場越しにマルダの部屋が覗けた。見たところ、彼女はどの帽子で旅に出るか決めかねている。三つ試してみて、ひとつずつかぶって鏡で見ている。彼は彼女の外観や服装にはまったく無頓着だった。どちらも自信たっぷりじゃないか。かといって彼は、誰の外観とか誰の服装なら気になるのか、思い出せなかった。ついに彼は出て行って、『南風』は返さないでいいから、持っていて列車のなかに置いてきてもいいし、あるいは荷物に入れてしまってもいいと言った。

「あら、ありがとう」とマルダ。「私の名前をなかに書いておくわ」

彼はこの大胆な思いつきにどきっとした。

彼女の部屋は散らかっていた――ドレスは何枚もベッドの上で渦巻いて、帽子はいたる所に引っ掛けてある。鏡の留め具を無くしてしまい、鏡は前に倒れて裏を見せていた。彼女が屋敷から持ち去るのは、彼女自身と荷物だけではなかった。

「雨のドライブになるね」

「フードがあるから」マルダは機械的に言い、丸めたストッキングを何足か放りだして、靴を入れる場所を作った。

「ロイスは起きてる？」

「起きてないと思う」

「いったい何をしているのかな？」

「最後に見たとき、ダイニングルームの肖像画の間の壁にテニスのボールをぶつけていたわ。いまとくにすることがないのと言って」

「なにかできることがあるかな――」

「ああ、私のラベルを書いてくれるなら――」

「そうだった、でも活字体は苦手なんだけど――活字体じゃなくちゃいけない――？」

「さあ、そうしてもらったほうが――」

「オレンジ色で目立つラベルだね」ロレンスはそう言って、マルダから荷物を礼儀正しく受け取った。

「リヴィ・トムスンがいる」彼は窓の外を見て言った。「さようならを言いに、駆け付けて来たんだな」

「知らない人だけど」

「彼女はそうとは知らないんだ。あなたは会ったことがありますよ」

マルダが身を乗り出して、さようならとリヴィに言うと、リヴィは手を振り、上にいるマルダに向かって、大変な雨のドライブになるわねと叫んだ。マルダはなかに入り、憮然として窓を閉めた。

「残念ですね」ロレンスが言った。「若い男たちは、君にさようならを言う機会がなさそうだ」

「一人に会っただけよ——ジェラルドだけ」

「ああ、そうだった、あなたは僕らの最後のパーティにはいなかったんだ。短かったね、あなたがここにいたのは……。すぐまた戻ってきてほしいな——ご夫君同伴で？」

「ありがとう、優しいのね」

ロレンスは一礼し、ラベルを持って出て行った。

ロイスは階段の所でリヴィの声を聞き、屋敷の裏手に逃げ、納戸に隠れた。サー・リチャードは、ロイスの居場所は知らないとリヴィに言うしかなかった。最後に見たとき、ロイスは応接間で古くなったトランプカードを何箱か整理していて、忙しそうだったよ。リヴィはすごくがっかりした。それでも彼女は馬を回してきて、玄関ホールで待つことにした。

レディ・ネイラーは——マルダにわざわざ目を注ぐのがひと苦労だった。忙しい朝だった。——この成り行きに心が騒いだ。階段の下に立って、ロイスを呼んだ。

「ロイスはどこにもいないみたい」フランシーが控えの間からたまりかねて声をかけた。

「だけどリヴィ・トムスンがお玄関で待ってるのよ」

「ヒューゴに探してもらったら」

「彼もどこにもいないのよ」

「もしかしたらふたりともお庭に出たんじゃないの?」

「まさか、この雨だもの」

レディ・ネイラーはため息をつき、キッチン猫を二匹かかえると、猫たちは階段を上がり、スウィング・ドアから跳び出していった。あと二十分で十二時だった。朝の時間の速さときたら! ランチはいつになく早く、マルダが発つからだった。明らかにリヴィはランチまでいるだろう。彼女は非難がましく図書室を覗き込んだ。しかしサー・リチャードは牧夫と仕事中で、ダラモアのブタの品評会の話をしていた。

一方、ロイスはひどく暗い気持ちで納戸にいた。窓は蔦《つた》が絡んで暗く、外が見えなかった。部屋は湿気が強くて、まだ仕上げていないトランクをしまっておくことはできなかった。カビ臭さが母親の古いアーチ形のトランクと、たくさんつぶれたボール紙の箱から漂っていた。母親にも納戸は親しい場所で、L.N.(ローラ・ネイラー)と書いてあった。L.N.と、誰かを茶化した絵が残っていた、たぶんヒューゴだろう。彼女は熱心に書きつけていた。彼女は絵はろくに描けなかった。ロイスは一見して、感情的に緊張したが、何も感じなかった。彼女の問題は、見られないでどうやって抜け出すかだけでなく、何故抜け出すのか、なんの目的に向かうのか?であった。

ロイスはマルダを本当にはよく知らなかった。上に行って荷造りを手伝うと言い出すなんて、不自然に見えるのでは? もっと悪くすると、昨日のことに乗じていると見えるのでは? あのピストルの小さな鋭い銃口のせいで、いっとき親しくなっただけだ——だが、その事はもう口にすることはないのだ。もし彼女が自由だったら、部屋中を探して、マルダのものだろうと思われる何かを探すことができる——雑誌、ハンカチ——そしてそれを上に持っていく。しかしあの時はリヴィ・トムスンが避けられなかった、愛のうわぐすりで最高に磨き上げ、有頂天になって自信満々だったリヴィ。ロイスはリヴィをこうして思い出すと青くなった。

しかしリヴィは特権階級だった。もし彼女が婚約を発表することにしたら、サー・リチャードでさえ黙って聴くしかなかった。その種の宣告は、どの国境にも通じるパスポートだった。衝動に駆られ、確かめないうちに、ロイスはボール紙の蓋を二枚拾い、息を殺して納戸からこっそりと出た。裏の階段の手すりから覗いて耳を澄ました。レディ・ネイラーは呼ぶのを諦めていたが、地下室で誰かに訴えているのが聞こえ、ロイスがどこにいるのか分からないと言っていた。

マルダは荷造りを終えたが、すぐ出て行くのは作法に反するだろうと感じていた。とくに天候が「最後の散歩」を、ランチの前にホストとホステスとともに敷地を正式に行進するのを、許さないとなれば。彼女はドアロにロイスが現れたのを見て嬉しかった。

「ボール紙を持ってきたのよ、写真を荷造りするかと思って」

「でも私、写真なんか一枚もないわ」

「荷造りしたのね……。上に乗ってあげましょうか？」

「いいのよ、全部閉まったと思うから」

「レスリーはどうしたの？」

「ああ、彼はタルクのなか——壊れない」

「ねえ、あなたの婚約指輪、私、見たことないわ」

「ああ、そうだ。見せてもらわないと」ロレンスが踊り場の向こうから言った。つむじ風が急に鎮まったのに驚いて、彼は朝のうちにする仕事に取り掛かっていたのだ。だが彼はこちらにやってきて、ロイスと一緒に指輪に息を吹きかけて恭しい気持ちを表してから仕事に戻り、ドアをバタンと閉めた。

レディ・ネイラーがまた階段にいるのが聞こえ、階段を上がる途中で階下の誰かに話しかけていた。ロイスはしまったと叫んで、あわてて窓のカーテンの後ろに逃げ込んだ。レディ・ネイラーは菓子箱に入れたケーキを持って入ってきた。ティールームのある列車はないと思うが、マルダはバリブロフィでティーバスケットを手に入れられるはずだと言った。「だけど、あなたはティーバスケットのケーキはきっとお好みじゃないわね。私たちもみな好まないのよ」

「ほんとにありがとう――」

「マイ・ディア」ホステスが言った。「恐ろしいことだったわ、あなたの手のことだけど。とくに左手ですもの、大変でも習慣にならって、また指輪をはめて、いまからイングランドに行くんですもの。普通では考えられないことだわ、あなたの身に起きる事って」

「私たち、感謝しないと」とマルダ。「もっと悪いことはなにも起きなかったんだから、今回は」二人ともヒューゴのことを考えながら、善意をこめて、明るく、互いにあっけらかんと見つめ合った。

「少なくともこの人はそんな事考えてない」とどちらも考えていた。

レディ・ネイラーは驚いてロイスの足を見た。「そこに隠れているなんて、なんてバカなの。あなたをあちこちで呼んだのに。リヴィが下の玄関ホールで待っているのよ」

「でも彼女には会いたくないんです」

「だけど彼女はあなたを待って玄関ホールにいるのよ」

「私は言う事などないし、いつもなにか言い続けるなんて、もううんざり」

「私は関係ないわ、彼女はあなたの友達でしょ。それに彼女はずいぶん気分を害しているみたいよ」

「彼女はランチまでいるつもりよ、そうよ」ロイスがやり返した。

「なんて気まぐれなの、若い女性は！」レディ・ネイラーはそう言って、窓枠に腰を下ろした。その座り方とじっと待つマナーは、退出を促していた。

レディ・ネイラーはきわめて多忙であったが、最後の機会を、国際結婚のベールが降りてしまう前に、マルダがイングランドのことを本当はどう思っているかを知るこの機会を見逃せなかった。レスリーは伯母たちを除けば、なにひとつアイリッシュではなかったからだ。

「もちろん、そうよね」と彼女。「あなたは十分順応できるのね。あえて言うなら、私たちはみなそうなんだけど、何人かはそうはうまく行かないのよ。あえて言うと、あなたはきっと幸せになるわ。どこに住もうと思ったの？」

レスリーはロンドンにと思っているが、マルダは自分はどうでもいいのだと告白した。

「むろんあそこはイングランドとは言えないわね」とレディ・ネイラーは励ますように言った。「それに、むろん素敵なことでしょうね、あなたがたやすく海外に行けるのは。あなたはあらゆるもののすぐ近くにいる人だわ。それにあなたは隣人は持たないわね、持たない、と私は信じてるけど」

「道徳的に堕落している……」

「あなたは、絶対に幸せに生きられませんよ、アナ・パートリッジみたいには。彼女は不自然なほど愛らしい性質だから。ときどき気の毒になる……。私はよく気づくのよ、イングランドの偉大な点は、言う事がたくさんあること、それから彼らは情け深くも、誰であっても楽しい人だと見なすと決めている事ね。でも人がいったん話をやめたら、彼らはもっとも異常な事を言い出すのよ、夫の愚痴とか、金銭問題とか、内輪の事を。まるで平気なの、誰もたのんでいないのに。それに彼らはお互いに親しいみたいね。とても近くで暮しているからじゃないかしら。もちろん彼らははっきりしていて実際的だけど、残念だわ、彼らが自分のしている事について話し過ぎるのは。どうしてそれが大事だと思うのか、私には思いつかない。私がここに来て、今朝私が何をしていたか話したいと言い張ったらどうなることか！」

マルダはそのとおりだと感じ、空っぽの引き出しをグイと引き開け、なかを覗き、ひどくがっかりした。

「フェアじゃないと思うわ」レディ・ネイラーがさらに続けた。「彼らにはユーモアのセンスがないとか、因習的に見えないようにすごく気を使ってるとか、人の『身元が知れたら』とても親切に振舞うなどと言うのは……。マルダ、あなた、まさかその薄いコートで出かけるんじゃないでしょうね？　さあ、お願いだから、それ以上風邪をこじらせないでね、ここで感染したことがはっきりしてしまうわ。お天気については、あなた、全くついてないわね！　イザベル城に行った一日が晴れていて、あとは、あなたが散歩に出た夕方だけね。あなたが来る前は、もう光り輝いていたのよ——最後のパーティに出られなくて、すごく残念——私、そう言ってたのよ——あら、ヒューゴが……」

彼はみんなといるのは嬉しくなさそうだった。ドアが開いているのを見てどうしたらいいか分からず、何気なくドアを叩くつもりだったのだ。フランシーは彼にオーデコロンを託して二階に行くように言っていた。彼女は、マルダがとてもモダンガールなので、オーデコロンなど好まないと思ったが、旅立ちに際してちょっとしたものを贈りたかった。彼女が思いついたのはこれだけだった。プレゼントをする考えに対して彼は、びっくりして抵抗した。君が自分で持っていってくれないかな？　大きな目が反対するのを見て、彼は思い出した――彼らの人生設計は、彼女のために階段を排除すること。すでに彼女は最上階まで一度上がったことがあった。かくて彼はここに到着、マルダがドアに現われたら三歩下がる用意をしていた。彼はそういう一派だった。

彼はドアから後づさりして、その部屋を見て何の特徴もない様子――椅子や窓――に唖然としたが、屋敷のこの部分に部屋があることに驚いた、こんな部屋がここにあるとは。数本の木々の頂きが彼に見られてざわめいた。今朝いっぱい彼はどこにいたのか、ホステスは知りたがった。誰も彼を見なかったのだ。そうですか？　すみずみまで見なかったのでは？　だってダイニングルームの、奥の暗がりにいたんですよ、そして古い『イラストレイテッド・ロンドン・ニュース』を取り出していたんですよ、少年時代から覚えている古いやつを。ロシア皇帝が無政府主義者に襲撃された。非常に興味深いことだ。

「どのロシア皇帝にしろ安泰を信じていたなんて、私には考えられないわ」とレディ・ネイラーが深刻そうに言った。

彼はオーデコロンの壜を疑わしそうに見た。レディ・ネイラーは、何を持っているのかと訊いて教えてもらい、フランシーの想像力に驚きの声を上げた。

「海峡横断の果てにオーデコロンとは、人がまた何者かに見せたいという時に、オーデコロンにかなうものはないわ。もちろん今夜はそれほどひどくないかもしれないわね。でもあの木々の様子は気に入らないわ。こちらの内陸の天候は、ときに逆ですから。キングスタウンに着くと、びっくりするくらい穏やかでね。島に住んでいると、人はもっと宗教的に深くなるのじゃないかしらと思うの――例えばフランス人は、私たちのような依頼心を持つはずがないのよ――もちろん彼らは列車事故を起こすけど。でもそういう事を考えるのはいけないわね、マルダ、それが一番ね。神経質が船酔いを起こすのはよくあることよ」

「ミス・ノートンの手のことで、彼女の友達がなんて言うか、僕には分からない」ヒューゴが言った。「最悪疑われるのはこれですな、僕らが彼女を狙って撃ったと彼らは思うでしょう。彼女がつまずいたのはまったく不運だった」

「あのスレート板を製粉所から持って帰ればよかった」

「あなたに責任を取ってもらうわ、ヒューゴ。マルダにあそこまで行かせることはなかったのよ。まあ、もういいわ、彼らに話題を与えることになるでしょうが」

「君は想像力をたくましくしないといけませんよ」ヒューゴがマルダに言った。「友達には僕らがそうとう飼いならされてるなどと、疑われないように。彼らは君がちょっとしたヒロインだと思いたいんだ。君は彼らにすべて話したらいい、起きたかもしれないことを全部」

マルダは、化粧ケースの上にオーデコロンを置く場所を見つけ、はっきり言った。「それはご心配なく」

「彼らはおかしいなと思いますよ、君が手の甲を切るなんてことは……」
閉じたスーツケースが三つ、終わりを告げる顔をしていた。マルダはフランシーを探してお礼が言いたくて階下に降り、彼らはみんな機嫌をよくして踊り場を過ぎた。ロレンスは頭頂部の髪の毛をたっぷり一束手でつかみ、うつむいて本に没頭していた。彼の思いのすべては、集中して煮詰まっていき、押し寄せる悪意の波で黒ずんでいた。マルダのドアが、誰も閉めなかったので、開いたり閉じたりしていた。

中庭では、栗の木の滴るような枝の下で、ロイスとリヴィがレインコート《マッキントッシュ》を着て歩きまわっていた。この日の午後、ロイスは犬を洗ってやると決めていた。犬たちは姿を消すことでその用件を察していたので、彼女は下に降りるなら今だと思った——犬たちはディナーの最中だ——そして犬舎に彼らを閉じ込めるのだ。彼らはロフトに上がって意味なくなかを覗き込み、死んだツバメを嗅ぎつけていた。そしてゆっくり戻っていき、耳を澄ませて銅鑼が鳴るのを空しく待った。

「おかしな感じね」リヴィが言った。「彼女がどうしても去るなんて。まだ来たばかりみたいなのに。私はあなたの所にくるお客さまには、いつもだいたいよくなじむのよ。彼女にはもうさようならと言ったわ——ランチョンまで残るなんて思わなかった。だけど、彼女は覚えていないでしょうね、なんだかそわそわしていたようだから。ロレンスが彼女の所に上がって行ったわ。私はおかしいなと思ったの、いくら午前中でも男性を寝室に入れるなんて、でも、はっきり言えば、彼女はコスモポリタンなんでしょ……。とっても残念だわ、ロイス、あなたは、あのセーターの型紙のことを彼女に訊くのを忘れちゃったでしょ」

「あなたは覚えてるの、クロンモー・ロードに出たブラック・アンド・タンズのことは？　私は、彼らでいつも彼女を思い出すのよ」

「どうして？」リヴィは言った。それから、ロイスがいままで判断停止につとめてきた、例の聖なる表情を浮かべて付け加えた。「私には思い出になる一日だったわ、当然だけど」

「どうして？」ロイスは怒って訊いた。

「デヴィッドと私、コーク州に行くことに決めたの」

「それは偶然だとあなたが言ったと思ったけど」

「私は運命が前もって定める人間なのよ。で、お話しなくちゃならないけど、ロイス——」

「人の目の前に出てくる物事って、その人の一部みたいね」

「そんな言い方……」

「いいえ、私はなにも」

「ロイス」リヴィは利口ぶって言った。「あなたとジェラルドの間で、物事がずれないといいけど？」婚約してからこっち、リヴィは若い人間すべてを名前で呼び、あらゆる方面で母親みたいについ世話を焼き、ミセス・ヴァモントそっくりになっていた。

ヒューゴは『イラストレイテッド・ロンドン・ニュース』に戻りたかったが、パーラーメイドがテーブルセッティングに来て、彼を見て驚いた。玄関ホールでは、二人の若い娘が、外に出て髪を濡らしたまま、テニスボールで左手投げをしていた。そこで彼はやむなく図書室に入ったら、そこで妻とマルダがまだオーデコロンの話をしていた——マルダはマントルピースにもたれ、コートとスカートを着て、明るい引き締まった表情をしていた。オーデコロンは香水ではないとフランシーがまとめた。彼女はオーデコロンの香りが広告みたいで嫌いだった。サー・リチャードが合流した。彼らは四人そろって、熱心に、不自然に話し込み、初対面の人同士みたいだった。

なるほど、その時の不慣れな感じでお互いに他人行儀になっていたが、彼らの行く手には一種の罠が待っているように見えても、彼らはある程度自然にそのなかに足を踏み入れていた。サー・リチャードは、少しも感化されていなかったので、モンモランシー夫妻は度を越して、出立の嘆きも大袈裟すぎると思った。訪問客が彼の所帯で徐々に形になってきて、噂を包んでいる薄靄《うすもや》からだんだんと正体を現し、生活の型に、気軽に、喜んで合わせてきたように見えてきたところで、出立のときが季節という織物をずたずたに切り裂いた。フランシーは手のひらで椅子のアームのタペストリーを軽くなぜた。彼女は知っていた、人生は不親切であること、そしてマルダは少なくともその覚悟をしたほうがいいということを。マルダがオーデコロンからどのくらい学び取ったか、彼女には分からなかった。マルダは、半分向うをむいて、マントルピースの端を指ではじき、静寂が濃淡を変えて訪れるたびに笑い声を上げ、ヒューゴが断固として自分を見ないことを感じていた。もはやチャンスはないのだ、なぜなら彼は、言うと傷ましいことを言ってはならないからだ。ヒューゴは火が欲しかった。部屋は雨で寒く、木の枝が窓の向こうで上下に動いている。彼は見るまいとしていたが、彼女の顔と姿が彼の想像力を誘い、亡霊のように追っていた。

「雨に濡れたドライブになるね、残念ながら」サー・リチャードがやっと言った。フランシーにはそのコメントが遠いこだまのように聞こえた。私が言うべきことだったのか、あるいは一度私がそう

た。
テニスのボールが弾んで転がり、ロイスは大声で別れの挨拶をした。全員が右往左往して、喜んでい
玄関ホールでは、リヴィがラグの端に足を取られ、ドスンと転び、籐椅子が一脚ひっくり返った。
言ったのだったかしら？

リヴィがランチョンにやってきて、ポンズ・エクストラクト・クリームの香りをさせ、顎がそれで光っていた。絶えず指を立てて顎にさわっている。デヴィッドは彼女に明日、「もっと上手なキス」をしなくてはいけない。デヴィッドは彼女の勇気を目撃したはずだ。彼は彼女の道徳的な資質に驚く一方のように見えた。こうしたことを女性に見たことが一度もなかった。昨日彼はヴァモント家のお茶に彼女を連れて行った。彼女の助言で、彼らはヴァモント家に、「洗いざらい」話した。それは成功だった。彼女はすぐに、自分が連隊に属していると感じさせてもらった。ミセス・ヴァモントがそこまで陽気な人だとは知らなかった。彼女はリヴィを寝室に連れて行って、本当のお喋りをした。連隊が中国に行ったらさぞかし楽しいだろうと話し合った。リヴィはサー・リチャードからレディ・ネイラーへと艶めかしく目を配り、お二人にはここにいる自分が大変な驚きだろうと思った。彼女はチキンフリカッセを二回お代わりし、新婚の時のドレスのことを黙りこくって考えた。そして、老いたるミスタ・モンモランシーは、彼女のそばに座り、やはり黙っていた。

「一時のランチもいいわね」レディ・ネイラーが驚いたように言った。「午前が短くなるけど、午後に時間がたくさんとれるわ。どうしていつもそうしないのかしらね」

「そうしてはいけない理由はないね、マイ・ディア」サー・リチャードが言い、イギリス人の夫に

は珍しく、こうしたことに保守的ではなかった。

車が二十分も早く来たが、サー・リチャードは運転士はこれでいいのだと言った。マルダにコーヒーを飲ませるに忍びなく、彼女が火傷でもしたらと気をもんでいたのだ。ミスタ・モンモランシーはコーヒーに砂糖を二回入れ、リヴィを喜ばせた。彼らは玄関ホールで立ったままコーヒーを飲んだ。ユダヤ教の「過ぎ越し」の行事みたいだった。マルダは二階へ行き、トラベルコートを着て降りてきた。ヒューゴは階段の下の裏手のホールで、ラケットプレスのねじを締めていた。

「さようなら」彼女が言った。「優しくしていただいて、ありがとう」

「ああ」彼は言って、淡い青い目で彼女をぽかんと見た。「優しくしましたかね？　よかった！」

「さようなら」

「さようなら――マルダ」

「階段まで出なくていいのよ――」

「ああ、このプレスを諦めてしまおう――」

彼らは半分振り向き、時計の振り子が一度振れたのを聞いた。彼女は玄関のほうに行った。みんないたが、ロイスだけいなかった。

ロイスは応接間のドアの後ろに立って、待っていた。「マルダ」彼女がドアの隙間から言った。「ハロー？」マルダが言った。そしてドアを回ってきて、ドアを背後に少し押した。二人はキスした。

「マルダ、私にはできない――」

「気にしないで」

「ダ、、、ーリン！」

「いい子でいるのよ！」

「いい旅を！」

「ええ、そうね」彼女らは別れた。

マルダは玄関ホールに戻ってきて、とくに誰も見ないで手袋を着けた。レディ・ネイラーはケーキを詰めたの、と訊いた。サー・リチャードは彼女の腕を軽く叩き、あなたはグッド・ガールだと言い、必ず幸せになりなさいと言った——それから自分がしたことに恥じ入り驚いたような顔をした。ロレンスは見るからに退屈そうで、それほど退屈していた。マルダはロレンスが気の毒だった。彼女が言った。「私、ほんとに、本当に出て行くのよ」「君が出て行くのは残念だ、僕はまさか——」彼らは握手し、彼はすぐその場を離れた——やや無礼だったと、彼の伯父は思いながら、図書室に歩いて行った。

結局のところ、サー・リチャードとレディ・ネイラーとフランシーが階段からマルダに手を振り、車が並木道を通って雨のヴェールに包まれるのを見送った。人数が少ないなと彼らは感じながら、愛しい人だった、みんな彼女が好きになったと考えていた。ほかの者はなぜ、どこに行ってしまったのか、不思議に思い、できる限りの微笑みと褒め言葉を精一杯振りまいた。その努力に対して、マルダの手袋をした手の指先が車のフードをちらりと撫でて、分かったわということを精一杯友達らしく、精一杯皮肉に伝えた。

「さあ、終わりました」リヴィが言い、応接間にいたロイスをやっと見つけた。「別れは私には哀しすぎる。ねえ、いいかしら、ロイス――」

「悪いけど、気分がよくないの、何か食べたからみたい」ロイスは言った。「ごめんなさい――」彼女はハンカチを口に当てて、応接間から逃げるように、間仕切りカーテンをかき分けてほかのドアに向かった。リヴィはそのあとを少し追いかけ、話しかけたが、戻ってきた。「女子には不利よね」彼女は回顧した。「あの手の胃弱は」

ロイスは誰もいない部屋に入り、紙が一枚、生きているハンカチのように床を這っているのを見つけた。防ぐもののない窓から、天空の空虚が入り込んでいた。灰色の天井は手が届かない。風がさらに入ってきて、花瓶の花を揺らし、ベッドのそばに開いて置かれた本のページがそそくさとめくれる。枕はへこんでいて、荷造りの途中でマルダがだらしなく寝そべったのか。あるいは、昨夜から、この枕はロイスが寝た頭の感触を忘れていないのか。

ジェラルドの旅立ち

十七

　ガナー家のロルフ大尉とミセス・ロルフは、彼らの仮兵舎《ハット》でダンスパーティを開いた。ドニーズ・ロルフと彼女の最愛の友、ラトランド家のベティ・ヴァモントは、朝いっぱい、忙しい上にも忙しかった。上気してハッピーで、ところかまわずハットをうろつき回り、サンドウィッチを作り、フロア磨きの粉を床にばらまき、壁に布をピンで留めて張り巡らせた。電燈をピンクの縮れた紙のマスクで覆い、欲しかった陶酔感を演出した。ときどき一人が残っている家具に倒れ込むと、もう一人がそれを見て、どっと笑い合った。すべてが一種のおふざけだった。彼女たちは煙草をふかし、灰を床にこすりつけて、磨きを掛けたつもりだった。新しいレコードを何回も繰り返してかけ、ついにミセス・ロルフが、レコードの針が磨滅すると宣言して、蓄音機の蓋をバタンと閉じた。

　ミセス・ロルフの夫の大佐は無言のうちに反対した。ボートリー大佐はダンスパーティが妙案だなどと思ったことはない。兵舎におけるエンターテインメントは、久しく断念されていた。しかし、ご婦人たちが「ハットの軽い楽しみ」と称するものを拒絶するのは容易ではなかった。兵舎《バラック》のなかの既婚者が住む一画は制限区域だった。イギリスのアイルランド占領軍は強化され、ハットを区切る境界線は、ガナー兵舎の裏手の丘まで伸びていた。ハット・ダンスパーティを打ち負かすものはなかった。ひとつには、床がたいそう弾んだのだ。そしてカップルが少なければ少ないほど、ますますチャンスが身近になった。ドニーズとベティは二人とも、ラトランド家が兵舎の体育館で開く正式なダンスパーティをバカにしていた、ワルツしている少佐ばっかりなんだもの、連隊の音楽隊のバスーンで床から吹っ飛ばされるわ。

「でもねえ」ベティが爪先で床板をこすりながら、やや気落ちして言った。「もっ、もっと磨いてほしいわ。ほんとにベタベタしない？」

「植民省（C.O.）がいちばんベタベタするのよ」ドニーズがふざけて言った。「彼がいなくても、朝食までどんどんやるべきだわ」

「嫌らしいパトロールや何かのせいね」ミセス・ヴァモントが言った。

「おかしいわね、女子の数が足りなくて。妹を連れてこないといけないような感じだわ」

「今夜は山ほどくるでしょ」ミセス・ヴァモントが言い、若い妹たちのことは、むしろ面倒だと思っていた。近隣の若い娘たちは、ミセス・ロルフの親切な計らいを誉めたが、最近は夜間の道が女子にはふさわしくなくてと言った。しかし彼女たちはテニスクラブでミセス・ヴァモントに会い、私たち、必ず行きますからと言った。「実際に、みんな来たら」ミセス・ヴァモントは不安になって言った。「営舎に電話して、うちの男子たちをもう少し寄越してもらわないと」

ロルフ大尉はランチタイムには非番になり、午後は友達が二人またはひとりで訪ねてきて、手伝おうと申し出た。

「だけど、見ないで！」ドニーズはそのたびに金切り声をあげ、壁に張り付いて布飾りを隠した。「全部、今夜のサプライズなの」少尉たちは、さっと周囲を見てから、何も見えなかったふりをした。そしてせっせとなかに滑り込んできて中国の提灯に頭をぶつけた、ベティの吊り方が低すぎたのだ。タビーことミスタ・シンコックスはマットの上に座り、友達が彼を部屋中案内して、床磨きの役割を果たした。

「まったくだよ」と誰かが発言した。「我々がシャンペンボトルを持って、床の上を転がりまわったらいい……」

ダンスに首尾よく来ることができた女子たちは、クロンモーまたは既婚者区域に「宿泊する」段取りをつけた。ミス・ロルトが二人、ティッペラリーの方角にあるロルト城から来て、四時ころに顔を見せ、十二マイルのドライブと両親の反対で、頰をピンクにしていた。事実、父親は大変な難物だった。「父が言うのよ」モイラ・ロルトは、部屋の装飾をうっとりと眺めながら言った。「この催事自体が犯罪的であると同時に正気の沙汰ではないって。それに、C. O. がこれを許すなど、とうてい理解できない、いま国家がどうなっているか、って言うの。私たち、もうダメかと思った、門を通り過ぎるまで、彼が引きとめると思ったわ」

「でも私たち、来たわ」シセリーが言った。みんな笑った。二人のミス・ロルトは、ワイルド・ヤング・アイリッシュという役割を振られていて、それが気に入っていた。しかし二人は目配せして、落ち着かなかった。おそらく正しいことではなかったのだ、「父親」をあざ笑ったのは。

「二人必要ね、戦争をするには」ミセス・ロルフがうまいことを言った。「私たちは、戦わないわ」

「多ければ多いだけ、残念だ」ラトランド家のミスタ・ダヴェントリーが乱暴に言った。「クソッ、もしも彼らが――」二人のミス・ロルトは、汚い言葉に不慣れだったので、ただ鼻を見下ろした。ちょっと気まずい瞬間があって、国家が意識にのぼった。

「悪ふざけになるわ」モイラが言うと、うまく緊張がほぐれた。「私たちがダンスをしている間に、彼らが窓に火を放ったら？」

「私はカーテンを引かせてもらいますよ！」ミセス・ヴァモントが悲鳴を上げた。

シセリーは蓄音機をチラッと見て、フォックストロットを口ずさみ、ヒールで床を叩き、なんの認識もしていないように見えた。だが少尉たちは乱暴に滑るのをやめず、互いにぶつかり合い、ダンスがやっと始まったのは、防衛部長（D．I．）の姪が入って来たときだった。この姪の登場ぶりは華麗で、歓声に迎えられた。値段が付けられない存在。明るい赤毛はふんわりと額を覆い、すきっ歯を見せてこぼれるように笑みを浮かべ、多彩なレパートリーはコーク訛りで疲れを知らない。ドニーズとベティは彼女を崇めていた。彼女はカトリック教徒だ。ローマ法王を礼拝する彼女を考えると奇妙に思えた。二人のミス・ロルトは彼女をほとんど知らなかった。彼女が入ってくると、ダヴェントリーは両の腕を広げ、彼女は喉をごろごろ言わせてそこに走り込み、そのまま二人はダンスを始めた。蓄音機は耳障りな音をがなり立て、ほかのカップルは蓄音機に従っていた。

ミスタ・ダヴェントリーは古参の少尉で、エレガントで、背が高く、きもち悪魔的で、見るからにこの奇妙は小柄な人に「参って」いた。彼女はお喋りとダンスを同時に滑るようにこなすことができ、こなしていた。ダヴェントリーは彼女を揺らし、つぶやいた。「黙りなさい！」彼は彼女の髪の毛のなかに囁いた、君はアザミの綿毛ように踊るね、僕はそれを枯らしたくない、と。

「どのくらいアザミに似てる?」D.I.の姪は音楽に負けない金切り声をあげ、顔をグイと持ち上げて彼を見た。

ミセス・ロルフは、取り乱してホステスを勤め、一分か二分見にきただけの副官の腕にもたれ込んだ。彼は自分は忙しい身だと語ったが、それを彼女はお体裁と見た。彼女は気のないダンスを踊り、繰り返してばかりいた、「クラレットカップのグラス……サイダーカップのグラス……シガレット……洗面台を覆うこと……」

「洗面台ですか?」副官は心配して言った。

「みなさん、ダンスをしない人はパーシーの所か私の寝室で座っていただくわ。それでいいかしら?」

副官はミセス・ロルフの腕をいっそう強くつかんだ。このエーテルのような女子は手の届かない所に飛んで行ってしまう糸の切れた凧のような癖があった。彼はつばを飲み込み、なんとか優しく言った。「おふざけもおしまいですよ。僕らは——私たちはせいぜい楽しまなくちゃ。これが最後、ということになるかもしれない。事実、護衛隊を二倍にしています。植民省(C.O.)は——」

「サイテー《ビッグ》!」ドニーズは副官の目を奥まで覗きこんで言った。

「マム」眼をぱちぱちさせて副官が言った。「もうひとつありますよ。残念ながら、ラトランド家のドブスンは来ませんよ。いま会ったばかりです——地区パトロールに出るところでした」

「あら、でも彼はそれはお役御免になったと言ってたわ! そう、でも彼は約束したのよ、私に

「――」

「彼に仕事はないんです。ここ何年もパトロールに出るのが彼の務めで。あの植民省ときたら――」

「おかげですべてが台無しだわ。ドブスン大尉はうちの最高のダンサーのひとりよ」彼女はいきなり立ち止まり、蓄音機を切った。「いいわね、パーシー！　彼らはドブスン大尉に予告して、一秒後にはパトロールに出すのよ。さてと、私はなにをすると思われているのか知りたいのよ。人数はちゃんと数えたわよ」

「でも、デンズ（ドニーズの略称）」彼女の夫が気にして言った。「僕らは男が四人、余ってるんだ。それに君はレスワースとアームストロングも当てにしてるんだね」

「彼は数に入らないの」みんな笑った。ベティは腹心の友、数人に打ち明けていた……。

「その事だけど」ドニーズは、まだ気がふさいでいて、副官に文句を言った。「ミスタ・レスワースは数に入らないわ。彼はファーカー家のお嬢さんにとてもご執心なの」

副官は考えた。「そういう愛着心があるんだ」彼の植民省は、そうした愛着心も好まなかった。蓄音機がかすかに短調を響かせて、また始まって、彼らはダンスを続けた。

「ひょっとして」曲の合間にD. I. の姪が言った。「私たち女子は、今夜は座りっぱなしにされて、一緒に踊ってくれる人は誰もいないの？」

「女子同士で踊ればいい」シセリー・ロルトがきっぱりと言った。

「でも私、男子なしで踊りたくない」D. I. の姪がすっかりつまらなくなって言った。そしてレコードが入った飾り箪笥の上に飛び乗って座り、光ったストッキングの足をぶらぶらさせ、派手なチェックのスカートを膝の上に引いた。彼女の緑色の目がうろつき回り、自信ありげに視線を返した。

ダヴェントリーは飾り箪笥の端に手を置き、アートモスリンの布飾りをした壁に背中を付けてもたれていた。目を閉じたままだ。ダンスをやめるたびに、頭痛がすることに気づいた。一晩と翌朝の大部分、山中に出ていて、数軒の屋敷にあると見なされているピストルを探していた。ベッドを捜索せよ、くまなく厳重に捜索せよという特命を受けていて、男が不在で、泣きわめき祈る女たちがいる屋敷を捜索した。ほとんどすべてのベッドには女たち、または女たちと生まれたばかりの赤ん坊がいたが、この下士官《NCO》は、業務に通暁していて、彼らには我慢してもらうと主張した。ダヴェントリーはまだ吐き気が残り、濃い空気と女性というもので息が苦しく、喧噪に目がくらんだ。ダヴェントリーは大戦でシェルショック症（戦争神経症）を患っていて、アイルランドに、ただひたすら、明白に、憎しみを感じ始めていた。空気と水の匂いの感触にいたるまで。もし思う存分のダンス、ウィスキー、ブリッジ、ハットでのドンちゃん騒ぎ、そしてまたウィスキーということがなかったら、彼は自分がどうなったか分からず、とことんまで行って、正気を失うだろうと思った。彼は目を開けた。午後の光が煙たい空気のなかで筋状に射していた。ガラスのようなストッキングをはいたパートナーの足がキラリと光り、彼は慌ててしまい、彼女の足首をつかんだ――男の足をつかむようにきつくつかんだ。彼女が蹴ると、ハイヒールのサンダル靴がロケットのように空中を飛んだ。手がたくさん、森のように伸びた。D.I.の姪は少尉たちの引き締まった背中の集まりを、悦に入って見下ろした。ほかの女子たちは場を外してひそひそ話をしている。

「ああ、気を付けてよ」ドニーズは泣き声を出した。「私がかけた垂れ幕なのよ！」彼女はモスリンの一方の端をはがして、誰も聞いてくれないので、怒りにまかせて笑いながら、床磨きの粉末をコショウのように振りまいた。D. I. の姪は突然ダヴェントリーを奇妙な目で見た。二人の目は同じレベルにあった。彼の眼は、疲れと神経質で暗く、すっかり寄り目になっていて、ハンサムな鮫の目みたいだった。

シセリー・ロルトは軽いあくびを漏らした。騒ぎは収まらなかった。「夜になるころには、私たち疲れ切っているわね」彼女は副官に言った。

だが彼は言った。「ミス・ファーカーのお出ましだ、実に瑞々しい」

ロイスはデヴィッド・アームストロングと一緒にドアまで来ていた。リヴィは今夜になるまでハットに来ようとせず、混乱しそうで不安だった。彼女は彼らがどこまで知り合っているか、知らなかった。彼女はいまクロンモーまで来て、いかにも洒落た黒いパンジーを買い、ドレスに着けていた。彼女はロイスとクロンモーでその夜を過ごし、フォガティ家も一緒だった。ロイスは太陽の出ていない白い空の下、長時間ドライブして、その眩しさにまだぼうっとしていた。サー・リチャードとレディ・ネイラーが彼女の出発をこれ以上ない深刻な不安を抱いて見ていたが、フランシーは、ロイスはきっと楽しむわよと言い張った。ここ二、三日、マルダが去ったあとはつまらなかったから、とフランシー。そしてマルダはハナビシソウ《カリフォルニア・ポピー》の匂い袋をスーツケースの上に、ロイスのグリーンのチュールのドレスのそばに滑り込ませていた。

ロイスとデヴィッドがドアから見ると、若い男子たちはなすすべがないために苛々して戸惑っていたが、緊張をほぐすのはほかに誰もいないみたいだった。そこで彼らは一歩踏み出し、ミセス・ロルフと女子の友達と握手した。ロイスは、その新鮮さで副官を喜ばせたばかり、ライトブルーのフェルトの帽子に、ブルーのカーディガンを羽織っていた。彼女は、シャペロンなしでキャンプを歩き回るのは危ないと考えていたが、どうしたらそれを避けられるか、分からなかった。彼女はミセス・ヴァモントを探しにここに来ていたのだ。部屋の熱気で頬はピンク色になり、ミスタ・ダヴェントリーが見ているのを感じた――すると彼はまた目を閉じた。ミスタ・ダヴェントリーには、ロイスが愛してくれていたら、という絶望があった。しかし彼がリラックスしたがっているのも明らかだった。彼女は彼をリラックスさせていないことが分かっていた。

ジェラルドはここにはいない――同情する視線から彼女はそう察しをつけた。彼は本物の踊り手で、疲れをいとわずに床を踏む。おそらく彼は当番で、おそらくミスタ・フォガティの家で待機しているのだ。いま彼について思い出せるのは、装甲車に足をそっと引き入れたことだけだった。その瞬間以来、彼との音信は絶えていた。缶詰のなかに永久に封印されてしまったのか、ロブスターのように。彼はあのキスを後悔しているのか？――彼はキスのあとなにひとつ言い添えなかった。

ミスタ・シムコックスは、ガナー一族でいちばん太っていて愛すべき人だったが、ロイスに目を注いだまま蓄音機をかけ、近づいてきてダンスを申し込んだ。すごく暑そうに見えたので、彼女は夕方まで待とうかしらと言った。「忘れないで」ミスタ・シムコックスはそう言って、片方の手を広げて胸に当てた。そして神秘的な口寄せでもあったのか、ハットに明かりがともり振動した。空気が彼女の冷たい腕に煙のように温かく触れ、彼女はジェラルドとともに心がときめき、薄いドレス越しの背に彼の手を感じていた――あまりにもそばにいるので互いに相手が見られなくて――彼のまつ毛は彼女の髪の毛に触れんばかり。彼女は自分の若さを案じる必要はないと思った。若さは自発的に無駄になる、どこかよそで射す日光、無人の部屋の暖炉の火と同じだ。

彼女はミスタ・シムコックスにお礼を言い、六番を取っておくわ、数え忘れませんからと言った。ミセス・ヴァモントは、急に難しい顔になって、お茶の時間ですと言い、ニワトリを追い出すみたいにシッシと言って若い男たちを追い出した。彼らはぬかるみのなかへ散っていき、疲れた賢い午後の光がそれを見ていた。

その晩は風が出た。ロイスとリヴィはミセス・フォガティの客間で着替え、大きなベッドの角が邪魔をした。代わり合って姿見を見る。化粧の合間に窓まで走り、外を見た。また町にいるのがロイスには不思議で楽しかった。四角い広場には、乾いた木の葉がくるくると秋らしく舞い、興奮が忍び込んでいた。ミセス・ロルフのダンスパーティには十二組のカップルが呼ばれただけだったが、クロンモー中に知れわたっているようだった。イムペリアルの自在ドアから人々が次々と出てきた。誰かがワルツを半分演奏し、突然やめ、がっかりさせた。セールスマンが二人、互いに肩を叩き合った。リヴィは黒いパンジーを胸の下に着け、振り返って褒め言葉を待った。ロイスはパンジーのたぐいは平凡に見えると思ったが、四シリング六ペンスも掛かったことを知っていたので、とても独創的だと言ってあげた。ロイスのグリーンのチュールのドレスは、頭から滝のように滑り落ちていた。彼女はその合間から顔を覗かせ、輝いていた。マルダが見てくれたら……。六時半だった。彼女はマルダのことを思うから、と自らに約束していたのだ。

彼女たちは着替えを早めに済ませて、ミセス・パーキンスという人とハットでディナーをとる予定だった。ミセス・パーキンスは立派なディナーの約束はしなかったが、なにしろアイルランドだから、けっこう楽しめるだろう。

ヴァモント大尉が彼女たちを迎えに来る予定だった。彼女たちは舞踏会のドレスの上からオーバーコートのボタンをかけていた。ミセス・フォガティは階段の途中で彼女たちにキスをして、失恋してハートを破かないようにと警告した。そして私はあとで行くわ、ダンスを見たいからと言った。

ベティを獲得したあと、ヴァモント大尉は、若くて美しい女性と交わす対話のタネが自然になくなっていた。生物学的にも時間が過ぎていたのだ。彼らは黙って兵舎を通り過ぎ、ハットの間のぬかるみを縫って歩いた。夕闇の冷気が空気に降りてきていた。風が立ち、ナイフのような風が山から並んだハットの列の間を吹きぬけて、暗い農地を抱えた陸地を吹き渡った。若い女子たちは不安になって、髪の毛が膨らむのを叩いて抑えた。ハットの側面に風が吹きつけていた。寒かったが、みなそれぞれにコートからしぶしぶ裸の腕を出して、テーブルに向かった。

ディナーは愉快ではなくて、ロイスが恐れていたとおりだった。ミセス・パーキンスは気もそぞろのようで、缶切りのことで夫とひそひそ声でやり合っていた。ミセス・ヴァモントは、可哀想なドニーズ、としか言う事がなく(リヴィは、「彼女はダンスパーティの代わりに赤ん坊でも待っているみたいね」と言った)。パーキンス大尉とヴァモント大尉は、女性たちに繰り返し、僕たちは年配で既婚者で申し訳ないと謝っていた。彼らの妻たちはバカおっしゃいと言った。そしてさらに妻たちは、女の子たちは、ここには若い男性の入る余地がないことを見て知っているわ。すでに椅子が六脚、片寄せられて羽目板にぶつかって音を立てていますよ。夜が更けるにつれて若い男性が来るでしょう、と言った。ロイスは礼儀正しく同意したが、リヴィはディナーまでクロンモーにいたらよかった、そうすれば少なくともミスタ・フォガティが一杯やるのを見られたのに、と言った。彼女が座ってしかめ面をしたら、無駄になった白粉の粉が鼻からこぼれ落ちた。

白ワインが一壜、婦人たちに振る舞われ、がっかりするほど不公平にいきわたった。男性はウィスキーだった。ミセス・パーキンスの鼻眼鏡が、やたらに光った。しかし風が気が狂ったようにハットを揺さぶり、骨組みが軋り、扉が音を立て、壁が上から下まで身震いした。裂け目から吹き込む突風がやけくそになって照明を揺らした。突風と突風の間に気の張る静寂が束の間訪れ、ミセス・ヴァモントは、天使が家の上を通り過ぎたと述べた。みなさん、天使の羽の音を聞いてくださいな。彼らは耳を澄ませた。そして暗闇に消し去られた誰もいないカントリーを思い浮かべた。「静かね、そうじゃない?」ミセス・パーキンスが言った。

「ダンスとダンスの間で、急いで回さないほうがいい」パーキンス大尉が言った。「最後の最後まで行かないように。外が暗いこともあるし。ここの女の子たちを迷子にしたくないから」

「グランパ!」ミセス・ヴァモントが言った。リヴィは見てとった、既婚者同士の間には互いに通じる感情があるようだ。どの妻も誰かよその人の夫には、かすかに無礼に振る舞っていいらしい。

「私はダンスの合間に散歩になんか行かないわ」リヴィが言って、顔をつんとそらせた。

「あなたは知らないのよ、い、い、ま何をしようとしているのか!」ミセス・ヴァモントがそう言うと、みんな笑った。

ロイスは心配だった。喉に小さな固いボールが詰まっている。ちょっと飲み込めない。彼女はいつもダンスの前は「宙づり状態」になった。だが今夜はもっと悪かった。相手を申し込まれる予想がつかなかったのだ。その疑いは本物だった。ジェラルドからはひと言もない。彼はフォガティ家にずっと立ち寄っていなかった。彼女のキスがよくなくて、彼ががっかりしたのか？　ロイスのグリーンのドレスが照明の下でキラキラしていた。彼女は胸元を見下ろしていた視線を膝の上に移すと、ドレスのひだはテーブルの下の陰に消えていた。彼女が来た時もしも彼がいなかったら（彼女は暗いなか、坂を上って来たので）、ドアのそばでピンク色の光を全身に浴びて立ち、板のような暗闇をじっと見つめ、結局、暗闇に負けてしまう彼女を彼が目にする前に、彼女が彼を目にしなかったら――私は死んでしまう、と彼女は思った。なぜなら今朝、彼女はヴァイオラに書き送っていたのだ、ジェラルドと結婚するつもりだと。

十八

ロルフ家のドアがさっと開いて閉じた。蓄音機の音声が、誰かが咳をしたみたいに降りてきた。パーキンス家のダンスパーティの敷板を踏む音がするので、ジェラルドはD.I.の姪と一緒にドアを開けると、薄い紗の垂れ幕の後光のなかに入っていた。部屋はイチゴ色の光でねばついていて、明かりが点いていないランタンが電気コードの間にいくつもぶら下がっている。踊っている人たちは、人ごみのなかをのろのろと動いているみたいだった。若い男性の一団がドアのそばに立って咳払いをしている。しかしまだ正式に登場した者はいなかった。ロイスは瞬きして、ポケットからシルバーの靴を引っ張り出した。誰かが彼女を廊下に押し出してくれて、靴を取り替えることができた。

廊下の突き当たりの、ドニーズがキチネットと呼ぶ小ぶりの台所で、五人の予備の男たちが煙草をふかし、ウィスキーグラスを覗きこんだりしながら、ブリッジができたらいいのにと思っていた。ロイスが覗くと、みな手を振ってきたが、リヴィが急いで彼女を引っ張った。あれが男性用のクロークルームだと思うと彼女は言った。ロイスは、コートの間にあった六インチの鏡に映った自分の尋問するような視線に出会って驚いた。

デヴィッドがリヴィを取り戻しに来て、ベティはミスタ・シムコックスと一緒に白いチョークの水たまりのような床を飛び越えていき、ミスタ・ダヴェントリーは深刻な顔で廊下のドアを見つめ、煙草を蓄音機の端に落ちないように置き、ロイスの所にやってきて、顔をしかめ、ものは言わなかった。そして両腕をゆっくり広げた。彼らは踊った。彼女は自分がこれほど美しく踊れるとは思わなかった。レコードが終わると、ミスタ・ダヴェントリーは大人しく戻っていき、レコード針をまた置いた。

「疲れる日ですね」彼が言った。

「あら、そうかしら」彼らはダンスを続けた。

D. I. の姪はジェラルドの色々な部分にくっついたオレンジ色のドレスの糸くずを摘まみとってから、鷲のような顔をした砲兵隊員と一緒に出て行った。ロイスの額の上でミスタ・ダヴェントリーの顎がかすかに動く。彼の首の筋肉が引き締まる。彼はまた蓄音機を見た。ロイスは息を切らして言った。「途中休憩があるんじゃないの?」「そうと決まってはいないが」ミスタ・ダヴェントリーが答える。その間、ハットの壁の一方が、ジェラルドのこわばった不機嫌な背中を支えているようだった。

「すごい人ごみ……」

「何ですって?」

彼女はもう口をきかなかった。不安げに踊りながら、彼女はミスタ・ダヴェントリーの復讐に加担していた。ミセス・ヴァモントはジェラルドをやり過ごして言った。「あら、いよいよね?」ミセス・シムコックスは、あなた、気づいていますかとミスタ・シムコックスに訊いた、素敵な顔をした青年たちが、もっとも素敵な顔をしてふてくされているわね?　ミスタ・シムコックスは、あまり注意深く周囲を見たのでワンステップ踏みはずして言った、私はあれをふてくされているとは言わない、と……もっと心配している、と。

「何をバカな、タビー、彼は何が心配なんですか？」

「君にはわからないよ」

ミスタ・シムコックスは一種の哲学者だった、そのくらい太っていたから。彼はミセス・シムコックスをため息とともにあきらめて、もう一人の青年にゆずり、若い内気な誰かの妹のほうに行った。「ついてない？」彼は途中でジェラルドに言った。するとジェラルドはやけになって彼をまともに見た。

夕刻は駆け足で「去っていき」、誰の抑制も効かない超高速で進行していた。誰もが顔を見合わせ、喋り、寄り添って踊り、高揚感に空しく振り回されていた。親密さが空気そのものを濃くしていた。サンドウィッチが不老不死の妙薬《アンブロシア》、みんなの目が輝いた。どの皿の縁《へり》も指が触れると電流が走った。ミセス・ロルフは四六時中声を上げて笑っていて、必死のあまりの泣き笑いと言ってもよかった。彼女は廊下の一番暗い場所にいる何組ものカップルのすぐそばを通ってキチネットに入り、金切り声をあげてテーブルから何枚かのカードを払いのけた。余った男性たちが男性同士で踊っていた。ミセス・ロルフは自分の寝室を出たり入ったり、飾り棚の上や、トルコクッションで覆われた洗面台に座っているカップルにチョコレートの皿を振る舞った。もしもハットが浮き上がって天空に昇り、誰かがドアの外に出て、空中の眩しさに後ずさりしても、彼女はさして驚かなかっただろう。まったくのところ、少尉が二人、サイフォンをもっと取ろうと営舎に駆けてきて、高い所から落ちたみたいにぬかるみを跳ねとばした。

部屋は暑かった。カーテンを引き、窓を開けると、いかめしい小さな四角い夜の広場が覗きこんできた。カップルたちは散歩に出て、顔を冷やした。リヴィは二度キスされて、白粉をはたきに出て行った。「もちろんこれは戦後の狂気の沙汰だよ」窓のそばに立っているミスタ・シムコックスが言った。

「ええ、そうね」ロイスが同意した。

「まったく末恐ろしいよ……。君に僕の言う意味が分かるといいけど?」

「ええ、分かります」ミスタ・シムコックスを困らせたくないと願い、彼女は両手を窓の外に出して、井戸のなかにひたすように、冷たい風を手首に受けた。ジェラルドが彼女のすぐ背後に来た。

「次は僕の番だ」いま別れたばかりのように彼が言った。「なんて騒ぎだ!」彼が怒鳴った。

「このジャズだな」とミスタ・シムコックス。「僕のバンドを連れて来させてくれるべきだ」とジェラルドが不平を言った。「ミセス・フォガティほど場所はとらなかったと思うよ」

ミセス・フォガティはたしかに入ってきて、紫色のティードレスを着て部屋の突き当りに座っていた。彼女が占める円周は巨大で、足がその先から出ていた——だが彼女はとてもいい人だった。踊るカップルがその足に躓くたびに、にんまりと笑い、友達だから、とうなずいた。彼女は、レモネードを持ってきてくれたジェラルドに囁いたところだった。「さあさあ、あなたの彼女はどこなの?」そして彼女は眼をくるりと回し、心配で暗い目になった。ジェラルドは、ミセス・フォガティを失望させるなど耐えられなかった。

ジェラルドは静かに踊らなかった。彼の手は彼女の手首を、馴染んだ冷たい手首を支えた。ロイスはまた故郷に戻ったような気がした。人のいない部屋から、突き刺すような静寂から、雨から、宿無しの身の上から、安全に守られていた。問題はひとつもなかった。眠れそうだった。だが彼が彼女を起こした。

「いいかい、僕が何をした?」

「どうやって――?」彼女は途方に暮れて言った。

「分かってるでしょ。でもなぜ君は――なぜ僕らはわざわざ――」

「ジェラルド――ああ、どうかお願い――シーッ!」

カップルが彼らのそばから離れていった。

「君が残酷な人だとは僕は思わなかった」彼は彼女の髪の毛にそう言い、ほとんど秘密めいていた。

「でもあなたでしょ、私をあきらめたのは?」

「でもどうやって? いつあきらめた? 君は一度も見なかった――ロイス、君は愛らしいが、とても――」

「ねえ、話しながら踊れないわ」

「どっちが君のしたくない事なの?」

彼女は彼の営舎のコートのボタンをひとつ見て、「話すことだわ」と、満ち足りた合間をおいて答えた。彼は手を彼女の手首に滑らせ、二人は踊り続けた。D.I.の姪が彼らのそばを通り過ぎ、ダヴエントリーを見て笑った。混雑したフロアに彼らのスペースが空いていた。ピンク色の部屋が丸く溶け、至福に満ち、糖蜜のよう。彼は甘い動きに強制されて、いつになく近く寄り添っていた。

「神さまみたいに踊るのね」

「なんだって？」彼はそう言ったが、ダヴェントリーの幽霊みたいだった。誰かが蓄音機をとめ、彼らは見詰め合って、ショックを受けていた。なにかが彼を不条理にも不幸に陥れていたのだ。彼女はできることなら、慰めたかった。

「外に出ましょう」

「君には寒いけど？」

「ジェラルド」彼女ががっかりして言った。「オバサンみたいな事、言わないで」

風がハットの周囲を鞭打っていて、彼女の髪の毛を根元から乱し、耳を刺した——この固定した堅苦しい世界の不吉なエネルギー、動いているものはなにひとつ見えないではないか。ジェラルドは彼女の横を歩いていたが、何も知らず、暗闇を進んだ。「ひところは」ロイスは暴れ回るスカートを巻き付けながら言った。「娘はこれで死んだのね」

「煙草は？」

「ああ——ここで火が点くかしら？」

「僕はほとんどどこでも火が点けられるんだ」そこで彼女は火を囲むコップになった彼の手に近づいた。彼の瞳がふたつの点になって輝いていた。——そのときマッチが渦巻いて消え、暗闇に死んだ。

「あなたの考えることが間違っているとは思わないわ」彼女が言った。

「君はあの木曜日、とても奇妙だった。その前の夜は僕の一部みたいだったじゃないか。それ以来、あらゆるものがどうやら——間違っていたらしい。敢えて言うよ、僕は人でなしだった。間違ったことをすべきでは——実際問題として、僕は決して謝らないよ……。もし君が怒っているとか、なにかあっても……。だけど、君はすぐ行ってしまったみたいだった。僕は自分の居場所が分からなくて。ランチの時も君はテニスクラブにいる女子みたいだったし。それから君は僕を捨てて、みんなとバカ話をしに行き、あの忌まわしい蓄音機と心中したんだ」

「それって、私の落ち度じゃないわ——あなたはあなたのバカ話を私に聞いてほしかったの？——ジェラルド、私、あなたが恨んでいるなんて、気付かなかった。思わなかったわ、あなたがまさか……。あなたの手紙を待っていたのよ」

「僕は手紙をたくさん書きかけたんだ。便箋を箱半分使ったくらいさ。書くべきことが思いつかなかった」

「それでも、書いてくれたらよかったのに」

「でもどうやって？」彼は率直に言った。

ロイスは思い出せなかった、あんなにたくさん本を読んだのに、キスのあと最初に口をきいたのは誰だったか、キスを返さないで——取り仕切ったのは。ふたつの反応、憤りと条件付き降伏は、彼女のものではなかった。「あなたは私に書いてほしかったの？」彼女は言い、いきなり光が見えた。

「ほら、君はいつも非常に無理解だった」

「でも、ジェラルド、あなたがショックを受けるだろうと、私は思うべきだったのよ、もし私が——」

「ええ?……。おそらくショックだっただろう。でも僕は物事を自然にするものが何か欲しかった。あの装甲車内で感じたことは生涯忘れないだろう。君のことは僕の心のなかで、いつもオイルの匂いにつながるんだろうな——ロイス、僕は恐ろしく回顧的だと思うかい?」

「分かってるでしょ、あなたは疲れていたのよ」

「そうかもしれない」彼はそう言ったが、戸惑っていた。「しかし僕は兵舎までふらふらになって戻り、君はまたあの女の子と一緒にあの上等の屋敷に入って行った……」

「あれが上等の屋敷と思うの?」

「僕にはそう見える」

変わりやすい午後のこの新しい姿がロイスには一種のショックだった。彼にもそうだったのだ。閉じようと思わなかったドア、開けようと思わなかった窓、応接間にいた他人まかせなやつ《ドローン》、雨には違う意味合いがあった。彼女が、ジェラルドのことをもっと考え、疑問視ばかりしていなかったら? クロンモーまでの道々、茶色の泥をはね上げながら、装甲車が小さくなるのが彼女に見えた——その中枢にジェラルドを乗せて。しかし彼女は無人の客間のことを思い、それがいかに彼に復讐したことか。

「マルダは行ってしまったわ、ご存じね」

「でも彼女はランチに来ただけでしょ、違う?」

「ジ、ェ、ラ、ルドったら!……。ランチに来る人と滞在する人の違いを、あなたは感じられないの?」

「彼女は帽子なしだった」ジェラルドは考えてから言った。

「彼女は二日前に去ったのよ。今頃はケント州にいるわ」

「ごめんなさい」ジェラルドは丁寧に言った。緊張した強い間合いを感じて彼は付け足した。「彼女は恐ろしく素敵な感じがした、というのが僕の感想かな」

「彼女がいなくなって私が寂しがっているとは思わないの？」

「きっとそうだろうと思うよ。僕はいつだってお客がいなくなると寂しいんだ、来る前は面倒なんだけど」

「彼女は来る前など、なかったわ——いま思うととっても奇妙な事だわね」

「ロイス……、じゃあ君は怒ってないんだね？」

「ええ？」ロイスは彼女のことを思い返し、暗闇を漠然と見回した。カップルが一組近づいて来た。彼女が手を彼の袖に置いて静かにさせると、そこに彼の手が覆いかぶさった。ダヴェントリーが怒って笑うのが聞こえ、彼のパートナーが踏み板に足をとられていた。ジェラルドとダヴェントリーは闇のなかで、奇妙な沈黙を交わし合ったようだった。

「ミスタ・ダヴェントリーは少尉にしては老けているわね」

「馬鹿げてるよ、彼にどうしろというんだい——この平和時が厄介なんだ。彼は一九一六年にフランスで歩兵中隊を持っていて、その後は少佐代理だった。稀に見る男だよ、君が彼のことをもっと見なかったのは惜しかったね。彼はあまり干渉しないんだ、兵舎の外のことでは。実は」彼は弁解するように言い足した。「彼はこちらに来て具合がよくないんだ。彼には合わないようだ」

「あ、な、たはそれでいいの？」

「ああ、いや、それが仕事だよ。ダヴェントリーの狙いはわかるが――自然とは思えない」

彼らはハットが並ぶ一帯の終わりに来ていた。急な斜面の麓には壁があり、鉄条網が張り巡らされている。壁の下を行き来する歩哨は人間というより時計の振り子のようだった。カントリー一帯は大きな脅威をはらんでいた。ジェラルドはそれを見てとり、驚いた顔を暗闇に何度も出入りさせ、吸うたびに彼の煙草がかすかに赤くにじんだ。彼女はむき出しの肘を撫で、思わず震えていた。彼は近くまた遠くどちらにも見え、知人とも他人ともつかなかった。彼女は納得していた、なぜいままで彼の言ったことのなかに彼を探すことが空しかったのかを。彼は表現というものとおよそ縁がなかったのだ。彼女は彼がいた所に手を伸ばした、彼の影に触れられると思って。彼は煙草を投げ捨て振り返った――なにも言わなかった。歩哨が通り過ぎた。

彼らは来た道を戻り、ハットの間を歩いた。

「ジェラルド、私は怒ってなかったのよ……あなたがしたことに……」

「うん、君はいつだって素晴らしかった」

「分からないの?」彼女は鋭く言った――「ジェラルドったら?」

「分かる、かって?……ロイス!」

彼らがキスしている間、彼女は聞いた、彼らの足音が消えた合間の静寂のなかに、並んだハットの一軒のなかで誰かが動いているのを。音ははるか遠く、静寂の向う側にあった。

「腕がすごく冷たいね」

「独りですごく寂しかった」

「両腕ともすごく冷たい」彼は両腕にキスし、肘の内側にキスした。しばらくあとで、「私はあなたの頭の後ろのところが好き」彼女が指先で探りつくして言った。

「君が僕を見てくれるとは思わなかった」

「ジェラルド、私はずっと……空っぽだった」

「君が僕を望むなんて、思ったこともなかった」

「私は――」彼女が話しはじめた。ドレスが風でやわらかい音を立て、ムードに操られ、説明の言葉がなく苦しかった――その苦しみは苦しいだけで、分かってもらえない苦しみではなかった。「ジェラルド、あなたのボタンがちょっと痛い」

「マイ・ダーリン――」彼は彼女を解放したが、まだ意識の上のほうで彼女の一方の手を厳かに持っていた。「君は本当に僕と結婚できそうなの?」

「申し込まれてみないと、分からない」

「笑わないで――」彼が叫んだ。

「聞こえないの、私は笑っていないのが?」

「ロイス――」何かがさらにやって来る。彼女は待った、彼が深く息をしたのが聞こえる。「戻って行って、踊ろう」彼がほとんど敬虔に聞こえる声で言った。「いいね《シャル・ウィー》?」

ハットは動きで一杯だった。彼女が危いと思って後ずさりしたら、前のように回転ドアが壊れたみたいに回った。もう消えていたが、彼女は土の匂いをはっきり覚えていた……。デヴィッド・アームストロングはパートナーにしがみつかれており、ジェラルドの頭に赤い風船がぶつかった。

ミセス・ロルフは、コティヨンのナンバーが終ったらダンスを終わりにしてもいいと思っていた。フランス流のこのコティヨンがあまりよく分からなかったが、終わる頃合を見て風船と呼び笛と縞模様のボール紙のバトンにつけた吹き流しを配り、呼び笛は吹くと長いベロが出るもの、吹き流しはダンサーたちがそれで互いに頭を叩き合って遊んでいいものだった。ミセス・ヴァモントはこの種のことは創作ドレスにしたほうがうまく行くと思ったが、ドニーズがおふざけはいつでもおふざけだからと言った。女の子たちは首をすくめ、金切り声を上げながら、吹き流しをダンスのお相手の肩の上で振り回した。ドニーズは、キンレンカ《ナスタチウム》の花飾りをあしらった黒いドレスで照り輝き、ワルツを踊っている――長引く「ためらい」の挙句に――ベティの夫君と一緒に。彼女は吹き流しを齧《かじ》って紙をひとかたまり吐きだし、幸福感に身震いした。「最高だわね、ティミー？　夢じゃないなんて、信じられない！」

「いや――まあ」ティミー・ヴァモント大尉はかすれ声に熱意を籠めて答えた。彼はミスタ・シムコックスと誰かの妹に挟まれて苦労していた。

「ベティは素晴らしい、の一言だわ」ドニーズが続ける――「ああ、ティミー、レジー・ダヴェントリーを一枚撮ってよ――ほらあそこ、深紅のドレスの女の子といるでしょ。彼ってカッコよすぎる！」

しかしティミーはダヴェントリーを見つけられなかった。「ベティの今日のお洒落は最高に美しいわ」ドニーズがうっとりして叫んだ。

「いや、まあまあ！」ヴァモント大尉がたしなめるように言い、彼女の腰をつかんだ。それが彼に温かい優しい感情を与え、彼女とベティが互いにどんなに好意を抱き合っていることかと思った。

「ねえ、教えて」ドニーズがすり寄るようにして言った。「私たちって、ものすごく大胆かしら？これって、アイルランドの人たちにはご迷惑？」

「彼らはそこまで知らないでしょう」

「彼らはスパイをゴマンと抱えているんでしょ？」

「ああ、ドニーズ、シーッ！　ここには今夜もゴマンといるんだから」

「スパイが？」

「アイルランド人が——ロルツ＆カンパニーが」

「彼らは違うわ」

「でも彼らにはちゃんと感情がある」

ドニーズはため息をついた。「私はこのままで永遠にやっていける」しかしヴァモント大尉は、このへんで一杯欲しいなと思った。風船がひとつ破裂した。「やったわね！」ミセス・フォガティが叫んだ。そこで彼らはあと四個破裂させて彼女をしばし喜ばせた。

「こういうのが砲撃なの？」モイラ・ロルトが訊いた。

「違う」ミスタ・シムコックスが言った。

気を付けないと蓄音機をひっくり返しそうな風向きだった。ミスタ・ダヴェントリーは、もうひっくり返すころだと思った。何かが起きる時間だった。彼はD. I.の姪と踊りながら廊下に入り、壁に並んだコートに彼女の頭を押し付けて彼女にキスした。彼女はもがいたが、カワウソみたいにくねくねするだけで、無駄に終わった。彼がまたキスしたので、顔はこわばり、彼女は眼を閉じた。その眼が開いたとき、抜け目ないものにすり変っていた。それでも彼は彼女の思っていることが分からなかった。彼のこめかみでドラムが強く打っていた。踊っている間もそれが忘れられなかった。彼女はホワイト・ローズを体中に振りかけていた。そのふわふわの髪の毛は、彼が身を寄せると彼の口もとをくすぐった。

「君はたくさんキスされたの？」

「イギリスの男は唇を自分だけのものにしておけないのよ」

「君の知らないうちに僕らは出て行くよ！」

「帰れるうちに故郷に帰らないと、あなたたちみんな」

「伯父上はどうなるかな？」

「ウィスキーは気に入った？」彼女はさっと手を上げて、彼の息を防いだ。これでダヴェントリーは思い出し、彼は下品なあばずれ女を追い出してキチネットに向かい、そこで彼はサイフォンの音を聞いた。ロイスはドア口に立って、デヴィッドがソーダ水かなにかを持ってくるのを待っていた。しかし彼女だってなにかしてもいいのではないか？　ダンスを続けるためのちょっとしたなにか——なにもしない？　ダヴェントリーは一歩下がったが、グラスの飲み物を少し傾けて、彼女の足元をフクロウのような獰猛さで睨みつけた。

「君のシルバーの靴は残念でしたね、ミス・ファーカー」

「このあたりには美しい散歩道があるんです」デヴィッドがそう言ってにやりと笑った。

「ミス・ファーカーは浮かぶんですよ、歩くのではなく。睡蓮のように」ダヴェントリーが言い、彼女のグリーンのドレスに不機嫌な視線を注いだ。「さあ、踊ろうよ」デヴィッドはそう言って彼女の手から空っぽになったグラスをとった。ロイスは次はジェラルドと踊る番だ、などと言いだした。しかし、「ミス・ファーカーと僕は腹が減っていて、サンドウィッチを探しに行くところなんだ」とダヴェントリーが言った。

ダイニングルームの箱のなかに形が崩れたサンドウィッチののった皿が何枚もあって、笠なしの電燈の光を浴びていた。人は誰もいなかった。ミスタ・ダヴェントリーは彼女をじっと見ながら、聞き耳を立てるような奇妙な様子で左のこめかみに手のひらを当てて、腕時計がとまったかどうか見ているような様子を見せた。

「チキンとハム」彼が言った。「タンとターキー。こういうのをまとめてネコって言うんだ」(私は何と言おうか、ロイスは考えた)。彼はバカにしたように椅子を見て、そこに座った。「君とは前に会ったことはない、と僕は思うよ」彼は続けた。

「たぶん、気が付かなかったのよ」

「ねえ、君」ミスタ・ダヴェントリーはそう言いながら、サンドイッチを覗き見た。「いや、そんなことはありえないと僕は思う」

「では、説明できない事なのよ」ロイスは言って、気分が高ぶって明るくなった(と感じた)。彼は陸軍のウェリントン隊のことをほのめかした。鹿革《バックスキン》部隊だと。彼は、思慮深い様子で上を見て、彼女の頭上の壁を指さし、その緊張した暗い表情は、斜視のように見えた。「君はこのあたりに住んでるの?」

「どちらかと言えば――」彼女はここまで言って、目の前にある暗い表情を見て驚いた。彼が言った、君の国は驚くほど美しい国だ。

「もしかしてあなたは―」

彼は気さくに肩をすくめた。何か問題でも? 彼は彼女の腕を見つめ、肘の内側を見つめ、その熱心さゆえに、ロイスはそこに刻印されたジェラルドのキスを感じた。これは行き過ぎか? ――自分には評価基準がないことがロイスには分かっていた。

「いい散歩だった?」彼が訊いた。

「あなたは?」彼女が受けた。

「そう思いますよ」ミスタ・ダヴェントリーが少し考えたあとで言った。「実際のところ、僕はまったくいい時の僕じゃない」彼らはきつい目で互いに見かわした。「なにひとつ」と彼が言った。「僕に訴えるものがない」彼女はシルクのドレスを両腕で神経質になでた。彼女は見てとっていたからだ、ここには男性は一人もいない、人間すらいないのだと。

「どちらかと言えばってどういう意味?」彼が突然訊いた。

「そうね、私はどこにも住んでないの、実は」

「僕は住んでる。バーミンガムの近くに住んでるんだ」彼は半分食べかけたサンドウィッチを、不味かったのかクロスの端に置き、皿を引き寄せてそれを隠した。彼女はすっかり終わったと感じた。どうなんだろう、と彼女は思った、みんながこうだったら! 去るべきだろうか? 彼女は動きを見せたが、彼は見ていなかった。彼女はがっかりした。彼は手をこめかみに当てて、また耳を澄ませている。

「疲れた?」

「いや、疲れてない」彼は皮肉を込めて言った。

「もう戻るわ」

「まったく残念だな。誰だって、こんなにチャーミングだと……」

「あら、私は退屈しちゃった」彼女が言った。

「残念だ、君が僕の頭のことを知らないのは、すごく興味深い頭なので、君が面白がるかと……。どうやったら君を引き留められる? いいかい、真剣なんだ、レスワースのことだけど――」

「ええ?」彼女は突然内心冷え冷えとして問いただした。

「僕らの若い友達のことさ――」彼は椅子を近づけてきた。彼女は門が閉じたような感じがした。

「僕に話してくれないか――」

だが賑わう音が盛り上がって、どっと押し寄せる滝のようにフロア全体を掃き、弾けるような音を立てた。静寂が訪れ、強い余韻が残った。「助かったよ、みんなが蓄音機を引っくり返した!」ダヴエントリーは心なし膝を叩き、そういう仕種のリハーサルでもしているみたいだった。笑いで相好が崩れている。「やっつけた」と彼は言い、考えを言葉に出した。同時に叫び声がいっせいに湧き上がり、砕けて終わった。「ああ」と彼女は思った。「あなたは悪魔みたいに笑うんだ!」

「やれ、やれ」ダヴェントリーは酒杯をちょっと傾けて言った。「愉快な夜だった」みなやってきた

――先を争う暴走が廊下で始まっていた。彼女はそれが嬉しかった。彼の嵐のような悦楽が彼らの島を洗い流し、幕間を乱していたので、彼女は孤立して座るしかなかったからだ。蓄音機が終わり、蓄音機は不要となり、もう面白くなかった。しかし爆笑の合間に、彼が自分の唇を、腕を、ドレスを見ているのを彼女は感じた、ノスタルジアと冷ややかな好奇心を籠めた幽霊のように。彼らの若い友達のことか？――彼女には知るよしもなかった。

ミセス・ヴァアモントも壊れたみたいで、副官にもたれていた。「彼女にサンドウィッチを！」誰かが声をかけた。「それで彼女を慰めて――それで――サンドウィッチをもっと！」モイラはドレスの端で目を拭ったが、誰も気づかなかった。みなテーブルの回りでもみ合っている。皿が鳴り、あらゆる方角に散らばった。「ここに座るのかい？」ジェラルドが叫び、喜んだ。「素晴らしい！」誰かがハモニカを振る。それで誰か踊れるのか？　ドアから押し合いへし合いどんどん入ってくる。部屋が破裂するぞ。壁の亀裂が一分前は真っ直ぐだったのに、いまは目に見えてふくれて曲がっている。照明は決然とした背中とピンと伸ばした腕を睨むように照りつけている。「僕らの若い友達、僕らの若い友達、僕らの若い友達」とロイスは思いめぐらし、ジェラルドを見張った。彼の行く先はすべて見張っていたのに、彼は見えない。事実、彼女の視線を引くものは何もなく、例外は彼の頭の滑らかさと丸み、初めてそれが驚くべきものに思えた。彼女は彼の唇を探し――彼女にキスした唇を――しかし、それは、暗いなか、兵舎小屋の間を散策し通り過ぎるその他の若い男性の唇と違わないことが分かった。その夜の一ページには、想像上の熱いキスに星印《アステリスク》が付けられた。そして風のなかの、暗闇のなかの、ただ一度のキスは、もはや別格ではなくなった。彼女は自分自身も覚えていなかった、彼のことも覚えていなかった。

彼が近づいてくると、彼女は慌てて目をそらした。フロアに置かれた空っぽの皿を見つめ、皿の縁にへばりついた薄いキュウリの丸い一片を見た。「私はなにをしたのか？」彼女は思った。そして皿をこわごわ見た。すると、「ああ、サンドウィッチかい？」とジェラルドが言い、振り向いてもっと取りに行こうとした。「……あるいは、もういつの間にか明日になったのかな？」彼女にサンドウィッチを食べさせない手はなかった。「ダーリン……」彼はつぶやき、彼女の肩をそっと撫でた。

「疲れましたか？」ミスタ・シムコックスが訊き、彼女の顔を見た。

「いいえ全然」彼女の答えにはミスタ・ダヴェントリーの皮肉が混じっていた。

十九

モンモランシー夫妻が階段に座っているところに、ロイスが車で並木道をやって来た。フランシーが手を振り、ヒューゴは『スペクテーター』をぼんやりと見ている。「あら……？」フランシーは、ロイスが話が通じる辺りまで来ると言った。上方には暗い窓が二十個、屋敷の淡い灰色のファサードから原野を傲然と睨みつけている。その周囲の木々の輪郭に光が当たっている。あらゆるものがはるか遠くに見えた。ため息をひとつついてヒューゴは『スペクテーター』を下に置き、ロイスのスーツケースを取り出してやった。

「さてと……？」

「ああ、助かった……。でも、どう思う？　蓄音機を壊しちゃった！」

「ああ、可哀想な蓄音機！」

「ガナー家の蓄音機で……。ほかの人たちは？」

「知らないな」

モンモランシー夫妻は退屈な日になるに違いないとはっきり感じた。ロイスですら顔色が悪い。彼らはいままで未来のことで親しく会話していて、どちらも勇気を出して、小うるさい分別などそっちのけで話していたのだ。だって、ヒューゴは言っていた、平屋建のバンガローを一軒、どこかに建てたっていいじゃないか？「階段なしね？」フランシーはその考えを焚き付けて、ヒューゴの手の下に自分の手を滑り込ませた。「で、そこにずっと住むのね？」もちろんだよ——そうしよう——家具を倉庫から出すんだ。そして自分たちのテーブルや椅子が冥界からまた出てくると思うと、ヒューゴの顔が輝き、挑戦的な表情になった。

「だけど、どこに建てようか？」フランシーはそう言って、嬉しい不安で顔をしかめた。ヒューゴは、その辺を車でちょっと走ってみたら、それなりのアイデアが間違いなく浮かんでくるさ、と言った。「景色はこっちで選びたいわ」フランシーが言った。だがその時点で、なぜか彼はもう『スペクテーター』を取り上げていた。

子馬の世話で男が来た。ロイスは階段に座り、お喋りを始めていた。まったくもう、こんなに色々な事が起きるなんて驚きだわ。それに、ほら、大佐が怒っちゃって……。ヒューゴもある程度注意して聞いていた。「おやおや」彼はダヴェントリーのことを聞いて言った。フランシーは予想していた、そういう心の状態にいる男にとって、ちゃんと話せる女子に会えたのは、大きな救いに違いないと。「でも彼は話さなかった。ほんとに変わった人だったわ。もちろん彼は、かつては少佐だったのよ」フランシーは、ロイスがそのグリーンのドレス姿で立ち去ったらいいのにと思った——しょせん、彼女はどう言うべきか？　ヒナゲシはヒナゲシでも、色が違うのだ。ロイスは彼らのために一晩中それを着けているつもりだろうか？

「人が決まるのは着ているドレスじゃないわ」ロイスが気落ちして言った。フランシーは、ロレンスがあまりにもインテリなのがある意味で残念だわと言った。「私には分かってるの、ヒューゴにあなたとワルツを踊らせることはできるのよ、彼のワルツは見事だし」だがワルツを踊るヒューゴを思うと――ヒューゴも察した――ロイスは憂鬱になった。

ロレンスは彼女の声が嫌になり、階上の窓を閉めた。彼の仕事ぶりは最近目覚ましかった。椅子を引きずって、ひびが入った窓枠から樹木を見つめ、その窓枠にはローラ・ネイラーがダイアモンドで自分の名前を彫りつけていた。彼の肘に当たって本の山が崩れた。雪崩を引き起こした。スズメバチが一匹、彼に付きまとい、おずおずと空中にZ状に飛んでいる。「あっちへ行け」彼はつぶやいた。「うるさいんだよ」最後に仕方なく彼はドアを開け、シッと言ってスズメバチを追い出した。スズメバチは階段の踊り場をうねって飛んでから、マルダの部屋の半開きのドアからなかに入り、まるでそこに約束があるみたいだった。スズメバチなどどうでもよかったが、ロレンスはあとを追っていき、彼女が『南風』を置き忘れていないか見た。置き忘れていた――彼女らしいことだ。スズメバチは姿見の上をふらふら飛んで勝ち誇っていた。彼は書物でスズメバチに狙いをつけ、もう少しで命中するところだった。八日巻きの時計がまだチクタク鳴っている。あと五分で四時、間もなくお茶の時間だ。

彼が出てくると、ロイスが階段の上に姿を見せた、スーツケースを持っている。

「ハロー！　どうしてそんな物を持って上がったんだ？」

「ええ、うん」彼女はそう言って驚いてスーツケースを下に置いた。「途中で置くつもりだったの」

「へえ――？」

「本当よ」彼女は理不尽に叫んだ。「この家はモンモランシー夫妻のほかは、何もないのね。彼らの心理状態は断固としてる……。私はあなたがいるか見たかっただけよ」

「実際的には僕はいないよ。僕は働いている」

「ああ――どうして客間で働くの？」

「スズメバチを退治したところさ」

「ロレンス、素晴らしいダンスだったわよ」

「それはよかった！」彼はドアのほうを向いたが、彼女は、彼の同情心のなさを煽りたくて、頼むようにぶちまけた。「みんないたのよ、一人残らず。そして、マイ・ディア、風が出て。ハットが吹き飛ばされると思ったわ。それに蓄音機を壊しちゃった。ダヴェントリーという凄く不気味な人がいて、シェルショック症なの……」

「分かった」ロレンスが言った。「君は眠そうな顔をしてるよ！」

ロイスはそう言われて小羊みたいに、階段の手すりにもたれてあくびをした。「リヴィが一晩中暴れて、恐るべき妻になるわね……。ロレンス、何か読むものを教えてくれないかな」

「僕はもう寝ないと」

この考えにはホッとしたかもしれない。彼女は自分の部屋のことを思った。高い天井、午後の枕に頬を寄せる異国風なタッチ、折り返したキルトの上でストッキングをはいた足の足首を組むという甘い犯罪、そして事実が長いトンネルの奥へと後退していき、窓が伸びて消えていった。だが彼女は指を引っ張りながら苛々して言った。「でも私、何かに取り掛かりたいの。私ね、ロレンス、あなたなら理解してくれると思ってるの。何かを始める手立てがあるはずよ。あなたは、私が静かに軽蔑している部屋を覗きこんでばかりいるけど——私は何に向いていると思う?」

彼はドア口の枠に寄りかかって、驚きながらもある程度人間らしく彼女を見つめた。今日で四週間、学期がまた始まったことだろう。彼は一瞬、無理して理解しようとした。彼女が関わっていけそうなことは何もない。空白が、無いという以上の空白が、マルダのあとを引き継いでいて、自然な人生を求める主張を彼の若い従妹に課していた。命運が尽きた人、または弱りきった人のために人が作る空論で、彼はドイツ語を続けるべきだと彼女に薦めた。そして文法書を二冊と辞書とトマス・マンの小説を与えたら、彼女は疑わしげに受け取った。彼が元のテーブルに戻ったら、ドアが半分開いていて、彼女が反対側のドアにこっそり入って行った。

「そこにはスズメバチがいるよ」ロレンスが呼びかけた。

「ああ、ちょっと見ようと、もしかして、私……」

だが彼女は階下へ行き、打ちのめされて、スーツケースのことは忘れていた。

彼女はその朝ジェラルドに会っていなかったので、心細い思いでミセス・フォガティの客間で待っていたのだ——若い男たちの顔の写真が何枚もあって、くだけたのや威勢がいいのや、さらにはゾッとするようなものもあった。当番兵が兵舎からメモを持ってやってきていた。見るからに彼女宛てだという空気で手渡された波模様の封筒は、さる機関の支局めいた厳粛さをたたえていた。彼女は先ほどまでジェラルドに向いていた感覚を忘れ、責任を感じた。震えながら封筒を開きながら、訊いた。

「私が何かしましたか?」そして思った、あの皿に乗っていた最後のキュウリの丸い一切れはどうなったのだろうと。「マイ・ダーリン、ダーリン」とあって、――彼女はさしあたり元気をとり戻した。ミセス・フォガティは、包みを持って到着した――彼女は、昨夜の悦楽で疲れ果てた――と主張していた、もしポルトを飲まなければ、きっとミルクを飲んだわ――長い朝でした――そしてこの美味しいスポンジケーキを食べたわと。

そして、「私は知っているのよ、誰が恋に敗れたか!」ミセス・フォガティはそう言って、スポンジケーキはナイフを入れたら、柔らかくてタマゴがたっぷりで、ナイフにとてもうまく「当たり」、羽毛布団みたいだった。

控えの間の椅子たちは、いまロイスのほうを横目で見ていて、やはり知っていた。彼女がしたことが至る所に広がって、網を張っているみたいだった。彼女が命をひとつ奪ったとしても、少しでも影響されるものはひとつとしてなかっただろう。書棚の上の部類分けした象たちはみな死者だった。彼女は急いで自室に入った。「とはいえ」と彼女は、処女のような無垢の壁紙を庇護者のような眼で見まわしながら、考えた。「これではっきりした」そして好奇心を覚え、ほとんど共犯者を見るように、鏡に映った自分を見つめた。

ジェラルドの丸みのある真っ直ぐな筆跡は――彼女の想像の目には――奇妙によろめいており、きつすぎる靴を履いて命からがら走っているみたいだった。

「――僕は君に言いたいことがたくさんある。時間はいくらでもあるようだが、もう時間はない。ロイス、僕は君といる時、君は、その大きく見開いた愛しいまなざしで、僕を恐ろしく骨抜きにしてしまい、君と離れている時は、君があまりにも身近にいるので、君は理解しているのに違いないと感じるよ、だから、僕があまりにも愚かなことまで、説明しなくてはいけないかい？　だから僕は僕が感じていることは言わないよ。大事なのは、君が美しくも美しいということ。いままでは、僕は時々感じてきたんだ、僕のことを恐ろしく愚かで、内省的で、退屈だと君は思っているに違いないと。僕はずっと思い惑ってきたのさ、君はその間何を考えていたのだろうと。僕がそれを本当に知るのは、信じられないように思う。君はとても複雑に見えたから、僕のような人間と関連付けるのは筋違いだったが、いま、君は愛らしく、単純で、僕一人のものだ。昨夜は僕の人生の一部だとは思えない一夜だった——信じられないよ、踊って、ウィスキーを飲んで、蓄音機をぶっ壊したのが僕だなんて——でもそれが最も真実な事なのだ。そして今朝、僕がしようとしていることは、とても大切だと思う——僕を君から遠ざけることになるが——僕はそれを君のためにするんだ。君がここクロンモーにいて、君のもとに行けないことを考えると恐ろしくなるが、それでも君が待っていると思うと素晴らしいし、君が待っている人は僕なのだと思うと素晴らしい。ロイス、君の愛しい冷たい腕は愛らしく、いま僕はそれを考えてはいけないのだ。君の人生を通じて、僕は君のそばにいて、君を包み、君を守り、二度とふたたび冷たい思いはさせない。君がずっと孤独で悲しかったと思うと、恐ろしくなる——君はとても勇気があるよ、分かってるね、僕は憶測などしないよ——それでも僕はそれをほとんど喜んでいる、それが僕に立派な理由をくれる。ダーリン、君を思ってキスをする、そしてとてもへりくだった思いがする。いまはこれ以上書きません。もしできたら、僕に手紙を書いてフォガティ家に残してくれないか。彼女は感づいてる？　おそらく君は彼女に打ち明けたいだろうと思ったよ。だがもちろん僕は誰にも何も言わない、君の望みだから。グッドバイ、もっとも美しき我が人よ、どのくらい君を僕が愛しているか、書けないほどだ。——ジェラルド」

手紙を初めから順に畳んでから、彼女は思った。「美しいのはあなただわ」そしてあとから、「もしこの事が誰にとってもこれほど完璧なら、間違うはずがない？」日光が逃げてきて、南西の淡い空を貫いて入りこみ、部屋ががらりと一変した。スイートピーが音もなく書き物机の上に花びらを落とし、裸の雄蕊《おしべ》が残った。ピンクのムレゴチョウ《バタフライフラワー》が透き通るように活けられていて、死の予感のような青い影がかすかに射している。ロイスは頭を垂れて、額をテーブルの端に付けた。

控えの間に足音。彼女は手紙をインクブロッターの下に滑り込ませ、意識して振り向いた。「あなたが戻ったようだったから」レディ・ネイラーが言いながら入ってきた。「大成功だったらしいわね、蓄音機を壊して。さあ、全部聞きたいのよ」彼女は座った。

「ええ、まず——」

「ちょっと待って——ドレスの荷解《にほど》きはしたの？」

「ああ、スーツケースを置いてきてしまった……。上に行ってロレンスからドイツ語の文法書を借りたの」

「あら、私はドイツ語とは付き合えないわ」とレディ・ネイラー。「今でも多くの人を怒らせているでしょ。イタリア語のほうがきれいだし、もっと実用的だわ。『小さな旧世界《イル・ピッコロ・モンド・アンティコ》』、あるいはダンテを貸してあげる——。だけど、ダンスのことを話してくださいな」

「ええ、まず第一に——」

「——ところで、マルダから便りがあったばかりなの。彼女が無事に着いたと言えるのが嬉しいわ。

ケント州は退屈だって、そうだろうと思ったけど、彼女はレスリーと一緒になれてもちろん嬉しいのよ」

「彼女がそう言ったの?」

「嬉しいわよ、当然。あなた、読んでもいいわよ。陛下に手紙があるから……。誰が蓄音機を壊したの? あなたはその近辺にいなかったんでしょうね、その時には? こういう事って、忘れないわね。ロルツ家はいたの? 綺麗な格好だった? どうしたものかしらね、母親があれこれ許すなんて。彼女は彼らをコントロールしてきたって言明するけど。だけど、はっきり言って、これがああいうダンスの最後になるわ」

「あら、どうして?」

「私たちがトレント家で聞いたことを、あなたが聞いていたら……。ケリー州から来た男がいたの。おかげで私たちは非常に不愉快な思いをさせられたわ。だけど、あなたの伯父さまがあとで言っていたわ、トレント家の友人が何者だかみんな知ってると。彼らには何でも起きるわ。だけど——。ヴァモント家もいたの? 耳にしたのよ、リヴィと彼がコーク州のイムペリアルで一緒だったって、ミセス・フォックス-オコナーが見たって。ランチでここにいた若い男性が、いろいろたくさん喋って……装甲車のなかで……ああ——レスワースは?」

「ええ、彼はいました」

「みんな、よく時間があると思って、驚いちゃう」レディ・ネイラーが言った。「だけど、彼らがもっとダンスをして、もっと干渉しなかったら、はっきり言って、カントリー近辺のトラブルは減るでしょうね。ケリー州では、どうやら……」彼女の声は冷やかに無関心になり、途切れて消えた。ロイスには分かっていた、彼女はピンクの記録帳を見ているのだ。ジグザグとジェラルドに近づくやり方、このとてつもない曖昧さは不気味だった。レディ・ネイラーは、半端な息苦しい沈黙を数分続けたあとで、スイートピーが死にかけていると述べた。「きっと水が不潔なのよ、緑色になってるわ。事実、花はすべてお世話が要るのよ。お茶のあとにでも――あなたは、アートスクールに行く、というのはどうなの？」

「素晴らしいわ」ロイスは考えてから言った。

「フランシーはあなたのスケッチにいたく感心していたわよ。それにマルダも言ってた、あなたには興味を持てることが必要だって」

「ああ。彼女が私のことを論じていたの？」

「私たちはいつも言ってるの、若い女の子には興味を持てることが必要だって、それに、思えば、彼女はとくに賛成していたように思うわ。彼女は自分の人生を大事にして来なかったから、これまでは――でももちろん彼女がレスリーと結婚すれば――私、いつも思っているんだけど、音楽か絵画、または、ちょっと書いてみるとか、あるいは、なにかの団体とか――」

「マルダは私のスケッチについて彼女が思ったことを言ったの？」

「素敵だと思っているようだった……。もう五時十五分前よ！」レディ・ネイラーは非難めかしく大声で言った。「お茶が冷めてるわ……。あなた眠そうね、ロイス。モンモランシー夫妻はバンガローを建てるらしいって、聞いてる？」

「ここに建てるの?」

「バカ言いなさい——おまけに、トレント家の例の友人によれば、一ヵ月か二ヵ月のうちに、吹き飛ばされるか、焼き払われるだろうって。たしかに」レディ・ネイラーは空を見上げて付け足した。「疲れる一日ってこれね」そしてため息をついて立ち上がった。

その夜遅く、ロイスは、鋏とバスケットを持って庭に行く途中で、灌木の小道を独りで歩いていたミスタ・モンモランシーに追いつかれた。月桂樹《ローレル》の葉をむしり取って、彼は注意深くその葉を割いた。

「聞きましたよ」彼は横に追いついてきて言った。「ドイツ語をやるんですって?」

「イタリア語のほうが実用的じゃなかったらの話です……。聞きましたよ、あなたはバンガローを建てるんですって?」

「ああ、どうなんだか。おもにフランシーの考えでね」彼らは黙って歩き、彼女はバスケットを月桂樹にこすりつけながら歩いていた。彼らが二人きりになったのは、イザベル山荘から車を走らせて以来のことだった。彼女は覚えていた、自分がどれほど希望を持っていたか、彼がどれほど最後まで思いやりがなかったか。いま彼女は彼に優しく接し、心惹かれるものはひとつもないが、彼らは二人の未亡人みたいだった。

「バンガローは階段がないのが素敵ね」

「しかし、そのほかの点できっといろいろと不便だろうよ」

「それはそうね」彼女はやや開き直って言った。「マルダはまったく無事に到着しましたよ」

「僕らには驚きだよ」ヒューゴは皮肉を言った。「彼女が列車から落ちなかったとは。さすがの彼女もなにひとつ思いつけないんだな、招待主にもっとましな話がしたくても。僕にはいつも確信があるが、情報は招待主を冷淡にする。いったん彼らの門を出たら、興味は重荷になって終わるんだ」

「それに彼女はケント州は退屈だって」

「信じられないよ、彼女にそれが分かるなんて」

「彼女はびっくりするほど哲学的だから。おそらく彼女はここでも退屈だったんでしょ」（ロイスは思った、「いまになっても、私たち、自然になれそうもないわね？」）

「彼女の手紙は見たの？」

「いいえ……。あなたは？」

「いや、手紙は君の伯母上が紛失してしまった」

彼はドアを押して開け、彼女を先に通して庭園に向かい、壁に深く埋もれた庭園は、手に負えぬほど大きく見え、庭がどこで終わるのか分からなかった。樹木で仕立てた垣根が縦横に走り、林檎の木で混み合っていた。庭園の境栽《ボーダー》を下まで覆う黄色と深紅の九月の色が、太陽の射さない光のなかで金属のように見えた。ダリアの花が、オレンジ色や葡萄酒色に燃えるように咲いている。彼は小道を一本たどり、彼女は別の小道を行った。彼らは黙って別れた。彼女はここにマルダと来たことがあった——ジェラルドとは一度も——二人で緑色のベンチに座り、その緑色のペンキをプツプツと膨らませている小さな気泡を押しつぶし、反対側のツゲのボーダー目がけてプラムの種を吐きだした。今日入って見て、いつもの庭園の吐息が彼女の顔に冷たかった。木の枝々は心配事を抱えたように静まりかえり、花々は空しく競い合い、忘れられていた。スイートピーの花壇に来ると、彼女は紫色の花の群れから一心に摘み始めた。「私としては」彼女はそう言わずにいられなかった。「紫色のスイートピーは好きじゃない」

生垣の先端に戻ったとき、ドレスの袖が腕からまくれ上がっていて、彼女はジェラルドのことを思った。細い茎を通して彼が自分を見ているのを感じた。スイートピーは実際にもう終わり、彼女はそれがすごく嬉しくて、切れ味の悪い庭園鋏を閉じてしまった。昨日の夕闇のなかで広場には枯葉が舞い、すっかり秋めいていた。空気に漂う煙は紫色、その後、彼らがキスしたときの暗闇は、はっきり秋に近づいていた。彼女は秋に春を愛した、もっと強い、もっと影のような鋭い春を、別れの甘い衝撃を、推移を。夏はその間、このふたつの壁に挟まれていて、忘れられる。

実は、今夜はランプの下に座って動詞の勉強をと決めていたが、イタリア語なのかドイツ語なのか昨夜ははっきりしないままだったのは、グリーンチュールドレスのほころび同様、実地に対処することになった。可能性を不安な目で見たあとに、鋭い苦痛をおぼえるあまり、他者の苦痛ではなくなって、取消しはできなかった。ジェラルドと結婚することはもう避けられない。ミセス・モンモランシーは少なくとも――赤いスイートピーが見つかってよかったと、彼女は思った――限りなく同情して、喜んでくれるだろう。信じられない未来が騒動のはてに過去のように決定し、わき上がるコメントのすべてを沈め、彼女が想像のなかで屋敷と階段に戻り、昬がひとりでに無意識な準備状態になるのを見て、そうしたコメントはすでに発せられたも同然だった。そしてミスタ・モンモランシーが横合いから小道を来ると、そのあとから庭で生まれた子猫が二匹トコトコと尾いてきて、彼女はもう彼が繰り返さないことに驚いた。「さてと、もちろん僕は君が幸せになることを望んでいる。そしてどんな決意であれ、君の母親の娘の決意なら、この上なくいいことですよ」という言葉を。

これを繰り返す代わりに彼は生垣の反対側に行き、白くなっている蔓を摘み取り、スイートピーも間もなく終わりだと言った。そして屋敷の花々がさぞかし君を忙しくさせるだろうと補足した。さらにポケットナイフを取り出すと、スイートピーを正確に三本切った。これを同情の姿勢と見せてから、相変わらず生垣の反対側ではあったが、彼女とともに移動した。

「意外なことに」ロイスが言った。「一週間も出かけていたような感じがするわ」

「でもいまに僕らがそうなるのが分かるでしょ?」彼は花の茎越しに彼女を皮肉な目で、しかし中身はない目で見た。彼らが動かないでいることで働いた磁力を彼女はどうしても説明できなかった。ああ、戻ってくるたびに、目が覚めたり、眠りや思い込みから目覚めるたびに、彼女とこうした家庭環境はいまなお深く互いに沁みとおっていながら欠落の発見にいたるのだ。

二十

レディ・ネイラーは、夕暮れが長くなったいま、もっと明るいしっかりした光が欲しくて、ランプを自分で点検した。大きな黄色い手袋をして灯芯を正確に削る作業を、朝刊の見出しを読むのと、コックとの徹底的な話し合いの合間にやった。しかし油の匂いが不愉快だったので、彼女はここで、鋭く言った。

「あなたには愛情という概念がないのね――光の邪魔をしてる」彼女が言った。「本当よ」

ロイスはランプルームの窓から移動した。「そうでした」彼女が言った。「本当に」

「ナンセンス」と伯母が言い、ラグはないかと見まわした。ロイスがマッチの箱を滑らせたら、伯母はマッチを平然とよそにやり、物事をただちに知的なレベルに持ち上げられる女が、このようにランプの世話までしなくてはならないとは、いかにもひどい話だと思った。アナ・パートリッジは、その頭脳はウサギの毛漉《けす》きとウラジロヤシが原料のラフィア《ラフィア》帽子に折半されているのに、電燈というものを何年も使っているのは、イングランドに住んでいるからだ。トレント家ですら、屋敷の滝を水力発電にする話をしていた。

「私があなたの年だったころは、結婚など考えたこともなかった。結婚するつもりもなくて。思い出すわ、十九歳のころ、私はシラーの著作を読んでいたのよ」

「私は結婚のことを考えているんじゃなくて、私は……」

「だったらなんの概念もあるはずないわね……」

「読書はしてます」ロイスは威厳を籠めて言った。

「最近の女の子たちは、伝記的な書物の貸し借りしかしていないわね。私はアートに強い関心があったのよ」

「でも、マイラ伯母さま、若い男性たちはごく普通だわ」

「ダンスと興奮のせいよ」

「でもジェラルドはたやすく興奮しないわ。彼はランチの前のあの日に私に恋したのよ」

「彼は半分寝ぼけてたのよ」レディ・ネイラーが言った。「彼はいつだってほとんど会話をしないから。いうまでもなく私は頭脳というものを高く買ってます。私が間違ってるのかしら。でも忘れないでね、つねに恋をしていたくても、あなたにはできないわ、だから……」

「でもいま私には概念もないとおっしゃって……」

「ほらまた、私の光の邪魔をしてる」

ロイスはさらに窓から離れた。この説明を始めなければよかったと彼女は思った。彼女はなぜか、ランプルームのほうが気づまりでないと感じていたのだ。彼女はジェラルドのなにも問わない肩を思い、そこに頬を当てたかった。「だけど説明できないわ」彼女は言った。「恋の説明をしろと言われた娘なんて、聞いたことないわ。私がいつも思ったのは……」

「本物の感情は、おのずから語ります」レディ・ネイラーはそう言って、ランプの底についた油を勝ち誇ったように拭い去った。

「でももし彼がお茶に来たら……」

「ああ、それはどうしようもないわ、むろん」

「でももしも彼がリチャード伯父さまに話しかけたら……」

「あなたの伯父さまは、大変お困りになるでしょうね。実際に、ロイス、私はこう思うの、あなたはもっと分別をもって、よく考えてもいいのではと」

ロイスにはこの話の要点が痛いほど分かった。額にしわを寄せた。自分の伯父のリチャードに強く迫りたくなかったし、マイラ伯母に同情しないではいられなかった。彼女が一切合財組み立ててきたのだから。彼女の目には、感情が人生に対して桁外れに大きく、このアンバランスが世間的にあまりにも明白になると、伯母はロイスが筋違いの大騒ぎをしたと思うに違いない、そして非常に失望するだろう。しかし彼女はあらためて確認した。彼女は理解したくなっていたのだった、愛情とは……。

「でも愛情はきっと……」

「あなたには愛情の概念もないのよ」レディ・ネイラーは繰り返して、またベッドフォードシャーの電燈のことを思った。

「でも私は、この先なにもしないのかしら?」

「アートスクールに行きなさい」

「どこの？」

「算段を付けられるわ」

「だけど、私、スケッチが本当にできるわけじゃないと思う」

「結婚しなくてはならない理由はないわ」

たしかに、理由はなかった。これを事実であると認め、格子のついた窓からの光がランプテーブルの上のオイルクロスに冷たく落ちているのを見て、ロイスは完全な静止状態にいると感じた。

「とはいえ……」レディ・ネイラーが言った。彼女はその煌めくひとみで疑わしそうに、ほとんど恥ずかしそうに、ロイスの後ろのドアを見た。そしてラグを払いのけ、ランプ鋏を引き出しに放り込むと、オイルくさいので引き出しを閉め、手袋を脱いで、ため息をついた。彼女が見る人生とは、たぶん、パートナーの組み合わせをあれこれと按配する、そして長くかけてカップルにすることだが、なぜかひとりで膝をかがめて会釈《カーツィー》する、彼に、相手に、そして残る八人に。——「とはいえ……」彼女は言った。そしてその資格が彼女自身とその姪を多少とも不安にした。ロイスには分かっていた、ジェラルドはお茶に来るだろう。

「分かりますよね」ロイスはそう言って、指輪だらけの伯母の両手をじっと見た、手袋からまた現れた指輪だった。「私は秘密にしていたくなかったんです」

「あら、むろん、それでいいのよ」レディ・ネイラーは熱意もなく言った。そしてコックと話に階下に降りて行った。

コックのキャスリーンは、女主人と個性がすごく似ていたので、二人の関係はバランスいかんにかかっていた。キャスリーンは、レディ・ネイラーより浸透力があり、支配力は互角で、女主人のマナーから状況の多くを判断していた。彼女自身、これが必然的な事だと感じていた。一時間ほど、彼女たちは親しく向き合い、ライムの木に洗われたキッチンの暗がりで、グリーンピースのスープのボウルをはさんで立っていた。レディ・ネイラーはいつにない沈んだ口調で、将校が一人お茶に来ると告げた。キャスリーンはしかるべく礼儀として両手を組み直し、そして訊いた、焼きたてのマフィン《サリー・ラン》を張りこみますか？　レディ・ネイラーは、まあ今回は、パンケーキ《ドロップケーキ》を考えていたのよ。キャスリーンはただちにその将校の地位が分かった。午後のルーティーンとしてニワトリを二羽締めるために中庭を歩いていると、栗の木の下にジェラルドがいて、並木道の方角に向けた自転車をいじっていた。ロイスは犬を連れていたが、下って行って彼に会った。お茶の時に、キャスリーンは話に出なかったアイスケーキを供し、皮肉にもお祝い気分が出た。

　フランシーはミスタ・レスワースがお茶に来るのを喜んだ。その日は不吉な感じが張り付いていて、破裂しそうだった。ヒューゴは『メキシコの征服』を小脇にして並木道を行ったり来たり、目障りだった。「ところで」彼が近づいてきて一回言った。「もし君がたまたまマルダ・ノートンに手紙を書くようだったら……」

「あら、でも、私は書かないわ。彼女に私たちから小さなプレゼントを贈るほうが先だから。それに、彼女には言うこともないし」

「彼女はオーデコロンのことで君に書いてくるかもしれないでしょ」

「あら、いいえ。彼女はもうそのお礼も言ったし」

「はっきりさせたい要点がひとつあって、メッテルニッヒのことなんだが――あの議論を覚えているかな？　僕はたまたま本で見つけて――僕が自分で書くほうがよさそうだ」

「でも誰も彼女の住所を知らないわよ。マイラがあの手紙をなくしちゃって」

「ああ、そうだった、むろん……。それで決まりだ」彼は微笑んだ――ホッとして、と人は言ったかもしれない。彼は歩み去り、フランシーは追い詰められて胸元のブラウスを見下ろし、胸元のレースの胸飾りのジャボが皺くちゃになっているのを見た。彼女は理解できなかった、スーツケースを持って旅をする女が、どうしたらマルダのようにスマートに見えるのか。しかるに彼女はあらすじばかり。細目はフランシーの心中に集まってもがいているようだった。彼女は着替えに上に行き、ジェラルドが来るのを喜び、並木道の木々の下の静寂の深さを注意してたしかめた。なぜなら、人生は消尽点に向かって先細りになるのが事実なのだ。ジェラルドの持続、ロイスの持続に於いて、彼女は自分自身の持続に集中しなくてはならない。

　ジェラルドはオートバイを立てかけて、閉じられた窓を注意深く見上げ――そのひとつにしみのように射した光線の後ろからフランシーがこっちを見てうなづいていた――そして彼は、本当はここに来るべきではなかったと言った。軍隊はクロンモーに退却するときに砲火を浴びて、鉄道の踏切近くまで退却していた。状況は緊迫していた。するべき事はたくさんあった。

「まあ。だったら、ここに来ることはなかったのに」ロイスが言った。

　ジェラルドは無言だった。耳がかすかに赤らんでいる。

「クロンモーですって！」ロイスは激怒して言い、テニスクラブのあるあの小さな懐かしい村のことを思った。

「そういうことだ」ジェラルドはロイスを見て言った。「ほかのどこでもよかったのに」彼は口笛を吹いて犬たちを、彼女の犬たちを迎えた。

「じゃあ……来るのは危険だったのね？」

「いや、駄目だ。口にはできない」

屋敷がそびえたち、暗い妙な目で睨んだので、彼はある気質を見せ――気おくれというより敬意にあふれたもの――屋敷の正面から離れた。彼らはテニスコートまで歩き、コートのひとつを回った。

「ロイス……」彼女は急いで道をそれ、ロレンスは上階の自分の窓のなかで動いていた。ジェラルドは手を振ったが、反応はなかった。「そうとう集中しているんだ！」彼は哀しげに言った。

「そうらしいわね……。ロレンスが気になる？」

「だって君が……」

「ジェラルド、あなたは恐ろしく集中する人よ、ええ」

「だが本は読めない……。どこで読んだらいい……僕ら、一緒にいったいどこで――？」

「――ミスタ・モンモランシーがいらしたわ」

ヒューゴは近づいてきてジェラルドと握手し、前に会ってからずいぶんと久しぶりですねと言った。この若者は、その立ち姿といい、明らかに前向きである様子といい、マルダと強く結びついていた。予想外の、そして捻じ曲がったノスタルジアの疼きから、ヒューゴはあの木々を思い、朝の山並みを、音を立てながら流れゆく小川を思った。マルダのすべてのうちでも、彼が保持し、二度と持てないために、必ず取り戻さねばならないあの出会いの瞬間が、非常にくっきりと浮かんだ。繋がらない瞬間、あの時は、何かの外側で、彼は目撃していたのだ、マルダが煙草に火を点けようとしてジェラルドのほうに屈みこんだときに、彼女の髪の毛にさっと光が走ったのを。その時の彼らの沈黙の本質、ジェラルドが彼らを残して去ったあとの別離——思わず屋敷に目を上げてロイスを探した——が彼がもっとも親しく近づいた状況そのものと思えた。だが彼には分かっていた、その場面がいかに枯れてしまうか、彼のなかのあるかなきかの現実を永久に干し、一本の木は彼の不毛さゆえに枯れて死ぬであろうことが。そしてついには、山並みや光や木々と同じように繋げてみても、再び呼び出されることはないのだ。

「生垣の下の刈り込みは、今朝はないんですか?」彼は愛想よく訊いた。

「ああ、ええ」ジェラルドは言ったが、驚いていた。どうしてそんな?

ロイスは、自分自身のなかに女性らしさが育ったのか、誇らしいと同時に非難めかしい妻のような態度になって、そこに立ってジェラルドを見守り、ここで入った仲裁がありがたくて、ミスタ・モンモランシーを引き留めたいと願った。彼らがともに寄越した視線によって、彼女は知った、意識が美に及んだことに自分が驚き、特別な平静さ、正体を知られたという感覚が、彼女を取り巻く環境、なだらかな芝生や鬱蒼とした木々を暖かいものにした。足を一歩ずつ雨で薄れたコートのラインに沿ってバランスをとりながら、彼女は中国での人生を——非常に軍隊的な、気を張った愉快な表面だけの人生だが——彼女が店では無視した何枚もの日本の版画から組み立てていた、奇妙な四角いアーチ門と縦書きの筆跡の図であった。彼はいつの日か間違いなく大尉になり、「大尉のレディ」にはバラッドのような響きがあった。彼女はジェラルドと腕を組みそうになった。

「僕らが縮小したのが分かるでしょ」ヒューゴが言った。「それに非常に静かになったと。ミス・ノートンが去ってしまって」

「ええ？」

「マルダのことよ」ロイスが急いで補足した。

「彼女は恐ろしく素敵で楽しませる人だった」ジェラルドはそう言い、一瞬戸惑ってから出てきた太陽のように、顔を輝かせた。「また会えたらよかったのに」

ロイスはあとで、茂みの間を一緒に抜けて、彼に説明した、いま現在、物事とミスタ・モンモランシーがどんな関係になったか。彼は廃人だと。ジェラルドは身を固くして、何かが彼の感受性のドアを閉じたみたいだった——姦通の臭気があったのだ。彼は顔面蒼白になって黙りこくった。だが彼は最後に問いただした、ロイスの母親について、ミスタ・モンモランシーがかつては……ということが、人の耳には入っていないのか？と。

「だけど、事はケリがつくというものじゃないわ」ロイスが言った。「人が生きている間はダメね」

彼女はこれを本で読んだのか？「でもミセス・モンモランシーがいるじゃないか……」話はここで定着したようだった、モンモランシー夫妻の立派な家具と長い優雅な食事に囲まれた連帯で——そしてロイスのルーツへ。

「だけど人は自分の段取りは付けられないわ。内側から離れて生きているわけじゃないんだから。マルダはたまたまいただけよ」

「で、彼女は……？」ジェラルドは青くなって叫んだ。この異常な底流の上に、彼のロイスがあまりにも完璧にたたずんでいるように見えた。

ロイスはピンクの麻のドレス姿で、完全に洗練され、涼しげに、言った。「いいえ。彼女は残念がっていただけよ。それに彼女は婚約しているのよ、ええ」

「婚約してる？　思いもよらなかった……」

「……彼女が婚約してるのが？　なら、彼女がどう見えたらよかったの？　メンドリか何かみたいに、隅っこにでも？」

「彼女はどこにいても彼女だった。恋愛は人々を終わりにするんじゃないのかな、自分にはない物を相手にして……。君は感じられるだろう？」

彼女は彼を理解したが、どのように同意したらいいか分からなかった。そんな時、どうやったら彼のためになれるのか？　彼女は、いま手応えを得たように思える生きるという意味を、彼が理解しないのに困惑した。彼女は偽りの指輪を渡して彼にさわらせたのか？　どこに傷があったのか？　あるいはジェラルドが、崇高にも、ある大掛かりな詐欺の手先だったのか？

「完成するのね……あなたが終わりにすると言うのは？……おそらく彼女は本当は恋していないわ」

「しかし彼女は、たしかにそういう女性じゃない……ただ結婚したりしないだろう？」

「マルダが何をするかなんて問題じゃない。彼女はたんに彼女なのよ」

彼は突然必死の形相になり、彼女が監獄の格子の向こうにでもいるみたいだった。「さあ、いいかい、誰も問題じゃないんだ。話し合うのはやめよう……いやつまり……話し合わないぞ。ロイス、もう時間がないんだ。僕は必死なんだ。君にいつ会えるのか分からない、どうしよう。ロイス、みじめなこの待ちの体制。幸福でさえ、人を独りにはしないよ。僕らはいつ静かになる？」

「だけど、ジェラルド、私たちはすごく若いのよ」

「僕は何も起きて欲しくない、君だけでいい。君がすべてだ。君が欲しくてたまらない」

彼女は立ったまま途方に暮れて道のはずれにいた。彼はおびえたような強い力で彼女にキスした。月桂樹《ローレル》の茂みが音を立てて軋み、彼の腕に抱かれたまま、彼女がそこにのけぞって立てた音だった。彼の無我夢中ぶりが、混乱して、彼女の思索を掻き乱し、肉体的には彼に不安を覚え、月桂樹の滑らかな冷たい葉が混乱を深めた。彼女の小さなため息が、彼を喜ばせてから、警告した。

「どうしたの？」彼は言った、唇を彼女の顔に寄せて。

「月桂樹《ローレル》の匂いが嫌なの。ここから出ましょうよ」彼らは戻り、彼女は不安な両手を上に伸ばし、私の髪の毛はどうなってると彼に訊いた。「くしゃくしゃですごい？」「愛らしいよ」彼女は彼が女だったらいいのにと思った。階段に近づくと、伯母と伯父とフランシーがなんとなく集まっていて、ロイスはジェラルドに言った。「マイラ伯母さまは私にアートスクールに行って欲しいのよ」

「へえ……。君は絵が描けるの？」

「ジェラルド……！」

「ダーリン、僕は見たことがないから。分かりっこないだろう？」

レディ・ネイラーは、ジェラルドが来てくれてとても喜ばしいわ、と叫んだ。いまこそ本当の、本物のニュースを聞きたいわ、と彼女が言った。彼らはジェラルドの情報に頼っていた。サー・リチャードは楽しくなって鼻メガネをはずし、またジェラルドが来たなど半分信じられなかった。彼はまだ少尉たちが順番制で来ると思っていた。たしか、と彼は気楽に言った、市民軍について興味深い話をしたのは昨日でしたね。ジェラルドはものすごく深々とした椅子を与えられて、顎がかろうじてティーテーブルの縁《へり》に届くかどうかという塩梅だった。ロルフ家のダンスパーティのことで、彼らは彼におめでとうと言った。事実、彼らは結託して事をめでたく言いくるめようとしたので、ジェラルドは借金取りまたは取税人になったみたいだった。それから、話が出まかせに見える時があり、邪魔をしてくれるマルダがいないために、レディ・ネイラーが座ったままロイスの髪の毛を見ていると、トレント一家が思いがけず到着した。友人をひとり伴っていて、今度はクレア州から、この人にはもっと多くのことが起きていた。ジェラルドは嬉しくも話題からそれた。ダニエルズタウンの一行は息を呑んで着席した――キーと軋る椅子はひとつもなかった――トレント一家はこの友人を得意げに見つめ、友人のほうは、襲撃と交通渋滞の話をして、みな飲んだお茶で喉をつまらせた。

「そうね、私たち、ある程度は感謝しないと、と思うわ」ミセス・アーチー・トレントは、彼らの友人が関門をくぐったと見て、お茶に取り掛かった。そしてロイスに、とてもお元気そうねと言い、この冬にはバリモイル一家とご一緒のところを見たいわと言った。その間、子狐狩りでもいかが？

「ロイスはアートスクールに行きますのよ」レディ・ネイラーが言った。

「それはどうなのかしら」とミセス・トレント。

友人はお茶を終えてから、アイルランドのアートスクールを全部捜索しないと、と言った。確かなことは言おうとしなかったが、そこに何が見つかるか、さかんに疑っているようだった。そういうことなら、と彼が言った、鋳造物はみな空洞だから、ミロのヴィーナスの像のなかにたくさん入れておけますよ、と。サー・リチャードはやや勘にさわったようだった。

「ロンドンのスレード校に行かないと」ロイスが言った。

「あら」ミセス・アーチー・トレントが言った。「ローマじゃないのね？　まあ、私ならそういうことは急いでしないわ」

「芸術は長く」ロレンスが言った、この種の会話が好きなのだ。トレント家の友人は、ケンブリッジがたいそう好きなんですかと彼に訊いた。彼自身にも甥がいて、間もなくケンブリッジに行けたらと思っているんです。ロレンスは、ケンブリッジは大変素晴らしいと聞いていますが、と言った。

トレント家の友人はお茶のあとジェラルドをわきに連れて行き、陸軍がどこで間違おうとしているかを説明した。ミセス・トレントは、すぐさまティーポットに近づいて、自信たっぷりな声で言った、リヴィ・トムスンはあのお若いアームストロングとほんとに婚約したらしいわよと。「ナンセンス」とレディ・ネイラーが言った。

「でも二人はコーク州でお茶をしているところを見られていて、伯母上は熱烈に否定しておられるけど。ともかく、トムスン家には大したことだわ」

ロイスは、ついてない人間で、頬を赤らめた。ご婦人たちは二人して彼女をじっと見た。「まず」レディ・ネイラーが宣言した。「ここら辺りの青年たちは結婚には全然向かない人たちよ。おまけに、本当のことを言うと……」

「だけど、分からないわ、女の子たちはほかに何をするのよ。だって、娘さんが三人のハリガン家をご覧なさいよ」

「いまの女の子たちには、結婚以外の将来があるわ」レディ・ネイラーが励ますように言った。「キャリアよ——私がどれほどキャリアを愛していたか。色々とその種の本をたくさん読んで……」彼女は一歩進んだ女だった。ミセス・トレントは、読書はしない人で、しばし敬意を示したものの、信じませんよという正直な明るいピンク色の表情は崩さなかった。そして、室内派の女たちが小さなクラッチバッグを小脇にかかえて、ダブリンの市街電車に大急ぎで乗り込むところを思い描いた。あんなのは人生じゃない。彼女の友人は、さらに、愚かしくも頑固にロイスにアートを薦めているが、そんなのは若い女にとって独身生活以上に悲惨な結果に終わるのに。「ともあれ」彼女は振り向いて言った。「リヴィはあの若い男性に決めたみたい。大したものだわ」

「あら、もし私が彼女の伯母か彼女の父親だったら、そんな話に耳を貸さないわ」

「あら、どうしましょう」ミセス・トレントは叫んでテーブルを愉快そうに蹴った。「私たち、その話題でロイスを赤面させていますよ」

「ロイスはもっといい考えがあるの」レディ・ネイラーが言った。そしてロイスに与えたそのまなざしは、めったに見せない、ひどくチャーミングな、真っ直ぐな、個人的なものだった。

そしてこれが友達なのかとロイスは思いながら、階段に出て、彼女たちから逃げ出し、もし会うだけだったら、マイラ伯母がいいと思った。

二十一

雲が一片、太陽を遮った。流れは不透明になり、亀の甲羅のようになった。それから、水面が日光を受けて急に光ってヒューゴを驚かせ、雲が東に動いた。ウグイが乱れた思いのように騒ぎ、透明な黄色い目で睨む石の上を影のように疾走した。彼は杖を水のなかに挿してから、引き上げて、杖の光る先端を思いにふけりながら見た。この先端で、十八インチ、流れは、彼が立っている芝生の島でふたつの深い運河に分かれ、ダラ峡谷に向かって急ぎ流れていった。このダラ峡谷の谷あいでは、白い高い製粉所がそのまま冷笑していることだろう。彼は抵抗しがたい怒りに襲われ、あのピストルの事件に戻っていた。マルダは書いていた、手の傷は癒えましたと。誰もなにも訊かないし、いぶかる人もいませんでした、と彼女は書いてきた。

彼女はロイスに手紙を書いて、ヒューゴにはそう伝えてねとあった。彼を排除する、というところにアンダーラインをして二人の女は喜んだのだった。彼女はレスリーが犬をくれたとも書いてきた——正しい犬でしょうね、イギリスのカントリーハウスの生活にとって、すべてがベストで正しい犬でないとだめよ、とロイス。マルダは思いつかないわ、結婚するまで犬をどうしたらいいか。ケント州に預けてきたらよかった……。そのほかにマルダは何と書いてきたか、フランシーは知りたがった。しかしロイスは、手紙を消印もろとも飲み込んでしまったみたいに、思い出せなかった。あとで彼女はヒューゴを探し出して、見せましょうかと申し出た……。だが彼は驚きを見せた。「ええ？　何か特別なことがあったかい――？」いやいや、彼はともかくも彼女を困らせるつもりはなかった……。彼はいぶかしく思った、この子供には分かるのかな、あのちょっとした遠回しの冷やかしは、マルダを困らせる意図はなく、ただやり過ごすつもりだったことが？　彼の表情は空虚に内省的になり、黄褐色のガラスのように流れ去る水面に落ちた。

　その子供は、よく分かっていて、二階へ行ってマルダに彼の態度を手紙で説明した。彼女の饒舌ぶりは節度に欠けていたが、彼については分別を働かせた。彼女は事細かに書いて、難しさを気取っていた。

「彼は恐ろしいわ、すべての終わりとして、彼らはバンガローを建てるらしい。彼女はすっかり自分のやり方を決めています。彼がいまなお妻の髪にブラシをかけているのかどうか知りません。あなたが去ってから、時間は毎日同じです。三時、長いランチのあとは。みんなで私の将来の話をしています（共通の理解として私はいま九歳くらいの子供で、気が散っていてすごく明るいの。みんな私にいて欲しいみたい）。アートスクールのことよ、もちろん。――どうしてあなたは彼らに言ってくれないの、私は絵が描けないって？――だけど私たち、場所が決められません。ロンドンは、私の年齢を考えると、大きすぎると思われます。ダブリンでは、昨日お茶に来た男性が言うには、大きな銅像のなかに高感度な爆発物がたくさんあるかもしれないとのこと。コーク州では、私が地元の訛りを拾うかもしれないし、パリについては彼らに聞く耳なし——私の哀れな美徳が危険に瀕するということで。しかし実際問題として、彼らのセンスでは、私には将来がないの。私はジェラルドと結婚する約束をしました」

ここで彼女は一息ついた、何故ならここから先はお先真っ暗だったからだ。読み返してみて、彼女は自分という女に驚いた。彼女はこの非情な透視力を成熟と見た。しかしジェラルドを探してみると、彼のことが多すぎるように思われた。彼は森で、彼女はそこで木を——全部彼女の木——一本ずつ数えて、壁が境界をぐるりと仕切っているのを知った。しかし木々の間の計り知れない暗闇を、この生きた沈黙を、どうやって計測する？　そこで彼女は手紙のミスタ・モンモランシーのところに戻り、一節追加した。彼は、今朝、私を冷やかしました、と。

彼女は驚いたことだろう、この同じ時刻に、彼が島に渡り、根が生えたようにそこに立っているのを見たら。そして彼は、その所在は憶測任せだったから、彼女の意のままであっただろう。最も孤独なこの区域に着くまで流れを追って、牧場の生け垣が川面を覆う誰も知らないブラックベリーに続いている大農園の壁を越えたのは、歩いたわけでも、散策したわけでもなく、彷徨うという感傷で自分自身を欺いたということだ。さらに下ると、踏み石が先の冬の洪水で位置がずれていて、廃屋になった小屋があった。誰もここまで来なかった。ロイスですら諦めてしまい、十八歳の誕生日まではここに来て、土手に腹ばいになり、無に対して抱く底なしの絶望に泣きぬれ、流れに映った自分を見ていた。領地を仕切る囲いのなかに、農場の鐘の音の届くなかにあるこの野性が、荒涼感を際立たせていた。

ヒューゴはその場所が気に入った。ここに一歩踏み込むと、ある種の不在に入るような気がした。そしてここで、事実と縁を切り、蓋然性とも縁を切り、自分の立場を確保したのだ。半照明のホールの明かり。マルダの手が階段の手すりの幅広の渦巻き模様の上に乗っている。彼が確実を期して彼女の動かない電気のような手に触れると、あらゆる感覚がその接触に流れ込む。彼女は認知を籠めて見つめ、暗い目で見返す……。現実として彼女はたったひとつの気分——冷ややかなどっちつかずの気分——しか彼には持ち合わせていないが、彼は、いまこの人生からかけ離れたパワーに狂乱して、想像の赴くままに彼女を支配できる。彼女の面差しのすべてが彼の役者になった。で、もしこれが恋でなかったら……。

彼はこの場所が気に入った。彼らが自分を探しているに違いないと期待していた。それが孤独の背後にかすかな振動を生み出した。今朝、マイラは車でクロンモーに行き、ボートリー家でランチだった。一緒に行きましょうと彼を誘ったが、彼はちょっと考えてからと言った。彼はこれで「やれやれ、ダメだ！」と言ったつもり、そしてもしバカな彼女がその解釈を別の意味にとっていたら、出発が遅れたのも当然だった。フランシーならきっと行っただろう。彼女は軍隊社会に痛いほど魅了されていたから。彼女はいま階段の上に立って、灰色のネットベールに鼻の先を優雅に触れさせながら、必死で手袋を見つめ、言い張るだろう、「彼はどこかにいるべきなのに！」と。

「私たちは何人、お招きされているの？」フランシーがやっと言って、しぶしぶ車に乗り込んだ。

レディ・ネイラーは皆目知らなかった。「でも彼らはアイルランドに馴染んでいるでしょ。彼女はフランスやスコットランドにもつながる一族なのよ。それに、車は私で満杯なのは、みんな知ってるでしょ」

「ロイスはお連れにならないの?」

「ロイスはもうクロンモーに行きすぎるくらい行ってます」レディ・ネイラーが答えた。

レディ・ネイラーにはクロンモーに行くさらなる理由があった。ジェラルドと三時半に、ミセス・フォガティの客間で会う約束があった。金曜日が「クラブ」の日で、ミセス・フォガティは「テニスにお出かけ」とあって、彼女の客間は、彼女の大きな個性からやっと解放され、友人の自由に任されていた。レディ・ネイラーは、ミセス・フォガティのビーズ玉の趣味と、夫君と、彼女の滞在——これは彼女の背中半分あたりをくすぐるフリルになっている——と、溢れんばかりの母性愛には辟易としていたが、そのおかげで彼女の家をレディーズ・クラブのようにして使う習慣ができていて、しょっちゅう立ち寄っては、荷物を預けたり、手を洗ったり、友達と会ったりしていた。そして彼女には、自分を招じ入れたメイドがすぐさま二階に行ってミスタ・フォガティを閉じ込めて鍵をかけてくれるという印象があった。それでも人が来るということは、喜びと感謝を与えていた。レディ・ネイラーはその小さな客間に入り、そこが無人であっても、女王らしさを全開にしていた。

ジェラルドは、疑念はあるが高揚した気分で、時間よりやや早めに現れ、気合が入り、ベルトのバックルも磨いてあった。これほど面と向かう会合の約束をしたことがなかった。なぜなら彼女(いまやありがたくも彼の伯母上になりそうな人)が言った、「私はフォガティ家にいるかもしれないわ、一休みするのよ、三時半ころに。もし通りかかるようだったら——もちろんそれは分からないし、私もあなたのテニスのお邪魔はしたくないし——ちょっと寄ってお喋りしてもいいのよ。だって今日は最悪だわ、あなたにほとんど会えないなんて。いつものお喋りが懐かしい。だって話がたくさん……。でも正直な話、あなたは通りかかったりしないわね」と。彼女の瞳は、広がった光彩に熱意がにじみ、この言葉を命令に変えていた。思い切り吊り上った眉毛は、強く促していた。彼は、呼ばれたタクシーのように感じ――さらには甥のように感じて――嬉しくて顔を赤くして、「わーかりました」と受けた――（ところで彼女はジェラルドと名前で呼ぶだろうか？）。「もちろん私はいないかもしれないのよ。私たち、そっちに行かないかもしれないし。何もかも不明なの」レディ・ネイラーが言った。

帰宅の途上、ジェラルドの恍惚は募る一方だった。彼の憶測では、彼女は休息などしない、椅子にもたれることもめったにない、ため息とともに帽子を持ち上げたりしない、優雅な足を伸ばして、靴のボタンを外すこともない、のだ。彼女はオクスフォードストリートに来ても横柄にかまえるつもりだろう。彼女は彼のために画策しているのだ、特別な愛情の証しを。

レディ・ネイラーは、フォガティ家に四時が過ぎるとすぐ入ってきて、ジェラルドが目の前にいたので困ってしまった。いま彼女は、自分が発見されたのではなく、立場を多少ともオープンに転換することにした。クッションが山ほど乗った椅子をジェラルドが勧めてくれたのを無視して、狭いウィンドウシートに座を占めた（不可解にもそう見えることが必要だった）。こうして彼女はもはや部屋には一切かまわず、帽子と毛皮の襟巻のシルエットで存在を誇示し、一方ジェラルドは、悲観してそのへんの椅子を眺めまわし、マントルピースの上に並ぶ写真立ての間に肘をうずめ、林を越えて射しているグリーンの張り詰めた光を浴びて彼女とまともに対していた。

「忙しい日だったわ」彼女は短くため息をついた。「私たち、ボートリー家とランチをご一緒したの。

さぞかし愉快な大佐でしょうね、ご主人はきっと！　彼女は、ええそうよ、アイリッシュなのよ。フランスともスコットランドともご縁があるの。私たち、こちらでは、あなた方にはバカみたいに見えるでしょうが、私たちみんなつながっているの」

「お見事、と思いますよ」ジェラルドが言った。

「あら、どうかしら！　あなた方ラッキーな人たちは、親戚もなにもないようね。さぞかし自立したお気持ちがするでしょう」

「僕には何十人もいますよ」

「そうなの？　みなさんサリー州に？」

「散らばってますが」

「そう伺うと」レディ・ネイラーが口をはさみ、勢いよく手袋を引っ張って脱いだ。「途方もなく落ち着かない感じが私はするけど。でもみなさん、サリー州の出身でしょ、どうなの？」

「そうとも言えますね」ジェラルドはよく分からなかった。ボートリー家も、彼がどこの出身か知らなかった。彼女の一日は、目下のところ、不首尾に終っていた。

「ところで、あなたが煙草を吸うお邪魔はしていないといいけど？」

彼女はお邪魔をしていた。彼は微笑んで煙草に火を点けた。「あなたも……？」

「あら、まあ、いいえ。私はまるで旧式なのよ。ねえ、教えて――ご存じね、私が近隣の駐屯軍のゴシップが嫌いなことは、でも私が正さないといけないことがあるの。このバカ騒ぎはなんなの、リヴィ・トムスンについて聞いているけど？　知ってるわね、彼女は私の姪の友達で、よく我が家に来るんだけど、彼女に関する噂話に反論するべきだと感じているの」

「はあ?」ジェラルドは警戒して言った。「僕には何の事だか」

「分からない?」レディ・ネイラーが言った。「でも、あなたはお若いミスタ・アームストロングの友達なのだから、あなたに直接当たってみようと感じたのよ。あの二人はコーク州で親しげにお茶をしていたところを見られていて、その結果、色々な噂が飛び交ってるの。そう、若い娘にはフェアじゃないでしょ、人生の始まりに、その名前がカップルになるのは」

「僕は考えるべきでした」ジェラルドはやや構えて言った。「ミス・トムスンが実に率直なのは、誰だって分かります。そしてミスタ・アームストロングについては——彼らは婚約しましたよ、実際のところ」

「あら、そんなのナンセンスよ」レディ・ネイラーが愉快そうに言った。

「ああ、そうですね」彼はうなづいて、まつ毛の下からその魅惑的な子供っぽさで彼女を見た。「でも彼らはまだ——」

「まず、トムスン家としては耳を貸すつもりはなかったわ。それが正しいのよ。もちろん、哀れなリヴィは母親がいないし——」

「でも母のいない娘はたくさんいますよ」ジェラルドはかすかにむきになって言った。「ロイスだって」

「ああ、当然だけど、私たち、ロイスにはそんな結婚など考えたこともないわ! そもそも話題にすらのぼらないわ。でもいくらリヴィでも——。それにその青年のキャリアを考えくださいな。そういう早い結婚はキャリアを壊すし、婚約だって同じくらい良くない。ボートリー大佐のお気持ちが分かるわ――いいえ、あなたがなすべきことは、友達のミスタ・アームストロングと直に分別をもって話すことよ。若い人たちはお互いが情熱源なのは分かってるわ。友達として思うんだけど、あなたは彼に言うべきよ――」

「でも、いいですか――」ジェラルドが口を開き、一息ついた。「いいですか、レディ・ネイラー――」彼はここで押し黙り、部屋を見回し、部屋は彼女が入ってきてからいっそう暗くなっていた。午後は雲が出てきた。彼は、ここに持ち込み、最初の一、二分間、彼らの対話の壁となっていた幻想の苦しみを振り払った。話がサリー州に来たとき、彼女は彼の母親に会いたいのだと彼は思った。足を組み、片方の靴でもう片方の靴の横をこすったら、軋むような音がして、彼女は、心の緊張を外に漏らし、ハッとなった。彼は下を向いて立ち上がり、重圧と混乱の気配を見せながら、この動きに気づき、彼女の毛皮の襟巻の回りでは光が揺らいだ。いつになく冷静に男らしく彼は言った。

「実のところ、僕はロイスを愛しています」

「ええ、そうね。でも心配だわ、そうよ、彼女はあなたを愛していないわ」伯母が落ち着いて言った。

彼はコメントなしにこれを聞き流し、少しも態度を変えなかった。彼の肉体的な軽さと勢力にもかかわらず、彼女がのろまと呼ぶ彼の資質のひとつがそれだった。「では、彼女があなたに話したんですね、僕らは――」

「あら、彼女は、あなたに好かれて、当然喜んでいるわ。彼女の年齢で、あの気性で、誰かを愛するなんて、素敵だわ」

「でもいまあなたはおっしゃった、彼女は愛していないと――」

「私が理解する愛、ではないの」

「でもすごく長い間」ジェラルドは、とりわけ田舎者じみた無礼にもとれる口調で言った。「すごく長い間、彼女と僕は二人とも同じつもりでいます」

「だけど違うのよ」彼の友人は親切な社交的な声で言った。「私があなたに分からせようとしているのがそれなの。彼女の気性やら――」

「僕は彼女の気性なんか気にしたことはありません」ジェラルドは誠実に答えた、気性とはラクダのこぶだと言わんばかりに。

「となると、それだけでも」レディ・ネイラーは大きな声を出し、手袋をあわただしく振りまわして見せた。「結婚が命取りになるわ……。ミスタ・レスワース、みじめなあなたを想像させられたくないのよ。私には自分の息子がいないから、そうなの、ロレンスはとても知的だし――。もうひとつあるわ」彼女はここで一息つき、いつになくいらいらして、フランシーみたいな動きをとり、毛皮の襟巻にさわり、胸のひだ飾りにさわり、レースに挿した二輪のカーネーションにさわった。彼女はいまやあっさりと無作法になっていた。金の問題があったのだ――イギリス人が自由に持ち出す主題で、腹の探り合いなのだが、彼女のしとやかさの総体はその下でかすんでしまった。「私のことを恐ろしいと思うかもしれないけど」と彼女。「直面しなくてはならない事が人生にはたくさんあるのよ。ともあれ、私はロイスの伯母だから……」

ジェラルドは赤面して、苦しげに直立していた。

「お金のことよ」彼女はついに口にした。「つまり、持ってないんでしょ？　もちろん、どうして持っていないのか私には分かるわ。でも二人の人間は生きていかなくてはならないのよ、かなりやりきれないことだけど。でもね、これは持ち出さないでおきましょう。ただ私があなたに示しておこうと――」

「彼女には美しい家庭があるのは分かってます」彼はむっつりして言った。

「でもね……いいわね、どこから見ても不可能よ。でも終始一貫、彼女はあなたを愛していない」

彼は、彼女のこの断言を、チキショーと言って友達に八つ当たりするほかない立場に追い詰められた。「しかし僕にはその理由が分かりません」

「ああ、たくさんの女の子が愛するでしょうよ！」彼女は熱く叫んだ。「でもロイスのために私は思ってるの――私たちはみんな――アートスクールを考えているの。彼女は絵を描くのが大好きなのよ」

「彼女がそんな話をしたことはありませんよ」

「ああ、それでわかる……。同情がないのね！」伯母は嘆かわしくも悦に入って言った。「それにあなたの年齢だけじゃないのよ。もしもあなたが大尉とか少佐でも同じことよ。いまはっきり思うわ、あなたは分別を持たないといけないって。何もかもすぐ静かに過ぎ去るわ。私のほかには誰も知らずに。さあ、私が言いたいのは――」

「――彼女はあなたに話したと僕に話していたかもしれない！」彼は一変した部屋を苦々しく見回

した。

「それは私が薦めなかったことなの、実を言うと。ああ、あの子はとっても正直だった。でも、あなたと私は、この事をまったく新たに偏見なく持ち出すべきだと思ったの」

「それが必要でしたか？」

「ああ、ミスタ・レスワース」彼女は面食らって叫んだ。そして堅実にまた始めたが、インスピレーション頼みで、病院の看護婦と女預言者を混ぜたみたいだった。「話は少いほうが、尾ひれがつく間接的な議論は少なければ少ないほうが、ずっといいのよ、私はいつもそう思ってる」

彼女が手袋を見つめ、満足感をかき集めて片方をはめようとしている間、彼は半分向こうを向いて立ち、心は頑なだったが何も決めていなかった。異様な振り子が彼のなかで振れ、彼は破滅していた——決然として——破滅した。とりとめない怒りで闇に閉ざされ、そこから彼の無敵な「素敵さ」が、卑屈に、一歩下がって立っていた。彼女は暴言を吐いたが、それでも彼は彼女のゆるぎない体面、その堅固なセンス、彼のものであるロイスに付した値段を崇めるほかなかった。そして愛は、その間、大量の血を流して横たわっているのではなくて、呆然として、傷ついて、ショックで臆病になっていた。ジェラルドは顎を引き、唾を飲み、襟元に指を入れて、緩めようとしているようだった。

「では、こういうことですね、あなたはこれが気に入らないと。とめようとするんですね？」

「まあまあ、マイ・ディア、ミスタ・レスワース、よく考えてね。私が何か『とめ』たりするかしら？」

「——あなたはとめようとしていますよ、僕が若すぎるから、僕が貧しすぎるから、そして『アイルランドの風土』にちょっと足りないから――というか僕が僕でしかないから」

「それは完全な誤解だわ」レディ・ネイラーが痛手を受けて叫んだ。

「わざわざ言わなくていいですよ、僕は合格点に足りないんだと。僕が頭をぶつけてきたのがそれなんだ、ずっと――」

「あなたはチャーミングだと全員思ってますよ――モンモランシー夫妻も、みんな！　私たちがあなたに会うと喜ぶのは、あなただって知ってるでしょ――」

「ああ、僕はテニスはできますよ」ジェラルドは恨みもなしにそう言った。

「まあ、誰もいないわね、私がいいと思う人は――その点ではね――」レディ・ネイラーが熱くなって始めた。

「あなたは、すべてをとめるのはあなたの胸ひとつだと感じているんですね」と彼が要約した。「僕には分かりますよ、あなたの見方からすれば、あなたが正しいことは。しかし、あなたにはとめられないことがいくつかある。神はご存じだ、僕はロイスにはほとんど無一文だが、彼女はすべてを持つべきなんだ、いますぐに。だが僕は誓いますよ、彼女がすべて手に入れるよう計らいます。陸軍は放棄する、なにもかも。分かっているんだ、なんとか算段をつけられるさ。もし僕が欲しいことだけでいいなら――だが彼女は僕を愛している――あえて言うけど、彼女はひどく頭がおかしい――だが僕をちゃんと愛している。僕は彼女の目を見たんだ、たしかだ。もし彼女の様子がそうじゃなくて――もし僕が感じていなかったら――もしそれが僕ら二人にとって唯一のことじゃなかったら、僕は一言も発しなかった――誓いますよ――死んだ方がよかった」

「でも彼女は誰とだって同意するのよ」レディ・ネイラーはそう言って、やけになって手袋をまた脱いだ。「彼女はこのアートスクールに行くのにとっても乗り気なのよ」

「どこの？」彼は乱暴に言った。

「とてもいい学校よ」

「僕に彼女を信じるなと言いたいんですか？」

「私は率直に分別をもって話をしたいと思ってるの」

「僕が彼女に会うのをとめるつもりはないでしょうね？」

「あなたがどんな種類の娘たちの母親とか伯母たちをご存じなのか知りませんが」彼女はじらすように言った。「そんなそら恐ろしいことを私がすると、どうしたら思えるんですか？　そんなことは要らぬお節介というだけでなく、とてつもなく愚かなことだわ。第一、彼女は私の姪ですらないのよ。決めるのは彼女の伯父だわ。でもサー・リチャードはすぐ心配する人だから。私は特別にそうならぬよう――。でもね、私たち、あなたはいつでも大歓迎よ……」

彼女は一息ついた。

「大変ご親切なことで」彼は反射的にそう言った。

「若者の間の友人関係は、最近ではオープンでセンチメンタルじゃないから、あなたがた二人も完全に友人同士の分別ある対話をしない法はないと思うわ。もちろん、あってはいけないのは……つまり、あなたは信頼できる方だから……つまり、あなた方は婚約していないということをちゃんと理解して下さるわね、そして婚約していないのだから、問題はないという事になる――？」

「彼女にキスしないと約束します」

レディ・ネイラーはひどくうろたえた。我を忘れたように声を上げて笑い、毛皮の襟巻を撫でた。そしてこの世代に、そのオープンな友人関係に、ちょっと嫉妬していると打ち明けた。

「僕はなにも自分が非常にモダンだなどと思っていませんよ」ジェラルドはボソッと言った。

「いまロレンスはモダンすぎるわ。彼は女の子には全然関心がないようで……。目下のところは、恋愛を問題の外に置きましょう――」

「しかし、それが問題だと僕は思ったんだ！」

影がひとつ窓をよぎった。「ミセス・モンモランシーが来られた」ジェラルドが言った。そして彼は口髭に触れて、瞬きして、辺りを見回し、どの椅子を薦めるか考えた。

「困ったわ！　彼女は牧師館に送り届けたのに」

「留守だったのでしょう」

「待つように言ったのよ。客間には読む本がたくさんあるでしょうに――まあ、あなたはきっとわかってくださるわね」

「いやそう言われても――」

フランシーが案内されて入ってきた。「まあ！」彼女が叫んだ。「クッションがたくさんあるのね！子猫みたい！　その上に座るなんて、人喰い人間みたいな気がするわ。あら、そういう意味じゃなくて――ミスタ・レスワースじゃないの！　素敵！　このへんの写真はあなたの部隊の？　将校さんがこんなに大勢いるなんて知らなかった……。マイラ、薬局で手に入れたいちょっとした物があるのを思い出したので、私がこちらにお寄りすれば、あなたが坂を登るのを省けるかと思って。みんなお出かけなのね」

「まあ、なんてお優しいのかしら、フランシー」レディ・ネイラーが言った。

「ああ、なんと愛国的なんでしょう！」フランシーは英国国旗のユニオンジャックで覆われたクッションを二個、ソファからはねのけて叫んだ。「ミセス・フォガティはカトリックよね、違う？　あ、ミスタ・レスワース、おかまいなく。私、むさくるしいでしょ……。あなたに会うなんて、私たち、思いもしなかったわ。そうなると残念だわ、ロイスを連れてこなかったのは？　マイラ、ロイスが来なくて、つまらないわね」

「ええ、まったく残念だわ」レディ・ネイラーが言った。そしてかすかにまだ後悔しながら立ち上がり、鏡に映った自分を見つめ、毛皮の襟巻の位置を直し、帽子のつばを引き下げた。そしてジェラルドと熱意を籠めて握手し、お話できて大変嬉しかったと言った。

二十二

「忘れないわ」フランシーが衣裳部屋の開いたドアから話を続けた。「あのクッションを拾ったときの彼は」

「どのこと?」ヒューゴが言って、襟元を苛々と探った。封建制度はいくつかの点で弱体化していると彼は回顧していた——ダニエルズタウンのこの洗濯作業のことだ。洗濯女の父親はトラブルが頻発した六十年代にこの屋敷を守った。ノスタルジックになって彼は思った、こうした清潔で民主的な青いバンには、「衛生的」で月曜日ごとに巡回するというラベルが貼ってあった。「やれやれ」と彼。「もう寝たほうがよさそうだ。晩餐に付けて出る正装用の襟《カラー》を残しておかなかったよ……。どのクッションのこと?」

「ああ、もういや。だけど、そう言えば、フォガティ家はたいそう親切だって言ってたわ。——まあ、気にしないでいいわ、ヒューゴ。リチャードとロレンスのカラーはサイズがまったく同じよ。——知ってるでしょ、彼はいつもご機嫌だわね。でも、それもすっかりおしまい。滝が落ちないで静止しているのを見ているようなものだったわ。知ってるでしょ、ヒューゴ、嫌かもしれないけど、私はときどきマイラを信用しないの。物事はそうじゃないと言いながら、彼女は物事にそうした奇妙な小さな名人芸を施すの。彼女はクロンモーの牧師館の人たちが嫌いで、彼女に言わせれば、彼らは声量がないとのこと、私が彼らを知らないことを知っているくせに、私にあそこへ行けって。それで私がまた降りてくると、彼女はチャーミングでね。私は分かったわ、彼女には迷惑かけたに違いないって」

「マイ・ディア、フランシー、人生は全部するには短すぎるのさ」（だが人生はそんなものではない、実は、人生が長すぎるのだ）。ヒューゴは顔をしかめ、鏡の前で顎を上げた。「いいことだよ、夕刻が近づいてくのは」彼はカラーのことを含めて言った。

「さてと、私が言うべきだったのは……」フランシーがまた始めた。「でも理想としては、実際には、何も言うべきではなかった……」

「晩の話だけど」とヒューゴ。「僕ら、次はどこに行く？　十月になる前にはフィッツジェラルド家に落ち着いていないと。君が誰かに手紙を書くべきじゃないか？　そして、そうだ、フランシー、カラーをテレニュアのランドリーに郵送してくれないかな、小包を屋敷からそっと持ち出せるなら」

「ここを去ると寂しくなるわ」フランシーはため息をついて、外の木々を見つめた。

「どこだって君は寂しくなるんだ」彼らはどちらもバンガローのことを思い、彼らにとって永遠の贈り物となったバンガローは、追憶のなかで光り輝くことはできないだろう。ディナーの間じゅう、フランシーは上の空だった。ジェラルドに優しい手紙を書こうと心に決めていたのだ。だがそれはもちろん実現しないだろう。

「ハロー！」それより先、ロレンスは翌朝の郵便のために玄関ホールのテーブルに出してある手紙類を見て、言った。「ロイスがマルダに手紙を書いてるぞ。誰も彼女の住所を知らないと思ってたけど」

「彼女が今朝マルダから聞いたんだ」彼の伯父が説明し、身をかがめ、メランコリックな興味を持って封筒を観察した。「私の了解としては、犬のことを書いた手紙だよ。マルダが結婚したら私はきっとホッとする。あの若い男性は、果たして荷物の面倒を見られるのかな？」

「今日の午後、ミスタ・レスワースに偶然出会ったの」レディ・ネイラーはロイスに話した。「彼がフォガティ家にやって来たとき、私はそこで休ませてもらっていたわけ。ミセス・フォガティはそうした若者のために役に立つお屋敷を持っているのよ――でも、あのクッションの金ぴかは絶対に剥がせないわね。彼はとても楽しそうで、テニスに行く途中だったわ」

「彼はクラブの日にはテニスに行ったことはないけど」

「ああ、それは、テニスに行く途中みたいに見えたものだから。彼から聞いたわ、あのお若いアームストロングが、リヴィ・トムスンと婚約したって。どうやら既成の事実だったみたい、もちろん秘密だったけど。駐屯地の町では、物事がどんどん回っていくんだわ！　あなたは知ってたんでしょ、どうなの？」

「ええ、リヴィが話してくれたの」

「迷惑だったでしょう！」レディ・ネイラーが言った。「友達の婚約騒動から卒業できると、ホッとするわね。私の憶測だけど、あなたは彼女にうまく伝えられなかったんでしょ、婚約はとんでもなく馬鹿げたことだって?」

「ええ、あの……」

「ミスタ・レスワースは残念なことだと思ったわよ、若い男性の将来にとって、だって。彼は危惧しているの、ミスタ・アームストロングは、この件では大佐をうまく説得するのは、まず無理だろうと。思うに、彼は理解できないのよ、友人のアームストロングが自分のキャリアになぜもっと熱心になれないのか。キャリアは終るのよ、彼らがアフリカのどこかのコーヒーかオレンジの農場に出て行くことで。だけどもちろんリヴィは、退屈な生活に慣れているけど」

「だけど、分からないわよ……」

「リヴィには、そのほかのことは何もないの。アートスクールにいるリヴィは想像できないけど、タイプライターなら打つかもしれない」

「彼女はモデルならできるよ」とロレンス、彼はこの会話に興味があってテーブルの自分の場所から話を聞いていた。「モデルは肉体美かヤセっぽちのどちらかでないと」

ここで蠟燭が運ばれてきた――レディ・ネイラーがクロンモーに入るのが遅かったので、ディナーが遅くなった。先を尖らせて炎が震え、一本一本が煌めいた。ダリアの花々がドラマになった。

「秋だね」サー・リチャードがつぶやいた。「待ち伏せとか小競り合いとか干し草作戦など、少し減ってもらわないと、もう日が短くなるばかりなんだから」

「しかし僕のイギリス人の友達の指摘だと」ヒューゴが言った。「このアイリッシュたちの戦いはクリケットじゃないそうだ」

ロレンスは、この戦術は一貫していて効率的で自然だと申し立てた。彼は訊いた、戦争というと、なぜトーンが上がるんだ？と。

「あらまあ」とフランシー。「あなたの言うことって、まるで反戦主義者ね！」

「ジェラルドはほかになんと言ってた？」ロイスが知りたがった。

「ほんとに思い出せないの」とレディ・ネイラー。「いつもどおり機嫌がよくて、でも、もちろん、独創的じゃなかったわ。テニスに間に合うよう急いでいたみたい」

ロイスは満足できず、蠟燭の光のなかで陰鬱に瞬きした。

十時半ごろ、フランシーが――マイラが彼女の部屋に連れて上がっていた、夜は座をはずしてと示唆した上で――こっそりと控えの間に出てきて、耳を澄ませていた。彼女の蠟燭が、迷いに応じてぶるぶると震え、影が天井を撫でた。鉄条網が、湿った暗闇のなか、家畜が柵にさわって唸った。フランシーは出て行ってロイスの部屋のドアを叩いた。

ロイスは驚いて窓から振り向いたが、窓辺に肘を抱えて立っていただけで、考え込んでいたわけではない。心臓の動悸が高まり、ドアの隙間が開くにつれて異国の光を招じ入れた。「まったくもう！」困った彼女は心に思った。ここにもう一時間以上留まっていて、着替えも始めていなかった。ずっと自然に見えるようにドレスを脱ぎ、床に落としたドレスを急いでまたいだ。

ミセス・モンモランシーは、顎の下を黄色く照らして、哀願するように見えた。いま思ったの、ちょっとお喋りできないかと、と彼女が言った。そして絶望して辺りを見回し、蠟燭をどこに置くか分からなかった。これでいい――小さなテーブルが名乗り出てくれた――彼女の問題の数々は終ったように見えた。そしてすぐに言った。「あの若者は、ロイス、すごく不幸みたいよ」

「でも私たち、婚約したところよ」ロイスは言って、ガウンを腰回りにしっかりと巻いた。

「ああ……。それはたしかなの？　だって……」

「彼はなんと言ってました？」ロイスはすぐさま身構えて言った。

「マイ・ディア、私、牧師館まで行ったのよ。あなたの伯母様が何事にも最善を望んでいらっしゃるのはたしかね」

　ロイスは鏡まで行って、気が抜けたように髪の毛をおろした。そして顔を覆うように髪の毛を振るい、そのままくぐもった息遣いで言った。「つまり彼女が干渉した、という意味？」

「まあね、私は、彼女がそこまでしたとは言いませんよ。でもなんだか残念で……」

「まったくもう」ロイスは叫んだが、嬉しいことに髪の毛のおかげで自分の怒りがかすかだがアカデミックに聞こえた。「伯母は計略のある人だから……枢機卿そっくり」

「ヒューゴに言ったんだけど、あなたはセンスが十分あって、とてもモダンで……でも結局、若いときは一度きりなのよね」

「ああ。お二人もお若かったの？」

「マイ・ディア、話しておくわ、私は牧師館に行ってたの。でもクッションを摘み上げるジェラルドを見てたら……。うまくいかない人生って、耐えられなくて」

　これがあまりにも激しく出てきたので、情熱的に響き、ロイスは驚いて言った。「私だって耐えられないわ、ええ」そして回りを見回すと、物影が厳粛さで誇張されているのが分かった。蠟燭の炎が、不安げに細く上に伸びている。苦境が目について部屋にも伝わったに違いない。未知のものに刻印され、さし迫った圧力に負けて、ロイスは髪の毛をとかして、一本でなく二本のお下げに結ったら、別の女になった気がした。

「彼らに絶対分からないのは」ロイスは早口で言った。「私は何かしなければいけないということ」

「いますぐ手紙を書かないと」フランシーが言った。「電報にしないでいいかしら、もし女の郵便局長でなかったら。どう言おうか……。さて、私にはよく分からないな。マルダがここにいてくれたらいいのに！」

「私がドイツ語を習うと、彼らは言うのよ、なぜイタリア語じゃないのかって？　で、イタリア語を習うと、彼らは関心をなくすの」

フランシーは、いまロイスが脱いでまたいだイヴニングドレスを拾い上げると、じっと見つめ、怪しいといわんばかりに言葉をかけた。「恋がすべて！」

「少なくともジェラルドははっきりしてたわ。彼は、私は……」

「私は知ってるの、恋はとっても大事よ」

「少なくとも恋は人をどこかに連れて行くわね」

フランシーは、声を悲鳴にまで高めて、いまの話題をはっきりさせようとして、叫んだ。「そういう間違いがたくさんあるの！」

「悲劇的に見えても私はかまわない……」

「確信がなければ、誰だって自分の居場所は分からない」

「――そうなの、だから私はつねに恥をかかされた気がするんだわ」

「でもあの青年は……」フランシーは言いつのった。彼女たちは互いを見たり、相手がいた所を見たりした。フランシーは、ここまで彼女を連れてきた共謀者同士のような勇気にいっぺんに見放されてしまい、悲しげに指を一本唇にあてて、唇から出てきたものに反撃のいとまもなく裏切られたみたいだった。不安のあまり彼女は目に見えて小さく萎縮していた。

「あなたってとてもインテリに見えるのね、ロイス。あなた――あなたは彼を愛してないの？」

「愛してるに決ってるわ」ロイスは言った。それから両手を首の後ろに当てて、珊瑚のネックレスの留め金を探った。自分を見失ったミセス・モンモランシーに対して、ロイスはかつての自分がそうだった明るい少女を感じることができた。ロイスですら自分自身だと受けとっていたことの多くが、幻想とともに消えた。

「私はただお手伝いできるかなと思っただけなの」フランシーは、使い残りの遠い小声で言ったが、二人は一緒に葬式から帰ってきて、見るからに無人の屋敷に戻って来たみたいだった。

「ああ、そうだったわね」ロイスが言った。そしてそこに空しく立ちつくし、感じていた。どこか陰惨な微笑を浮かべ、珊瑚のビーズ玉を片方の手に乗せて上下させながら、二人が話したこと、二人が意味したこと、そして何の話だったかを思い出そうとした。

フランシーは重い蠟燭立てを持ち上げて、ドアはどこかと見回した。そしてため息をつき、疲れた一日だったと言った。彼女は自分がいなくても誰も寂しく思わないと感じるのは耐えられなかった。彼女が受け入れられなかったのは、彼女が何も受け入れないからだ。夜ももう遅く、そのせいで失望は芯からこたえた。部屋に戻りたくなくても、二人ともそれが必要だった。ロイスがドアを開けた。サー・リチャードとヒューゴが階段の上で議論しているのが聞こえる。フランシーは蠟燭の炎を手で覆い、ドアを回ってよろめく影のように出て行った。

ロイスは、思い返してみて決まり悪さに興奮し、衣服を脱ぐと、急いで蠟燭を吹き消した。暗闇はありがたいことにしっかりいてくれた。横向きになって、両膝を顎まで引き上げたら、空白が彼女の上に雪のように降ってきて、空白が雪に埋もれ、ついに彼女は眠りについた。

次の日、霧が降りて原野に毛布がかかり、音を消していたので、郵便配達夫が思いがけないときに来た。ジェラルドからの手紙を持ってきた。「お願いだ、僕に会って」

彼女は明らかな事実としてジェラルドに会いに出て行くつもりだったが、これが流れた。夕暮、ジェラルドが入って来たとき、彼女は庭園のなかに降りていて、カタツムリのことでロレンスと争っていた。彼がわざとカタツムリを踏んづけたのだ。

「うわあ——バカなことして……このケダモノ、ロレンスったら!」

「ああ、僕はあれに親切をつくしたとは言わないよ」

「精神などないからって言うのね」

「どういたしまして」

「うわあ——、道に全部はみ出してる」

「つぶれたんだ……それは認める」ロレンスは喜んで言った。「僕は病気なのさ」

「大きな重たい足で!」

実のところ、彼はカタツムリにすまないと思っていた。ただの貝殻だと思っていたのだが、そう言うつもりはなかった。「可愛いお母さん」ロレンスは嫌な言い方をした。

「ロレンス、あなた普通じゃないわ。うわあ、あなた、所かまわず、なすりつけてる。私、吐きそう！」

「吐けよ」

「なら、やめとく」

「君がそんなに動物好きだとは知らなかった」彼はできるだけ弁解しようとして言った。だが彼は今夜は、そこまで気分が乗らず、ほかにどう言ったらいいか思いつかなかった。向きを変えて素早く並木道のほうに歩き、何も思いつかないことを意識していた。だが異常な夕刻が彼を待っていた。トレント城の方角に行く小道で、彼は武装した三人の男が門を出てくるのに出会った。彼らは彼に両手を上げさせ、先に立って小道を進めと命じた。彼は、この状況下で精神は素早く働くが、なにも実らないことを知った。詳細に気付いたが、忘れてしまった。墓地の壁まで来たとき、彼は困惑したが、彼らは彼の靴を求め、腕時計を借りると言った。そして、彼の顔を壁にしっかりと押し付けてから、命が惜しかったら二十分間振り返るなと言った。「どうしたら時間が分かる？」ロレンスは言った。「そっちで時計をとったじゃないか」しかし彼らは一切かまわず、彼の靴を持って去って行った。ロレンスは額を石に付けたまま五十分間、そのままでおり、靴下の上からアブに刺されていた。そして片足を引きずりながら帰宅して晩餐のときに、一座の人たちから相当に囃したてられた。三日後、腕時計がリチャード伯父宛ての郵便で戻ってきた。状態はすこぶる良く、包みから取り出すと、チクタクと時を刻んだ。「ちゃんとしている」サー・リチャードは腕時計を耳に当てて満足した。だがその日は乱れた一日だった。誰ももう耳を貸さなかった。

ロイスは庭から駆け下りながら、人格のことで困惑して怒りがこみあげていた。道の曲がり角でヒイラギの木の下で待っているジェラルドが見えた。彼女が近づくのを一心に見つめ、委細構わず、彼女を一枚の絵と見ているようだった。彼らは二人だけだったが、彼は手を差し伸べることもなく、彼女に向かって動こうともしなかった。そこに立っている彼は、活力と悲しみと無関心で成長するほかない一本の木のようだった。

「ジェラルド?」

「どうしたんだ?」元気なく彼が言った。

「ああ、ロレンスがカタツムリを踏んづけたの」

「ついてないな!」

「マイ・ディア、彼は好きでやったの」

「変わってる《クウィア》な」ジェラルドが言ったが、苦労して見つけた言葉みたいだった。

「どこに行きましょうか?」彼女が訊いたが、同時に悪い予感がして内部の何かが柱時計みたいにとまった。この出会いは、驚きにも情熱にも彩られないもので、彼女はただ途方に暮れた。キスもなく、彼女は口と頬に氷が触れたように感じた。

「いまとなっては、どうやら」ジェラルドが人格をなくしたように、伝言だけするみたいに言った。

「僕らの結婚はあり得ないようだ」

「どうして？　いつそんな？」彼女は怒って叫んだ。

ジェラルドは瞼の下から彼女を見た。彼女は彼にこう言ったのを覚えていた。「四六時中嬉しそうな顔をするのはやめて欲しいわ」いま彼の視線と沈黙は不運な期待で冷たかった。彼女は彼が憎くさえあった。彼らは黙りこくったまま、つがいの動物みたいに身体を幸せそうに寄せ合って小道を下り、中庭を急いで横切り、農場に入った。そこは影が縞模様を作り、目の高さに光が突き刺していた。彼は彼女に話した、彼女の伯母上が彼は合格とは言えないという意見だったと。絶対にうまくいくはずがないと、伯母さんが言ったんだ。木の幹を怒りの目で見上げたロイスは、伯母は頭がおかしいのよと叫んだ。そして激しく混乱しながら同じことを繰り返し、指先をさかんに引っ張った。彼は黙って彼女の言葉を聴きながら、傷ついてずたずただった。彼女は二人がここに降りて来なければよかったと思った——たぶん互いのなかで、空間を求める欲望を捨てていたのだ——この農場は、モミの木で仕切られ、思索と行動は困難で、直立した影が厳めしかった。「彼女の助言があったんだ」ジェラルドが締めくくった。「君と率直な話し合いをするようにと」

「いましているのが率直な話し合いなの？」

「彼女は確信していたよ、君が僕を愛していないと」

「ジェラルド！——あなた、なぜ怒り狂わなかったの？」

「僕は……僕は知らないよ」彼は質問にびっくりして言った。彼女は突っ立って困っているだけの彼を見て、語彙に何か失敗があって対話が中断した外国人を相手にしているようだった。気持ちが揺れて、走って逃げ出したかった。「ジェラルド、こっちに来て。私、惨めだわ。どうして私たちが話し合わなくちゃならないの？」

「僕は思ったんだ、君はそのほうがいいのかと……」我を忘れて情熱にかられて彼は叫んだ。「理解してもらえないなら、死んだほうがましだ！」

「でも知ってるでしょ、私が……？　ジェラルド？」

彼がもし知らなかったら、すべて終わりだ。彼女は苦悶のうちに無関心に見える彼を見ていた。互いが相手を待っていた。彼は木の幹に置かれた彼女の手を見つめた。木の幹の表皮の鱗をついばんでいる小鳥のような手を。彼女の手は、たちまち彼を意識する気持ちの中央を占めて、動きがとまり、固くなり、指が広がった。その手が非常に静かなのを見ると、彼は察しをつけるほかなかった。そしていつものちょっと諦めた口調で急いで言った。「ほらね、君はすべてなんだ」

「分かってるわ」彼女は言った、自分ではなくなっていた。

「君は僕にとって人生だと思ってる……。ちゃんと理解してくれてるの？」

「ときどき理解させてもらってるわ」彼女は言い添えたかった、「いま私にさわって」と。それだけが二人の通路だった。彼女の不能にも、彼女の孤立にも――血も涙もない木々に囲まれて――一切反応がないので、彼女は拝むような動作をとったが、彼はやんごとなく困惑して苦痛を超越したのか、その動きを無視または拒絶した。厩舎から六時の鐘が鳴り、途切れ途切れの音節の金属音が農場に流れ、解放感がもたらされた。ロイスは何か見つめるものか、後をついていくものが欲しかった。列車がカーブを描いて走り抜けた。わざと大袈裟な動きで彼女は両手を耳に持っていった。ジェラルドの顔は、光の縞が当たり、無表情のままだった。

「ジェラルド、お互いに相手を失ってもいいの！」彼女は鐘の音に負けずに怒鳴った。

「だけど僕はこう言いたい。君は何を失うんだ？」

「あらゆるものよ」

「それ本気で言ってる？」光が一筋、彼の内部で明らかに走ったようだ。彼女は彼らがいまいる場所を見て、なぜ彼が来てくれたかが分かった。

彼女は、嬉しくてためらいながら、まだ知らない小高いテラスまで行こうと思い、マルダを思い、列車に乗ろうと思った。「違うわ」彼女は怖くなって叫んだ。「どうして私が本気でそんなこと？」

「では僕らは同じことを言っているのではないね」

「どうしてあなたは……あなたを好きにさせてくれないの？」

「それができると思ってた。できるのはわかっている──君が一緒じゃないときは」

「バカ、バカ」ロイスが言った。「私はあなたが欲しい！」

ジェラルドは哀れむように言った。「だったら、どうしてもっとシンプルにいかないんだ？」

「でも、私たち、若すぎるのよ」彼女はムキになって言った。「それからお金、ね。つまり、私たち、現実的にならないと」

彼は目を見開いて説明した。「現実的なことでこうなったんじゃない──死んだみたいになってしまった。彼女が言ったことは、もし君が僕を愛しているなら……」

「まるで悪夢だわ、二人で話し合いを始めるなんて。私はあなたは岩だと思っていた。一緒にいると安全だった。ジェラルド、ほんとに、これは網みたいね。会話がちょっとねじれると、もつれてしまう。動けないし、自分がどこにいるのかも分からない。私、とても生きていけない、もしすべてに段取りを付けなくてはならないなら。ねえ、聞いて、私が思っている事すら、私のものじゃないし、ミセス・モンモランシーは夜中に私の部屋に飛び込んでくるし。マルダだって——私たちの話なんて大事なことはひとつもないし、残らないのよ、彼女は出て行って流れ作業で結婚するの。彼女は自分のことをクソ面白い——安っぽい、かな——と思ってるの。大切なのは、あなたが信じていることよ、ジェラルド、あなた、私を殺すのね、そこに突っ立って。あなたは知らないのよ、カタツムリがどうなるか、踏みつけられて……」

「僕は君が分からない」彼は苦しくて叫んだ。「誰がカタツムリ？」

「あなたに私を分かってくれなんて頼まなかった。私はすごくハッピーで、すごく安全だった」

ジェラルドはどこかで変化に気付いた。光は彼の顔からそれて、木の下に移動し、消えていた。彼は腕時計を見た。彼らが共にいたのは、ごく短い時間だった、二十分足らずのことだった。「君はいつハッピーだったの？」彼は正確に言った。この事は確認したかったし、そのほかいくつかの事もあった。彼女は説明できるほど平静でなかった。彼は信じられない森、小道、ウールの明るい青いドレスを着た彼女の変わらぬ姿を見た。なにかが頭脳のなかでもがいて自由になり、麻痺した彼自身にはお構いなしに言った。「マイ・ダーリン、だめだ、だめだよ、自分を苦しめるんじゃない。君も知ってのとおり、僕はいつもこういうふうだと君は知ってるじゃないか。なにが不可能であれ、君はいつも完璧だ。物事について僕らが同じじゃないのは分かってる。もしそのことが君を傷つけないなら、僕はどうでもいいんだ。つまり、失望するのはよそうよ。いいかい、僕は君を諦めないよ、それは絶対にできない。だが、それはそれ、いいね、君は決して……。物事は望むようにはならないんだと思う……。まず無理なんだと思う……」

「だけど、ジェラルド、私たちはどこに？」

彼が言った。「心配いらない」彼には分かっていた、彼らはもう二人とも道が分からなかった。

「でも、私が何をしたっていうの？　何をしなかったというのよ？」一分後に、彼女は彼がベルトを指で手探りするのを聞いた――指がベルトの皮に滑った――彼女は眼を閉じて言った。「で、あなたは確信するわけ、私があなたを愛してないと？」

返事はなかった。「もう、ベルトなんかどうでもいいでしょ、ジェラルド！」

まだ返事がない、眠ってでもいるのか。実に彼は眠気がさしたように、例えようもない無関心を感じていた。彼女は、不眠症の孤独な拷問に苦しめられ、泣きそうになって言った。「なにかしてくれたっていいじゃない――キスしてくれないの？」

「どうかな……」

「もういいわ」

「あの、もう行かければならないんだ」彼はなんとなく敬礼してから、ブナの散歩道に、屋敷に向から小道に入った。

「さよならね？」彼女が言った。

彼はちょっと歩みをとめた。「いや、そこまで……」

「あなた、どこに自転車を置いてきたの？」

彼はもう小道をよほど進んでいた。後ろを向いて言った。「生垣に立てかけてきた。知ってるよね、テニスコートの手前の」

彼女は知っていた。彼が生垣のイボタノキの葉を引きちぎって、芝生の上にまき散らし、彼女のほうにも放り投げてきたのを思い出した。ミセス・ボートリーがクリスチャン・サイエンティストであることも思い出した。いいことじゃないかしら、夏が実質的にもう終わったのは。もうテニスパーティもそうないだろう。だがわけのわからない夏のまばゆさに彼女は目がくらみ、涙が目ににじんだ。

「ジェラルド!」彼女は呼んだ。

だが、彼はもう声の届かぬ所に行ってしまったようだった。

二十三

レディ・ネイラーがイングランド人について気が付いたもうひとつのことは、正午になる前に目に見えて社交活動を始める傾向だった。

十時を過ぎてすぐに、と聞いたのよ、ミセス・ヴァモントは友達と一緒にクロンモーの通りのあちこちに姿を見せる――居住者がまだ眠ったように礼儀正しく降ろしている窓のブラインドの後ろから見えた――手首でしっかりとボタンをとめた手袋をして、カラフルなバスケットを揺らしながら。十一時前に、彼女たちはお菓子屋の窓の向こうに座り、コーヒーが嘆かわしいとけなす。ミセス・ロルフはかつてモリアティの店でシャッターを特別に降ろさせた――彼女が欲しくてたまらないのは、モリアティの弁によれば、たった一足のストッキングだった。ミセス・ピークという婦人が、ガナー一族の出だが、ヘアードレッサーに出向くと言ってきたのは、十時前だった。こういう不自然な習慣は、ロンドンで通っていることの受け売りだった。道路はくたびれて見え、何でも来いという感じだった。まったくイングランド人ときたら、とレディ・ネイラーが言った。彼女はイングランドの南部をブライトンの一種の延長、北部は工場の煙突でのこぎり状で、ミドル地方はアナ・パートリッジが占領している何もない空き地と考えていた。ダニエルズタウンは、クロンモーからお寄りするにも、立ち寄るにも、距離的に遠い所にあることが、レディ・ネイラーがミセス・ヴァモントとその友達の朝の訪問を受けられない明らかな理由だった。

しかし、ミセス・ヴァモントは数々の困難を克服し、フォードを一台借りて、ある朝自分で運転して、十一時にやってきた。そして偉大な友人、ミセス・ロルフを連れてきた。彼らはトムスン家でのランチに行く途中だった。彼女は車から出る前にそう言って説明した。彼女は月曜日がいかなるものか知っていて、レディ・ネイラーを脅かしたくなかった——母親と一緒にいることが多かったので、これらのことに配慮が働いたのだ。レディ・ネイラーは、実際問題としては、ランチタイムの方が問題が少なかっただろう。人は食事のときなら、まわりのことがそれほど気にならないことを、彼女は知っていた。立ち寄るというニュースがキッチンに来ると、彼女はうめいた。「私の朝が！」これ以上悲惨なことはないわ。

フランシーは「頭痛」を抱えて横になっていた。ヒューゴは馬車屋の男と昔話をしていた、その男は年金をもらって暇を出され、馬具の部屋で一日中ぐずぐずとふさぎ込み、途方に暮れていた。ロイスは、この騒動に間接的ながら責任があったが、どこにも見当たらなかった。彼女はここ数日、自分を見失っていた。彼女の伯母は、ジェラルドが出発した後、こう言ってまとめた。「まあ、私の希望は、もちろん、あなたが間違いを犯していないこと。だけど、私たち、こういうことは自分で収めないといけないわね、そうでしょ」フランシーは、ロイスのイタリア語はうまくいってるの、と忘れずに訊いてくるわ。伯父さまもアートスクールにもう行ってもいいころだと賛同しているのよ。今朝あなたはどこにも見当たらないようだったわ。大声で呼んだのに、現れなかったわね。

ロレンスは、いつも運のない男で、ジョン・ロックの本をたずさえて、階段まで来て驚いた。「もう、頼むよ」彼はフォードが下の並木道の角を曲がってくると言った。彼は向きを変えたが、逃げ出すには手遅れだった。少女のような妻たちがもう叫んで手を振っている。

ベティが言った。「ドニーズ、こちらミスタ——（あら、恐ろしい、どうしましょ！）。こちらはガナー家のミセス・ロルフ、私の大事なお友達、ええ」

「どうも」ロレンスが言った。ドニーズは上目遣いになって、不安そうに窓を見た。ロレンスはあきらめ顔で窓を見て立っていた。彼は女性たちがこぼれそうになっている車のドアを開けるのを忘れていた。

「出てもいいかしら？」ベティが友達になりきって彼を見上げてくすくす笑いながら、毛皮と真っ赤なクレープデシンの渦のなかから言った。彼女たちの膝の上には、小さな手が二つ一組になって、花びらが開いた菊の花のように、小さなキッドのポシェットの上に乗っていた。彼は順次、外に出す手助けをし、彼女たちはドレスを振るってほぐしながら階段を駆け上がった。「まあ、頭脳派の本がある！」ベティは飛び込んできて叫んだ。「——マイ・ディア、彼が読んでいる本をご覧なさいよ——ああ、あなたは頭脳があるんだわ。そうよ、読書するなんて……」

「あなたは大学に行ってるんでしょ？」ドニーズはわくわくして言った。

「ときどきだけど」ロレンスは正直に言った。そして大きな口を開けて、ロイス、と怒鳴った。彼女たちはキャーッと叫び、耳を手でふさいだ。「ここは僕が」彼が締めくくった。「なかに入って探した方が――」

「行かないで！　いまにきっとみんな出てくるわよ……。ドニーズに愛らしい古いアイルランドのお屋敷を見せたかったの」

「ええ、僕らは古風でしょう、ほんとに」ロレンスは考えながら言った。「そしてトレント家を見逃してはいけませんよ。もうトレント家は見たんですか？」

「あら、トレント家なんかほとんど知らないのよ。ここでは、ジェラルドがなんでもつないでくれるリンクなのよ」

「ミッシングリンク、かしら」ドニーズが言い足した。

「そうね」ベティが横目で見て彼に微笑んだものの、不意の訪問ではあったが、彼女たちが出くわしたのがロレンスだったとは、当てが外れたようだった。このことは、期待してね、とベティがドニーズに思わせたことではなかった。ロレンスの無礼とまではいかないマナーは、事実、国際的なのかもしれない――それがオクスフォードなのだ。彼女は言った。「私には従兄がいるのよ、レディング大学に行ってるの。オクスフォードのすぐそばよ。そうよね？」ドニーズは哀しげに言った、アブがうるさいわね、と。彼女は室内に入って、名だたる祖先たちを見たかった。ベティはポシェットと毛皮の端を軽く叩いた。「彼女はアブがおっかないのよ！」

「僕もさ」とロレンスは言って一歩下がった。「まったくもっておっかないよ。もう失礼したほうがいいようだな、そして、とって来たほうが――」彼はガラスドアの向こうに消え、ドアが閉まった。

ドニーズが言った。「ああ、私、思うんだけど、みんな普通の人じゃないんだわ」二人は座って、あくびをした。みんなで三人、まったく普通ではなかった。「あの人、ロイスの従兄？」

「まあね」

「ああ、私ずっと思っていたの、ロイスって中途半端な娘だなって」

「シーッ、サー・リチャードが図書室で書き物をしていらっしゃるのよ――ドニーズ、ちょっと向こうを見てごらんなさいよ。彼は変わり者なのよ」

「へええ……そうか。彼はナイト爵か準男爵かでしょ？」

「ええ、どうして彼がナイト爵に叙勲されたのか、分からない」

「マイ・ディア、シーッ！」

「彼は耳が遠いから。ああ、ダーリン、あの小さな可愛い黒い牛を見てごらんなさいよ。ケリー種の牛よ。彼らは農場主よ。家畜が山ほどいるわ」

「いつも訊こうと思ってたの、キルケニーキャットっているの？」

「まったくもう」ミセス・ベティ・ヴァモントは、友達がまたあくびをすると自分の顎までもが震えたので不安になって言った。「こういう人たちを私たちが守っていると思っているのに！　彼らはコーヒーの一杯もご馳走してくれるのかしら。アイルランド人の厚いもてなし《アイリッシュ・ホスピタリティ》はどうしたのかな。彼らは相手を打ち負かすか、目もくれないか、どっちかだわ。そうだ、いいことを教えてあげる、庭に行ってプラムでも食べましょう。ただ客間だけは見て欲しかったけど。リヴィの人たちのほうがよかったかも。男の子たちは彼女の家はにおいがすると言うけど――ダーリン、退屈しないといいけど？――つまり、リヴィのことで。彼女はあなたがだんだん好きになってるわ。ジェラルドがこの家族になにを見ているのか私には思いつかないの、言わせてもらえば。ロイスだって、まるで――」

「もちろんよ、私はずっと思っていたわ、ロイスは中途半端な子だって」

この時点で、サー・リチャードは、耳が遠いわけもなく、慌てて出てきた。まずいことになった、と彼は言った。ロイスがどうなったのか、見当もつかない。「みんなで大声で呼んでみようか」彼は当てもなく言った。

「あなたの甥御さんが大声で呼んだんですよ」

「それでも」とサー・リチャードが言い、彼もまた叫んだ。「みなさんは、楽しくすごせてますか?」彼は、呼吸が戻ると、親切に言った。

ベティが威厳をもって言った。「攻撃があるかもしれません」

「シーッ」ドニーズが彼女の肘をつねって囁いた。

「本当は言うべきじゃありませんでしたわ」

「かまいませんよ」とサー・リチャード。「なににもならないと思っているので。それに、もう昼の時間が短くなっている――しかし、都合がどうにも良くない、いかにも運が悪いですな、妻がお出迎えするべき時にいないとは。彼女はひどくがっかりするでしょう」

「あら、でも私たち、お寄りしただけですから。ドニーズにも申していましたのよ、アイルランドにいて何がいいのかしら、因襲にこだわらない人がいなかったらって?」

「妻は非常にがっかりしますよ」

「どうぞおかまいなく! お宅の可愛い牛さんを褒めておりましたのよ」

「なかに入って、訊いてみましょう」サー・リチャードはきっぱり言い残して姿を消し、ガラスのドアが閉まった。

ドニーズは笑い出すところだったと言った。こらえるのが大事だった。「そう、はっきり言って、ジェラルドはこの家族から抜け出してよかったのよ」

「でも、マイ・ディア、彼、ほんとに抜け出してる？」

「なにかが起きたのね。彼は真っ黒に落ち込んでる——ティミーだって気づいたわ。私はティミーに言ったわ、『必ず探ってね』と。だって、私は思うのよ、あなたはどう？　男性が集まると……。ああ、私には説明できない——でも、あの男の子が苦しむのは見ていられない」

「でもあなたは言ったと思うわよ、あなたが——」

「うん、私は遠方にいる彼を見たけど、彼はいつもの自分じゃないように見えたわ。でも彼は近くにいなかったし、クラブにもよりつかないし、フォガティ家にも来ないのよ、いまミセス・フォガティに言っていたところよ——」

「どうやら彼は最低の扱いを受けたみたいなの。もしそれがうちの男の子の一人だったら、マイ・ディア、私は、怒り狂っちゃう」

「それでも、私はロイスに会いたい……」

「彼がロイスになにを見たのか、私は想像できない。彼女は私に言わせれば、気取り屋さんで——」

「シーッ——、あら、ハロー、ロイス！」彼女たち二人の声がそろった。

ロイスはいつもと違ってキラキラしていて、ブナの木の遊歩道から上がってきた。

「まあ、ハロー、ようこそ！」

「いまあなたのことを話していたところ」

「へええ！　ランチまでここにいられるんでしょ？」

「いいえ、ダメなの。トムスン家に行くものだから。マイ・ディア、ぞくぞくするわ、リヴィとデヴィッドのことだけど。嘘みたいじゃない？」

「ぞくぞくするし、どう見ても、嘘みたい。どうかランチご一緒に――つまり」彼女は心乱れて言った。「お茶には戻ってくるわね？　ああ、違った、私たちみな出かけるんだった。ああ、まったく嫌になるわ。あるいはテニスにおいでになってよ――ダメだ、もうテニスパーティはお終いになったんだ。ロレンスがオクスフォードに戻るし、雨でラインやマークがコートから流されてしまって。ダンスパーティか何かできるでしょうが――」

二人の若い妻たちは軽い好奇心を持ってロイスを見やった。その視線は蜘蛛が這うようにロイスの顔を走った。彼女たちはあまりにも女性らしく、ロイスは振り向いて、いま来たブナの遊歩道に逃げ込みたくなった。「インテリに恋する女たち」と彼女はでたらめのイタリア語で思った。これがきっかけになり、年若い妻たちが彼女の心にもたらしたどこか歪んだ疑いがふくらんできて、ロイスはもっとでたらめに微笑んだ。カーディガンのボタンを上まで全部留めて、それからボタンをはずしていった。

「あら、でもいま出て行かなくても」彼女は言いながら、フォードのほうをお願いという目で見た。

「ああ、でも出発しないと、ここに何時間もいたのよ、お宅の牛さんたちを見ていたものだから」

「でも、申し訳ないくらい牛は遠くにいるわね。マイラ伯母さまは——?」

「ああ、彼女にご迷惑になるのは嫌なので。お庭をぐるりと回って見てもよろしければ——?」

「庭の鍵がかかっていて、私、その鍵をなくしてしまって。よそ者になったみたいな感じがするの。今朝からずっとこれが問題で。なにか召し上がってくださいな——ビスケットでもいかが?」

「客間に一分だけ入れていただけないかしら?」

「いつも思うの、朝の客間って、とても気が滅入る」

ドニーズは同じお部屋がどうしてそんなに違うのか分からないと言ったが、無駄だった。ロイスは断固として彼女たちを締め出すつもりらしかった。足の位置を置き変えるそのやり方と、辺りを睨んだその様子から、いまにも悪い知らせが来るものと思いこんでいると言ってもよかった。さかんに喋り散らすので、彼女たちは口をはさめなかった。彼女は缶入りのプティトビューレ《バタービスケット》を取りに入り、おかしな空気でそれを差し出し、なだめたがっているようだった。レディ・ネイラーが二階の窓から声をかけ、都合が悪くて、大変申し訳ない、すぐに下に行きますと言った。「伯母は午前中ずっとコックと一緒なの」ロイスが言った。「なにをしているのか見当もつかないわ。言葉のフェンシングをしているんだと思う。もっとビスケット?」

「いいえもう、お食事が台無しになるから。ドニーズ、もう出かけないと。何でも老ミスタ・トムスンは、恐ろしい人喰い鬼だそうよ。クロンモーに伝言でもあって、ロイス? ジェラルドに伝言は?」

顔が赤くなったとロイスは思ったが、赤くなっていなかった。血液までもが動かなくなっている。

「私が彼に訊かないといけないわね」とドニーズ。「どうして彼はあなたに伝言がないのって。私は思うわ、彼としてはそれも中途半端よね。私、当然怒り狂うわよ」ロイスは、興味深く、彼女たちのドレスに落ちた光の波を見た。二人で肘をつつき合っている。ロイスには中途半端なところがどこかにあるに違いない、彼女たちが気付いたとしたら。ロイスは見るからに人生の外にはみ出しているに違いない。

「蓄音機はどんな具合？」彼女は熱心に言った。

「訊かないで！　ジェラルドがコーク州に行って、新しいのを持ってくるの。私たち、みんなで行ってもいいと思ったのよ、大騒ぎになるわよ」

「嘘みたい！」

「ねえ、私とドニーズでなかに入って、客間を一目見ようかな」

「私はよすわ、ほんとに。お花も見ていないし」

「ジェラルドが言うには、お宅の姿見はすべて彼には眠気がさすって。彼はおかしな子ね、ちょっとばかり」ベティは無邪気に言った。「私たち、あなたの伯母さまに会うまで待つべきだと思わない？　気を悪くなさらないかしら？」

「必要ないんじゃないかな。彼女はきっと遅れてるんだわ」レディ・ネイラーが実際に遅れて階段に現れ、失礼したわと叫んだのは、彼女たちの車が出たあとだった。「申し訳ないわ、まったく！」彼女は叫び、後ろ姿に手を振った。「またすぐ来てくださいね！……ほんとに、ロイス、果物か何かお出ししたんでしょうね。呆れるわ、こんな時間にビスケットでおなかを膨らませるなんて」

「ロイスについて私の考えを言うわね」樹木が通り過ぎるなか、ベティは車にちんまりと居心地良く落ち着いて言った。「彼が彼女を捨てたんだと思う」

ドニーズは同意した。「男の子はキープしないとダメなのよ、この意味分かるでしょ」ベティはネイラー家について思っていることを話した。彼らは没落しかかっているのよ。「客間をもう使わなくなったと聞いても驚かないわ」彼女は意地悪く言った。「湿気の匂いがあったわ。私としては、明るくて家庭らしい家がすごく好き」

世界はじっとしていなかったが、ダニエルズタウンの所帯とトムスン家のランチパーティは、そのことは考慮の外だった。その夜、ショッキングなニュースがクロンモーに届いた、八時ごろだった。なにも知らない街に波のようにぶつかってきて、事件のあと二時間、高くうねり、荒れ続けた。ニューニュースは通りを這ってくだり、生ぬるい風のようにドアからドアへ、神経を指が撫でるようにして、とまった。ホテルのバーでは、どの頭も左右に揺れ、疑いにせわしく動いた。フォガティ家のアイリーンは、夕食の後片付けをしている時に友達に呼ばれ、「神さま、彼をお助け下さい！」と叫んで、ミスタ・フォガティのドアによろめきながらたどりつき、おいおいと泣いた。ミスタ・フォガティは眼鏡を落とし、立ってうつむき、動物みたいに、しばらくマントルピースに顎を乗せていた。哲学は役立たなかった。頭脳が混み合ってきて、製粉所の水車のように回るだけだった。彼の妻は、不信の念を振りかざし、髪を風になびかせて駈け出すと、広場を回り、静まり返った街を復讐に燃えて進んだ。兵舎はすべて閉鎖され、彼女は護衛隊を通過できなかった。たちまち彼女は途方に暮れ、周囲は見知らぬ人ばかりだった。彼女は機械的に「彼の母親」を思い、大きな、役に立たなかった乳房の下に両手を押し付けた。広場の木々は、不安になって、暗闇のなかですでに散り果てた枯れた木の葉を揺さぶった。ショッキングなニュースは、兵舎の門に公式に届けられ、もたらされたのは、やり場のない静寂、重苦しい反響、思索の闇、そして電光の喧《やかま》しいほどの眩しさだった。ジェラルドの部屋では、ジャズバンド用の新しい楽譜が、隙間風につかまって、パタパタいっていた。当番兵がそれをとめ、ショックを受けていた。一晩中、どこかの窓が開いていて、砂袋の上に吐き気をもようすような反抗的な黄色光を吐きだしていた。

ミセス・ヴァモントはティミーがいま出て行ったのを聞いた。パトロールで一晩中出ていることになっていた。一人で寝なければならず、それが耐えられなかった。恐怖に駆られてロルフ家の小屋に走って行った。彼女はそこで夜を過ごし、むせび泣き、ハンカチの周囲のレースを歯で食いちぎった。ロルフ大尉はホットウィスキーを彼女のもとに運び続けた。「私、ダメ、ダメなの、ウィスキーは。ひどいんだもの」彼らはみな裸でいるような感じがして、残骸になったみたいで、お互いが恥ずかしかった。小屋の床から——その上でダンスしたのだ——籐製の家具が浮かんで漂っているようだった。

「パーシー、彼はどこで——彼はどうなの——?」

「頭をやられた」

「でも、それたんじゃないの——?」

「いや、そうじゃない。おそらく即死だ」

「ああ、やめて! ああ、パーシー、なぜあなたが!」

ドニーズが繰り返した。「そんなの信じられない」そしてほかの人たちが蒼ざめて空しく宙を見つめている間、彼女はその日の朝に波型にした髪の毛のウェーブを梳《と》かそうとした。「だって、私は信じられない。あなたは信じられるの、ベティ？　あまりにも……異常よ」

「ねえ、みんな家に帰っていいのかしら？　どうしてここに残ったのかしら？　どうしてみんな家に帰らないの？　それが私、理解できない」

「パーシー、あなたは信じられるの？　つまり、私は覚えているわ、彼が入ってきて、このテーブルを背に立っていたわ――」

「ああ、やめて！――パーシー、彼らはどうなったの？　どこへ行ったの？　あいつら悪魔よ！」

「ああ、すぐ逃げたよ」

「誰かなにか聞かなかった？　火事とか？　つまり、何か音がしなかった？……奴らは拷問にかけられないの――絞首刑とか銃殺でなく？　ああ、私、ちゃんと思うわ、つまり、私は考えるわ、あなたが考えたら――」

「そうだ、我々は、彼らを捕まえないと、そうだろ？　ほら、やってみるさ――」

「ああ、私はできない、いいわね――どうして私たち、家に帰れないのよ！」

「パーシー、彼女のことは放っておいて。ああ、神さま、頭が。髪の毛なんか切ってしまおう。言ったでしょ、彼は入ってきて、あのテーブルを背にして立っていた。どうして彼らはジェラルドだけ？――ああ、そうだ、軍曹がいたっけ――でも彼は死なない。私は知ってる、彼は死なない……。それは信じられない！　パーシー、あなたは信じられる？　パーシー、何か言って」

ベティはすすり泣いた。「私、どうしても――ああ、したいことが――。あいつら、ケダモノよ、ケダモノ！」

「ほら、君たち二人、ベッドに行くんだ」

「ああ、ベッドになんか！」

「あら、どうしてティミーがいないの？　つまり、私がティミーのことを思って、一晩中外に出て――この私は国王が理解できない、政府が理解できない。とにかく恐ろしいったらないわ」

だが彼女らは寝室に行った――パーシーはふたつの椅子の上で夜を明かした――そして、二人は互いに不自然なほど接近して横たわり、お互いの指を絡ませながら、「彼」のことと、「誰だか知ってるでしょ」と「あの男の子」のことを熱っぽい声で話し、声を下げたり上げたりしながら、決まりに従って、彼女たちの結婚生活のアツアツぶりを議論するのだった。同時刻に二人は、おぼろげにお互いにショックを受けて、眠りに落ちた。その時ドニーズはロイスがはっきり見えた、ダニエルズタウンの階段に澄まして立って、ビスケットの缶を持って、後ろの部屋は鏡だらけだった。そしてベティは驚いて起きて、自分が言ってるのを聞いた。「私の言う意味は、とても中途半端だと思うからよ、だって彼はその実、何も意味してはいけなかったのよ」

彼女たちは早い角笛がそぞろ吹きわたるのを雨のなかに聞いた。

二十四

ミスタ・ダヴェントリーが郵便配達が来る前に到着した。アイルランドに行ってからこっち、彼は非公式の訪問もしていなかった。彼にとって、探すものがなにもなく、尋問する相手が誰もいないのは、中途半端なことに思えた。まだ朝早くて、濡れて変色した枝々が霧のなかから明るく覗いている。彼は護衛隊とともにバリーヒンチに行く途中で、この門まで来たのだった。二台のトラックが停車して静かになり、住民が驚くなか、門で彼を待っていた。彼は並木道を軽快に急いで上がった。物品が彼に届いている現段階では、問題は何もなかった。彼は偉そうに屋敷の凝視を見返した。

彼はベルを鳴らし、要求を告げた。ロイスがゆっくりと出てきて、言うべきことが一切言葉にならず黙っていた――なぜなら、不安を抱えながら待機する兵士はジェラルドをおいてほかに誰がいるか？「そうね……」レディ・ネイラーが言っていた、時計をチラッと見て、テーブルナプキンを下げるようロイスに言いつけながら。そしてフランシーは、微笑して、彼女のために卵を覆ってやったのだった。

「あなたは？」ロイスはいまそう言ったが、その間にすべてが、重要なことすべてが、わずかに変化していた。「さあこちらで朝食を」

彼は、昨日突然大事件が起きた、クロンモーの西で、と言った。将校とＮＣＯの軍曹が受け持っていたパトロール隊が待ち伏せに遭い、十字路で銃撃戦になった。将校は——レスワースは——即死、ＮＣＯの軍曹は腹を撃たれた。敵は国中に逃れ去り、防護壁にもかかわらず延焼は免れなかった。男たちは軍曹のためにあらゆる手段をつくした。

「死ぬの？」

「たぶん」

「で、ジェラルドは殺された？」

「ええ。どうされますか——？」

「私は大丈夫です、ありがとう」

「結構です」彼は回り右をして、彼女に背を向けて立った。彼女は事件の起きた時間を訊いた。六時ごろと彼は言った。ジェラルドはなんて正確なんだろう、どれほど案じていたことか、と彼女は思った。最後のとき、彼ゆえに彼女が幸せだったその時を、いつの日、どのくらい長く、と推定しようとしていたのだ。「彼らは午後の間、ずっと出ていたの？」彼らは二人とも驚くほど白くなった道路を見て、崩落で浮いていた塵がゆっくりとおさまるのを見た。「実際問題として」ダヴェントリーが言った。「我々は物事のほとんどに備えをしていました。私には——彼はすべて納得していたのかどうか——それが大事だったかどうか分からないのです」「いいえ、私には分かります、人にとって、いつだってそれは大事な問題です」しかし、彼女はジェラルドの死を敬意のうちに受けとめた。彼は驚きに身をゆだねたのだ、独特の率直さで。

「来ていただいてありがとう」

「とにかく、こちらを通りましたので」

「それでも、あなたがそこまで労をとる理由はないでしょう」

ダヴェントリーはちらりと彼女を見て、それから別段考えもなく足の下の砂利道を見た。冷たく皮肉に彼は停止していた。なにひとつ彼女に期待していなかった。彼がついに言った。「事務的な事でしょう。どうですか、あなたは僕が——ほかの人には僕が伝えましょうか?」彼女はうなずき、どこへ行こうか、どのくらいここにいるのか、どうやって戻れるのか、考え迷った。彼女の心は些末なことで溢れかえっていた。今日の午後誰がテニスに行くのか、もしかしたら知らない人がまだそこにいて、彼が来るのを待っているだろうか。ジャズバンドはどうなるのだろう、などなど。何日も前に、ヒューマニティを否定してはならないこと、自分にはプライバシーがないことが分かっていた。「実は彼らは私が朝食に戻ると思っているんです」

しかし卵を覆った時のフランシーの優しい誇り高い微笑を思うと、彼女は悲しみによって、指先が触れたように、目の前が明るくなり、落ち着いた。家のなかに入り、最上階まで上がって行って、待っているものに対面した。人生は、その全容を一瞬見ると、悔恨の記録であり、死の理解の記録であった。ダヴェントリーは、記憶のなかの彼女を見つめた——彼女は結局のところ女だ——そして玄関ホールに入って行った。ここで、肖像画の下で、社会的に慎重なジェラルドについて考えることは彼を喜ばせた。

彼は待った。ダイニングルームのドアが弾んで開き、議論が続行中だった。彼らは一人ずつ出てきて、泉に浮かぶボールのように、敷居でそれぞれ一瞬バランスをとり、彼を見てショックを受けた。「レディ・ネイラーは？」彼はフランシーに言った。「ああ、やめて！」彼女はその問いかけでみるみる蒼くなった。「あのう……ミスタ・レスワースはこちらに？」「今日はいません」レディ・ネイラーが最後に出てきて、厳しい目で見つめた。実に、陸軍は疲れを知らぬように見えた。彼は彼女に話した。「ああ、まさか！」彼女はすぐ言い、何かを防いでいるようだった。彼は彼女に状況を話した。「ああ——まさか」と彼女は繰り返し、夫に告げるためになかに入った。「それは……それはあまりにむごい」サー・リチャードは言い、絶望のあまり戸惑って彼女の肩に触れた。ダイニングルームを振り返り、椅子やテーブルや皿を見て、生き残るその有様が信じられなかった。

事実、彼らはミスタ・ダヴェントリーの顔など見たくなかった。彼はこの家を探りに来たのだと彼らの本能が感じていた。レディ・ネイラーは、ショックでまだ銅像のように固まっていて、それでもやや尊大なしぐさを見せ、「すべてここにあります」という感じだった。説明を求められるという彼女の思いをよそに、彼は暗い目で刺すように彼女の向こうを睨みつづけた。彼女の背後、暗がりのなかのダイニングルームの向こうに、窓を通して芝生が見え、芝生は霧と太陽が縞模様になっていた。クロンモーではその朝、雨が降っていた。彼らはそれすら逃れたようだった。彼女がきっぱりと言った。「ロイスはどこなの？」

「すみませんが、知りません」彼は素っ気なく答えた。

「彼女は——あなたは会った——？」

「ええ、はい」

彼女は防御を捨てた。失意の目で彼の顔を見て言った。「そうなの、私たちは彼をよく知っていました。彼はよくここまで出て来て、テニスをしたの。奇妙な感じがするわ、人には何も——わかりっこないわね——。彼はとても——」

「ええ、そう、そうでしたね？」

「彼の母は、彼は母親のことを私によく話していました。誰が手紙を書きますか？ 私が書くべきかも。ええ、彼女にどうしても手紙を書かないと。彼女がもしかしたら——私たちは彼のことをとてもよく知っていて、ねえ——リチャード、あなたも思うでしょ、私が——？」

だがサー・リチャードは静かに抜け出したあとだった。彼は老人で、まったくのところ、この事すべての外にいて、するべき事も知らなかった。彼はまたコナー家のこともよく分からなかった。ピーター・コナーの友人たち——彼らは全部知っており、筋金入りだった。想像しても始まらない……。

ミスタ・ダヴェントリーがこれで終わりだと思う、と言った。もう行かないと。彼は友達らしからぬ丁重さで辞去すると、いきなり出て行き、彼らを記憶から消したという空気を残し、この家に入ったことがないみたいな感じがした。そして彼女が我に返り声を上げた。「彼はきっと不幸なのよ。私はなにか言うべきだったわ」今すぐしなくてはならないことがたくさんあって、朝だけに収まりそうもなかった。彼女はランチをあとに延ばしてもいいと考えたりした。そして郵便配達の音を聞くと、事実がさらけ出されると感じて恐ろしくなり、考えがまとまらなかった。「もしも——もしも彼が——」

しかしジェラルドからロイスに来た手紙はなかった。

階段に出て郵便屋からニュースを聞いた者はいなかった。彼はがっかりして去った。レディ・ネイラーはしっかり考えた。「私が自分でロイスを探さないと」しかし彼女は動かなかった。彼女を遅らせる物事があるようだった。彼女は客間を覗き、何かが——何かという確信はなかった——あるか見てみた。フランシーが、目を赤くして、ソファの後ろから罪悪感に追われるように見ていた。二人は何も言わなかった。部屋があまりにも痛ましく見えたので、レディ・ネイラーは声を上げそうになった、「ロイスはお花を活けてない！」と。

彼らが恐れていることに直面したのは、所領を無防備に歩き回っていたロレンスだった。彼は、ヒイラギの木の横に立っていたロイスと出くわした。彼女は立ち去ることもできたはずだったが、無関心というより根が生えたようにそこにいた。

「大丈夫よ」彼女は説明して、言い添えた。「考えているだけだから」

彼の表情が彼らしくなり、彼女を認識しているようだった。彼が言った。「僕が気付くべきだった。きっと——どうかな——人は物事を通り越していくのさ」

「でも見てよ、通り越せない物事がある——」（彼女はこう言っていた、「彼は私を愛している、彼は大英帝国の存在を信じている」と）「少なくとも、私は通り越したくないの」

「それでいいんだと思う」彼はそう言い、観察と理解に努めながら、なじみのない風景を眺めているようだった。

「でも、立ち止まらないで、ロレンス。どこかに行く途中だったんでしょ？」

った。

「どこと言って別に。もしも君が――」

「いいえ、私は何も特別に。誰かだとしたら、あなただわ」

意味のあることを聞いたと思い、彼は前に進み、不器用に月桂樹《ローレル》をかすって、彼女を通り過ぎて行った。

二週間後、ミセス・トレントが車で来たのは、北部から彼女が戻ってきた夜だった。彼女はたとえようもなく向こうで退屈してしまい、不満を漏らしたかった。レディ・ネイラーは、だから喜んで彼女を出迎えた。古き良き時代がまた来たみたいだった。

「屋敷が空洞みたいな感じでしょ。みんな去って行ったから、ええ」

「そうね、ディア・ミー。ヒューゴと哀れな可愛いフランシーのお見送りができなくて、残念だったわ。彼らのバンガローはどうなったの？」

「ああ、あれはたんなるアイデアよ。もうきれいさっぱり。内陸に建てるバンガローなんて、意味ないのよ、崖は風が吹きさらしだし、平らな海岸に住むなんて無理。いいえ、彼らはアフリカのマデイラ諸島に行くつもりらしいわ」

「じゃあ、もう家具は倉庫から出さないの？」

「出さないと思うわ。彼らは家具など、どうでもよかったのよ」

「残念ね、彼がカナダに行かないなんて」ミセス・トレントは周囲を見回した、楽しげな野原と芝生、生い茂る色づいた木々、そして窓は、すでに定着した無人状態に、落ち着きを取り戻しているように見えた。ホームカミングした感覚はダニエルズタウンにまで広がっていた。彼女は続けた。「リチャードはお元気？　ねえ、いいかしら、リンゴの収穫はどうなの？――私たちはまだ手を付けてないの。私がいないと、彼らはなにも終えられないのよ。で、教えて、ロイスはいかが？」

「あら、出て行ったわ、ええ」

「出て行ったって？　ああ、アートスクールね！」

「いいえ、違うのよ」レディ・ネイラーが驚いたように言った。「ツアーに出たの。彼女はフランス語を習うことになって、ええ。そして、とっても教養のある面白いご家庭に。彼女は本当に運がいいわ。彼女のフランス語は、私には辛かったわ。彼女には言いましたよ、イタリア語をする時間はたっぷりあるわって」

「まあ、それは素晴らしいこと」ミセス・トレントは漠然とだが温かく言った。「では、あなたはもちろん大人しくしないと。彼女はロレンスと一緒に旅をするのね？」

「彼女は無能だと思われてすごく反発したみたいで、彼は彼で、彼女の荷物の面倒を見ると思うと嫌になって、彼らは別々に発たせました。彼は水曜日に渡航し、彼女は金曜日に。二晩とも、どうやら、荒れたらしい……。ええ、ここは昨今寂しくなって、あの若いレスワースの不運を思うと、私たち、非常なショックを受けて気が滅入って。特別に感じるの。彼はここによく来てくれたし、話すのがすごく楽しそうで、そう、一人いればよかったのよ。でもショックだったわ、ロイスには。彼らはテニスをよくやって、友達になりかけていたのよ。彼女は私が恐れるほどの受け取り方はしていなかったけど、彼女の世代の女の子たちは敏感さが足りないみたいで、まったく……。私には分からない。

きっとそれでいいんでしょうが。彼女はもちろん、関心事がいろいろとあって。でも怖いわね？　いまも思うの、ほんとに怖いなって。でも彼は幸福な一生を送りましたよ。彼の母親に出した手紙にそう書いたのよ。彼の人生がどれほど幸福だったかを思い出すと、いくらかでも慰めになりますね、と書いたわ。彼は真に輝いていたもの、ほんとに。彼はすべての命であり魂だったわ。そして彼女から返信があって――私は言い足りなかったと思うけど、彼女の苦しみは言うまでもないことよ――彼女の第一の慰めは、彼がたいそう気高い大義のために死んだと思うことだと」

ミセス・トレントは一瞬、不安なむき出しの表情を浮かべた。彼女は言った。「英雄的だったわ」そして困ったようにうつむいて自分の手袋を見た。彼女は犬がいないのが寂しくて、じっとしていられなかったが、犬はどこにもいなかった。

「英雄的、ね」レディ・ネイラーがそう言って、目を大きく見開いて空を眺め、そこに静かな光が映っていた。「それでも」と彼女は半ば驚いて補足した。「彼にはどうすることもできなかったのね……。でも、さあ、なかに入って、リチャードに北部の話をしてくださいな、彼は面白がるわ、でもあなたには退屈で、申し訳ないわね。実を言うと、私たち二人ともあなたのそれを恐れているのよ。ああ、時間は気になさらないで、まだ早いんだから。さあ、入って、入って！」

だがミセス・トレントは入れなかった、時間を守る人で、腕時計を持っていた。自家用の一頭立て二輪馬車は裏庭に回していなかった。男が一人、並木道の砂利を踏んで行ったり来たりしている。「とんぼ帰りみたいね」レディ・ネイラーは哀しげに言い、会話をあと半時間長引かせた。それからミセス・トレントは身軽に二輪馬車に乗り込み、手綱を手繰り寄せた。二人はため息をつき、互いに別れを惜しんだ。

「では火曜日に逢いましょう、必ず早く来てね、ハーティガン家が来る前に」家庭らしい風景を見て、ミセス・トレントは良しとして別れを告げた。「秋はいつも心を打たれるのよ、この場所が最高の顔を見せるから」

「実を言うと、そのとおりだと私も信じているの。秋にはなにかがあるわね」とレディ・ネイラーが言った。彼女は階段の上に残り、二輪馬車を見送り、落ち着かない両手を軽く結んだ。門から木の葉が何枚か、帰郷した様子を思わせて舞い降りてきた。

この二人は、しかし、瞬間のダニエルズタウンを、日が描く短いカーブと、季節が描く長いカーブのなか、とくに幸せな衰退の極みにきたダニエルズタウンを、二度と見ることはなかった。そこにはもはや秋はなく、例外は木々だけだった。次の年、光は空虚を相手にするほかなく、まだ驚いていた。次の年には、栗の木とどんぐりが、人知れず並木道を打ち、すでに緑色に苔むした並木道は、足跡を消していく——しかし歩道に足跡はなかった。木々の葉が、ためらう風に吹かれて坂道で戸惑い、形なく降り積もって、あまりにも明白な廃墟との対照が恐ろしかった。

なぜなら二月に、木々の葉が目に見えて芽吹く前に、死が——というよりも処刑が——三棟の屋敷、ダニエルズタウン、トレント城、イザベル山荘の上に、一夜のうちに執行されたからだ。恐るべき深紅の炎がまだ固い春の暗闇を食い尽くした。これはそう、特別に加わった暦にない一日が、こうした誕生を死産させるために訪れたようだった。東から西へと、深紅に染まる空は高く、国全体が燃えているように見えた。一方、北では、イザベル山荘の前の山岳一帯が恐ろしいまでの輪郭を見せていた。

何本もの道路が不自然な闇のなか、こそこそとびくびくした動きを伴って走っていた。炎から吹き付ける風に晒されて白くなった木の一本も、夜の胸に無残に押しつぶされた小屋の一軒も、唖然とするほど目につく門のひとつも、秩序であれパニックであれ、設計通りの位置にあるものはなかった。ダニエルズタウンでは、ブナの木の並木道を半分ほど行った所で、薄い鉄の門がたわみ（錠前は無くなり、門はおびえて開いたり閉じたりしている）、無灯の最後の車が、義務を果たして穏やかな処刑人たちを乗せて走り出て行った。最後の車の音が広がり、開けた無人の国に身をゆだね、やがてかき消された。すると最初の静寂の波が終焉を告げるように、確信を持って階段の上に逆流してきた。階段の上ではドアが溶鉱炉すらも迎えもてなすように大きく開いていた。

サー・リチャードとレディ・ネイラーは、何も言わず、お互いに相手を見なかった、空から来る光を浴びて、彼らはあまりにもはっきりと見たからだった。

（完）

エリザベス・ボウエン略年譜

――以下の年譜はアングロ－アイリッシュであるエリザベス・ボウエンの生涯を、イングランドとアイルランドの確執の歴史に重ねて概観したものである。

紀元前三五〇年頃　旧石器時代、ケルト人、アイルランド来島、定住。
紀元四三二年　イングランド生まれの聖パトリック、キリスト教伝道、アイルランドはカトリック教国となる。
七～八世紀　アイリッシュ・クリスチャンの黄金期。
七九五年　ヴァイキング、アイルランドに襲来、キリスト教寺院など破壊。
一〇一四年　クロンターフの戦い、ヴァイキング敗退。
一〇六六年　ウィリアム征服王即位、イングランドにノルマン王朝成立。
一一六九年　アングロ－ノルマンによるアイルランド侵攻。
一一七一年　イングランド王ヘンリー二世、アイルランドを支配。
一三三六年　キルケニー法により、アイルランド語の使用・慣習禁止。
一五〇七年　ヘンリー八世即位、プロテスタントの英国国教会制定。
一五五八年　エリザベス一世即位、アイルランド植民地化加速。
一五九二年　トリニティ・カレッジ創立、英国国教の基盤強化。
一六〇三年　エリザベス一世崩御、ジェイムズ一世即位。

一六四二年　オリヴァー・クロムウェルによる清教徒革命。
一六四九年　イングランド王チャールズ一世処刑、クロムウェル、アイルランド侵攻、カトリック教徒大量虐殺。
＊ウェールズ在のヘンリー・ボウエン、クロムウェル軍に従軍、その戦功によりアイルランド南部のコーク州に所領を拝領。アングロ-アイリッシュのアイルランド流入始まる。こののち約三百年にわたるイングランドによるアイルランド支配体制を「アセンダンシー（Ascendancy）」という。
一六六〇年　イングランド王政復古、チャールズ二世復位。
一六八八年　ジェイムズ二世を退けてオレンジ公ウィリアム即位、イングランド名誉革命。
一六九五年　異教徒刑罰法により、カトリック教徒の市民権剥奪、弾圧強化。
一七二六年　アングロ-アイリッシュの作家ジョナサン・スウィフト『ガリヴァー旅行記』出版。
一七七五年　＊ボウエン家のヘンリー三世、十年余を要して一族の「ビッグ・ハウス」である「ボウエンズ・コート」建立。
一八〇一年　アイルランド、イングランドに併合。
一八二三年　ダニエル・オコンネル、カトリック同盟結成。
一八二九年　ダニエル・オコンネルの尽力でカトリック解放令。
一八三七年　ヴィクトリア女王即位。
一八四六年　チャールズ・スチュアート・パーネル、アングロ-アイリッシュの名門に生まれる、のちにアイルランド国民党党首。
一八四五—四九年　大飢饉、餓死者無数、大量移民続く。
一八七九年　アイルランド土地同盟結成、土地戦争始まる。
一八九九年　六月七日、エリザベス・ドロシア・コール・ボウエン誕生。
一九〇一年（二歳）　ヴィクトリア女王崩御、エドワード六世即位。
一九〇六年（七歳）　父発病、母とイングランド南部ケント州に移住。

一九一二年（十三歳）　母が肺癌で他界、ケント州ハイズの教会墓地に埋葬。

一九一四年（十五歳）　七月、ケント州のダウン・ハウス女学校入学。

八月、第一次世界大戦勃発、アイルランド参戦。

ジェイムズ・ジョイス、『ダブリナーズ』出版。

一九一六年（十七歳）　アイルランド共和軍による反英武装決起「イースター蜂起」、失敗、主導者、投獄・処刑。

一九一八年（十九歳）　十一月、第一次世界大戦終結、ボウエン、ロンドンに上京。

一八一九—一二一年　アイルランド独立戦争、アイルランド共和国軍隊（ＩＲＡ）結成。アイルランド治安混成部隊、ブラック・アンド・タンズ結成は英国の対抗措置。

一九二一年（二十二歳）　ボウエン、英国軍将校ジョン・アンダソンと婚約、すぐ解消。

一九二二年（二十三歳）　南部二十六州でアイルランド自由国成立、北部六州は「北アイルランド」としてイングランドに残留。ジェイムズ・ジョイス『ユリシーズ』出版、Ｔ・Ｓ・エリオット『荒地』出版。

一九二三年（二十四歳）　ボウエン最初の短篇集 *Encounters* 出版、アラン・キャメロンと結婚。アングロ-アイリッシュの詩人Ｗ・Ｂ・イエーツ、ノーベル文学賞受賞。

一九二五年　アングロ-アイリッシュの劇作家Ｇ・Ｂ・ショー、ノーベル文学賞受賞。

一九二六年　第二短編集 *Ann Lee's and Other Stories* 出版

一九二七年　小説第一作 *The Hotel* 出版。

一九二九年（三十歳）　第三短篇集 *Joining Charles and Other Stories* 出版、小説第二作 *The Last September* 出版（本書）。

一九三〇年　父ヘンリー他界、ボウエンズ・コート相続。

一九三一年　小説第三作 *Friends and Relations* 出版。

一九三二年　小説第四作 *To the North* 出版。

一九三四年（三十五歳）　第四短篇集 *The Cat Jumps and Other Stories* 出版。

一九三五年（三十六歳）　小説第五作 *The House in Paris* 出版（太田良子訳『パリの家』、晶文社）。

一九三七年 アイルランド、新憲法制定、国名をエール（英語ではアイルランド）とする。

一九三八年（三十九歳） 小説第六作 *The Death of the Heart* 出版（太田良子訳『心の死』、晶文社）。

一九三九年（四十歳） 第二次世界大戦勃発、エール（アイルランド）は中立宣言、ボウエンは空襲監視人および英国情報局調査員。

一九四一年（四十二歳） 第五短篇集 *Look at All Those Roses and Other Stories* 出版、カナダのイングランド大使館書記官チャールズ・リッチーと出会い、親交。

一九四二年（四十三歳） ボウエン一族の三百年におよぶ年代記 *Bowen's Court* 出版。

一九四三年（四十四歳） *Seven Winters: Memoirs of a Dublin Childhood* 出版。

一九四五年（四十六歳） 第二次世界大戦終結、第六短篇集 *The Demon Lover and Other Stories* 出版。

一九四九年（五十歳） アイルランド、イギリス連邦離脱、アイルランド共和国成立、小説第七作 *The Heat of the Day* 出版（太田良子訳『日ざかり』、晶文社）。

一九五〇年（五十一歳） 第一随筆集 *Collected Impressions* 出版、*The Shelbourne: A Center in Dublin Life for More Than a Century* 出版。

一九五二年（五十三歳） ボウエンズ・コートに定住を決める、夫アラン死去。

一九五五年（五十六歳） 小説第八作 *A World of Love* 出版（太田良子訳『愛の世界』、国書刊行会）。アイルランド、国際連合加盟。

一九五九年（六十歳） ボウエンズ・コート、近隣の農場主コーネリウス・オキーフに売却。

一九六〇年（六十一歳） オキーフ、ボウエンズ・コート取り壊し、畑地に転換。イタリア紀行文、*A Time in Rome* 出版（篠田綾子訳『ローマ歴史散歩』、晶文社）。

一九六二年（六十三歳） 第二随筆集 *Afterthought: Pieces about Writing* 出版。

一九六四年（六十五歳） 小説第九作 *The Little Girls* 出版（太田良子訳『リトル・ガールズ』、国書刊行会）。

一九六五年（六十六歳） 第七短篇集 *A Day in the Dark and Other Stories* 出版、児童書 *The Good Tiger* 出版。

一九六九年（七十歳） 小説第十作 *Eva Trout, or Changing Scenes* 出版（太田良子訳『エヴァ・トラウト』、国書刊行会)。

アングロ-アイリッシュの作家サミュエル・ベケット、ノーベル文学賞受賞。

一九七三年（七十三歳八か月） ボウエン、二月二十二日早朝、ロンドンで永眠、ボウエンズ・コートの跡地に現存するボウエン一族の墓地に埋葬。

一九七四年 死後出版の第三随筆集 *Pictures and Conversations*, Edited and with a foreword by Spencer Curtis Brown (Allen Lane, 1974)

一九八〇年 *Collected Stories of Elizabeth Bowen, With an Introduction by Angus Wilson* (Jonathan Cape, 1980)

一九八六年 *The Mulberry Tree: Writings of Elizabeth Bowen*, edited by Hermione Lee (Curtis Brown, 1986)

二〇〇八年 Elizabeth Bowen, *"Notes On Eire,"--Espionage Reports To Winston Churchill, 1940-2* (Aubane Historical Society, 2008)

未収録・未完短篇集 *The Bazaar and Other Stories*, Edited by Allan Hepburn (Curtis Brown, 2008)

評論・エッセイ集 *People, Places, Things: Essays by Elizabeth Bowen*, Edited by Allan Hepburn (Curtis Brown, 2008)

二〇一〇年 インタビュー・講演・ラジオ出演・その他 *Listening In: Broadcasts, Speeches, and Interviews by Elizabeth Bowen*, Edited by Allan Hepburn(Curtis Brown, 2010)

訳者あとがき

この『最後の九月』(*The Last September*, Constable, 1929) を書いた作家、エリザベス・ボウエンは一八九九年にアイルランドのダブリン市ハーバート・プレイス十五番地で生まれた。父ヘンリー、母フローレンスの結婚九年目に生まれた一人娘である。父母ともにアングロ-アイリッシュの一族の出身であり、アイルランド南部のコーク州に石造りの「ボウエンズ・コート」という城館を所有していた。

十七世紀中葉以来(巻末の略年譜を参照)、イングランド人でありながらアイルランドに広大な所領をもち、イングランドの植民地アイルランドを支配していた階層の人々を「アングロ-アイリッシュ」と呼び、約三百年に及ぶ彼らの支配体制を「アセンダンシー(Ascendancy)」という。地方地主として過ごしてきた祖先の伝統にならいながら、ボウエンの父ヘンリーは一族で初めて法律を学び、法廷弁護士としてダブリンで開業。そのためにダブリンにも住居があり、エリザベスはここで生まれた。

ジョージア様式で三階建てに半地下があるその住まいは「テラスハウス」、イメージには東西の差が大きいが、日本でいう「縦割り長屋」で、ボウエンの家はテラスハウスの中ほどに今もあって、「作家エリザベス・ボウエン、ここに生まる」のブループラークが玄関横の壁に嵌め込まれている。

私は一九九四年四月から一年間、本務校のサバティカル休暇でケンブリッジ大学英文科に留学することができた。当初から「ボウエン・トレイル」と自ら名づけた旅に出ようと決めていた。大学の授業やコレッジのパーティなどで親しくなった他大学の教員二人を誘い、もう秋も深い十月末に「ボウエンの足跡を求めて」旅に出た。旅の初めに訪れたのがダブリン市ハーバート・プレイス十五番地。おりしもその時、この旧ボウエン宅は新しい買主の注文で改築中、大工さんたちが作業していた。彼らは異邦人の珍客三人を見てさぞかし驚いただろうが、事情を聴くと、中に入っていいよ、と言ってくれた。庭先に植込みがあり、玄関階段を上がって右側のドアがボウエンの旧宅、ホールに続いて居間があり、タイル張りの洗面所などを見学した。家具はなかったし、寝室があるはずの上の階には上がらなかったが、居間から見える運河「グランドカナル」の眺めをボウエンは愛したのだ、と思うと感慨は深かった。その後ダブリンを離れ、アイルランド南部のコーク州にあるボウエンズ・コート（の跡地）を目指して「ボウエン・トレイル」の旅は続いた。

アングロ-アイリッシュがアイルランドに所有した領地と屋敷をとくに「ビッグ・ハウス」と呼び、ボウエン本人が「ビッグ・ハウス」（一九四〇）と題するエッセイを書いている。ビッグ・ハウスとは何か？　そしてアイルランド文学では長い伝統のある「ビッグ・ハウス・ストーリー」の代表作となった『最後の九月』の鑑賞のために概略紹介してみよう。

アイルランドのビッグ・ハウスというと、孤立している、寂しい、どこからも遠い、などと言われているが、「どのビッグ・ハウスにも共通しているのは、孤立感というよりもむしろミステリーだと思う。それぞれが呪文にかかっているように見える」。木立の奥に隠されたビッグ・ハウスはまさに「眠れる森」、そこに一歩足を踏み入れた瞬間、この呪文が訪問者に降りかかるのだ。しかしアイルランドのビッグ・ハウスは、自然発生的なフランスやイングランドの私的な荘園屋敷と違い、客をもてなすために建造された公的な顔を持っている点が独特である。クロムウェルの時代に、残虐非道の振舞いでアイリッシュの土地を奪った先祖の世代が代替わりするにつれて、ヨーロッパ風の人間らしい生活、クラシックで秩序ある生活を求めるようになる。堂々とした堅固な石造りの館、精緻な彫刻で飾った階段、何室もの客用の部屋など、フルコースの晩餐会、またスポーツのためのパーク、玉突きやカードゲームの部屋、舞踏室、壁を飾る芸術品など、ビッグ・ハウスはその造営と維持にお金がいくらあっても足りない相続財産となった。子孫はみな先代の膨大な借財に苦しみ、自らも借金を重ね、客間も台所も四苦八苦の毎日。アイロニーではあるが、地元アイリッシュの献身的な家事使用人の存在は欠かせなかった。

「征服者としてこの地にきた彼らは、その誇りある伝統が衰えることを許せなかった。ビッグ・ハウスの人々が認める階級はただひとつ、それは決して弱音を吐かない階層のことだった」。彼らは涼しい顔を装って苦闘と困窮を隠し、優雅と品格を重んじ、生きることを楽しんだ。独立心が旺盛で、独自のスタンダードに沿ったスタイルがあり、壁の外の世界の思惑は斟酌しなかった。独自性は誇張を好み、不条理を受け容れ、変わり者や奇行の伝説には事欠かず、いわばビッグ・ハウスは偉人や変人の個性がしみついていたと言える。それが訪問者をとらえる呪文の本質ではないだろうか。何者ともしれぬ過去の幽霊、ここに住んで死んだ者の亡霊が、この閉ざされた壁の中で同じ空気を吸い、ある種の秩序と存続する価値を維持してきた。ビッグ・ハウスの人々は犠牲を払ってでもその独自の伝統を守ろうとしてきた。

一九四〇年のいま、民主国家となったアイルランドで、ビッグ・ハウスは廃棄処分の対象ではなく、賞賛のまなざしを浴びる貴重な国家遺産となった。生きているアイルランドで、生きた役割を持っている。ビッグ・ハウスに人々が集まり、社交の中で交換されるよきマナーと振舞いに、互いに最良の自分を見出していく。人間らしいマナーは、人間であることの冠たる意味ではないだろうか？　ビッグ・ハウスは存続するために、多くを学ばなくてはならないが、与えるものも多く持っている。若い世代は相続した家のためにだけに生きるのを嫌がる。しかし新世代の善は旧世代の善を滅亡から救い、さらにその価値を高めることができる。多くのビッグ・ハウスが生き残ったが、その障壁に加えられる執拗な攻撃は内側からの攻撃である。ビッグ・ハウスの障壁には両面がある。

この最後の「両面がある」とは、アイルランド共和国軍隊（ＩＲＡ）による襲撃・炎上だけが原因ではなく、所有者の無能・遺棄、後継者の怠慢・不在などによって、多くのビッグ・ハウスが崩壊し廃墟となった史実をさした言葉であろう。

『最後の九月』の舞台はボウエンズ・コートがモデルとなった「ダニエルズタウン」、時は一九二〇年九月。翌一九二一年には小説の終わりにある通り、ＩＲＡによるビッグ・ハウス襲撃が激化、アイルランド独立戦争は収拾がつかず、一九二二年には「協定（the Treaty）」によってアイルランドの国は、アイルランド自由国とイングランドに留まる北アイルランドに分裂した。ボウエンは一九四〇年にこのエッセイを書いたとき、いうまでもなく『最後の九月』のことを思っていた。アイルランドは二十世紀の初めにはとくに「トラブルズ（the Troubles）」という用語を歴史の一ページに残すほど、紛争に継ぐ紛争に明け暮れる国だった。その相手はプロテスタントの隣国イングランド、アングロ-アイリッシュはそのイングランドの手先として三百年の長きにわたりカトリック国家アイルランドを支配したが、彼らアングロ-アイリッシュは、イングランドにもアイルランドにも与しない、寛容とも曖昧とも狡猾とも見える第三者的な独自に優位なアングロ-アイリッシュ文化を築き上げてきたことが『最後の九月』を読むとよく分かる。アングロ－アイリッシュを取り巻くアイルランドの危機的な現状、ビッグ・ハウスの人々がその中にあって変わらぬ生活を続けているのは、役者がそろった一種の芝居であることが分かる。

プロテスタント・ゴシックまたはアイリッシュ・ホラーと謳われる『アンクル・サイラス』を書いたシェリダン・レ・ファニュ（1814～1873）も、遠く祖先はフランスのプロテスタント、ユグノー派の信者で英国に亡命し、父はアイルランド教会の聖職者であった。ちなみにノーベル文学賞をうけたW・B・イエーツ、G・B・ショー、サミュエル・ベケットらもアングロ－アイリッシュである。プロテスタントは法皇や大僧正を経由しないで神と聖書に直接祈る信仰に発した宗派で、カトリックの告解の儀式を排したこともあってか、日々身に迫る悪と罪と魂との戦いを、文学作品に昇華しようとしたと言えるのかもしれない。

ともあれサー・リチャード・ネイラー夫妻は、一九二一年二月の夜半、炎上するダニエルルズタウンを目の当たりにするまで、三百年の支配体制を維持してきた円熟した文化と慣習の中にあったのだ。独自のスタイルを持ち、壁の外の世界には我関せず、「見てみぬふり」をする。スノビズム、エリート意識は、ボウエンにあっては積極的な価値となり、ネイラー夫妻がそれを生き延びるエネルギーにして、上品で節度のあるユーモアを忘れない「茶の間喜劇」の伝統の後継者となっている有様が読み取れると思う。

イギリスでは一九二九年出版の『最後の九月』が一九五二年にアメリカで出版され、ボウエンはそこに自ら序文を付けた。今度は小説そのものについて、作者自身が『最後の九月』をどんな言葉でアメリカの読者に送り出したか、その主旨を少し見てみよう。

『最後の九月』は私の二番目の小説で、人間としても作家としてもまだ若いときの著作である。まだ小説を書くことに恐れがあり、ただ分かっていたのは、私が書くフィクションは、出会い、印象、影響、衝撃、を構成要素としてきた、ということだった。登場人物を同じストーリーに持っていくには、磁石や魔術を借りてでも探究や情熱を仕掛け、彼らを互いに引き寄せねばならない。そこで私は「ホテル」に登場人物を集めた第一作にならい、ここでも同じ屋根の下に男女を集めることにした。そこに留まるのが彼らにとって、チャンスであれチョイスであれ、しかるべき時の流れの中でストーリーは所定のコースを走り抜けるだろう。ホテルに続いて選んだ場所は物寂しいアイルランドの屋敷、時間の設定はタイトルに同じ、九月、とした。

この作品は「私の心に最も近い小説で、深く、曇りのない、自発的な出発をした。……知識ではなく生来の本能が書かせたものだ」。小説では十九歳のロイスがダニエルズタウンでひと夏を過ごしている。現実に私自身がコーク州で過ごした若き日の夏は、「苛立ち、軽々しい言動、ないしは倦怠だった。自分は何になるべきか、いつなるのか？と自問していた。若者は（皮肉にも若さは羨望の的だが）不毛な心配事に付きまとわれている」。

だがこの小説は自伝的な要素から遠く離れたものとなっている。またこれは過去の話であって、もう終わったこと、消えた時代のことであることを読者に理解してほしい。小説はまず「その頃、少女たちは、小ざっぱりとした白いスカートに、小花模様の透き通ったブラウスを着ていた」とあり、白いドレス姿で登場するロイスの姿に、消え去った時代を映したつもりである。

若いときは一年が長く感じられる。二十歳から二十八歳の間の年月は、変化に富み、決定的な変化があるという意味で、たいへん重要な時間だ。ロイスを取り巻いているのは、「トラブルズ」が解決しない騒乱のアイルランド、ここは現実の歴史がフィクションに織り込まれている。しかも一九二〇年のいまロイスは十九歳、第一次世界大戦は彼女の記憶に十分に残っている。彼女の女学校生活は戦争の暗い影に閉ざされていた。ロマンティックな年齢にいるはずのロイスが、もがいたり、行動に出たりしないのは、一種の自己防衛なのだ。「もうたくさんだ」。彼女は秩序を求めている。暴動は屋敷の中に迫り、ダンスミュージックの伴奏をし、庭のスイートピー、雨ばかり降る日々の中にあったのだ。ロイスが近づき得た悲劇は、ジェラルドの死ではなく、愛することができなかったことだ。ダニエルズタウンの炎上はロイスを悲しませたか？　彼女はダニエルズタウンの姪にすぎず、実子ではない。私は炎上を免れたボウエンズ・コートの直系だが、心の目に絶えず映るのは、『最後の九月』の最終シーン、私にとってあれほどリアルなシーンはない。

ボウエンは一九四〇年に書いたエッセイ「ビッグ・ハウス」で述べたことを念頭にしてアメリカ版『最後の九月』の序文を書き、新しい面からこの小説について述べていることが分かる。この序文で作者はロイス・ファーカーに目をとめ、十九歳という年齢が少女にとってどんな時間であったかを考えている。二十世紀は世界戦争とアイルランドの独立戦争が前面に出て社会のすべてを覆い、母親のいない孤児であるロイスには、あらゆる意味で居場所がない。レディ・ネイラーは、もう結婚などしないでいい時代になった、キャリアを目指しなさい、とロイスをけしかける。「アートスクールに行きなさい」と繰り返す彼女の台詞は、「尼寺に行け！」というセリフに似ている。キャリアは、憧れるのと、じっさいに従事するのでは、天と地の違いがある。理想のキャリアは、いまも手に届かないのが現実である。ロイスにとっては、ジェラルドとの「愛のない結婚」がいちばん確かな将来だったのに。アイリッシュ娘のリヴィ・トムソンが、英国軍将校のジェイムズ・アンダソンを射止めたように。

『最後の九月』にはプルースト（1871〜1922）の『失われた時を求めて』（1913〜27）の最終章、「見出された時」の一節がエピグラフについている。本書では「彼らは処女と怠け者の苦しみを……」と訳したが、省略されている後半を補うと、「彼らは苦しむ、しかし彼らの苦しみは、処女（童貞）や怠け者の苦しみと同じように、生殖力や仕事などによって癒されるだろう」という意味で文章が完成している。処女（童貞）とはロイスとロレンスのこと、「怠け者」とは使用人を使って悠々自適の生活をしているネイラー夫妻とその客たちをさしている、と考えると、ボウエンが選んだエピグラフの意味が通るのではないか。ボウエンは時間と記憶について、プルーストの考えに深く感じるものがあり、小説のストーリーや登場人物の語りにプルーストの名が出てくることがある。プルーストはまったく知らないので、ボウエンの場合に限って、ごくごく簡単に言うと、人は自分の人生を振り返るが、それは覚えている人生ではなく、想像した人生である、となろうか。記憶は事実を消し、想像は事実を飾り歪める。

右に概要を紹介したボウエンの『最後の九月』序文で、「チャンスであれチョイスであれ」とあるのは、「チャンス」は神がくれるもの、「チョイス」は人間が選ぶもの、という認識がボウエンにあって、他の作品でもこの考えがよく出てくる。「チョイス」は有限だが、「チャンス」は無限である。ボウエンは、人生は「チャンス」だと言っているのだ。もうひとつ、白いドレスを着たロイスは、言うまでもなく「乙女ロイス」のことを言っている。ちなみに本書の表紙に使われたのはグエン・ジョンの油絵で、本書ではロイスがグエンの兄のオーガスタス・ジョンのことを話している。グエン・ジョンはファンも多く、いまでは兄に勝る評価を得ている女流画家である。

思えばアイルランドは不思議な国で、アイルランドと言えば、すぐさま思い浮かべるのが、丸山薫（一八九九―一九七四）が一九二七年に書いた「あいるらんどのような田舎」と題された詩であると、司馬遼太郎は『愛蘭土紀行』（一九八八）に、高橋哲雄は『アイルランド歴史紀行』（一九九一）に、小田実は『何でも見てやろう』（一九六一）に記している。

「あいるらんどのような田舎――汽車にのって」は、

汽車にのって

あいるらんどのような田舎《いなか》へ行かう
ひとびとが祭の日傘をくるくるまはし
……
珍しい顔の乙女《をとめ》や牛の歩いている
あいるらんどのやうな田舎《いなか》へ行かう

丸山薫はエリザベス・ボウエンと同じ年に生まれ、ボウエンに遅れること一年で永眠、さらに丸山がこの詩を書いたのが一九二七年、ボウエンが『最後の九月』を書いたのは一九二八年、アイルランドと日本、地球の西と東に離れた国に生まれた二人の文学者が生きたのが同じ時代の年月であり、その想いの中心にアイルランドがあったのか。『最後の九月』には乙女ロイスがいて、日傘をさし、ケリー種の牛を飼っている農場が近くにある。一度もアイルランドに行ったことのない丸山薫は、ボウエンのアイルランドを知っていたかのようだ。経験や記憶ではなく想像力や憧れが創り出す人生は間違いなくあるのだ。

さて一九九四年に友人二人と出かけた「ボウエン・トレイル」の旅は、コーク州のファラヒという場所にある「ボウエンズ・コート」にたどり着いた。マロウとマイケルズタウンを結ぶ幹線道路を行くと、「ボウエンズ・コートの跡地」と書いて矢印を付けた白い道標が出てくる。矢印が指す脇道に入ると、左手にセント・コールマン教会と出ていて、この教会の墓地にボウエンと夫アランと父ヘンリーの墓が三基並んでいる。教会の礼拝堂の聖壇には、エリザベス・ボウエンがこれを寄進したと記した銘板が嵌め込まれていた。その奥に麦畑が広がっていた。深い森に囲まれた、堅固な石造りのボウエンズ・コートは、廃墟ですらない、ただの土地になっていた。私たちが行ったのは十月の末だったから、刈り込んだあと、残った畝だけが泥だらけの畑地が広がっていた。いまの持ち主は一九五九年にボウエンズ・コートを買い、翌一九六〇年にはコートを解体してしまったコーネリウス・オキーフの子孫だろうか。私たちがそこを去るとき、道路の向かい側の民家から白髪の女性が一人出てきて、私たちを乗せてきたタクシーの運転士さんと話していた。彼女はボウエンのことを「ミセス・キャメロン」と呼び、「ボウエンズ・コート」で働いていたのだと言った。この続きはまたの機会に譲るとして、私は年末の休暇にケンブリッジに来た夫とともに、もう一度「ボウエン・トレイル」をたどり、ボウエンズ・コート（の跡地）を夫に見せることができた。

「ビッグ・ハウス」と『最後の九月』について、ボウエン自身が書いた文章を要約し、そこに多少の補足説明を加えて本書の「あとがき」としたい。

あと少し書いておきたいのは、ロイスとローラとロレンスという、あまりにも似通った名前を持つ人物が出てくること、それだけでなく彼らは「月桂樹」つまり「ローレル」の茂みで出会ったり、キスしたりする。「月桂樹」に振り仮名をつけたのは、ボウエンが明らかに意識してこれらを仕掛けているからである。ロイスの友人「リヴィ」は正式には「オリヴィア」、ロイスの文通相手の名は「ヴァイオラ」、オリヴィアとヴァイオラはシェイクスピアの劇『十二夜』に出てくる女性二人と同名で、ボウエンの命名法は検討する価値のある課題だと思う。そのうえ、先ほどの記憶と想像の話にも関係するが、ロイスの母ローラを愛したことがあるミスタ・モンモランシーは、ロイスとローラを区別できない時がある。記憶が事実と異なっているのである。わざと混同している時もある。将来が見えないロイスは母ローラを想うことで、その空白を埋めようとする。記憶の母は現実の母とは違うのに。作家志望のロレンスは創作と現実を混在させて空想にふける。しかし「ヒューゴがローラと結婚して、サー・リチャードがフランシーと結婚して、マイラ伯母は独身で……」などという彼の即興のフィクションは、ボウエンが考えたもうひとつの『最後の九月』だったかもしれない。このあたりを描く文章はとくに難渋を極め、正しい訳文になっているかどうか、いまも不安がある。だがその一方で、起承転結で進み大団円を迎える型通りの小説をボウエンは目指しただろうか。これまでの人生や性格や個性を読者に分からせるような人物造形をボウエンは登場人物に施しただろうか。

思えば絵画の世界でもピカソやマチスが出てきて、フォービズムや野獣派の時代には、人間も花も海もデフォルメされ、具象派の画家の画面からも古典派または印象派の正確な美しい画法は消えた。デフォルメされた人物が時代を現すようになった。アイルランド生まれのフランシス・ベーコン（1919〜92）は具象派の画家には違いないが、彼が描く法王さまは目も口も歪んだ恐ろしい形相をして、真っ赤な色を背景に浮遊している。ベーコンはいま、フロイドの孫で、イギリス国籍の具象派の画家で老醜や肥満を画面いっぱいに見せつけるルシアン・フロイド（1922〜2001）とともに、オークションで天井知らずの高値を呼ぶ画家になっている。

小説の世界でも、J・オースティンのころの全知の作者が語る方法から、H・ジェイムズによって視点人物が語る形式に移った小説作法は、いままた作者の手に戻り、彼らはストーリーや登場人物を明解に一貫して説明しようとしなくなり、それができなくなっているのかもしれない。ボウエンは自分が書く小説で「小説の解体」を余儀なく証言しているのだ、とする研究書もある。これが二十一世紀になってボウエン再評価の気運を生み、小説が人間と社会の真実を伝える最も優れたアートであることが同時に再認識されてきている。二十世紀が直面した難しい現実を語るとき、そして二十一世紀やその先の問題を検証するときに、ボウエンを使った研究書もよく見られるようになった。だがボウエンの小説は小説であって、とにかく怖くて面白い。何度も読まないと怖さと面白さが分からない、という人もいるけれど、これからもエリザベス・ボウエンから目を離さないでいてください。

この『最後の九月』に続き、ボウエンの初期の小説三冊も邦訳書を出すこと、そして『ボウエンズ・コート』の翻訳も考えています。ご期待いただけたら幸いです。まことに拙訳ですが、『最後の九月』を読んでいただき、ありがとうございました。これからもどうぞよろしくお願いします。

二〇一六年、リオ・オリンピックの夏に

太田良子

ボウエンが書いたエッセイ「ビッグ・ハウス」と、『最後の九月』のアメリカ版に付けた「序文」の出典は、*The Mulberry Tree - Writings of Elizabeth Bowen*, Selected and introduced by Hermione Lee, Harcourt Brace Jovanovich, London, 1986である。

［著者略歴］

エリザベス・ボウエン

1899年、アイルランドのダブリンに生まれる。7歳でイングランドに渡り、以後、ロンドンとコーク州にある邸宅（ボウエンズコート）を行き来して過ごした。1923年に短篇集 *Encounters* を刊行。26年最初の長編小説 *The Hotel* を書き上げる。生涯で10編の長編小説と、約90の短編小説を執筆。48年に大英帝国勲章（CBE）を受勲。64年に英国王立文学協会より文学勲爵士を授与される。晩年の作「エヴァ・トラウト」は70年のブッカー賞候補となる。1973年ロンドンに没する。

［訳者略歴］

太田良子（おおた・りょうこ）

東京生まれ。東洋英和女学院大学名誉教授。英米文学翻訳家。日本文藝家協会会員。2013年、エリザベス・ボウエン研究会をたちあげ、その研究と紹介に力を注ぐ。訳書に、ボウエン「パリの家」「日ざかり」「心の死」（以上、晶文社）、同「エヴァ・トラウト」「リトル・ガールズ」「愛の世界」「ボウエン幻想短篇集」（以上、国書刊行会）、同「あの薔薇を見てよ」「幸せな秋の野原」（以上、ミネルヴァ書房）、ベルニエール「コレリ大尉のマンドリン」（東京創元社）ほか多数。共著書に「エリザベス・ボウエンを読む」（音羽書房鶴見書店）がある。

最後の九月

2016年9月25日　第1刷発行

著　者　エリザベス・ボウエン
訳　者　太田良子
発行所　有限会社 而立書房
東京都千代田区猿楽町2丁目4番2号
電話 03(3291)5589／FAX 03(3292)8782
URL http://jiritsushobo.co.jp
印　刷　株式会社 スキルプリネット
製　本　有限会社 岩佐

落丁・乱丁本はおとりかえいたします。

Printed in Japan
ISBN 978-4-88059-398-2　C0097

G・アプリーレ／谷口勇、G・ピアッザ 訳

1993.4.25 刊
四六判上製
320 頁
定価 1900 円

愛とは何か 万人の幸福のために

ISBN978-4-88059-174-2 C1011

人を愛するとはどういうことか―。新フロイト派の精神分析学者で臨床医でもある著者は、愛に苦悩している万人のために、その原因、症状、対策、等をイタリア人特有の懇切丁寧さをもって私たちに教示している。

W・パジーニ／谷口勇、G・ピアッザ 訳

1993.3.25 刊
四六判上製
288 頁
定価 1900 円

インティマシー〔親密論〕 愛と性の彼方で

ISBN978-4-88059-192-6 C1011

ジュネーヴ大学の精神医学教授の手になる本書は、エイズ時代の今日、真の人間性とは何かを"インティマシー"を通して平易に解説している。イタリアのベストセラー。「愛の科学シリーズ」の一冊。

ジョゼー・サラマーゴ／谷口伊兵衛 訳

1998.1.25 刊
四六判上製
496 頁
定価 3800 円

修道院回想録

ISBN978-4-88059-251-0 C0097

現代ポルトガル文学の秀作。スペイン・伊・露語に翻訳されて、「エコの『バラの名前』以上にすばらしい」(伊語版)と評されている、現代ポルトガルの古典。著者サラマーゴは 1998 年にノーベル文学賞を受賞。

ヘンリー・ソロー／山口晃 訳

2010.1.25 刊
A5 判上製
504 頁
定価 5000 円

コンコード川とメリマック川の一週間

ISBN978-4-88059-354-8 C0097

約 160 年前の北アメリカで、ヨーロッパからの植民者の子孫であるソローは、歴史に耳を澄まし、社会に瞳を凝らしながら、自然と共存する生活を営んでいた。これは、そのソローからのかけがえのない贈り物である。

アミタヴ・ゴーシュ／井坂理穂 訳

2004.5.25 刊
四六判上製
440 頁
定価 2500 円

シャドウ・ラインズ 語られなかったインド

ISBN978-4-88059-314-2 C0097

カルカッタ／ロンドン／ダッカの三つの都市と三つの世代を引き裂き結びあわせる、かつて英国の植民地であったインドの中流階級一族の物語である。21 世紀英語文学の旗手ゴーシュが繊細に抽出したインド社会の深層が見える。

M・ブルール、X・ティリエッテ 編著／谷口伊兵衛 訳

2004.4.25 刊
四六判上製
120 頁
定価 1500 円

ヨーロッパ学事始め 観念史の立場から

ISBN978-4-88059-313-5 C1010

《ヨーロッパ》をどう捉えなおすか――古くて新しい《ヨーロッパ》をめぐる、独・伊・仏・ポルトガル・チェコ各国の当代の学者によるシンポジウムの記録集。